Hans Bischoff

Mörderische Obsession

Hans Bischoff

Mörderische Obsession

Das Renaissance-Mysterium
Peter Försters zweiter Fall

Kriminalroman

Der Autor

Nachdem er sich nach vierzig Jahren in der Werbung, in leitender Position in der Industrie und als Inhaber einer erfolgreichen Werbeagentur 2014 aus dem operativen Geschäft zurückgezogen hatte, entdeckte Hans Bischoff seine Lust am Schreiben von Kriminalromanen und originellen Kurzgeschichten. Insgesamt sind sechs Romane von ihm veröffentlicht. Geboren und aufgewachsen in Stuttgart, lebt Hans Bischoff heute als Autor, Fotograf und Filmer in Überlingen am Bodensee.

Leseproben, mehr zum Autor sowie weitere Titel von ihm gibt es auf der Autorenwebseite www.hans-bischoff.de

Mai 1919, Turin. Der Sammler

Die beiden Herren mittleren Alters trafen sich wie zufällig vor der kleinen Bar auf der Piazza Vittorio Veneto.

Rund fünf Monate nach Ende des furchtbaren Krieges, dieser Urkatastrophe des zwanzigsten Jahrhunderts, waren Bars, Cafés und Restaurants auch auf den Prachtstraßen Turins noch nicht wieder so dicht gesät wie vor dem großen Gemetzel, in das sich auch Italien gestürzt hatte.

Die riesige, lang gezogene Piazza, die sich als Ponte Vittorio Emanuele I. über den durch Turin fließenden Po fortsetzte, war in dieser späten Nachmittagsstunde wie leer gefegt. Ein böiger Wind peitschte vom Fluss über den Platz und in die Stadt hinein. Der Mai zeigte sich in diesen ersten Tagen in keiner Weise von seiner wonnigen Seite.

»Selbst das Wetter weiß noch nicht genau, wo es hin will. Machen wir dennoch einen kurzen Spaziergang, da sind wir ungestört?«, meinte der größere der beiden. Er wartete nicht auf Antwort.

Eduardo Morsini war knapp über fünfzig und trotz der Kriegswirren ein erfolgreicher Wirtschaftsanwalt und Kunstsammler aus der kleinen Gemeinde Castagnole, zwischen Asti und Alba in den Hügeln des Roero im Piemont gelegen. Ein unbedeutender Ort. Korrekt im schwarzen Gehrock gekleidet, aufrecht mit der selbstbewussten Haltung des vermögenden Geldadels schreitend, hinterließ er einen durch und durch seriösen Eindruck. Er stützte sich beim Gehen wegen einer im Krieg erlittenen Verletzung am Bein auf einen mit silbernem Griff veredelten Spazierstock. Sein Blick, sein ganzes Auftreten strahlten Härte, Distanz und Selbstbewusstsein aus. Er schien es gewohnt zu führen.

Sein Begleiter dagegen verkörperte bereits die Bohème der kommenden Zwanziger Jahre. Elegantes bordeauxrotes Jackett, grauweiß gestreifte Hose, hellgrauer Hut. Er war etwa im selben Alter wie sein Gesprächspartner, wirkte jedoch in seinem ganzen Auftreten jünger und ungezwungener.

Giovanni Andreotti war Kunsthändler und besaß eine vor dem Krieg gut gehende Galerie in Turin. Im Moment jedoch kämpfte er, wie viele andere Unternehmen gegen die Tristesse der Nachkriegszeit. Andreotti hatte die Galerie 1896 gegründet und sich von Anfang an auf Werke der Renaissance spezialisiert.

»Dottore Morsini, ich schließe mich Ihnen gerne an. Gehen wir.«

Beide blickten sich unauffällig um, bevor sie sich in Richtung Fluss auf den Weg machten. Die ersten Meter gingen sie stumm nebeneinander her. Morsini starrte nach vorne, Andreotti blieb einen halben Schritt hinter seinem Begleiter zurück und versuchte, sich einen Eindruck von Morsini zu verschaffen. Sie hatten zwar in den vergangenen Jahren das ein oder andere Geschäft miteinander gemacht, waren sich aber persönlich noch nie begegnet. Alles lief stets über Mittelsmänner. Morsini wollte bei seinen Käufen stets anonym bleiben.

Er hatte dem Galeristen vor drei Tagen ein Telegramm geschickt und zum ersten Mal um ein persönliches Treffen gebeten. Er hätte einen etwas speziellen Wunsch, von einem Auftrag war nicht die Rede. Andreotti hatte sich dennoch sofort zu diesem Treffen bereit erklärt.

»Was will der von mir und plötzlich persönlich?«, fragte er sich nun erneut, als sie schweigend über das rötliche, von großformatigen hellen Steinplatten unterbrochene Pflaster des Platzes schritten. Er entschied sich, abzuwarten. »Soll der andere doch beginnen«, sagte er sich.

»Signor Andreotti, wie Sie sicher inzwischen wissen, bin ich Anwalt und fanatischer Kunstsammler. Wir hatten ja schon mehrfach das Vergnügen.«

Andreotti nickte nur, Morsini machte eine kurze Pause.

»Ich kenne und schätze Sie als vertrauenswürdigen und vor allem verschwiegenen Geschäftspartner und komme deshalb mit einem ganz speziellen, sogar fragwürdigen Anliegen heute zu Ihnen. Ich gehe davon aus, dass dieses Treffen und mein Wunsch ausschließlich unter uns bleiben. Auch falls Sie Nein sagen sollten, was ich Ihnen selbstverständlich zugestehe. Allerdings ungern.« Er schaute Andreotti abwartend an.

»Meine absolute Diskretion kennen Sie, Dottore.«

»Gut, ich habe das erwartet. Ich möchte nicht darum herum reden, kurz gesagt, sie sollen für mich den jugendlichen Johannes der Täufer von Andrea del Sarto besorgen.«

Andreotti blieb abrupt stehen, riss die Augen auf und starrte seinem Gegenüber fassungslos ins Gesicht. Beide schwiegen. Der Galerist brauchte ein paar Sekunden, um sich wieder einigermaßen zu fassen.

»Wenn mich nicht alles täuscht, hängt genau dieses Gemälde in der Sammlung des Königshauses Savoyen hier in Turin. Im Palazzo dell'Accademia delle Scienze!«

»Stimmt! Und Sie sollen es für mich dort heraus holen. Egal, was es kostet. Zumindest fast egal.«

Morsini war bei diesen Worten ebenfalls stehen geblieben, jetzt setzten sich beide wieder in Bewegung. Es dauerte geraume Zeit, bis Andreotti aufschloss und sich kopfschüttelnd wieder äußerte.

»Sie sind sich sicher, dass dieser Wunsch Ihr Ernst ist?«, fragte er den Anwalt. »Das ist ein Meisterwerk der Renaissance, hängt seit vielen Jahren ...«

»Seit 1869.«

»... in der königlichen Sammlung, nachdem es aus Florenz hergekommen war.«

»Das ist zweifellos richtig, aber in Zukunft soll es in der Villa Morsini in Castagnole hängen. Und zwar nur für mich! Können Sie das verstehen? Ein Kunstwerk, nur für mich!«

Morsini lief nun schneller, nachdem sie den Fluss erreicht hatten. Andreotti hatte Mühe, ihm zu folgen. Er kam leicht außer Atem. Morsini stoppte plötzlich, wandte sich um und deutete mit dem Spazierstock auf den Begleiter.

»Signor Andreotti, können Sie das für mich realisieren? Ich will dieses Bild haben und bezahle Ihnen fast jeden Betrag dafür. Die anmutige Natürlichkeit, der ganze Charakter des Bildes und der klassische Bildaufbau machen dieses Gemälde einzigartig. Für mich! Holen Sie es heraus. Bitte!«

Morsini war ins Schwärmen geraten, übergangslos wurde er wieder der nüchterne Anwalt. »Ich weiß, dass es Ihnen nicht gut geht, jetzt nach dem Krieg. Sie haben massive Probleme mit Ihrer Galerie und stehen vor dem Ruin. Sie wären auf einen Schlag saniert! Ja oder nein?«

»Aber ich müsste einen wahnsinnigen Diebstahl begehen. Ein Gemälde aus diesem gut bewachten Museum zu stehlen, ist Wahnsinn. Vergessen Sie das! So sehr mich, zugegeben, Ihr Wunsch reizt.«

»Ich war dort. Das Museum hat so gut wie kein Geld mehr, um gute Wachleute zu bezahlen. Da laufen drei, vier alte, gebrechliche Männer herum, Kriegsveteranen. Für einen einigermaßen talentierten Kriminellen dürfte das kein Problem sein.« Morsini schaute zweifelnd auf den Kunsthändler. »Sie sollten öfter ins Museum gehen, dann wüssten Sie, wie schlecht derzeit bewacht wird. Wahrscheinlich hätte ich das Bild heraus tragen können, und keiner hätte es gemerkt. Aber vielleicht sind Sie doch der falsche Partner für ein wirklich großes Geschäft.«

Andreotti fühlte sich wie in einem Schraubstock eingespannt. Entweder pleite oder Verbrecher! Pest oder Cholera. Er konnte wählen.

»Dottore, lassen Sie mir Bedenkzeit, ich muss das erst …«

»Sie hätten im Krieg sein sollen, dann wüssten Sie, was es heißt, schnell zu entscheiden«, unterbrach ihn der Anwalt schroff. Morsini blickte dabei verächtlich auf seinen Begleiter. »Aber in Ordnung. Sie überlegen sich bis in zwei Tagen, ob und wie Sie das Ganze ausführen wollen. Ich bin am Freitag wieder hier in Turin und treffe Sie am gleichen Ort wie heute gegen siebzehn Uhr. Dann wissen Sie, ob Sie sich ein gutes Geschäft durch die Lappen gehen lassen wollen oder wie Sie es machen werden. Arrivederci, Signor Andreotti! Buon giorno. Vielen Dank für Ihre Zeit.«

Morsini drehte sich ohne ein weiteres Wort um, ließ Andreotti stehen und bog mit schnellen Schritten in die nächste Querstraße ein, die vom Po wegführte.

Der Galerist verharrte bewegungslos, er wollte Morsini erst noch etwas nachrufen, ließ es dann jedoch bleiben.

»Das ist alles nicht wahr«, versuchte er sich selbst einzureden, als sein Auftraggeber um die Hausecke verschwand und nur noch das sich entfernende Klacken seines Stockes auf dem Pflaster zu hören war.

Die Galerie erreichte Andreotti nach wenigen Minuten Fußmarsch, er schloss die Ladentür auf, trat ein und ließ das Schild in der Tür auf Chiuso, Geschlossen, hängen. »Was tue ich hier? Wasche ich meine Hände schon mal in Unschuld?«, schoss ihm in den Kopf, als er in der Toilette seine nassen Hände abtrocknete. Zurück in der Galerie goss er sich zuerst einen doppelten Grappa ein, den er sofort hinunter kippte. Sein Hals brannte wie Feuer, er schnappte nach Luft und ließ sich in einen der drei bequemen Sessel fallen, die sich um einen kleinen runden Tisch gruppierten. Seine Gedanken begannen sich zu überschlagen.

Giovanni Andreotti war gewiss kein Mensch mit allzu großen Skrupeln, was Geschäfte anbetraf. Auch unsaubere. Wenn Geld zu verdienen war, gab es für ihn wenig Hemmnisse. Aber so eine Sache wie die, mit der ihn Morsini soeben konfrontiert hatte, war ein anderes Kaliber als die krummen Deals, die in der Kunstszene gang und gäbe waren. Er sollte ein Meisterwerk stehlen, das mehr oder weniger gut bewacht im Museum hing. Gut, der Moment könnte so kurz nach dem Krieg günstig sein, wie Morsini vorhin behauptet hatte. Er musste in die Akademie, er musste sich selbst ein Bild von den Gegebenheiten machen. »Und ich brauche einen Dieb«, machte er sich halblaut klar. Andreotti hatte in den vergangenen Jahren den ein oder anderen Kontakt zu zwielichtigen Zeitgenossen gepflegt, er konnte immer mal wieder auf diese Leute zurückgreifen.

Gegen acht am selben Abend verließ er die Galerie, nahm sich ein Taxi und ließ sich zur Porta Nuova, dem Rotlichtviertel der piemontesischen Hauptstadt fahren. Er musste einige besonders aufdringliche Prostituierte abwehren, bis er sein Ziel erreichte. Den Nachtclub Paradiso. Das einzige, was diese heruntergekommene Kaschemme mit dem Paradies zu tun hatte, war die weitgehende Nacktheit seiner Animierdamen. Andreotti drückte sich mithilfe eines nicht allzu kleinen Geldscheins am Türsteher vorbei und landete in einem düsteren Mix aus Schweiß, Rauch und billigem Parfüm. Warum müssen in diesen Puffs immer Hektoliter dieses widerlichen Zeugs versprüht werden, dachte er, während er sich an den Gästen vor der Bar vorbei schob. Auf der winzigen Bühne im Hintergrund des Lokals räkelte sich, begleitet von einem miserablen Pianisten, eine dunkelhäutige Tänzerin in einem noch winzigeren Kostüm aus Straußenfedern. Der Kunsthändler hatte jedoch kaum einen Blick für den Auftritt übrig, sondern suchte konzentriert nach einem ganz bestimmten Gast. In einer runden Sitzgruppe wurde er schließlich fündig. »Ciao, Marconi!«

Der Angesprochene löste sich zögernd aus der Umarmung mit einer der beiden blonden, spärlich bekleideten Schönheiten, mit denen er sich bis zu diesem Moment vergnügt hatte. Er schaute provozierend langsam hoch.

»Der Maestro! Was sucht die hehre Kunst hier? Zuhause nichts los? Oder aus Studiengründen?« Er lachte über seinen Witz.

Andreotti reagierte nicht und setzte sich ungefragt auf einen freien Sessel. »Können wir reden?«

»Wenn du nett zu diesen beiden Hühnern bist und den Schampus bezahlst«, antwortete Marconi lachend.

Der Galerist nickte.

»Gut, dann schwirrt jetzt ab, ihr beiden Hübschen!«

Die beiden Damen blickten schmollend auf ihren Gast, der schob beide von sich weg. »Haut ab! Er zahlt!«

Marconi hatte für Andreotti schon mehrere nicht ganz saubere Aufträge ausgeführt. Er benahm sich gerne wie seine großen Vorbilder, die berühmten Gangsterbosse in der New Yorker Bronx. Obwohl er nur ein kleines Licht in der Turiner Unterwelt darstellte, hatte er doch gute Kontakte zu nahezu allen Bereichen des Verbrechens. Schläger, Diebe, Betrüger, Geldeintreiber, zur Not auch noch mehr. Er konnte fast alle einschlägigen ›Dienstleistungen‹ vermitteln.

»Was brauchst du denn heute, Herr Galerist? Es muss sich schon lohnen, wenn du mich hier aus meiner Unterhaltung heraus reißt.« Er grinste und begann zu lachen. Es klang wie ein wieherndes Pferd, fand Andreotti.

Er kam ohne Umschweife sofort zum Thema. »Ich brauche einen richtig guten Dieb!«

»Oh, das hört sich mal gut an. Was willst du denn klauen, mein Freund? Die Mona Lisa?« Marconi lachte sich fast tot über seinen eigenen Witz.

Andreotti schüttelte den Kopf und bedeutete seinem Gesprächspartner nicht so laut rumzubrüllen. »Nein, aber ein Gemälde in der Accademia delle Scienze.«

Marconi richtete sich blitzschnell auf. »Was? Spinnst du?«

»Nein, ganz und gar nicht«, antwortete Andreotti und erläuterte den möglichen Auftrag. Marconi hörte schweigend zu.

Zwanzig Minuten später waren sie handelseinig. Andreotti würde Marconi das Bild in der Akademie zeigen, weitere Angaben würden folgen. Dann verließ er fluchtartig den Nachtclub. Marconi rief die Damen zurück und gönnte sich und den beiden eine weitere

Flasche Champagner. »Mädels, da gibt‘s bald mehr davon!«

Andreotti ließ sich nach Hause chauffieren. Er wohnte direkt über seiner Galerie in einer weitläufigen, aber bescheiden eingerichteten Wohnung. Bereits im Taxi hatte er darüber nachgedacht, wie das Ganze ablaufen müsste. Als er die Wohnung aufschloss, hatte er die entscheidende Idee. Er wusste jetzt, was wie zu tun war. Dottore Morsinis spezieller Auftrag war ihm sicher. Er hatte die beste, aber auch teuerste Lösung dafür.

»Einfach genial«,bestätigte er sich selbst.

Am darauf folgenden Vormittag besuchte Andreotti die Accademia. Er schlenderte unauffällig durch die verschiedenen Säle wie ein ganz normaler Besucher. Vor dem Gemälde des Renaissancemalers Andrea del Sarto blieb er länger stehen. Seine eigene Idee vom Vorabend gefiel ihm zusehends besser. Während seines ganzen Rundgangs hatte er lediglich einen Wachmann erblickt, einen alten, zittrigen Mann mit einer Beinprothese. Ganz in der Nähe des Saales mit seinem Bild fand er eine Toilette, ideal als mögliches Versteck. Eine knappe Stunde später hatte er genug gesehen und verließ das Museum. Beim Rausgehen erkannte er noch, dass die Ausstellungsräume über einen direkten Zugang aus der eigentlichen Kunstakademie verfügten. Das müsste der Weg sein, um unerkannt rein zu kommen. Und wieder raus.

Freitagnachmittag traf er sich erneut mit Morsini. Sie gingen denselben Weg wie beim letzten Mal. Der Anwalt kam sofort zur Sache. »Und?«

»Es wird gehen, ich nehme Ihren Auftrag an. Ich habe eine gute und langfristig sichere Lösung gefunden, die Sie überraschen wird, wenn das Bild in Ihrer Villa hängt.«

Eduardo Morsini blickte ihn skeptisch an, Andreotti schüttelte den Kopf. »Sie werden es erleben und begeistert sein.«

»Was wollen Sie für den Auftrag?«, fragte Morsini.

»Die Aktion ist nicht einfach und ich habe hohe Ausgaben. So etwas lässt sich nicht mit Amateuren machen.«

»Deshalb komme ich zu Ihnen. Wie viel?«

»Zweihunderttausend! In bar!«

Morsini schien nachzudenken. »In Ordnung. Sobald das Bild in meiner Hand ist! Sie kennen mich, und wissen dass Sie Ihr Geld bekommen.«

Andreotti nickte nur. Dann trennten sie sich.

Der unauffällig gekleidete, kräftige Mann mittleren Alters fiel niemandem in der Akademie auf, als er am 24. Mai 1919 gegen achtzehn Uhr über einen Seiteneingang das Gebäude betrat und sich in Richtung des großen Hörsaals bewegte. Auf halbem Wege bog er rechts ab und lief den endlos langen Flur auf die Ausstellungssäle zu, welche die Sammlungen des Königshauses Savoyen enthielten. Kurz davor betrat er eine Toilette, die er erst nach mehreren Stunden wieder verließ. Er war in der Lage, sich so sicher im Gebäude zu bewegen, weil er den gesamten Weg bereits am Tag zuvor während der Mittagszeit gegangen war. Vorbereitung ist der sicherste Weg zum Erfolg, war sein Credo.

In der Zwischenzeit waren die Ein- und Ausgänge der Accademia delle Scienze verschlossen worden, ein älterer Wachmann hatte zwei Runden gedreht und lediglich ganz mechanisch einen kurzen Blick in die Gemäldeausstellung geworfen. Um die von innen abgeschlossene Toilette kümmerte sich niemand.

Kurz vor 23 Uhr trat der Mann vorsichtig ausspähend aus der Toilette auf den nur mit einem einzigen Notlicht schwach beleuchteten Flur. Er schlich zielsicher zum ersten Ausstellungssaal, durchquerte diesen in der Dunkelheit traumwandlerisch sicher und erreichte den zweiten Saal. Hier waren vor allem Meisterwerke der Renaissance ausgestellt. Ohne zu zögern ging er auf ein Gemälde zu, das trotz des ganz schwachen Lichts einen Jüngling erkennen ließ. Er hängte es vorsichtig ab und nahm es unter den Arm, machte einen Schritt von der Wand weg, dann blieb er zögernd stehen und lauschte. Nichts. Kein Geräusch war zu hören.

Plötzlich, als hätte er etwas vergessen, drehte er sich wieder der Wand zu und hängte nach kurzem Zögern ein weiteres Gemälde ab. Er schlüpfte aus seiner Jacke und wickelte beide Bilder darin ein, sie waren nicht allzu groß. Kurz darauf verließ er den Saal, ging den dunklen Flur zurück und stieg die Treppe ins Erdgeschoss hinab. Er konzentrierte sich darauf, die beiden Gemälde nicht zu verlieren, weshalb er am Fuß der Treppe nicht darauf gefasst war, unvermittelt auf den alten Wachmann zu stoßen, den er aus seinem Toilettenversteck über den Flur schlurfen sah.

Beide waren völlig überrascht, der Dieb reagierte schneller. Er ließ die Jacke mit den eingewickelten Bildern fallen und stürzte sich auf den alten Mann. Es war ein ungleicher Kampf. Der Wachmann hatte keine Chance. Er kam nicht einmal mehr zu einem Schrei, so schnell hatte ihm der jüngere und bullige Dieb mit einer blitzartigen Drehung das Genick gebrochen. Der alte Mann war tot, noch bevor er am Boden aufschlug. Der Dieb blickte nur ganz kurz auf den Leichnam, griff seine beiden Bilder, ging in aller Ruhe am leeren Büro der Wache vorbei und verließ das Gebäude durch den Nebeneingang, durch den er am frühen Abend hereingekommen war. Er verschwand unerkannt in der Dunkelheit der Via Accademia delle Scienze.

Der Bilderdiebstahl war La Stampa, der größten Tageszeitung in Turin, am nächsten Tag nur einen Bericht im Lokalteil wert.

Zwei wertvolle Gemälde entwendet, Wachmann ermordet.

In der Nacht zum Samstag wurden bei einem Einbruch im Palazzo dell' Accademia delle Scienze zwei wertvolle Gemälde der Renaissance gestohlen. Bei dem besonders dreisten, erst spät am Sonntag bemerkten Überfall wurde ein Wachmann, der 69 Jahre alte Maurizio Capaldi, getötet. Wie die Carabinieri Turin mitteilen, gibt es noch keine Hinweise auf den oder die Täter. Der Wachmann hinterlässt Frau und einen Sohn.

Andreotti war geschockt, als er die Seite mit der Meldung aufschlug. Marconi hatte nichts davon erwähnt, als er ihm am frühen Morgen das bestellte Gemälde in die Galerie brachte. Alles wäre glatt gelaufen. Und jetzt das. Der Mord und dazu noch ein zweites Bild gestohlen, was sollte das? Der Kunsthändler war mit den Nerven am Ende. Marconi beschwichtigte ihn. »Alles in Ordnung, es gab nur ein kleines Problem. Und das zweite Bild ist ein kleiner Nebenverdienst. Geht Sie nichts an!«

Andreotti verpackte das gestohlene Gemälde und ließ sich am gleichen Tag noch von einem Taxi nach Rivodora fahren, einem kleinen Weiler oberhalb Turins.

»Wie lange werden Sie dafür brauchen?«, fragte er den Mann mittleren Alters, der ihm die Haustür geöffnet hatte und dem er in dessen Atelier das Bild entgegenhielt.

»Ich denke, fünf bis sechs Wochen.«

Sechs Wochen später, am 30. Juni 1919, spät abends gegen 23 Uhr traute der Wachmann, der den getöteten Kollegen ersetzen musste und seine zweite Runde machte, seinen Augen nicht. Er musste zwei Mal hinschauen. Der jugendliche Johannes der Täufer von Andrea del Sarto hing wieder an seinem angestammten Platz im Saal zwei der Akademie. Lediglich der Platz neben ihm blieb leer, dieses Gemälde eines holländischen Renaissancemalers blieb verschwunden. Museumsleitung und Polizei waren genauso überrascht wie ratlos, das Gemälde war eines Nachts einfach wieder da gewesen. Im richtigen Saal, am alten Platz. Die in Turin und ganz Piemont um sich greifenden Unruhen, geschürt von den Sozialisten um Gramsci auf der einen, den Faschisten auf der anderen Seite, erforderten die ganze Aufmerksamkeit der Polizeibehörden, weshalb sich niemand groß um das verschwundene und plötzlich wieder aufgetauchte Gemälde kümmerte. Es war schließlich wieder da, also, was soll's? Die Presse hatte andere Themen, die Menschen hatten andere Sorgen. Bilder interessierten nicht.

Am zweiten Juli wurde die übel zugerichtete Leiche des Bartolomeo de Santis, 49 Jahre alter Kunstmaler und in der Branche bekannter und geschätzter Bilderfälscher, wohnhaft im kleinen Dorf Rivodora nahe Turin am Ufer des Po, wenige Kilometer flussabwärts der Hauptstadt bei Moncalieri angeschwemmt. De Santis hatte bereits mehrere Tage im Wasser gelegen, war aufgedunsen und hinterließ keinen guten Eindruck mehr. Sein letztes Werk brachte ihm kein Glück. Das Polizeiprotokoll vermerkte lapidar ›vermutliche Todesursache Fremdeinwirkung mit einem stumpfen Gegenstand.‹ Die Ermittlungen blieben ergebnislos. Sie interessierten weder die Presse noch die Leute.

Galerist Giovanni Andreotti übergab das gestohlene Gemälde am 3. Juli seinem Auftraggeber Eduardo Morsini und kassierte zweihunderttausend Lire in bar, die er nach Abzug des Honorars für Marconi – für Bartolomeo de Santis brauchte er keines mehr – Zug um Zug in ›offiziellen Umsatz‹ verwandelte und damit die Galerie sanierte. Es hatte ihn viel Kraft gekostet, seinen Kunden Morsini von seiner genialen Idee zu überzeugen.

»Signor Morsini, Sie haben das Original. Nur für sich, wie Sie es wollten. Die Besucher in der Accademia bewundern seit drei Tagen eine exzellente Fälschung, eine Kopie.«

November 1924, Castagnole. Der Diebstahl

Es war bitterkalt geworden auf den flachen Hügeln des Roero, diesem abgelegenen Winkel Piemonts zwischen Asti und Alba. Die scharfen Böen des Nordwestwinds aus den Bergen trieben graue, feuchte Wolkenfetzen und Nebelschwaden vor sich her, die sich in den Tälern zwischen den Rebenreihen der abgeernteten Weinberge und in den tiefen Furchen der umgepflügten Äcker niederließen.

An solchen Novembertagen lag das Land da wie tot, als hätte es Angst vor dem bevorstehenden langen Winter. Die Farben des Herbstes waren einem unbestimmbaren Grauton gewichen. Die alten Leute blieben im Haus vor ihren qualmenden, schlecht ziehenden Kaminen und Kohlebecken hocken, die dunklen Räume hinter den dicken Steinmauern mit den kleinen Fenstern wurden nie richtig warm. Die Menschen hüllten sich in wärmende Umhänge, sie froren dennoch. Jetzt starben die Alten.

Die Jungen suchten ihre Chancen zum Leben in einem trostlosen Umfeld. Bereits das zweite Jahr litt die Region unter der Agitation der Sozialisten und Kommunisten. Leute wie Antonio Gramsci heizten die ohnehin aufgeladene Stimmung nach dem großen Krieg zusätzlich auf. Ständige militante Demonstrationen, Streiks, Fabrik- und Landbesetzungen waren an der Tagesordnung.

Die alten Leute verstanden die Jungen nicht mehr, die Landbevölkerung nicht mehr die Städter. Die Gegenkräfte der Fabrik- und Grundbesitzer gewannen zwar zunehmend die Oberhand, das sogenannte Biennio Rosso der Linken wurde abgelöst durch das Biennio Nero der Rechten, durch die Faschisten. Was nichts besser machte im Piemont. Das Land vor den Bergen litt. Dem Roero und seinen Bewohnern ging es schlecht in diesem kalten Spätherbst.

Die beiden jungen Männer schlichen vorsichtig nach allen Seiten ausspähend auf die hohe Mauer zu, die sich vor ihnen aufbaute. Sie hatten ihren eigenen Weg des Überlebens gefunden. Sie suchten Beute in den mächtigen Villen der Fabrikanten, Weingüter, Anwälte und Großgrundbesitzer. In den Villen der ›besseren Leute‹. Dieser Schicht, die immer oben schwamm, wie sich Ernesto, der eine der beiden ausdrückte, wenn er sich am Abend in der einzigen noch existierenden Bar des kleinen Ortes Castagnole rumtrieb und sich bei wilden politischen Diskussionen das ein oder andere blaue Auge holte.

Er und sein Freund Alberto waren seit ihrer Kindheit unzertrennlich, sie waren wie Brüder, obwohl sie im Wesen grundverschieden waren. Ernesto di Rosso war erst vor vier Wochen 29 geworden, Alberto Moretti war vier Jahre jünger. Obwohl beide aus einfachen Familien stammten, gingen sie völlig unterschiedliche Wege. Alberto hatte mit Lernen wenig bis nichts am Hut, er verließ früh die Schule und schlug sich als einfacher Landarbeiter auf einem benachbarten Weingut recht und schlecht durch. Seine Welt bestand aus Glücksspiel und der Gitarre. Auf seinem alten, abgewetzten Instrument spielte und sang er sowohl die alten wehmütigen Lieder der Region als auch die aggressiven Protestlieder, die später zu Kampfgesängen der Partisanen im zweiten Weltkrieg wurden:

»*Stamattina mi sono alzato*
o bella, ciao! bella, ciao! bella, ciao, ciao, ciao!
Una mattina mi son svegliato,
e ho trovato l'invasor.
O partigiano, portami via,
o bella, ciao! bella, ciao! bella, ciao, ciao, ciao!
O partigiano, portami via,
ché mi sento di morir.«

Am liebsten saß er dabei vor dem Municipio, dem Rathaus, auf der Piazza. Er war ein gut aussehender Mann, hatte eine wohlklingende, mal sanfte, mal raue Stimme und genoss das Interesse der jungen Frauen, die ihn anhimmelten, bis er von den Carabinieri davongejagt wurde. Und er genoss den Nervenkitzel harter Runden im Kartenspiel. Das Spiel war für ihn wie eine Sucht. Er zockte immer höher, reizte riskanter, gewann seltener sondern verlor öfter und brauchte ständig mehr Geld. Das er meist nicht hatte.

Ernesto war einen ganz anderen Weg gegangen. Er war ein sehr ruhiges, in sich gekehrtes Kind. Schon als Dreijähriger hatte ihm sein Onkel Adolfo, der bei der Provinzverwaltung in Alba als Sekretär arbeitete, vier Malstifte und einen weißen Papierblock geschenkt.

»Damit kannst du schön malen, dann wird vielleicht einmal ein Künstler aus dir«, hatte er lachend angemerkt.

Und Ernesto malte. Häuser, Bäume, Berge und Menschen. Zuerst nur mit seinen vier Malstiften. Später, als er farbige Pastellkreide bekam, wurden seine Bilder immer vielfältiger, anspruchsvoller. Er verlor sich regelrecht in der Malerei, saß Stunden auf einem Aussichtsplatz oder porträtierte alte Männer, die auf einer Bank an der Piazza saßen und redeten. Wobei erst sein Lehrer in der Schule das tatsächliche Talent erkannte, das in dem Jungen steckte. Er sprach mit Ernestos Eltern, die nur zögernd zustimmten, dass sich der Lehrer um ein Stipendium für Ernesto kümmern durfte. Was er dann, als Ernesto sechzehn war, auch erfolgreich tat.

Nach Abschluss der Schule und einer Lehre bei einem Kunstmaler und Buchdrucker im nahe gelegenen Ort Canale wurde der zwanzigjährige Ernesto di Rosso in die ›Accademia Albertina di Belle Arti di Torino‹ aufgenommen. Ein einschneidendes Erlebnis für den einfach gestrickten jungen Mann aus der kleinen Landgemeinde. Er musste sich plötzlich als armes, ahnungsloses Landei inmitten einer arroganten Schicht von großteils talentfreien Söhnen und Töchtern aus reichen Häusern behaupten. Als er mit seinem Rucksack, den wenigen Habseligkeiten und in seinem alten, unmodernen Anzug in der Accademia ankam, sah er sich mit einer Horde ungezügelter Kommilitonen konfrontiert, die trotz der Wirren der Nachkriegszeit eher an wilden Orgien, an Sex, Drogen und Alkohol interessiert waren als am Studieren. Sie hänselten ihn, pöbelten, heute würde man ›Mobbing‹ sagen, sie machten ihm das Leben zur Hölle.

Erst als er in eine kleine Gruppe Gleichgesinnter hinein kam, die sich besonders für die Welt der Renaissance interessierte, wurde es etwas besser. Ernesto war und blieb aber der Außenseiter. Während des ganzen Studiums.

Zudem kamen seine Eltern bei einem Zugunglück im Januar 1919 ums Leben. Ein Personenzug war kurz vor dem Hauptbahnhof Turin auf eine nicht entschärfte Bombe aufgefahren. 24 Menschen wurden bei diesem Unfall getötet. Aber Ernesto ließ sich nicht unterkriegen, er beerdigte die Eltern, boxte sich durch und beendete mit fünfundzwanzig, genau ein Jahr später, erfolgreich sein Kunststudium. Allerdings ohne jede Chance auf einen Arbeitsplatz.

In Turin gab es weder offene Stellen für Kunstlehrer noch Arbeitsplätze in Museen und Galerien. Er kehrte deshalb sehr schnell wieder in seinen Heimatort zurück und bezog 1920 alleine das kleine Elternhaus in San Pietro, einem winzigen Weiler nahe Castagnole. In den seitdem vergangenen vier Jahren schlug er sich recht und schlecht mit Auftragsarbeiten durch. Er malte, was die Leute haben wollten. Als Aquarell, Tuschezeichnung oder in Öl. Vor allem Familienporträts im Stil der Renaissance waren seine Spezialität.

Er kam auf diesem Weg immer wieder mit wohlhabenden Familien in Berührung, die sich porträtieren ließen. Ernesto schilderte dies stolz seinem Kumpel Alberto, was diesen eines Tages auf eine, wie er meinte, geniale Idee brachte, um ihrer beider wirtschaftliche Situation zu verbessern.

»Ernesto!«, meinte er, »wir rauben die aus!«

»Du spinnst ja«, hatte er Alberto geantwortet.

Der blieb hartnäckig und schaffte es nach vielen Versuchen, Ernesto zu überreden. »Du kennst die Villen, du weißt, wie man reinkommt.«

Drei Wochen später gelang ihr erster Einbruch in eine Villa nahe Alba. Fast zweitausend Lire in bar. Zwei silberne Leuchter und mehrere kleine Schmuckstücke konnten sie bei einem Hehler in Asti loswerden.

Sie waren euphorisch ob dieses Erfolgs.

»Wir werden reich, Ernesto!«

Alberto hatte seinen Anteil nach kürzester Zeit verspielt. Ernesto lieh ihm einen Teil seiner Beute, auch das war kurz darauf in anderen Händen. Villen in Canale, Canove und Asti waren die weiteren Stationen. Mit demselben Ergebnis für Alberto. Es reichte ihm nie. Seine Spielsucht trieb ihn immer häufiger ins Risiko. Also, neuer Bruch. Ernesto machte gute Miene zum bösen Spiel.

Deshalb waren sie jetzt hier. Es war kurz vor halb zehn. Die Villa Morsini war im diffusen Dunkelgrau der Herbstnacht nur schwer auszumachen. Sie hatten am Abend das Gebäude beobachtet, nachdem Alberto in der Bar Centrale mitgekriegt hatte, dass heute Abend ein Empfang beim Bürgermeister stattfinden würde. Es sollten einige Persönlichkeiten aus der Region geehrt werden, die sich an einer Spende zugunsten des Kinderkrankenhauses in Canale beteiligt hatten. Darunter maßgeblich die Familie Morsini.

Eduardo Morsini war erfolgreicher Wirtschaftsanwalt. Ein knallharter Haudegen, alter Geldadel. Im Krieg hatte er eine Einheit geführt, die in den Bergen des Aostatals am Alpenwall baute.

Ernesto und Alberto hatten beobachtet, wie er mit Frau und Sohn in seinem erst drei Jahre alten Alfa Romeo HPO ES Sport, einer Limousine mit 67 PS und 130 km/h Spitzengeschwindigkeit, weggefahren war.

Kurz darauf verließ auch das Hausmädchen die Villa. Sie traf sich am Eingangstor zum Grundstück heimlich mit ihrem Freund, der dort gewartet hatte. Kurz darauf verschwanden die jungen Leute. Die Villa stand leer.

Die beiden Einbrecher waren sicher, dass der Empfang auf keinen Fall vor dreiundzwanzig Uhr beendet sein würde. Einladungen des Bürgermeisters dauerten immer bis gegen Mitternacht. Sie erreichten die gut zwei Meter hohe Natursteinmauer, die genügend kleine Tritte bot, um hochzusteigen. Alberto kletterte vor, schaute vorsichtig in den dunklen Park und winkte Ernesto. Der folgte. Sie sprangen fast lautlos in das weiche Gras am Fuß der Mauer und gingen hinter einem riesigen Rhododendronbusch in Deckung. Nichts zu sehen und zu hören. Jede Deckung ausnützend erreichten sie hinter einem Mammutbaum vorbei die abweisende Nordseite der Villa.

Diese war Anfang des 19. Jahrhunderts im damals typischen Stil des Neoklassizismus gebaut worden. Im Sonnenlicht strahlte das Gebäude in einem warmen Gelbton, jetzt schien die Fassade dunkelgrau. Bei mehreren Umbauten waren später Elemente des Jugendstils dazu gekommen.

Alberto schlich einige Schritte nach rechts, schaute um die Hausecke und winkte Ernesto zu sich.

»Hier ist eine schmale Terrasse auf der Westseite mit einer Glastüre. Da gehen wir rein!«

Ernesto nickte. »Das ist sein Arbeitszimmer.«

Er schob sich vor Alberto, stieg die drei Stufen zur Terrasse hoch und untersuchte das Schloss der Terrassentür.

»Kein Problem!«

Mit einem selbst gebastelten Dietrich hatte er das Türschloss schon nach weniger als einer Minute geöffnet und drückte sich vorsichtig durch den halbgeöffneten Türflügel. Alberto folgte ihm sofort nach. Sie landeten in dem Arbeitszimmer, das Ernesto bereits einmal gesehen hatte, als er ein Porträt der Signora ablieferte, und umrundeten vorsichtig den überdimensionierten Schreibtisch. Sie trauten sich nicht, Licht einzuschalten, dennoch ließen sich die Einrichtung des Raumes als auch die meisten Gegenstände recht gut erkennen.

Alberto machte sich ohne zu zögern über den Schreibtisch her, Ernesto schaute sich im Raum um.

»Du machst das hier«, flüsterte er seinem Komplizen zu, »ich schaue mal in den Salon.«

Alberto zeigte an, dass er verstanden hatte. Ernesto bewegte sich umsichtig durch die über zwei Stockwerke reichende Eingangshalle und betrat den großen Salon der Villa. Die Tür quietschte etwas, er hielt kurz inne. Nichts.

Die Morsinis zeigen ihren Reichtum, dachte er und packte zwei goldene Kerzenleuchter, ein auf einem Sideboard stehendes Gefäß und zwei silberne Karaffen in seine mitgebrachte Tasche. Die an den Wänden hängenden Bilder streifte sein Blick nur kurz, es waren überwiegend zeitgenössische Motive, nichts, was ihn besonders interessiert hätte. Seine Bilderwelt war die Renaissance.

Kurz darauf verließ er den Salon und begegnete in der Diele Alberto, der ihn fragend anschaute.

Ernesto wies auf den Salon und schüttelte den Kopf. »Gibt nicht mehr her, schauen wir oben und unten nach!«

Alberto zeigte auf die breite geschwungene Treppe in den ersten Stock, Ernesto nickte und stieg selber die Stufen in das Untergeschoss hinab.

Im Gegensatz zu vielen einfachen Wohnhäusern zu der Zeit in Italien war die Villa unterkellert. Cantina, Abstellraum, das Zimmer des Hausmädchens, nichts von Interesse.

Dann stand er plötzlich vor einer verschlossenen Tür, seine Neugier war geweckt. Er benötigte etwas länger, um das Schloss zu knacken, aber dann hatte er es geschafft. Er trat vorsichtig ein. Im Untergeschoss war die Gefahr, dass Licht austreten könnte, sehr gering. Er schaltete deshalb seine kleine Taschenlampe ein, eine

Daimon aus Deutschland, die er vor zwei Monaten in Asti für ein Schweinegeld erworben hatte. Der schwache Lichtkegel durchbrach die Schwärze des Raumes und blieb an zwei an der Stirnwand hängenden Bildern hängen. Ernesto war fasziniert. Das linke stellte eine Flusslandschaft in der Poebene dar, gemalt nach seiner Einschätzung in den letzten fünfzig Jahren.

Er konzentrierte sich auf das andere Bild. Er war schon oft davor gestanden und kannte es. Und er wusste, dass es eigentlich in der Accademia delle Scienze in Turin hing, was es von 1869 bis 1919 auch durchgehend getan hatte. Am 24. Mai war es dann gestohlen worden, zusammen mit einem weiteren wichtigen Gemälde der Renaissance. Sechs Wochen später war es jedoch wie von Zauberhand wieder zurück und hing an derselben Stelle. Man munkelte damals etwas von möglichen Lösegeldforderungen, aber niemand wusste etwas Genaues. Es war einfach wieder aufgetaucht, dieses Werk Andrea del Sartos. Niemand spekulierte weiter. Das zweite gestohlene Gemälde eines Holländers, über das Ernesto nicht weiter Bescheid wusste, blieb verschwunden. Man ging in Ermittlerkreisen davon aus, dass die beiden Kunstwerke eventuell im Auftrag reicher Sammler entwendet worden waren und bei dem del Sarto etwas schief gegangen war.

Ernesto traute seinen Augen nicht, er hatte tatsächlich den ›jugendlichen Johannes der Täufer‹ von Andrea del Sarto vor sich, den dieser Anfang des 16. Jahrhunderts in Florenz gemalt hatte.

Del Sarto war einer der führenden Köpfe der Malerei der Renaissance. Ernesto kannte das Gemälde wie seine Westentasche. Das Motiv war Teil seiner Prüfungsaufgaben gewesen, jeder Pinselstrich war ihm vertraut. Er lehnte sich mit dem Rücken an die Eingangswand und starrte auf das Gemälde, das langsam im nachlassenden Lichtkegel seiner Taschenlampe verschwamm. Er war noch zu überwältigt, um sich überhaupt Gedanken darüber zu machen, warum das Bild eigentlich hier unten in der Villa Morsini hing. Und im Museum.

Ein Geräusch von oben ließ ihn wieder zu sich kommen, ganz automatisch, ohne nachzudenken, nahm er das etwa 90 mal 70 Zentimeter große Bild von der Wand, klemmte es unter den Arm – er war froh über das recht kleine Format – und verließ den Raum.

Im Erdgeschoss stieß er auf Alberto, der ihm den Rücken zuwandte und nur winkte. »Oben war nicht viel. Raus jetzt, lass uns abhauen!«

Ernesto folgte ihm, in der rechten Hand die Tasche, unter dem linken Arm das Gemälde. Im Park war es stockdunkel. Sie nahmen den gleichen Weg nach draußen, wie sie ins Haus eingedrungen waren, Ernesto stets hinter seinem Kumpan, stiegen wieder über die Mauer und liefen geduckt über die schmale Straße, die am Grundstück entlang führte. Von Alberto unbemerkt ließ Ernesto das Bild an der Innenseite der Mauer angelehnt zurück.

Der Rest des Weges ins Dorf zurück führte sie durch zwei Weinberge und eine Plantage mit Haselnusssträuchern. An einer verfallenen Hütte an der Straße kurz vor Castagnole machten sie Halt.

»Hat sich gelohnt heute, perfetto!« Alberto lachte und schlug Ernesto auf die Schulter.

»Hör mal zu, kannst du meinen Anteil zum Hehler mitnehmen? Wir teilen dann den Erlös«, schlug Ernesto vor.

Sein Freund schaute ihn zweifelnd an. »Du traust mir nicht zu, dass ich dich bescheiße?«

Ernesto grinste. »Ich traue dir alles zu! Nein, ich vertraue dir, das weißt du, also?«

Sein Gegenüber zuckte mit den Schultern, nickte und leerte zuerst Ernestos Tasche, danach seine aus.

»Da haben wir eine Menge Zeugs, leider kein Bargeld außer diesen paar Münzen. Was meinst du? Können wir tausend rausschlagen? Für jeden, meine ich!«

Ernesto lachte. »Wenn du gut bist.«

Alberto ballte die Faust. »Das weißt du doch!«

Damit packte er die Wertsachen zusammen in seinen Rucksack.

»Ciao Amico, wir sehen uns erst in drei Tagen, ich bin übermorgen in Asti. Verkaufen! Geschäfte!«

»Verspiel wenigstens nur deinen eigenen Anteil!«, rief Ernesto ihm nach.

Bei diesen Worten drehte sich Alberto um, warf den Rucksack auf den Rücken, winkte und eilte in Richtung Dorf. Ernesto schaute ihm lange nach, setzte sich anschließend hinter die Rückwand der Hütte und drehte sich eine Zigarette.

Erst jetzt wurde ihm ganz allmählich die Tragweite dessen klar, was er getan hatte und was das bedeuten könnte. Wobei er sich die entscheidende Frage nicht beantworten konnte. Warum gab es dieses Bild zweimal? Original und Fälschung? Das war doch nicht möglich? Wenn doch, welches war das echte Gemälde? Hatte er es in der Hand oder hing es in der Akademie? Wobei, würde sich der reiche Morsini, den Ernesto ohnehin für kriminell hielt, eine Kopie in einen abgeschlossenen Kellerraum hängen? Sicher nicht.

»Der hat das Original.« Er war sich fast sicher. Was das allerdings bedeuten würde, konnte er noch nicht erfassen. Eines jedoch war sonnenklar. Die Morsinis würden ihnen in jedem Fall die Hölle heiß machen, falls sie jemals rauskriegen sollten, wer für den Bilderdiebstahl verantwortlich wäre. Im ersten Moment hatte er sogar daran gedacht, das Bild sofort wieder zurückzubringen, was er aber verwarf. Dann kam er auf die Idee, die Morsinis zu erpressen. Die sollten für die Rückgabe des Gemäldes und sein Schweigen zahlen. Das würde allerdings nur funktionieren, wenn Morsini wirklich das Original hätte. Dann wurde ihm aber bewusst, dass er das niemals überleben würde. Das Bild durfte nie gefunden werden, zumindest nicht in den nächsten Jahren, bis vielleicht irgendwann mal Gras über die Sache gewachsen wäre und er das Gemälde an einen reichen Kunstliebhaber loswerden könnte. Oder an das Museum zurückgeben.

Ernesto grübelte eine Weile, er musste jedoch im Moment keine Entscheidung treffen. Aber wohin mit dem Bild, wo verstecken? Es gibt keinen Platz dafür wurde ihm sehr schnell klar. Man würde es finden. Und dann wuchs eine zuerst vage Idee in seinem Kopf zu einem realen Plan: Er müsste das Bild übermalen. Egal, ob es echt oder gefälscht war. Mit einem ganz banalen Motiv. So, dass es in einiger Zeit wieder zu öffnen und noch gut zu sanieren wäre.

Er hatte viel über die Möglichkeiten gehört, Übermalungen von Ölgemälden zu beseitigen, es würde gehen, die Techniken dafür wurden immer mehr verfeinert. Aber vor allem musste er sich jetzt beeilen, spätestens morgen früh würde der Einbruch und damit auch der Diebstahl entdeckt werden.

Er sprang auf, warf den Zigarettenstummel weg und nahm den selben Weg zurück zur Villa Morsini, wo das Bild unverändert an der Mauer lehnte. Er klemmte es wieder unter den Arm und lief über einen Feldweg, der sich am Hügel entlang wandte, den knappen Kilometer zu seinem Elternhaus im kleinen Weiler San Pietro di Castagnole zurück. Unbemerkt erreichte er das Haus und stieg auf Zehenspitzen unhörbar die Treppe hoch, obwohl das Haus außer ihm keine weiteren Bewohner aufwies.

Ernesto stellte das Gemälde auf den kleinen Tisch neben der Tür und lehnte es an die Wand. Ganz vorsichtig und leicht fuhr er mit dem Zeigefinger über die Oberfläche der Malerei.

»Bist du echt?«, fragte er den jungen Mann auf dem Bild und starrte unbeweglich darauf. Oder könnte das tatsächlich eine Fälschung sein. Wobei, die Signatur war eindeutig, es musste von del Sarto sein.

»Oder doch nicht?«, murmelte er. »Ich muss dich übermalen. Es geht nicht anders.«

Ernesto hatte Angst vor dem ersten Pinselstrich. Nachdem er diese überwunden hatte, lief es. Er konzentrierte sich auf die Bereiche, die er vollständig verändern musste. Dort setzte er teilweise recht pastose Pinselstriche. Einzelne Bildbereiche konnte er ohne große Mühe nützen und nur leicht anpassen. Ein Experte würde die Übermalung entdecken, aber dieses Risiko musste er eingehen.

Die Petroleumlampe auf seinem altersschwachen Tisch brannte fast die ganze Nacht durch. Am nächsten Morgen hing ein frisches Ölgemälde an der Rückwand seines kleinen Zimmers im Dachgeschoss. Das Halbporträt eines jungen Landarbeiters in der Po-Ebene. In einem ganz einfachen Holzrahmen, den er angepasst hatte. Der wertvolle Rahmen, der das Gemälde ursprünglich umfasste, war zertrümmert und hinter dem Haus eingegraben worden. Gemalt hatte er das Bild im eher grob gehaltenen Realismus eines zeitgenössischen Malers. Ein Held der Arbeit, wie ihn die an die Regierung gekommenen Faschisten so liebten. Mussolini, ihr neuer Regierungschef, würde begeistert sein. Sicher nur, solange er nicht wusste, was unter dem einfachen Landarbeiter zutage treten könnte.

Ernesto schlief bis gegen Mittag, wachte gerädert auf und arbeitete danach am Porträt eines Fabrikanten aus Alba weiter, das er zum Ende des Monats abliefern sollte.

In Castagnole war derweil die Hölle los. Bei der Familie Morsini war eingebrochen worden. Die Leute tuschelten, die Carabinieri waren mit der Aufnahme des Verbrechens beschäftigt, die gestohlenen Gegenstände wurden aufgelistet.

Von einem fehlenden Gemälde war keine Rede. Und Eduardo Morsini war auffällig zurückhaltend.

November 1924, Castagnole. Die Folter

Die beiden folgenden Tage waren geprägt von Gerüchten und aufgeregten Gesprächen in der Bar Centrale. Jeder der meist arbeitslosen Männer, die den winzigen schmalen Raum vor der Theke bevölkerten, wusste irgendetwas Neues. Draußen auf der Piazza tauschten die Frauen nach dem Einkauf oder Kirchgang die neuesten, meist falschen Erkenntnisse über den ungeheuerlichen Einbruch beim Dottore.

Die Familie Morsini gehörte seit vielen Generationen zu Castagnole. Mit wenigen Ausnahmen standen die Einwohner der Familie zurückhaltend entgegen. Man achtete sie, aber mochte sie nicht. Man grüßte korrekt, wollte aber nichts mit ihnen zu tun haben. Lediglich die Menschen, die mit den Morsinis Geschäfte machten, versuchten immer, aktiv ihre Zuneigung und Hochachtung zu zeigen, machten ihre Bücklinge.

Der jetzige Padrone, Advocato Eduardo, galt als hartherzig, man ging ihm am besten aus dem Weg. Allerdings war dies nicht besonders schwierig, da er sich außer am Sonntag in der Kirche so gut wie nie in der kleinen Stadt zeigte.

Castagnole lag gut einhundert Meter hoch über dem breiten Tal des Tanaro, dem aus den ligurischen Bergen entspringenden Fluss, der später in den Po mündet, auf einem Höhenrücken mit schöner Aussicht auf die nahe gelegenen Hügel der Langhe. Glücklicherweise hatte Castagnole im Krieg keine nennenswerten Schäden davongetragen. Es lag im Hinterland, zu weit von den Schlachtfeldern entfernt. Die alten Steinhäuser mit ihrem typischen, teilweise abblätternden Putz drängten sich eng um die Ortsmitte, die Piazza, auf der sich neben der Bar Centrale das Leben abspielte. Die Alten saßen auf den Steinbänken, die sich am Municipio und der Kirche entlang zogen. Die Jungen präsentierten sich zögernd oder herausfordernd dem anderen Geschlecht. Die kleine Piazza war Mittelpunkt des Geschehens.

Am oberen Ende des Platzes residierte der Bürgermeister mit seiner Verwaltung in einem Gebäude, bei dem der Versuch, einen klassizistischen Baustil nachzuempfinden, gründlich in die Hose gegangen war. Das untere Ende der Piazza wurde durch die Kirche Santa Catarina gebildet, einem eher unscheinbaren Gebäude aus unterschiedlichen Stilepochen. Der frei stehende Campanile mit seiner Natursteinfassade und den beiden großen, nach außen ragenden Glocken wurde als romanisch eingestuft. Die rechte Seite des Platzes nahmen die Bäckerei, der Metzger, die Bar Centrale, der ›Sale e Tabacchi‹ Laden sowie das Ortsbüro der Partei ein. Links schloss sich hinter einer hohen Mauer der Park des barocken Palazzos aus dem 17. Jahrhundert an. Er gehörte ursprünglich der Familie Falletti, einer der einflussreichsten Adelsfamilien in Alba und Umgebung. Erbaut wurde der Palast von dem berühmten Architekten Guarini, der auch das königliche Schloss im benachbarten, wenige Kilometer entfernten Govone geplant hatte.

Inzwischen, genau seit Oktober 1918, war der Palazzo zum Kommandoposten der Carabinieri geworden, die damit einen guten Blick über den Ort und auf die Piazza hatten. Die Carabinieri waren zwar eine militärische Organisation, nahmen jedoch alle klassischen Polizeiaufgaben wahr. Die Polizia Locale, die Ortspolizei, befasste sich lediglich mit kleinen Verstößen gegen Verordnungen, kontrollierte die den Ort umgebenden Weinberge und Felder, schlichtete Streitereien unter den Jugendlichen und half bei größeren Veranstaltungen. Zum Ärger der fast 3200 Bewohner Castagnoles war der Park rund um den Palazzo zum militärischen Sperrgebiet erklärt worden, und nur ganz selten trauten sich ein paar Jugendliche über die Mauer in die dichten Büsche des Schlossparks. Als Mutprobe oder als idealem Ort für heimliche Rendezvous. Die Carabinieri nahmen es meist gelassen und schauten weg. Oder auch interessiert hin.

Die Theke in der Bar war an diesem Vormittag, zwei Tage nach dem Einbruch, dicht umlagert von den alten Männern des Ortes, die sich wenigstens ein Gläschen des regionalen Weißweins leisten konnten. Dem Roero Arneis, einer alten Rebsorte, die nur hier zwischen Canale und Alba angebaut wurde und kaum zu vermarkten war. Die Arneistraube galt als schwierig. Der größte Teil des Ertrags ging deshalb als Verschnittwein zu den wenigen noch aktiven Weingütern der Langhe, die damit die Tanninhärte des roten Nebbiolo und des Barolo etwas senken konnten.

Die Luft im Raum war zum Schneiden dick, es roch muffig, nach feuchten Klamotten, nach Rauch und Schweiß. An den Wänden hingen Plakate einer Boxveranstaltung in Asti, eines Radrennens in Canale, Werbetafeln von Cinzano und Fotos eines Festes in Castagnole. Hinter der Theke zeigte eine vergilbte Liste die schon lange nicht mehr aktuellen Preise der verschiedenen Getränke an. Der Wirt verströmte die Freundlichkeit eines angeschlagenen Preisboxers. Der Mann, der nie lachte. Insgesamt bot die Bar das Ambiente einer Bahnhofswartehalle, nur kleiner.

Kurz vor zwölf verstummten plötzlich die Gespräche, als der Carabinierikommandant die Bar betrat. Er baute sich majestätisch vor dem Pulk der Männer auf, ließ zuerst seinen scharfen Blick über die Reihen der Köpfe schweifen, dann legte er los.

»Wie ihr alle wisst, ist bei der ehrenwerten Familie Morsini …«, ein Raunen und ein hämisches Lachen aus dem Hintergrund unterbrachen ihn kurz, »… vor zwei Tagen eingebrochen worden. Wir haben bisher keine Erkenntnisse, dass es sich bei den Verbrechern um Leute aus Castagnole handeln könnte. Trotzdem …«, er machte eine bühnenreife Pause, »… trotzdem, falls einer von euch etwas darüber weiß, oder meint, zu wissen, soll er zu uns kommen. Die Familie Morsini hat eine Belohnung ausgesetzt. Einhundert Lire!«

Er schaute sich in der Runde um. Desinteressierte, harte, ausdruckslose Gesichter blickten ihn an. »Das war's!«

Er leerte noch schnell das vom Wirt angebotene Glas, verließ die Bar und hinterließ eine Menge an Gesprächsstoff, zumeist ablehnender Art.

»Keiner aus dem Dorf«, äffte ihn eine Stimme nach, ein paar lachten.

Als er auf das Pflaster der Piazza trat, das von einem zwischen den grauen Wolken hervorstechenden Sonnenstrahl an einzelnen Stellen aufgehellt wurde, begegnete ihm Ernesto, der nur kurz mal in die Bar reinhören wollte, ob es etwas Neues gab. Er schaute am Capitano vorbei, grüßte nur im Vorbeigehen ganz kurz »Salve, Capitano«, und betrat die Bar.

Der Carabiniere blickte ihm nach, wandte sich aber schnell wieder ab und stieg die lange Treppe zu seinem Büro im Palazzo hoch. Immer noch wunderte sich der Capitano darüber, dass Morsini eine recht interessante Belohnung ausgesetzt hatte für Informationen, die zu dem oder den Tätern führen könnten. Eigentlich hatte der Einbrecher doch nur jederzeit leicht ersetzbare, nicht besonders wertvolle Dekorationsgegenstände mitgehen lassen und so gut wie kein Bargeld. Er fand das merkwürdig.

Alberto Moretti war mit dem gemeinsamen Diebesgut schon am Morgen nach Asti, der kleinen Provinzstadt nordwestlich von Castagnole, aufgebrochen, um seinen Hehler zu treffen. Es regnete leicht. Die ersten zehn Kilometer musste er zu Fuß gehen, dann hatte er Glück und ein Lastwagen, der mit Eisenteilen beladen war, nahm ihn bis Palucco, kurz vor Asti mit. Es war eine uralte Karre von vor dem Krieg, noch ohne Frontscheibe. Neue, moderne Lastwagen konnten sich in diesen Nachkriegsjahren nur sehr wenige Speditionen leisten.

Alberto fror erbärmlich in dem kalten, feuchten Fahrtwind. Dem Fahrer schien es nichts auszumachen. Den restlichen Weg ging er wieder entlang der Hauptstraße zu Fuß über die Felder. Der Hehler hauste in einem winzigen Laden mitten in Astis Altstadt, er verkaufte offiziell Haushaltswaren. Seinen eigentlichen Gewinn machte er jedoch mit anderer Ware: Diebesgut aus der ganzen Region war sein Hauptgeschäft. Er war praktisch konkurrenzlos und konnte die Preise nach Gutdünken diktieren. So auch gegenüber Alberto.

Er winkte ihn in ein enges, mit Kisten und Kartons vollgestopftes Hinterzimmer und warf nur einen kurzen Blick auf die kleineren Teile, die Alberto aus dem Rucksack packte. Er nahm einen der Kerzenleuchter in die Hand, drehte ihn hin und her, dann schaute er missmutig auf Alberto.

»Das Zeug ist nicht viel wert, mein Lieber. Alles in allem vierhundert Lire.«

»Du spinnst«, tobte Alberto mit verzerrter Miene wütend. »Das kann nicht sein! Das müssen mindestens zweitausend werden!«

»Vergiss es, mein Freund! Dann nimm den Plunder wieder mit, buongiorno!«

»Gib mir wenigstens achthundert!«, jammerte Alberto kleinlaut.

»Gut, weil du's bist fünfhundert und Schluss! Das muss ein Arbeiter erst mal verdienen. Basta!«

Moretti verdrehte die Augen, stimmte aber widerwillig zu und steckte die fünf Hunderter ein. Eine halbe Stunde später saß er in einer der dunklen Bars, in denen schon mittags gespielt wurde.

Es würde kein guter Tag für ihn werden.

Kurz bevor der Capitano in der Bar Centrale die Belohnung verkündete, trafen sich Eduardo Morsini und sein Sohn, der 22-jährige Ricardo, im Arbeitszimmer der Villa und berieten hinter verschlossenen Türen.

Eduardo stand, eine Zigarre rauchend, vor der gläsernen Terrassentür, durch die der Einbruch erfolgt war und schaute über die Weinberge und die angrenzenden Felder ins Tanarotal hinab. Die

Lage der Villa bot einen fantastischen Fernblick bis zu den Ausläufern der Alta Langa, jenem wilden Hügelland, bevor die Berge Liguriens begannen. Als sein Sohn Ricardo eintrat, drehte er sich nicht um.

»Setz dich!«

Ricardo studierte Jura und sollte in den kommenden Jahren die Kanzlei des Vaters übernehmen. Allerdings lagen seine Interessen recht weit vom eigentlichen Studiengang Jura entfernt: Schnelle Autos und schöne Frauen. Am liebsten war er von Beruf Sohn. Er raste gerne mit seinem Bugatti Typ 30 mit Achtzylindermotor halsbrecherisch über die engen und schlecht geschotterten Straßen der Region.

Eduardo Morsini war alles andere als glücklich über die Allüren seines Sohnes, bremste ihn jedoch selten ein. Jetzt jedoch musste er ihn eindringlich zur Vorsicht aufrufen. Als Eduardo vorgestern Morgen den Diebstahl seines exklusiven Gemäldes entdeckt hatte, war er völlig konsterniert gewesen. Er verfiel in Schockstarre.

»Das kann nicht sein«, flüsterte er immer wieder vor sich hin, als er vor der leeren Wand stand, auf der nur noch ein Haken davon zeugte, dass hier einmal sein Johannes der Täufer hing. Sein Bild, das er in den vergangenen fünf Jahren, wann immer Zeit war, bewundert hatte. Sein Bild, das nur ihm alleine gehörte. Er war verzweifelt in diesem Moment. »Wer hat mir das angetan?«

Inzwischen war er wieder der gewohnte Realist.

»Wir müssen überlegen, was zu tun ist. Sei bitte nüchtern, wenn wir uns nachher unterhalten«, hatte er Ricardo angewiesen.

Eduardo ging um seinen Schreibtisch herum und setzte sich Ricardo gegenüber.

»Vielleicht war es falsch, die Belohnung anzubieten, was meinst du?«

Ricardo holte betont laut tief Luft, womit er die Frage des Vaters als Blödsinn einordnete. »Was soll daran falsch sein? Vielleicht hast du Glück, und du kriegst auf diesem Weg eine direkte Information, ohne dass die Carabinieri was davon mitbekommen. Was dir ja sicher nicht unrecht wäre, oder?« Er grinste.

Sein Vater beugte sich nach vorne über den Schreibtisch und faltete die Hände. »Ich weiß, du nimmst das nicht ernst, aber für mich ist dieses Bild alles. Meine ganze Tätigkeit sonst dreht sich nur um Macht und Geld, um Verträge, Streitereien und noch mehr Geld. Um Betrügereien, Druck und persönliche Eitelkeiten. Dagegen steht dieses Bild. Es gibt mir die Ruhe und den Frieden, den ich sonst nicht habe. Also versuche einfach, mich zu verstehen und unterstütze mich!«

Er senkte den Kopf, Ricardo blickte an ihm vorbei in den Raum.

»Natürlich unterstütze ich dich. Aber mach dich bloß nicht zum Opfer hier. Du bist ein herrischer, hartherziger Mann, der gnadenlos seinen Vorteil sucht. Und bist du dir überhaupt sicher, dass du das Original hast? Oder nicht doch die Kopie?«

Eduardo reagierte empört, blieb aber ruhig.

»Ich weiß, dass es das Original ist. Der falsche del Sarto hängt in Turin und keiner kümmert sich darum.«

Sein Sohn lachte. »Dein Wort in Gottes Ohr. Und der Fälscher ist tot! Also, was tun wir?«

»Dessen Tod hat mit meinem Bild nichts zu tun.«

Ricardo kicherte. »Und die Welt ist eine Scheibe!«

Ihre weitere Beratung führte zu keinen greifbaren Ergebnissen und sie trennten sich nach wenigen Minuten. Dem in der Zwischenzeit eingetroffenen, in der Eingangshalle wartenden Carabinieri gegenüber zählten sie akkurat die fehlenden Gegenstände auf. Das bisschen Bargeld war zu vernachlässigen. Das Bild wurde mit keiner Silbe erwähnt.

Gestern hatte Eduardo eine wichtige Sitzung in Turin und konnte sich nicht um den Diebstahl kümmern, sondern hatte nur dem Capitano ausrichten lassen, dass sie eine Belohnung aussetzen würden für Hinweise auf die Verbrecher. Einhundert Lire, das war für die Bevölkerung hier eine Menge Geld.

Eduardo Morsini verließ nach dem Gespräch mit seinem Sohn und dem Besuch der Carabinieri das Haus und lief die lange Einfahrt hinauf zum Briefkasten an der Pforte. Mehrere Kuverts und ein handgeschriebener Zettel. Morsini faltete ihn auseinander und hatte Mühe, die miserable Schrift zu entziffern:

Der junge Moretti spielt immer wieder um viel Geld, das er oft verliert. Da muss immer wieder neues dazukommen.

Enzo aus Casano Superiore.

Eduardo Morsini war wie elektrisiert, jetzt gab es vielleicht eine erste konkrete Spur. Hoffentlich meldet der sich nicht auch noch bei den Carabinieri, dachte er.

»Aber die Leute wollen schließlich das Geld am liebsten direkt von uns. Je weniger davon wissen, desto besser«, sagte er zu Ricardo, der soeben aus der Haustür trat.

»Was redest du da?«

»Wir haben ihn vielleicht!«

Eduardo zeigte seinem Sohn den Zettel.

»Ja, das fiel mir auch schon auf«, entgegnete dieser, »der Kerl sitzt oft in der Bar Centrale rum, spielt Revoluzzerlieder und spuckt große Töne. Von wegen Kartenspiel und große Gewinne. Den holen wir uns.«

Der alte Morsini winkte ab. »Langsam, nicht übermütig werden. Wir müssen zuerst mal überlegen, wie wir den Kerl schnappen können, ohne dass es jemandem auffällt. Wenn er es überhaupt ist. Und was wir dann mit ihm tun.«

Ricardo schaute gequält auf seinen Vater. »Den schnappen wir, wenn er nachts aus der Kneipe kommt. Dann hängen wir ihn in der Cantina an den alten eisernen Haken an der Wand und prügeln die Wahrheit aus ihm raus, basta! Wenn er es nicht war, schadet es auch nichts, diesen dreckigen kommunistischen Kerlen mal eine Abreibung zu verpassen. Für fünfzig Lire hält der die Schnauze.

Oder er kennt vielleicht sogar den richtigen Täter, wenn er's nicht selber ist.«

Er wies mit dem ausgestreckten Zeigefinger auf seinen Vater.

»Danach hast du dein blödes Bild wieder. Ich hätte es schon längst verscherbelt, glaube mir. Und wenn ich das hier mal übernehme, wird das schnell gehen.«

»Noch gehört dir hier nichts, gar nichts, denke daran, lieber Sohn! Ja, ich will das Bild wieder zurück und unten hängen haben. Und verkauft wird es nur über meine Leiche!«

Ricardo grinste. «Du weißt, keiner lebt ewig, auch du nicht, denk dran!«

Er ließ seinen Vater stehen und ging zu seinem Wagen, Eduardos Augen zogen sich zu schmalen Schlitzen zusammen.

»Da kannst du noch lange warten«, rief er dem Sohn nach. »Versuche besser mal raus zu bekommen, wann der Kerl zu packen ist!«

Ricardo Morsini sprang sportlich fit in seinen offenen Wagen und preschte los. Der Kies des Parkplatzes wurde weggeschleudert, die Reifen hinterließen zwei tiefe Spuren. Sein Vater, der noch auf der breiten Freitreppe vor der Villa stand, schüttelte nur fassungslos den Kopf.

»Was für einen Idioten habe ich da als Sohn gezeugt? Die ganze Erziehung war umsonst«, stöhnte er laut vor sich hin, dann trat er in die Eingangsdiele zurück und schloss die Tür.

Ricardo fuhr soeben durch die Pforte und war im nächsten Moment verschwunden. Er nahm die schmale Gasse, die hinauf zur Piazza führte. Dort parkte er direkt vor der Bar Centrale und ließ den Motor noch einmal dröhnend und Fehlzündungen knallend hochdrehen, bevor er ihn abstellte. Als er die Bar betrat, verstummten die Gespräche.

»Salve Amici, alles klar? Habt ihr schon von unserer Belohnung gehört? Weiß einer von euch etwas, dann raus damit! Un cafè per favore!«

Man machte ihm Platz an der Theke, der Wirt schob ihm die kleine Espressotasse hin, die er mit einem Schluck leerte. Er schaute mit arrogantem Grinsen in der Bar in die Runde, warf zehn Centesimi auf den Tresen, drehte sich auf dem Absatz um und verließ wortlos die Bar.

Das Ganze hatte keine fünf Minuten gedauert. Man hörte seinen Wagen aufheulen, dann schoss er durch die Gasse zwischen Schlossmauer und Municipio davon.

»Dieses arrogante Arschloch« war noch einer der freundlicheren Kommentare, die hinter vorgehaltener Hand abgegeben wurden.

Ricardo Morsini nahm die staubige Provinzstraße Richtung Asti, die sich zuerst in engen Kurven bergab, später geradeaus durch ein im Spätherbst eintöniges Tal mit abgeernteten Feldern zog und erreichte nach wenigen Minuten den winzigen Weiler Casano Superiore.

Nur vier ärmliche Häuser gruppierten sich um das Lagerhaus eines Landguts, das rund einhundert Meter entfernt lag. Er hielt am ersten Haus und hupte mehrfach. Niemand reagierte, was ihn in Rage versetzte.

»Landpack, blödes!«

Er stieg aus und klopfte hart an die Eingangstür. Es dauerte gut eine Minute, bis im Haus Geräusche zu hören waren. Kurz darauf öffnete eine alte Frau und schaute ihn stumm an. Zu grüßen hielt Ricardo nicht für notwendig, sondern fragte sofort nach Enzo.

»Wohnt der hier?«

Die Alte schüttelte den Kopf und deutete matt auf das Nebenhaus. Im selben Moment schloss sie wieder die Haustür. Ricardo fluchte, drehte sich um und stolzierte die wenigen Meter zum Nachbarhaus, das noch ärmlicher wirkte. Die Mauer wies massive Risse auf, die Haustür hing schief in den Angeln, neben dem Eingang lag Gerümpel herum, aus einem kleinen Tümpel links vom Haus stank es entsetzlich. Ricardo rümpfte die Nase und drückte die Türklinke hinunter. Die Tür scharrte am Boden, er musste kräftig dagegen drücken, um sie zu öffnen.

»Hallo, ist Enzo zu Hause? Hallo! Verdammt, ist hier auch keiner zu Hause?«

Am Ende des dunklen Flures öffnete sich eine Tür, ein älterer Mann lehnte sich an den Türrahmen.

»Was ist?«, krächzte er heiser, nur schwer verständlich.

Ricardo blieb an der Haustür stehen. »Ich suche Enzo. Ist er hier?«

Es dauerte ein wenig, bis der Alte antwortete. »Nein, er ist auf Arbeit. Kommt erst nach zwölf Uhr zum Essen.«

»Gut, sage ihm, Ricardo Morsini kommt nachher vorbei, will ihn sprechen. Er weiß, warum. Kannst du dir das merken?«

Der Alte nickte nur und ging wortlos wieder in sein Zimmer zurück. Ricardo setzte sich in seinen Wagen und fuhr eine halbe Stunde spazieren. Er genoss es, wenn er den schweren Bugatti im Drift um die Kurven dreschen konnte und der Straßenstaub hinter ihm aufgewirbelt wurde.

Kurz vor halb eins stand er wieder vor dem Haus, ließ die Hupe erschallen und stieg aus dem Wagen. Ein junger Mann in Arbeitskleidung öffnete kurz darauf die Haustür und kam auf Morsini zu.

»Du bist Enzo, der uns geschrieben hat?«

Der Angesprochene nickte leicht. »Ja, ich will die Belohnung!«

Ricardo lachte. »Langsam, mein Freund. Zuerst müssen wir wissen, wie du auf den Kerl kommst. Warum du ihn beschuldigst, ob du überhaupt ehrlich bist. Und sowieso gibt es die Belohnung erst, wenn wir sicher sein können, dass er es auch ist, der uns beklaut hat. Vorher gibt es erst mal gar nichts. Also rede!«

Enzo wirkte aggressiv. »Du erfährst nichts von mir, wenn ich nicht sicher weiß, dass das Geld auch kommt.«

Ricardo ärgerte sich über die Frechheit dieses dahergelaufenen Typs, machte aber gute Miene zum bösen Spiel.

»Du kriegst jetzt ein Viertel, den Rest wenn wir den Kerl haben, sonst fahre ich jetzt wieder zurück und du schaust in die Röhre!«

Er fühlte sich wieder oben auf und blickte den jungen Mann fordernd an. Enzo, ein eher schmächtiger, dennoch athletischer Landarbeiter, baute sich vor Ricardo auf.

»Einverstanden, aber denke gar nicht daran, mich bescheißen zu wollen. Mir ist egal, wie vornehm du bist. Hältst du dich nicht an unser Geschäft, werde ich dich holen. Denk daran!«

Ricardo nickte und zog mehrere Scheine aus seiner Jackentasche.

»Hier, fünfundzwanzig. Und jetzt rede!«

Enzo nahm das Geld entgegen, ohne nachzuzählen.

»Moretti ist ein Spieler. Ich habe ihn schon öfter getroffen und auch schon gegen ihn gespielt. Er zockt immer mal wieder mit recht hohen Einsätzen, verliert aber oft dabei. Also, woher soll das Geld kommen? Der verdient viel zu wenig, um so spielen zu können. Zuhause ist auch nichts da. Und er führt oft große Reden. Ja, er hätte wieder mit tollen Einsätzen hoch gewonnen und so. Aber ich weiß genau, dass er noch nie die ganz großen Gewinne eingestrichen hat. Übrigens ist er heute nicht zur Arbeit erschienen, hat mir meine Schwester erzählt, die bei seinem Padrone die Hausarbeit macht. Ich bin sicher, er ist euer Mann.«

»Gut, ich hoffe das für dich. Und für mich«, setzte er dazu. »Er wohnt direkt in Castagnole?«

Enzo nickte. »Ja, im Haus hinter der Metzgerei. Und beeile dich! Ich will mein Geld sehen!«

Ricardo winkte wütend ab und lief grußlos zu seinem Wagen. Unterwegs drehte er sich noch einmal um.

»Und halte unbedingt die Klappe, kein Wort an irgendjemand! Hast du verstanden?«

Enzo lachte. »Soll ich nicht zu den Carabinieri gehen und aussagen? Wäre euch wohl nicht recht!«

Ricardo ballte die Faust und streckte sie Enzo entgegen, dann stieg er ein und fuhr mit durchdrehenden Rädern vom Hof. Der junge Mann schaute ihm nach und grinste breit.

Alberto Moretti schlurfte die Staubstraße entlang, die von San Pietro nach Castagnole führte. Noch eine Viertelstunde, dann hätte er es geschafft. Er war fix und fertig und konnte kaum noch die Beine anheben. In Asti hatten sie ihn nach allen Regeln der Kunst auseinander genommen. Er hatte seinen gesamten Einsatz verloren, seinen und Ernestos Anteil und dazu noch eine gehörige Tracht Prügel bezogen, als er seine Mitspieler als Falschspieler beschuldigte.

»Ihr betrügt mich«, hatte er geschrien und war aufgesprungen, als der letzte große Einsatz von einem der Gegner eingestrichen wurde. Er war sich so hundertprozentig sicher gewesen, das absolut perfekte Blatt auf der Hand zu haben, die anderen konnten da nicht mitgehen. Er wusste, dass sie ihn beschissen hatten. Und dann war es passiert, er war am Ende.

Sie zerrten ihn zu dritt in den Hinterhof und schlugen und traten auf ihn ein. Dann ließen sie ihn liegen. Er brauchte fast eine halbe Stunde, um überhaupt wieder auf die Beine zu kommen. Nur sein Selbsterhaltungstrieb brachte ihn wieder nach oben. Zum Glück erwischte er einen Lastwagen, der ihn bis zur großen Maschinenfabrik bei Canove im Tal mitnahm. Der Fahrer fragte nichts, Alberto saß wie ein Häufchen Elend auf dem harten Sitz. Jeder Schlag von der Straße fuhr als Schmerz in seinen Körper und löste Tränen aus. Von Canove aus konnte er sich durch die Weinberge unbemerkt bis kurz vor San Pietro den Berg hoch schleppen. Jetzt war er auf dem letzten Wegstück nach Castagnole angelangt.

Sämtliche Knochen taten weh, viele Stellen seines Körpers waren dunkelblau verfärbt. Die Wunde am Bein ging immer wieder auf und blutete, bei jedem Schritt verzog er gequält das Gesicht. Nur das Wissen, bald im Bett liegen zu können, spornte ihn noch an.

In dieser Verfassung stieß er auf Ricardo Morsini.

Der wollte sich eigentlich nur mal genauer die Gegend um Albertos Arbeitsstelle im Weingut der Familie Brezza anschauen und plötzlich, völlig unvermutet hatte er Alberto Moretti vor sich. Er wunderte sich über dessen langsamen, schlurfenden Gang und den gesenkten Kopf, fuhr an ihm vorbei, hielt nach wenigen Metern an und stieg aus.

Inzwischen war der ohnehin graue Tag in die Dämmerung übergegangen. Alberto bemerkte den jungen Morsini erst, als er fast vor ihm stand.

»Ciao Alberto«, rief Ricardo, »tutto bene?«

Moretti zuckte zusammen, trotz seiner Schmerzen war ihm sofort klar, wer vor ihm stand.

»Salve«, entgegnete er nur schwach.

»Du siehst schlecht aus und wirst dich gleich noch viel schlechter fühlen!« Kaum hatte er es gesagt, schlug Ricardo zu. Er donnerte dem bemitleidenswerten Gegner ohne Vorwarnung eine Faust direkt aufs Gesicht. Alberto schnappte nach Luft, ruderte wild mit den Armen und versuchte sich zu wehren, wobei ihn neben seiner Verfassung auch noch der schlaff auf dem Rücken hängende Rucksack behinderte. Er hatte gegen den gut trainierten Morsini in seiner Verfassung keine Chance. Bei dessen zweitem Schlag lag er im Staub des Feldwegs und röchelte. Er spuckte Staub und Dreckklumpen aus, konnte sich aber so gut wie nicht mehr bewegen. Sein ganzer Körper war ein durchgängiger Schmerz, aus der Nase lief ihm Blut ins Auge, sein Blick wurde verschwommen.

Er nahm eigentlich nur noch im Unterbewusstsein am Rande wahr, wie ihn Morsini brutal in den Wagen auf den Beifahrersitz zerrte und ihm mit einem Strick zuerst die Handgelenke fesselte, diese dann an den Griff der Wagentüre band. Alberto versuchte zwar, mit letzter Kraft an dieser Fesselung zu zerren, aber vergeblich. Entkräftet gab er auf.

»Bewege dich keinen Millimeter und versuche erst gar nicht zu schreien. Ich schlage dich dann vorher tot, da kannst du sicher sein! Kapiert?«

Alberto schaute seinen Peiniger nur aus einem Auge an, sagte nichts, sondern leckte sich das Blut aus dem Mundwinkel.

Dann gab Ricardo Gas. Er fuhr dieses Mal nicht durch das Dorf, sondern nahm einen kleinen Feldweg, der etwas unterhalb der Gemeinde in mehreren Kurven direkt an der Villa vorbei führte. Als er vor der Freitreppe der Villa vorfuhr, hupte er mehrmals. Das Hausmädchen öffnete und erschrak.

»Ruf meinen Vater heraus, aber gleich!«, rief Ricardo ihr zu.

Sie schlüpfte blitzschnell durch die schwere Tür wieder ins Haus und nur wenige Augenblicke später trat sein Vater heraus.

»Schau mal, was ich hier habe! Komm runter und hilf mir, der Kerl ist fertig wie ein alter Sack.«

Ricardo triumphierte. Das war sein persönlicher Erfolg. Er hatte den Dieb gestellt.

Eduardo Morsini blickte Alberto ungläubig an, der machte die Augen zu. »Du hast also meinen Besitz gestohlen! Du meinst, die Familie Morsini ungestraft berauben zu können?«

Er wandte sich an seinen Sohn. »Wo hast du ihn denn aufgegriffen? Und musstest du ihn so schlimm zurichten?«

»Der sah vorher schon so aus, der hatte die ersten Prügel schon hinter sich«, antwortete Ricardo feixend. »Jetzt pack aber bitte mit an, wir bringen ihn erst mal in die Cantina runter.«

Er band den leblos wirkenden Moretti los, öffnete die Wagentür und zerrte ihn heraus. Alberto knickte sofort ein, Ricardo griff ihm unter die Arme, sein Vater packte ihn auf der anderen Seite. So schleiften sie den jungen Mann durch eine Seitentür ins Haus und die Treppe hinunter in die Cantina. Tack, tack, tack war zu hören, wenn Albertos schwere Stiefel die einzelnen Stufen hinunter rutschten und aufschlugen.

Eduardos Frau fragte aus der ersten Etage, was los sei. Er rief nur, »geht wieder rein, nichts!«, zurück und half Ricardo, den völlig apathischen Alberto ein Stockwerk tiefer zu bringen. Die Cantina war ein länglicher Gewölbekeller, der die Weinvorräte der Villa beherbergte. Er war kühl und klamm. Nur eine einzige Lampe brachte etwas Licht in die Dunkelheit des Kellers. 1924 waren auf dem flachen Land oft nur öffentliche Gebäude sowie die Häuser der wohlhabenderen Familien mit elektrischem Licht ausgestattet. Die Villa Morsini gehörte natürlich dazu. In vielen anderen Häusern sowie auf manchen öffentlichen Plätzen sorgte nach wie vor Gaslicht für Helligkeit, wenn's dunkel wurde.

Moretti rutschte jetzt nur noch auf den Knien die letzten beiden Meter bis zu dem eisernen Wandhaken, an dem ihn Ricardo festband. Er riss dabei Albertos Arme nach hinten und verknotete sie am Haken, was ihn in eine fürchterlich unbequeme Haltung versetzte. Eduardo fesselte ihm die Beine zusammen, Alberto schrie und stöhnte vor Schmerzen und Wut. Ricardo wollte ihm auch noch einen Strick um den Hals legen und diesen ebenfalls am Wandhaken festmachen, was sein Vater allerdings verhinderte.

»Bringe ihn nicht um!«, forderte er ihn auf.

»Schade«, meinte Ricardo nur, »er hätte es verdient. Und jetzt? Prügeln wir es aus ihm raus?«

»Langsam«, meinte Eduardo und wandte sich an den vor sich hin stöhnenden Alberto.

»Du hast es in der Hand. Das ganze Zeug, das du gestohlen hast, kannst du behalten, das ist mir unwichtig. Ich will mein Gemälde zurück, sonst nichts. Sobald ich das unversehrt wieder in der Hand habe, lassen wir dich laufen. Kein schlechtes Geschäft für dich.«

Alberto Moretti schaute nur ungläubig aus dem linken Auge, das rechte war völlig zu geschwollen. »Ich weiß von keinem Bild, Dottore! Ich habe kein Bild gestohlen!«, nuschelte er nur schwer verständlich.

Beim Sprechen spuckte er Blut. Der alte Morsini blieb ruhig, Ricardo dagegen packte Alberto am Hals.

»Rede keinen Quatsch! Du hast eingebrochen, das wissen wir. Du verspielst immer wieder Kohle und brauchst neue. Gib's zu, diesmal war eben auch ein Bild dabei!«

Damit holte er aus und schlug dem hilflosen Moretti mit der flachen Hand ins Gesicht. Der schrie auf. Er war verzweifelt.

»Nein, nein! Ja, ich habe bei Ihnen eingebrochen, aber kein Bild gestohlen! Das müssen Sie mir glauben!«

Ricardo wollte gerade wieder auf den Gefesselten losgehen, sein Vater hielt ihn zurück.

»Halt!«, gebot er dem wütenden Ricardo und wandte sich dann erneut an Alberto, dem inzwischen Tränen aus den Augen liefen.

»Ich habe dir ein Geschäft vorgeschlagen, an das ich mich halte. Du gibst mir nur das Gemälde zurück und wir sind einig. Das ist doch die Chance für dich. Mit dem Bild kannst du nichts anfangen, es ist unverkäuflich. Garantiert! Sag mir, wo es ist und du bist frei.«

Moretti schluchzte. »Dottore, ich schwöre es beim Leben meiner Mutter, ich habe es nicht gestohlen. Ich weiß nichts von einem Bild. Die anderen Sachen habe ich verkauft, das gebe ich auch zu, und dann wieder alles verspielt. Bitte, lassen Sie mich gehen!«

»Der ist nicht nur ein Dieb und Lügner, sondern auch noch saublöd«, schrie Ricardo, ließ dieses Mal jedoch den Gefangenen in Ruhe. »Der soll sich das bis morgen früh überlegen! Lassen wir ihn hier hängen, morgen ist er reif!«

Sein Vater schaute auf Moretti hinab. »Vielleicht hast du recht. Wir machen es so. Und du überlege dir wirklich gut, was du morgen früh zu sagen hast!«

Ricardo prüfte noch einmal Albertos Fesseln, trat ihm in die Seite, dann verließen Vater und Sohn den Keller. Das Licht verlöschte, Moretti saß im Dunklen. Ernesto? Hat der eventuell ein Bild mitgenommen? Das konnte nicht sein, er hatte doch nichts gesehen. Und Ernesto würde ihn nie betrügen, sie waren doch wie Brüder. Was sollte der auch mit einem Bild von hier anfangen? Das könnten sie niemals verkaufen. Oder doch? Erste Zweifel begannen ihn neben seinen körperlichen Schmerzen zu quälen. Sein Freund Ernesto?

»Heiliger Vater im Himmel, ...« Er betete leise, bis ihn die Schmerzen übermannten und er nur noch schluchzte.

November 1924, Castagnole. Der Verdacht

Am frühen Morgen des vierundzwanzigsten November, einem Freitag, fünf Tage nach dem spektakulären Einbruch in der Villa Morsini, wurde die böse misshandelte Leiche des Alberto Moretti in einem Haselnussrain unterhalb des Weilers San Pietro gefunden. Das Protokoll der Carabinieri vermerkte die Uhrzeit: 06:31 Uhr.

Zwei Frauen aus dem Ort, die zu Fuß nach Canove unterwegs waren, hatten ein Bein aus einem der Büsche ragen sehen und waren, wie vom Teufel persönlich gehetzt, nach Castagnole zurückgerannt. Eine halbe Stunde später hatte sich Capitano del Angelo zusammen mit einem zweiten Carabiniere der Sache angenommen und stand jetzt vor dem Toten.

Er lag auf dem Bauch, der linke Arm war in den untersten Ästen eines der Büsche hängen geblieben, das Gesicht schaute auf die Seite. Der rechte Arm war unnatürlich abgeknickt.

»Kennst du ihn?«, fragte del Angelo seinen Begleiter und beugte sich über den Leichnam.

»Ja, Capitano, das ist der Moretti Alberto. Er ist, war Landarbeiter bei den Andrettis oder bei Brezza, glaube ich.«

Der Capitano drehte die Leiche vorsichtig auf den Rücken. Das Gesicht des Toten war schmerzverzerrt, er hatte vor und bei seinem Tod massiv gelitten, das war gut zu erkennen.

»Der ist verprügelt worden, sieh dir das an. Vielleicht waren es Kumpane von ihm, im Streit. Ging vielleicht um eine Frau, was meinst du?«

Er wandte sich seinem Untergebenen zu.

»Capitano, ich glaube nicht an eine Schlägerei, entschuldigen Sie. Sehen Sie mal hier, der war gefesselt.«

Damit zeigte er auf eindeutige Einschnitte an den Handgelenken des Toten. »Ich denke, der ist bewusst umgebracht worden, vorher vielleicht gequält.«

Der Carabiniere blickte fast entschuldigend auf seinen Chef. Es war einfach ungewöhnlich, dass er seine eigene Meinung gegen die des Vorgesetzten gestellt hatte. Der bohrte nachdenklich in der Nase. Fand jedoch nichts, was ihn ärgerte.

»Vielleicht hast du sogar recht«, sagte er zu dem aufgeregt ausatmenden Brigadiere. Der hatte bereits seine mögliche Beförderung auf Jahre hin entschwinden gesehen.

»Vielleicht hast du recht«, wiederholte der Capitano. »Wir werden in alle Richtungen ermitteln. Jetzt lassen wir ihn erst mal hier abtransportieren, dann geben wir in Alba Bescheid. Vielleicht unterstützen die uns ja.«

Er überlegte.

»Hol den Totengräber, der soll ihn mitnehmen und zum Dottore bringen, dann kann ihn der anschauen. Klar? Und schicke sofort den Maresciallo vorbei, der muss mich ablösen!«

Der Brigadiere salutierte und trabte davon. Der Capitano betrachtete nachdenklich die Leiche. Der Tote trug keine Jacke, das am Kragen zerrissene, abgetragene Hemd hing aus der Hose, ein Stiefel fehlte. Er griff in Albertos Hosentasche, nichts. Dann inspizierte er näher das Gesicht des Toten. Da waren eindeutig Spuren massiver Schläge zu sehen, aber an denen konnte er eigentlich nicht gestorben sein. Tiefere Verletzungen auf dem Kopf, die als todbringend einzustufen wären, gab es ebenfalls nicht.

»Warum bist du tot«, fragte der Capitano und grübelte. Nun ja, vielleicht würde der Dottore einen Grund dafür finden. Er suchte noch kurz die direkte Umgebung des Fundortes ab, fand aber außer dem fehlenden Stiefel nichts Aufregendes.

Ein paar Minuten später kam der Maresciallo und löste ihn in der Bewachung des Leichnams ab. Zügigen Schritts lief er zurück zur Piazza und öffnete die Tür der Bar Centrale. Heute, an diesem frühen Vormittag waren erst drei Rentner anwesend, die den eintretenden Carabiniere neugierig anblickten.

»Ihr habt ja vielleicht schon davon gehört, wir haben vorhin den toten Moretti gefunden. Den jungen Alberto. Hat einer von euch den heute Morgen schon gesehen?«

Im gleichen Moment, in dem er die Frage stellte, wurde ihm bewusst, dass das gar nicht möglich war, Moretti war auf jeden Fall viel länger tot als die wenigen Stunden seit seinem Auffinden. Die Rentner schüttelten fast gleichzeitig die Köpfe.

»Capitano, der Einbruch und jetzt das? Ein wenig viel auf einmal«, meinte einer der drei.

Del Angelo schaute ihn eindringlich an. »Weißt du etwas, dann rück raus!«

Der Angesprochene verneinte vehement. »Nein, ich dachte nur.«

»Überlasse das Denken ruhig mir!«, fauchte der Capitano, drehte sich um und stürmte zur Bar hinaus.

Gegen elf Uhr am Vormittag meldete sich Dottore Albertini, der praktische Arzt in der Gemeinde bei den Carabinieri. Er bat, den Capitano gleich vorbei zu schicken, er hätte interessante Nachrichten. Der Chef der Carabinieri kehrte kurz darauf vom Besuch bei der Mutter Morettis ins Büro zurück.

Der Vater und der ältere Bruder Albertos waren beide im Krieg in Frankreich gefallen. Sie hatte die Nachricht vom Tod des Sohnes zuerst sehr gefasst entgegengenommen, dann war sie jedoch regelrecht zusammengebrochen.

»Das sind alles Mörder! Mein armer Junge!«, schrie sie hysterisch.

Der Capitano rief nach einer Nachbarin, die sich der Frau annahm. Er war froh, als er wieder aus dem Haus draußen war und genehmigte sich auf dem Rückweg einen Grappa in der Bar. Beim Trinken blickte er hoch zum Himmel, eigentlich nur zur verräucherten Decke der Bar.

»Madonna mia, ich bete für diese Frau.«

Der Wirt stellte ihm ungefragt einen zweiten Schnaps auf den Tresen. »Grazie!«

Jetzt war er zum Dottore in der Via Chiesa unterwegs, der bereits auf ihn wartete.

»Capitano, ich habe ihn mir angeschaut. Es gibt am ganzen Körper eine Menge Hämatome, die darauf schließen lassen, dass er fürchterlich verprügelt wurde. Ich denke, er ist schon gestern Nacht gegen Morgen gestorben. Besser kann ich die Todeszeit nicht eingrenzen, er lag schließlich da draußen in der feuchten Kälte.«

Del Angelo nickte. »Also heißt das, ich habe recht, er ist an der Schlägerei gestorben.«

Dottore Albertini winkte ab. »Nein, Capitano, das Wichtigste habe ich Ihnen noch nicht gesagt, das kommt noch.«

Er machte eine kurze Pause, der Capitano starrte ihn an, streckte fragend beide Hände nach vorne.

»Er hat Strangulationsspuren am Hals. Ich vermute, ein Strick, ein Seil. Im Mund habe ich Reste eines Lappens gefunden, es sieht so aus, als wäre er geknebelt gewesen. Er ist erstickt. Entweder wurde er so fest erwürgt, dass er direkt daran gestorben ist, oder durch den Knebel, oder er ist einfach durch die Fesselung erstickt, das kann ich nicht sagen. Der Kerl ist ganz gezielt ermordet worden!«

Der Dottore baute sich in seiner ganzen Statur vor dem Carabiniere auf, die wilde graue Mähne hing ihm ins Gesicht.

»Capitano, Sie haben einen Mord!«

»Scheiße! Verdammte Scheiße«, erwiderte der nur, salutierte und verließ ohne weiteren Gruß die Praxis.

Die Nachricht vom Mord an Alberto schlug in Castagnole ein wie eine Bombe. Die alten Frauen bekreuzigten sich, die Männer diskutierten in der Bar und am Bocciaplatz unterhalb der Kirche. Der eine oder andere wusste etwas zu erzählen, unter dem Siegel der Verschwiegenheit natürlich.

»Der hat schon immer krumme Dinger gedreht«, hieß es da. Oder »Vielleicht ging es um eine Frau? Da war mal was ...«

Solche und ähnliche Gerüchte drangen nach außen. Im Carabinieriposten gingen derweil die Dinge ihren Weg. Die beiden Untergebenen des Capitano, der Brigadiere und der Maresciallo waren gut beschäftigt. Der Bericht über das Verbrechen und den Stand der Ermittlungen wurde angefertigt, die Provinzkommandantur in Alba musste informiert werden, die Papiere für die Freigabe der Leiche waren zu bearbeiten.

Capitano Giacomo del Angelo selber saß an seinem Schreibtisch, klopfte rhythmisch mit einem abgekauten Bleistift auf die metallene Tischplatte und dachte nach. Wie konnten sie es schaffen, den Fall aufzuklären, ohne dass die Vorgesetzten in der Kommandantur meinten, reinreden zu müssen? Seit Ende des Krieges hatte es in Castagnole und Umgebung erst einen einzigen Mord an einer jungen Frau gegeben. Ein glasklares Eifersuchtsdrama, bei dem der Täter schnell ermittelt war, er stellte sich freiwillig. Aber das jetzt? Wo können wir ansetzen, was haben wir an Indizien? Noch fand er keine Antworten.

Er beschloss, sich zuerst mal unter Altersgenossen des getöteten Alberto umzuhören. Wobei ihm plötzlich die Idee kam, dies besser den jungen Brigadiere machen zu lassen. Der war altersmäßig näher an diesen Männern dran und auch der niedrige Dienstgrad könnte dabei von Vorteil sein, das setzte die Hemmschwelle nach unten. Er rief den Brigadiere zu sich.

»Setz dich und höre mir zu!«

Er wartete ab, bis der junge Beamte auf dem harten Stuhl vor dem Schreibtisch nervös Platz genommen hatte.

»Wir müssen als erstes die Kerle vernehmen, mit denen Moretti rumgezogen ist. Das musst du machen, da kannst du zeigen, was in dir steckt.«

Der Brigadiere erschrak regelrecht, als plötzlich diese verantwortungsvolle Aufgabe auf ihn zukam. »Capitano, ...«

»Halt die Klappe und höre zu! Du sprichst mit denen, ohne den Eindruck eines offiziellen Verhörs zu machen. Verstehst du das?«

Er wartete keine Antwort ab, sondern redete sofort weiter.

»Du hörst dich einfach um, stellst dich ein wenig dumm, fragst ein wenig nach, machst die Ohren auf, also kein Verhör! Das machen wir dann, wenn wir irgendeinen Ansatz haben, dass einer was wissen könnte. Verdeckte Ermittlung ist das. Du machst das schon, mein Junge. Und sei vorsichtig!«

Er schaute den Brigadiere, der in einer unbequem erscheinenden Haltung auf seinem Stuhl saß, einige Sekunden lang stumm an, dann winkte er ihn raus.

»Jetzt hau ab! Ich schreibe den Bericht selber fertig, bring ihn mir her!«

Der Brigadiere salutierte, war draußen wie ein Blitz, kehrte sofort zurück und legte die Akten auf del Angelos Schreibtisch.

Ernesto hatte die Arbeit am Fabrikantenporträt trotz des Schocks über Albertos Tod fortgesetzt, er würde es Anfang der kommenden Woche abliefern und sein Honorar kassieren. Er hoffte, dass es gefallen würde, er selber war zufrieden mit seiner Leistung. Wenn nicht, nun, dann hätte er wieder etwas dazugelernt.

Die Tatsache, dass sein Freund und Komplize ermordet worden war, hatte ihn wie ein Schlag getroffen. Das konnte doch nicht sein, wer sollte das machen? Er war ratlos. Hatte irgendeiner mitgekriegt, dass Alberto wieder über Geld verfügte, falls er es in Asti nicht ohnehin verspielt hatte? Aber dafür einen Mord begehen? Wobei, den Leuten ging es tatsächlich schlecht in dieser Nachkriegszeit, machte er sich klar. Alles könnte möglich sein.

Er war gestern bei Albertos Mutter gewesen, sprach ihr sein Beileid aus, wofür sie ihm herzlich dankte. Sie weinten beide. Er wäre ein treuer Freund von Alberto gewesen. Sie umarmte ihn bei diesen Worten. Er fühlte sich danach unendlich mies, er hatte seinen Freund mit dem Bild betrogen, und jetzt war der tot.

Gedanken schossen ihm in den Kopf. Könnte der Mord damit im Zusammenhang stehen? Die Morsinis? Der Gedanke schien ihm absurd, er kam dennoch ständig wieder, er verließ Ernesto nicht mehr. War das nur eine Ablenkung von seiner Schuld?

Er brauchte jetzt ein großes Bier, verließ das Haus und rannte fast die kurze Strecke bis Castagnole. Schwer atmend kam er in der gut gefüllten Bar an und bestellte »una birra spina«, ein Bier vom Fass. Die Bar Centrale war eine der wenigen Kneipen in der Umgebung, die in dieser Weingegend ein frisches Bier zapfen konnte. Die anderen hatten höchstens Lagerbier in der Flasche, wenn überhaupt.

Er trank in langen Zügen. Ganz am Ende des Tresens lehnte sich einer aus Albertos weiterem Freundeskreis an die Theke, blickte zu ihm rüber, beobachtete ihn eine Zeit lang und winkte ihn zu sich her. Ernesto kannte ihn nur vom Sehen, packte sein Glas und drückte sich zwischen den Gästen hindurch.

»Ciao, was willst du von mir?«

Der andere schaute kurz über die Theke hinweg auf den Raum, musterte Ernesto kurz und flüsterte ihm »komm mit raus« zu.

»Was soll ich da, was ...?«

Sein Gegenüber unterbrach ihn. »Komm einfach!«

Gleichzeitig bewegte er sich zur Ausgangstür. Ernesto stellte sein Glas auf den Tresen und folgte dem anderen. Zwei der anderen Barbesucher blickten ihnen interessiert nach. Über die Piazza strich jetzt ein kühler Wind, ein leichter Nieselregen befeuchtete das Pflaster.

»Was soll das?«, fragte Ernesto sofort.

»Du bist der Kumpel von Alberto, du ...«

»Das weiß ich selber, komm zur Sache!«

Ernesto war ungeduldig, er wollte wieder in die warme Bar, er fror in seiner dünnen Jacke.

»Es heißt, die Carabinieri sind hinter dir her. Sie haben dich in Verdacht. Wollte ich dir nur sagen.«

Ernesto schaute ihn ungläubig an. »Was soll der Scheiß? Ich habe doch damit nichts zu tun. Alberto war mein bester Freund!«

»Gerade deswegen, heißt es. Ich weiß nicht genau, was das bedeutet, aber du stehst auf der schwarzen Liste der Verdächtigen. Und zwar laut meiner Quelle ziemlich oben. Jetzt mach was du willst, ich habe dich gewarnt!«

Damit wandte er sich ab, ließ Ernesto stehen und ging zurück in die Bar. Ernesto verharrte. Woher kann der Kerl irgend etwas wissen? Warum tut er das für mich? Was ist tatsächlich dran oder verarscht der mich? »Das kann doch nicht sein.«

Er überlegte kurz, dann ging er mit zügigen Schritten über die inzwischen nasse Piazza und betrat die Kirche.

Die Kühle und Ruhe des schmucklosen Kirchenschiffs wirkte beruhigend. Neben der Kanzel blickte die heilige Caterina auf ihn herab, die Schutzptronin der Stadt. Er setzte sich in eine der hinteren Reihen und grübelte. Wie können die mich verdächtigen, haben die was? Waren die uns wegen des Einbruchs auf den Fersen? Aber wer hätte dann Alberto umgebracht? Die Carabinieri doch nicht. Morsini? Schon drückte ihn dieser Gedanke wieder. Wie hätten die auf Alberto kommen können? Hatten die ihn sich geschnappt wegen des Bildes?

»Verdammt ...«, er faltete zitternd die Hände, »lieber Gott, verzeih mir!«

Das Bild ist die einzig sinnvolle Antwort, wurde ihm gewärtig. Die Morsinis hatten Alberto vielleicht erwischt und wollten von ihm das Gemälde zurück. Und das arme Schwein hatte keinerlei Ahnung davon. Ernesto erschrak. Er erkannte plötzlich die ganze Tragweite dessen, was dies bedeutete. Das hieß, er war schuld am Tod seines Freundes. Diese furchtbare Konsequenz durchzuckte ihn, haute ihn um. Er warf sich auf die Knie und betete mit Tränen in den Augen.

»Oh Herr, vergib mir! Was habe ich getan? Vergib mir, ich wollte das doch nicht! Herr! Mein Gott!«

Er vergrub den Kopf in beide Hände und schluchzte unter Tränen, ein Weinkrampf, der sich nur schwer löste. So kauerte er minutenlang in der Kirchenbank, bis er plötzlich völlig panisch bemerkte, dass der junge strenge Kaplan, Bruder Sebastian, der den hiesigen Pfarrer wegen dessen schwerer Krankheit vertrat, neben dem Altar stand und interessiert zu ihm her schaute. Ernesto zuckte zusammen, bekreuzigte sich, sprang auf und verließ gehetzt die Kirche.

Draußen wandte er sich sofort Richtung San Pietro und erreichte bereits nach zehn Minuten sein Zuhause. Unterwegs war ihm klar geworden, er musste weg. Es gab keine Alternative. Gegen die Carabinieri und sicher auch gegen die Aussagen der Morsinis hatte er keine Chance. Albertos Mutter würde ihn verfluchen. Keiner würde ihm glauben, er wäre das perfekte Opfer.

»Ernesto, es ist gelaufen. Ich habe ihn getötet, ich bin schuld«, sagte er zu sich.

Seine Eltern waren beide nach dem Krieg umgekommen, ihn hielt nichts mehr hier. In der nächsten halben Stunde packte er seinen großen Rucksack, in dem er auch schon sein Hab und Gut auf dem Weg zum Studium transportiert hatte. Sein zurückgelegtes und hinter dem Schrank verstecktes Geld, etwas mehr als zweitausend Lire, steckte er zusammen mit dem Reisepass in die Jackentasche. Damit müsste er eine ganze Zeit lang auskommen, und dann würde er weiter sehen.

Bis jetzt hatte er noch keinen einzigen Gedanken darauf verschwendet, wo er denn überhaupt hingehen sollte. Müsste er die Städte vermeiden oder eher das Gegenteil? Nach Turin, dort kannte er sich zumindest recht gut aus? Er würde es darauf ankommen lassen, beschloss er dann, jetzt galt es zuerst mal, überhaupt weg zu kommen. Bevor er sein Zimmer verließ, blickte er auf das Bild. Der junge Landarbeiter schaute ihn an. Inzwischen war sein eigenes Gemälde einigermaßen trocken geworden, hoffentlich kam keiner auf den Betrug.

»Ich will dich wiedersehen, mein Bild! Damit ich dich wieder dorthin zurückgeben kann, wo du hingehörst. Falls du das echte bist. Ciao!«

Zehn Minuten später schloss er die Haustür ab und blieb noch kurz davor stehen.

»Leb wohl, ich komme wieder.« Dann drehte er sich um, schulterte den Rucksack und verließ Hals über Kopf sein Zuhause.

Die Dunkelheit dieses Novembertags verschluckte ihn. Es sollte ihm nicht vergönnt sein, die Heimat wiederzusehen.

November 1924, Castagnole. Die Flucht

Zwei Wochen nach Ernesto di Rossos Flucht war wieder der normale Alltag in der Gemeinde eingekehrt. Der Mord, das Verschwinden Ernestos und damit sein offensichtliches Eingeständnis war aus den Köpfen weitgehend draußen. Die Morsinis hatten Enzo aus Casano Superiore neben dem Rest seiner persönlichen Belohnung trotz des Misserfolgs noch weitere zweihundert Lire bezahlt und von ihm die Zusicherung erhalten, über alles zu schweigen. Bei Albertos Beerdigung war die ganze Familie Morsini ebenfalls zugegen und kondolierte der Mutter.

Für alle war Ernesto ein feiger Mörder, der wegen ein paar Lire seinen besten Freund umgebracht hatte. Diese Einschätzung wurde ganz entscheidend durch die Aussage des jungen Pastors unterstrichen, dass Ernesto in der Kirche zusammengebrochen war und verzweifelt gebetet hatte. Weitere Ermittlungen wurden, auch auf Anweisung aus Alba, unter anderem aus Kostengründen gestoppt und der Fall als geklärt zu den Akten gelegt. Der Mörder war flüchtig und bis jetzt nicht aufgefunden worden. Die Behörden waren damit zufrieden.

Es gab zwar zwei vage Aussagen von Bauern, die ihn in Canove und in Monforte d'Alba gesehen haben wollten, darüber hinaus jedoch gab es keine Hinweise. Ernesto war weg, verschwunden. Wobei es bei seiner Flucht sehr knapp zugegangen war. Gut eine Stunde, nachdem er Ernesto in der Bar gewarnt hatte, war der junge Mann bei den Carabinieri erschienen und hatte angedeutet, dass Ernesto di Rosso ihm gegenüber komische Andeutungen zu Albertos Tod gemacht hätte.

»Der hätte das verdient, er hätte ihn über den Tisch gezogen.«

Mehr konnte oder wollte er nicht preisgeben. Er wollte dann noch wissen, wie es mit der Belohnung aussehen würde, der Capitano vertröstete ihn jedoch.

»Wir müssen ihn zuerst mal haben, und dann muss er auch noch der Mörder sein. Also warte ab!«

Er schickte den möglichen Zeugen raus, dann machten sich die drei Carabinieri im Dienstwagen auf den Weg nach San Pietro. Das Haus fanden sie leer vor. Sie durchsuchten sorgfältig sämtliche Räume, konnten aber keine verdächtigen Gegenstände oder Diebesgut finden.

»Ich kann mir nicht vorstellen, dass Ernesto das war, der verprügelt den anderen doch nicht so stark und erwürgt ihn dann. Zudem war Alberto körperlich weit stärker und ihm überlegen.«

Der Brigadiere äußerte schon wieder seine eigene Meinung, mit der er allerdings ziemlich alleine stand, jedoch ohne Kommentar des Capitano. Unverrichteter Dinge fuhren sie wieder nach Castagnole zurück und schrieben einen Bericht über die nicht erfolgte Festnahme und die ergebnislose Durchsuchung des Hauses.

Keiner interessierte sich für ein kleineres, unbedeutendes Gemälde, das im Dachzimmer des Gesuchten hing.

Zwei Tage danach besuchte Capitano del Angelo die Familie Morsini und bat um Auszahlung der Belohnung an den jungen Mann, der den Tip auf Ernesto abgegeben hatte. Vater und Sohn Morsini blickten sich an. Der junge Morsini sagte nichts, der Vater wandte sich an del Angelo.

»Capitano, nichts lieber als das. Wir sind so froh, dass der feige Überfall und der Mord an dem armen Kerl geklärt sind. Diese Menschen sind grauenhaft, das sind doch Tiere. Sie werden den Mörder ja sicherlich noch fassen, da bin ich überzeugt. Richten Sie dem jungen Helfer unsere Dankbarkeit aus!«

Eduardo Morsini griff in die Schreibtischschublade und entnahm ihr fünf Scheine. »Einhundert Lire, Capitano, bitte sehr.«

Der Carabinierichef nahm das Geld kommentarlos entgegen

und verabschiedete sich. Was für eine arrogante, selbstherrliche Bande, dachte er im Hinausgehen. Es ist schade, dass die Linken vor drei Jahren nicht gewonnen haben, dann wären diese Parasiten längst ausgerottet. Aber die neue Regierung in Rom schützt die ja, die haben überall ihre Finger drin. Die kleinen Leute sind die Dummen.

»Wie immer«, murmelte er, als ihn das Hausmädchen mit fragendem Blick durch die Diele begleitete.

Etwa zur gleichen Zeit war Ernesto di Rosso mit der spanischen Eisenbahn unterwegs von Madrid nach Lissabon, von wo aus er die Chance sah, nach Argentinien weiter zu kommen. Er war die ersten vier Tage zu Fuß, auch nachts, quer durch die Langhe und die Alta Langa marschiert, allen Ortschaften aus dem Wege gehend. Seine Verpflegung klaute er überwiegend auf Bauernhöfen, bei denen tagsüber meist die Haustüren offen standen und alle unterwegs auf den Feldern oder in der Kellerei waren. Zum Schlafen suchte er sich alte Hütten oder verfallende Häuser. Die letzten Nächte waren zu seinem Glück nicht mehr allzu kalt, für Ende November sogar recht mild. In Murazzano, einem größeren Ort in der Alta Langa erwischte er einen Lastwagen, der Wein aus Barolo und La Morra nach Savona an die Küste transportieren sollte.

Der Fahrer war ganz froh, einen Gesprächspartner zu haben. Ernesto erzählte ihm fantasievolle Geschichten über sich und sein Reiseziel: Asien. Er wäre Geologiestudent aus Turin. Auf den Spuren Marco Polos wollte er die Seidenstraße bereisen. Man kann ja nie wissen, dachte er. Falls man den Fahrer mal fragen sollte, wo der junge Mann hinwollte, war es besser so.

In Savona gelang es ihm, unter Umgehung des Zolls den Liniendampfer nach Marseille zu besteigen. Dort harrte er zwei Tage unter fürchterlichen Bedingungen in der Altstadt aus, bis er einen sizilianischen Frachter fand, dessen Kapitän nichts fragte und ihn als blinden Passagier nach Barcelona brachte. Von hier aus ging einen Tag später seine Flucht mit der Bahn weiter. In Italien suchte offiziell neben den Carabinieri auch die Guardia di Pubblica Sicurezza, die Staatspolizei, nach ihm, bisher jedoch ohne konkrete Spur. Allerdings hatte die Suche nach Ernesto keine vorrangige Dringlichkeit. Die italienische Staatsmacht hatte andere Sorgen.

In Spanien fühlte er sich einigermaßen sicher. Am Zoll hatte ihn niemand kontrolliert. Ernesto war einfach, während das Schiff entladen wurde, zwischen den Lastwagen durch geschlüpft. Er versuchte, nirgendwo aufzufallen und kam bisher ohne Probleme an allen Kontrollen vorbei. Er war nicht sicher, ob er eigentlich ein Visum brauchen würde, deshalb machte er sich so klein und unsichtbar wie möglich.

Nach einem zweiwöchigen Zwangsaufenthalt in Lissabon, wo ihn eine junge Frau, die er zufällig kennengelernt hatte, bei sich wohnen ließ, erreichte er Ende Dezember 1924 Southampton, von wo aus er nach New York reisen wollte. Die ursprüngliche Fluchtroute nach Südamerika hatte sich nicht verwirklichen lassen. Seine Geldbestände waren auf der bisherigen Flucht stark geschwunden, weil er in Lissabon auch noch beraubt wurde und rund ein Viertel seiner noch verfügbaren Barschaft verlor. Ein weiterer Teil seines kleinen Vermögens ging in Lissabon für einen falschen Pass drauf.

Aus dem Passbild schaute ein vollbärtiger junger Mann heraus. Sein neuer Name: Ernesto Falcone. Für die Buchung einer Überfahrt reichte sein Geld nicht mehr. So bestand in Southampton nur eine Chance, über den Atlantik weiter zu kommen: Er musste eine Arbeit auf einem der großen Linienschiffe ergattern, die New York anliefen. Nach fast vier Wochen, während denen er bei zwei älteren Prostituierten in einem dunklen Loch hinter einer Hafenkneipe hauste, Reste fraß und sich mit Taglöhnerarbeiten über Wasser hielt, hatte er Glück. Er konnte auf der Fürst Bismarck anheuern, einem Passagierschiff der Hamburg-Amerikanischen-Packetfahrt-Actiengesellschaft. Dort waren zeitgleich zwei Küchenhelfer ausgefallen, die in Southampton dringend ersetzt werden mussten.

Es war die letzte Atlantiküberquerung der Fürst Bismarck. Sie wurde im folgenden Jahr in Triest abgewrackt. Nach zehn Tagen stürmischer Fahrt erreichte ein völlig ausgezehrter Ernesto sein Ziel New York. Die Hungerwochen vor der Überfahrt, der schwere Dienst in der Küche und die immer wieder auftretende Seekrankheit hatten ihn fertiggemacht. In New York konnte er, nachdem er die Einwanderungsbehörde erfolgreich hinter sich gebracht hatte, mit viel Glück sehr schnell in einem Obdachlosenheim aufgenommen werden. Seine während des Kunststudiums erworbenen und während der Überfahrt vertieften Englischkenntnisse halfen dabei.

Das Überleben in New York, diesem riesigen, lauten Vielvölkermoloch, gestaltete sich einfacher, als er befürchtet hatte. Seine Erfahrungen aus Lissabon und Southampton kamen ihm zugute. Zudem war er jetzt offizieller Einwanderer, legaler amerikanischer Bürger. Von dem Heim aus konnte er schon bald kleine Gelegenheitsarbeiten annehmen, die ihn eines Tages zu einem Malerbetrieb in der Bronx verschlugen. Während der aufwändigen Sanierung einer Villenfassade unterhielt er sich mit dem Firmenchef, einem bereits vor zwanzig Jahren ausgewanderten Sizilianer, der seine Fähigkeiten erkannt und ihn freundlich in seine Belegschaft aufgenommen hatte, ohne lange zu fragen, wo er her kam. Ernesto erzählte von seinem Studium und seinen Arbeiten. Drei Tage danach nahm ihn der Boss auf die Seite.

»Ragazzo, höre mal her! Ich habe einen guten Freund, auch aus Catania wie ich, der für die großen Filmgesellschaften in Los Angeles Kinoplakate malt. Der könnte einen wie dich vielleicht gut brauchen.«

Zwei Wochen später traf Ernesto nach einer aufreibenden Reise mit dem Zug in der Stadt am Pazifik ein und fragte sich nach Hollywood durch.

»Ich komme von Ihrem Freund aus Catania.«

»Ok, dann zeige, was du kannst!«

Nach einer Probearbeit bekam er sofort den Job als Plakatmaler und entpuppte sich bald als großartiges Talent. Sein Chef setzte ihn immer öfter bereits bei der Entwicklung und Gestaltung der Motive ein. Einige Bosse der großen Studios wurden auf ihn aufmerksam, er hatte kreative Ideen und machte sich schon Ende 1932 mit seiner eigenen Firma »Falcone Movie-Art« selbstständig.

Bis kurz vor seinem Tod 1965 entwarf er Kinoplakate, auch für einige berühmte Kinoproduktionen Hollywoods. Die Vorschauen, unter anderen auf ›Tombstone‹, ›Casablanca‹ und ›Bettgeflüster‹ entstanden unter Ernestos Führung in seiner Agentur.

Er starb bereits siebzigjährig an den Folgen eines Herzinfarkts.

Erst fünf Jahre nach seiner Flucht hatte er durch einen Landsmann aus Piemont erfahren, dass die Ermittlungen im Mordfall Moretti noch im Dezember 1924 eingestellt worden waren. Man ging nach wie vor von ihm als Täter aus. Da Mord jedoch nicht verjährte, konnte er nicht mehr in sein Heimatland Italien zurückkehren.

1927 heiratete Ernesto seine Frau Angelina, eine gebürtige Genueserin, ein Jahr später kam der Sohn Alfonso auf die Welt. Dieser ging mit neunzehn freiwillig zur Army und wurde schon wenige Monate später nach Ramstein ins Nachkriegsdeutschland versetzt. Für Ernesto war das kein Problem, er hatte zu seinem Leidwesen nie eine enge Verbindung mit dem Sohn gehabt. Er eignete sich einfach nicht als Vater. Gingen die anderen Väter mit ihren Söhnen zum Baseball, so saß er in seiner Firma.

Seine Frau ließ sich 1957 nach dreißig Ehejahren wegen eines anderen Mannes scheiden, wobei sie zuvor bereits zwei Jahre getrennt gewohnt hatten. Die beiden hatten sich im Laufe der Jahre auseinandergelebt, immer weiter entfremdet. Sie fühlte sich eher dem Alkohol und ausschweifenden Lebensfreuden verbunden als ihrem in sich gekehrten Mann. Und er fand kein Mittel dagegen. Ernesto lebte die letzten zehn Jahre seines Lebens alleine, gesundheitlich angeschlagen, auch geschäftlich ging es bergab. 1958 schloss er die Firma, neue junge Designer hatten in den letzten zehn Jahren mit neuen Trends und Techniken die Filmwelt erobert.

Sein Bild, den übermalten jugendlichen Johannes, sah er nie wieder, es war ihm nicht mehr vergönnt. Ernesto hatte in der Vergangenheit mehrfach überlegt, ob er das Museum in Turin darauf hinweisen sollte, dass es das Bild doppelt gab, es war ihm jedoch jedes Mal als zu riskant erschienen. Zudem hatte er keine Ahnung, ob es überhaupt noch existierte.

Seine Schuld am Tod des Freundes konnte er nie überwinden. Sie war stets greifbar, spürbar. Kurz vor seinem Tod schrieb Ernesto di Rosso, alias Ernesto Falcone ein Tagebuch über die damalige Zeit und die Ereignisse um das Bild.

Es endete mit einem Geständnis.

13. Juni 2016, Curaçao. Der Anruf

05:18 zeigte das bläulich schimmernde Display meines iPhones, als es mit dem Gitarrenriff von ›Satisfaction‹ die Stille der tropischen Nacht durchbrach und meinen Schlaf abrupt beendete. Nächtliche Telefonanrufe bringen allgemein selten gute Nachrichten hervor, weshalb ich mich noch halb im Schlaf und dabei ziemlich schlecht gelaunt meldete. »Ja?«

»Peter, bist du es?«

Die Stimme am Telefon war nur sehr schlecht zu verstehen, die Verbindung war miserabel. Trotzdem erkannte ich ihn sofort.

»Kalle, Mann, ich glaub‘s nicht! Was ist denn los?«

Obwohl ich morgens normalerweise nur sehr schwer aus der Waagrechten in die Senkrechte komme, saß ich bei den ersten Worten, die ich hören konnte, aufrecht im Bett. Durch die Jalousie drang bereits der erste Schimmer des neuen Tages.

»Peter?«

Er schien mich nicht oder nur ganz schwach zu hören.

»Hallo Kalle, jetzt besser?«

Es rauschte in meinem iPhone, als stände ich neben einem Wasserfall.

»Jetzt verstehe ich dich gut. Hallo Peter. Ach du dickes Ei, bei euch ist es ja Nacht, scheiße, daran habe ich nicht gedacht. Egal, bin aber froh, dich zu hören. Wie geht‘s euch denn so in der Karibik?«

»Mensch Kalle, du verrücktes Huhn, bis vor einer Minute gut. Du hast mich aus dem Tiefschlaf geweckt, aber es ist trotzdem toll, dich dran zu haben. Uns geht‘s bestens. Jasmin und Jan sind wie Turteltäubchen und ich genieße mein Dasein in der Strandbar. Ihr solltet auch hier her kommen!«

Kalle lachte, im Hintergrund konnte ich einen allerdings unverständlichen Kommentar hören.

»War das Jacek?«, fragte ich.

»Ja, ja. Das alte Waschweib. Zumindest labert er dauernd so. Jacek halte die Schnauze, wenn Erwachsene sprechen!«

Im gleichen Moment war Jaceks einzigartiges Lachen zu hören. Kalle hatte dieses einstmals so beschrieben: »Wie wenn eine Kuh aufs Trommelfell scheißt.« Es war etwas dran.

»Was ist los in Stuttgart, seid ihr noch immer viel draußen? Und beide gesund?«

»Ja, wir sind beide so weit fit, wie es das Alter eben so hergibt. Und draußen unterwegs sind wir noch genauso wie vor einem Jahr. Ihr seid ja noch keine hundert Jahre weg.«

Mir kam das allerdings so vor.

»Hast du noch etwas von der Polizei, von Wachter gehört, läuft noch was gegen uns? Oder hat sich das wirklich erledigt?«

Ich war nach wie vor nicht sicher, ob doch noch Ermittlungen gegen Jasmin, Jan und mich liefen. Kalle hatte uns zwar vor einem knappen Jahr schon mal darüber informiert, dass wir tatsächlich nicht im Fokus irgendwelcher polizeilicher Aktivitäten stünden, aber so ganz hatte ich ihm dabei nie getraut.

»Glaubt es mir, Kommissar Wachter hat mit Jacek und mir gesprochen, nachdem er dich am Flughafen verabschiedet hatte.«

Kalle lachte, ich unterbrach ihn.

»Verabschiedet ist gut, du Witzbold. Schockiert hat mich der Typ, aber so was von geschockt!«

Ich dachte mit Grausen an das letzte Gespräch, das ich im vergangenen Jahr im März vor dem Abflug, vor unserer Flucht aus Stuttgart geführt hatte.

»Herr Förster, Sie sind ein freier Mann, so leid es mir auch tut«, hatte Hauptkommissar Wachter von der Stuttgarter Kripo mir ins Ohr geflüstert, als wir gerade hoffnungsvoll in unsere Freiheit fliegen wollten.

»Ich weiß, dass Sie was gedreht haben, aber nicht was und wie und ich kann es nicht beweisen«, hatte er mir mitgeteilt.

Nach unserem, nun schon über ein Jahr zurückliegenden Rachefeldzug gegen meinen Exschwiegersohn Edgar waren wir im März 2015 hierher geflohen. Meine Enkelin Jasmin, ihr Freund Jan und ich. Großzügig ausgestattet mit den finanziellen Mitteln aus unserer Beute hatten wir uns die beiden nahe beieinander liegenden kleinen Strandhäuser gekauft, gut vier Kilometer von der Inselhauptstadt Willemsstad, nahe des Papagayo Beach Resorts im Süden der Insel. Bis Jahresanfang wohnte ich noch mit Jasmin und Jan zusammen, konnte dann aber mein eigenes Häuschen beziehen, nicht weit von den beiden. Ich lebte noch immer in der Hoffnung, dass Silvia Rothstein, meine große Liebe, eines Tages doch noch von Stuttgart zu mir nach Curaçao ziehen würde. Im April und Mai war sie sechs Wochen hier gewesen, es war ein Traum.

Wir zuckelten mit meinem Motorroller über die Insel, lagen am Strand, liebten uns, wir genossen jeden einzelnen Moment. Im Herbst würde sie wieder kommen, hatte sie mir beim Abflug versprochen. Jetzt war es erst Juni.

»Ich glaube es nicht, weckt mich der Kerl mitten in der Nacht auf, nur um zu fragen, wie's uns geht! Und sonst?«

»Alles bestens, ich muss mich halt ständig um Jacek, das alte Waschweib kümmern, der ...«

Ich konnte hören, wie Jacek aus dem Hintergrund »gib her« rief und sich den Hörer schnappte.

»Peter, alte Socke, glaube dem Kerl nicht alles. Ohne mich wäre der hilflos. Muss ich immer Bierchen holen, weißt du, er hat's im Kreuz. Aber wahrscheinlich tut er nur so, und Jacek, der alte polnische Dummkopf, schleppt Kästen.«

»Jacek, du verrückter Gauner, schön dich zu hören. Aber warum hat dein Spezi eigentlich angerufen?«

»Hat er Brief von Amtsgericht bekommen, ich habe schon gedacht, hat er Mist gebaut. Soll er dir selber sagen!«

Jacek konnte einwandfreies Deutsch sprechen, erhielt sich jedoch konsequent seinen polnischen Akzent.

Es dauerte ein paar Sekunden, dann war wieder Kalle dran. Kalle und Jacek. Diese beiden ehemaligen Obdachlosen, Penner wie die Gesellschaft gerne dazu sagt, waren mir im Herbst 2014 und im vergangenen Jahr zu Freunden geworden. Ihnen hatte ich es zu verdanken, dass ich aus tiefster Depression, aus Suff und Selbstmitleid wieder herausgefunden hatte. Die beiden hatten mich aufgegriffen und mich ohne jedes eigene Interesse bei meinem Rachecoup unterstützt. Seit letztem Jahr bewohnten sie nun zusammen eine kleine Wohnung in Stuttgart, die sie aus ihrem Anteil, den ich ihnen regelrecht aufdrängen musste, finanzierten.

»Wie ein altes Ehepaar, auch ohne Sex«, hatte es Kalle genannt. Kalle war der Denker bei den beiden, Jacek, gebürtiger Pole, war als ehemaliger Profiboxer für den Spaß und wenn nötig auch für die eine oder andere ›Strafaktion‹ gegen aufmüpfige Obdachlose zuständig. Ein einzigartiges Team.

Kalle knurrte jetzt in den Hörer, kein Wunder, dass man ihn »den Bär« nannte.

»Der Kerl redet Quatsch, wenn er das Maul aufmacht.«

Wir lachten beide, dann fuhr er fort.

»Peter, ich muss mit dir über etwas Wichtiges sprechen, ich ...«

»Ist etwas passiert?«

»Ja und Nein, aber ich habe einen Brief vom Amtsgericht bekommen, Peter, du wirst es nicht glauben, ich habe geerbt.«

»Wie bitte? Du hast doch immer gesagt, dass du überhaupt keine Verwandtschaft hast. Hast du eine alte Erbtante aufgetrieben? Du Erbschleicher?«

»Mann, ich habe auch immer geglaubt, dass es da niemanden mehr gibt, aber jetzt anscheinend doch.«

»Ja, und um was geht es, weißt Du das schon?«

»Nur, dass ich eine Liegenschaft geerbt hätte, halte dich fest! In Italien!«

Ich war irritiert. »Wie kommst du an ein Erbe in Italien. Ist das Schreiben wirklich amtlich oder verarscht dich da jemand, es gibt immer mehr Betrüger.«

Kalle lachte dröhnend. »Das musst gerade du sagen!«

»Untersteh dich, du warst dabei.«

»Stimmt, aber jetzt mal, warum ich dich anrufe. Peter, ich brauche dich! Und zwar hier und jetzt. Komm bitte nach Stuttgart, und zwar schnell!«

Ich fasste es nicht, aber diese direkte Art passte einfach zu Kalle. Und auch früher war es schon besser gewesen, zu tun, was er sagte.

»Ha, du bist gut. Haut mich hier nachts aus dem Bett und gibt mir Befehle. Kalle, ich weiß nicht ...« Ich brach ab. Kalle hat dir geholfen, ohne zu fragen, sagte ich mir. Und jetzt braucht er mich mal, ganz einfach.

»Kalle, ich schaue, wann ich einen Flug kriegen kann. Ich komme!«

Im Hintergrund war wieder Jacek zu hören.

»Hab‘ ich es dir gesagt, der kommt sofort. Habe ich gewusst. Peter, sind wir jetzt reich, Hausbesitzer!«

»Sei ruhig da hinten. Und nur ich erbe. Verstanden?«

Kalle wandte sich wieder an mich.

»Peter, sei mir nicht böse, du kennst mich. Ich wusste, dass du kommen würdest, deshalb habe ich auch kein schlechtes Gewissen.«

»Brauchst du auch nicht zu haben. Außer, dass du nachts anrufst. Aber was ist so schwierig an der Sache?«

»Die schreiben, ich muss nach Italien zu einem Notar, und ich kann kein Wort Italienisch. Außer Pizza ist da nichts. Ich weiß einfach nicht, wie das gehen soll. Ich war auch noch nie dort.«

Jacek riss ihm wieder das Telefon aus der Hand.

»Weißt du, der braucht ganz einfach ein Kindermädchen. Mir wäre Jasmin ja lieber«, er lachte, »aber zur Not tust du es auch!«

»Alter Chauvi, gib mir Kalle wieder!«

»Ja«, meldete sich der.

»Ich buche den Flug und gebe dir Bescheid, wann ich ankomme. Jetzt muss ich wieder ins Bett und das alles mal verdauen. Wo soll eigentlich dein neues Heim stehen?«

»Warte schnell, ich hab's hier … Castagnole heißt das Dorf.«

Er sprach den Namen als »Kastacknole« aus.

Ich wollte mich noch verabschieden, aber Kalle hatte bereits aufgelegt. Typisch dachte ich.

15. Juni 2016, Stuttgart. Das Wiedersehen

Es war jetzt halb sechs Uhr auf Curaçao, aber das nächtliche Telefonat mit Kalle hatte mich so aufgewühlt, dass ich nicht mehr einschlafen konnte. Ein, zwei Minuten brauchte ich noch, um vollends, vor allem körperlich, wach zu werden, trabte dann aber ins Bad und stellte mich unter die lauwarme Dusche. Richtig kaltes Wasser lief hier auf unserer Karibikinsel fast nie aus der Leitung. Kein Wunder bei einer Durchschnittstemperatur von fast 28 Grad das ganze Jahr über. Auch jetzt zeigte das Thermometer an der Terrassenwand schon 26° Celsius, es würde wieder ein heißer Tag werden.

Von den langen Blättern der Palmen vor meinem Strandhaus fielen noch die letzten glitzernden Tropfen des nächtlichen Schauers zu Boden, die feuchte Erde duftete, die bald aufgehende Sonne versteckte sich noch hinter einer nach Osten abziehenden dunklen Wolkenwand.

Ich schlüpfte schnell in eine leichte, weite Leinenhose, zog ein herumliegendes T-Shirt über und verharrte noch kurz auf dem schmalen Rasenstreifen zwischen der Holzterrasse vor meinem Haus und dem Strand. Ich genoss diesen Anblick viel zu selten, wenn der bevorstehende Tag die ersten Lichtschimmer aussandte und keine menschlichen Geräusche die Stille durchbrachen. Ich sog tief die wunderbare, noch nicht schwüle Morgenluft ein. Man sollte das öfter machen, dachte ich. Doch die eigene Faulheit wehrte sich meist erfolgreich gegen solche Vorhaben. Dann trabte ich barfuß durch den weichen, leicht gelblichen Sand – ständig wird der weiße Sand der Karibik hochgelobt, stimmt gar nicht, bei uns ist er eher gelb – zum etwa 400 Meter entfernt gelegenen Strandhaus meiner Enkelin Jasmin und ihres Lebenspartners Jan, meinen beiden Mitaussteigern auf unserer Tropeninsel, und wieder zurück.

Unterwegs dachte ich über Kalles mögliches Erbe nach. Ich freute mich darauf, ihm zu helfen. So konnte ich ihm wenigstens etwas wieder zurückgeben. Und ein kleiner Trip nach Italien war ja auch nicht zu verachten. Vor allem aber freute ich mich auf ein vorgezogenes Wiedersehen mit Silvia, meiner großen, viel zu weit entfernten Liebe. Vielleicht könnte die sogar mitreisen, kam mir in den Sinn. Sie sprach schließlich perfekt italienisch.

»Junge, das wird ein fantastischer Ausflug«, sagte ich mir.

Hätte ich gewusst, was daraus werden sollte, nun ja ...! Ich hätte mich besser in meiner gewohnten Strandbar verkrochen.

Gegen acht rief ich Jasmin, meine Enkelin, an und teilte ihr die Neuigkeit mit.

»Da bin ich mal gespannt, was Kalle in Italien erbt«, meinte sie. »Am liebsten würde ich mitfliegen, aber ausgerechnet jetzt stelle ich die neue Kollektion vor in meinem Laden, da kann ich nicht weg.«

Jasmin hatte im letzten Herbst begonnen, eine Boutique mit raffinierten und vor allem offenherzigen Dessous in Willemstad zu eröffnen. So ganz konnte und wollte sie von ihrer früheren Branche dann doch nicht weg. Ich war jedoch froh darüber, dass sie nicht wieder in den alten Job eingestiegen war und als Domina gegen viel Geld Leute quälte. Sondern exquisite Wäsche anbot. Irgendwas mit »... Secret.« Im April war ich mit Silvia dort. Zur Anprobe hatten sie mich allerdings rausgeworfen. Aber später dann…, lassen wir's.

„Dann beglücke mal die Damenwelt weiterhin erfolgreich."

Jasmin lachte. „Eher die Herren, denke ich. Die zahlen ja auch."

Ich drückte das Gespräch weg, schnappte mir meinen Laptop und buchte online einen Hinflug nach Stuttgart, dieses Mal unter meinem richtigen Namen Peter Förster. Den alten Pass und meinen Führerschein hatte ich noch.

Abflug Willemstad 16.10, Ankunft in Stuttgart einen Tag später, 14.50 Uhr Ortszeit.

Zwei Tage später trat ich bei ungewohnt kühlen Temperaturen aus dem Flughafengebäude in Stuttgart und nahm ein Taxi nach Stuttgart-Ost, wo die beiden alten Kumpels ihre Wohnung hatten. Als ich vor dem Tableau mit den Klingelschildern stand, hatte ich ein Problem. Ich fühlte mich wie mit einem Brett vor dem Kopf. Wie heißen die beiden eigentlich mit Nachnamen? Sie waren schon immer einfach Kalle und Jacek. Ich suchte die Namensschilder durch, stieß auf Berger und Roscinsky und drückte auf gut Glück den Klingelknopf.

Ein lang gezogenes »Jaaa?« ertönte.

»Kalle, ich bin‘s, Peter. Lass mich rein!«

Die Tür sprang auf, ich rannte rein, nahm trotz meiner schweren Reisetasche auf der Treppe immer zwei Stufen auf einmal und stand kurz darauf schwer atmend vor Jacek, der unter der geöffneten Wohnungstür wartete.

»Das gibt‘s doch nicht!«

Jacek quetschte mich an seine breite Brust, ich war kurz vor dem Ersticken.

»Lass mich los, du bringst mich um«, konnte ich nur mühsam von mir geben.

Ich hatte Tränen in den Augen und Jacek ließ mich nur ganz zögernd wieder los.

»Peter, Junge, das ist nicht mägglich! Siehst gut aus!«

Mehr konnte er nicht sagen, denn Kalle zog ihn abrupt von mir weg und nahm mich in die Arme. Eigentlich drückte er mich mit seinen Pranken genauso zusammen wie vorher Jacek.

»Ich wusste es, dass du wieder auftauchst! Jacek, habe ich nicht oft gesagt, irgendwann steht der wieder vor uns!«

Jacek ließ sein dröhnendes Lachen hören. »Aber dieses Mal steckst du in der Scheiße und brauchst ihn. Können wir wieder gute Kampf machen, Alter?«

Kalle knurrte Jacek an. »Es geht nur um ein Erbe, Blödmann! Gib ihm erst mal was zu trinken!«

Bisher konnte ich noch kein Wort von mir geben, so waren die beiden über mich hergefallen.

»Hey, ihr beiden, ich kann euch gar nicht sagen, wie ich mich freue. Ihr habt mir so gefehlt! Und Jacek, kein Kampf, glaube ich, aber man kann ja nie wissen.«

In diesem Augenblick konnte ich noch nicht wissen, wie Recht ich haben sollte.

Jacek drückte mir eine Rotweinflasche in die Hand. »Prost!«

Es war fast wie früher, ich war einfach froh, die zwei gesund und munter vor mir zu sehen. Jacek haute mir in diesem Moment seine Pranke auf die Schulter.

»Wo ist Jasmin? Oder bist nur du gekommen?«

»Jacek, du hast Pech. Sie ist auf unserer Insel geblieben, sie will in ihrem Laden bleiben und Dessous verkaufen. Und Jan hockt entweder unter Palmen oder vor seinen Computern.«

»Ah, so schöne Frau, hat mich geküsst. Weißt du noch?« Er schaute Kalle an.

Der grinste und schaute dann auf mich. »Er redet seither nur noch davon. Jasmin, Jasmin von vorne bis hinten.«

Jacek grinste. »Ist vorne und hinten sehenswert!«

Kalle schob ihn auf die Seite. »Hock dich her und erzähle!«

Er rutschte auf der Eckbank am Esstisch etwas zur Seite, sodass ich mich daneben quetschen konnte. Jacek blieb stehen und strahlte mich nur an. »Scheene Frau! Schade. Aber wenigstens bist du da!«

Die Wohnung der beiden war eine einzigartige Stilmischung. Jeder hatte sein eigenes Zimmer, daneben gab es das gemeinsame kleine Wohnzimmer, die Küche und ein Bad. Kalle war der Geradlinige der beiden. Ein Bett, ein Schrank, das reichte ihm. Jacek dagegen hatte gefühlsmäßig sämtliche Stuttgarter Flohmärkte in sein Zimmerchen gepfercht. Inklusiv dem röhrenden Hirsch vor dem Watzmann und der rassigen Zigeunerin an der Wand.

»Hab ich erstes Mal im Leben eigenes Zimmer«, begründete Jacek seine Sammelleidenschaft.

Die Wohnzimmereinrichtung war stark reduziert, Kalles Handschrift. Zwei bequeme Ohrensessel, ein Fernseher sowie Esstisch und Eckbank.

»Mehr ist Quatsch, braucht kein Mensch!«, hatte mir Kalle mal am Telefon erklärt.

In der nächsten Stunde berichtete ich von unserem Leben auf Curaçao, von unseren Häusern, der Natur, dem Meer und vom tropischen Klima. Vom letzten Wirbelsturm und dem Leben in der Karibik. Davon, wie sich alles entwickelt hatte. Die beiden unterbrachen mich nicht ein einziges Mal und hingen wie gebannt an meinen Lippen. Ich erzählte und erzählte, nur unterbrochen durch die im Kreis wandernde Rotweinflasche. Inzwischen war bereits die zweite unterwegs.

»Aber jetzt seid ihr fällig! Was gibts hier, wie gehts euch?«

Kalle wiegte den Kopf hin und her. »Wir werden alt, Peter. Das Leben läuft in seinen Bahnen. Fernsehen gucken. Wir haben eine schöne Wohnung, dank dir genügend Bares und sind oft mit den Kollegen auf der Straße unterwegs. Ich hatte eine kleine Operation, neue Hüfte, sonst aber alles gut.«

Jacek ergriff jetzt das Wort. »Sind wir wie alte Ehepaar. Auch ohne Sex!« Er brüllte vor Lachen und schlug mit der Faust auf den Tisch. »Kalle ist Chef wie immer, ist gut so, weißt du. Mach‘ ich, was er sagt. Auch wie immer. Und sonst? Mal Fläschchen hier, mal Fläschchen da. Wunderbar! Und wir reden immer wieder von letztem Jahr. War schon eine geile Geschichte. Weißt du noch, wie wir deinen Edgar geschnappt haben, das war doch ...«

»Jetzt lass mal gut sein mit den alten Kamellen!«, ermahnte ihn Kalle.

Jacek verzog das Gesicht. »Alter Stinkstiefel! So ist er immer, ist mir egal.« Er machte einen rundum zufriedenen Eindruck.

Ich schaute Kalle an, der gefühlt nicht so richtig wusste, wie er mit seinem Fall beginnen sollte. »Jetzt aber mal du! Warum bin ich denn hier?«

»Schau, diesen Brief habe ich vor drei Tagen bekommen. Da schreibt mir das Amtsgericht hier, ich hätte in Italien etwas geerbt. Keine Ahnung von wem und was genau. Lies selbst!«

Er entnahm einem hellbraunen Briefumschlag ein amtliches Schreiben und streckte es mir entgegen. Adressiert an Herrn Karl-Heinz Berger.

»Haben wir geerbt, Peter. Ist doch toll.« Jacek grinste und Kalle haute mit seiner Pranke auf den Tisch.

»Lass ihn in Ruhe lesen, du Depp!«

Unter dem Briefkopf des Amtsgerichts standen Aktenzeichen, Datum, Bearbeiter und der folgende Text:

Sehr geehrter Herr Karl-Heinz Berger,
auf Anforderung des Notariats Dottore Alfonso Longo in Alba, Piemont vom 2. Juni 2016 übersenden wir Ihnen in Amtshilfe die beiliegende Ladung zur Abwicklung der Erbsache des Renato Verducci, ansässig in der Gemeinde Castagnole, Provinz Cuneo, Italien. Bitte vereinbaren Sie wegen der Angelegenheit direkt mit dem oben erwähnten Notar das weitere Vorgehen.

Kontakt unter Telefon: +39 0173 34 39 422 oder per E-Mail:
notaio@longo-alba.it.
Mit freundlichen Grüßen
Amtsgericht Stuttgart, Abteilung Zivilrecht/Erbangelegenheiten.
i.A. Leopold Mayer, Justizangestellter.

Als ich wieder aufblickte, schauten mich beide fragend an. Ich war leicht überfordert.

»Wer ist denn um Himmels willen Renato Verducci?«

Kalle zuckte mit den Schultern.

»Keine Ahnung! Ich kenne niemand mit diesem Namen. Und schon gar nicht in Italien. Piemont, ist das nicht die Gegend mit dem teuren Wein, diesem Baro...dingsda oder so ähnlich?«

»Barolo«, rief Jacek, »den kenne sogar ich. Ist mir aber zu teuer.«

»Jacek, reich mir mal bitte meine Tasche rüber!«

Er schob sie über den Tisch. Ich nahm mein iPad heraus und suchte per Google Maps den Ort Castagnole. Ich fand ihn zwischen Asti und Alba, im Roerogebiet.

»Hey, da gibt's auf jeden Fall mal sehr gute Weine. Den Arneis zum Beispiel. Und die Küche dort ist auch vom Feinsten. Kalle, da fahren wir einfach hin. Ein wenig italienisch spreche ich zwar auch, ich kann auf jeden Fall im Restaurant bestellen, aber Silvia spricht perfekt. Die nehmen wir mit und sie soll morgen früh den Notar anrufen, wann wir mit ihm sprechen können.«

Silvia hatte ich natürlich sofort nach meiner Flugbuchung angerufen und die frohe Nachricht mitgeteilt. Sie war begeistert und wollte mich sofort heute Abend sehen.

Kalle strahlte. »Peter, danke nochmals, ich ...«

»Vergiss es! Ich freue mich einfach, hier zu sein und dich zu unterstützen! Jetzt brauchen wir aber ein Auto, in Silvias Mini quetschen wir uns nicht alle vier rein. Gibt's hier in der Nähe eine Autovermietung?«

»Jacek bleibt hier, der frisst und säuft uns in Italien arm. Einer muss auch die Blumen gießen! Direkt vorne um die Ecke ist eine Autovermietung.«

»Ok, dann mache ich das jetzt zuerst und fahre gleich zu Silvia. Kann ich den Brief mitnehmen, wegen der Telefonnummer? Ich melde mich dann gleich morgen früh, sobald wir den Termin haben.«

»Ja, klar. Übrigens, Silvia hat uns vor vier Wochen besucht. Tolle Frau. Bleib da bloß dran!«

»Mache ich, das kannst du mir glauben.«

Kalle faltete das Schreiben wieder zusammen und drückte es mir in die Hand. Beim Rausgehen boxte er mich leicht in die Hüfte. »Danke dir!«

Ich nickte nur.

Bei der Vermietung buchte ich einen kompakten weißen SUV

mit dem Stern, könnte ja sein, dass Kalles Erbe ganz auf dem Land lag. Dann fuhr ich quer durch die Stadt zu Silvias Wohnung im Stuttgarter Westen. Es war ein gutes Gefühl, wieder mal hier in der alten Heimat zu sein und ich genoss die kurze Fahrt über die bekannten Straßen. Viel hat sich nicht verändert, dachte ich. Mir kam allerdings sofort in den Sinn, dass ich keine Ewigkeit von hier weg war, sondern lediglich ein gutes Jahr. Und jetzt Silvia. Ich war aufgeregt wie ein Teenager vor seinem ersten Rendezvous. Silvia öffnete, wir fielen uns sprachlos in die Arme.

»Silvia«, stammelte ich dann. »Ich bin …«

»Jetzt komm erst mal rein!«

Wir fielen kinoreif übereinander her, Sex im Flur, nicht »in the city«. Der Rest des Abends bestand aus Erzählen, Küssen, einem ausgiebigen Essen beim Italiener in der Nachbarschaft, einer Flasche Amarone aus Venetien und dann gingen wir ins Bett. Es wurde eine sehr aufregende und kurze Nacht. Als ich aufwachte, duftete es bereits nach Kaffee.

»Guten Morgen, mein Schatz«, begrüßte mich Silvia. Sie trug zwar einen dieser gerade in Mode kommenden Schlabberanzüge wie Kleinkinder, dazu auch noch gepunktet, aber an ihr sah einfach alles gut aus.

»Ach, ich glaube, ich merke ein wenig den Jetlag.«

»Bist du sicher, dass es daran liegt«, fragte sie schelmisch lächelnd. Ein Grinsen war meine Antwort.

Mit der Reise nach Italien hatte ich sie gestern Abend bereits vertraut gemacht.

»Schöner Überfall, mein Lieber!«, meinte sie, sagte aber sofort begeistert zu. »Natürlich bin ich dabei. Euch zwei kann ich nicht alleine ins wunderschöne Piemont reisen lassen.«

Silvia arbeitete freiberuflich als erfolgreiche Wirtschaftsjournalistin und konnte sich ihre Arbeit einteilen, aber auch jederzeit von unterwegs aus erledigen. Sie hatte letztes Jahr mit ihren Recherchen maßgeblich zum Gelingen meines Racheplans gegen Edgar, den skrupellosen Finanzjongleur, beigetragen und musste zum Glück in den kommenden Tagen nur einen konkreten Termin verschieben. Unserem Trip stand also nichts mehr im Wege.

Nach dem Frühstück rief sie das Notariat in Alba an.

»Buongiorno Dottore, …«

Sie erläuterte in nahezu perfektem Italienisch die Sachlage und konnte einen Termin bereits am nächsten Tag, einem Freitag, vereinbaren. Wie sie das geschafft hatte, blieb mir ein Rätsel. Weiblicher Charme eben.

»Grazie mille, Dottore. Alle undieci la mattina. Arrivederci.« Sie legte auf.

»So, wegen mir können wir heute Mittag fahren. In gut sechs Stunden sind wir dort.«

Mir war es recht und ich rief Kalle an. »Wie sieht's bei dir aus?«

»Ich kann sofort los, ich bin so unruhig, je früher ich weiß, um was es geht, desto besser«, meinte er.

Silvia suchte bereits nach einem möglichen Quartier.

»Sollen wir in Alba nachschauen oder am besten direkt in dem kleinen Ort?«

»Wenn es da ein Hotel gibt, warum nicht.«

Sie fand nach kurzer Suche im Web eine hübsche Bed & Breakfast-Pension, die einen guten Eindruck hinterließ, direkt in Castagnole. Sie hatten zwei Doppelzimmer frei für drei oder vier Tage. Länger würden wir ja sicher nicht brauchen.

›Bellavista‹ hieß die Pension, ein schönes historisches Gebäude am Ortsrand mit Garten und herrlicher Aussicht, konnte man den Bildern auf ihrer Website glauben. Gepackt war schnell, Silvia war durch ihre vielen Reisen in dieser Beziehung sehr geübt, ich hatte mein Zeug ohnehin dabei und Kalle saß garantiert schon seit Stunden auf seinem antiquarischen Koffer.

Kurz vor 13 Uhr holten wir ihn ab, er war ein richtiggehendes Nervenbündel, wir packten ihn auf den Beifahrersitz, da er hinten nur schwer reingepasst hätte, und fuhren gen Süden. Singen,

Zürich, Luzern, Gotthard, dann durchs sonnige Tessin, entlang des Lago Maggiore durch malerische Orte wie Cannobbio, Stresa und Arona auf die italienische A 26 Richtung Genua. Kalle war inzwischen wieder einigermaßen normal geworden und betrachtete glücklich wie ein Kind die vorbeiziehende Landschaft und die vielen kleinen Orte am See.

»Dass ich das noch mal erlebe«, sagte er immer wieder ganz ehrfürchtig.

»Kalle, Menschenskind, d u bist doch noch jung!«, neckte ihn Silvia von ihrem Rücksitz aus.

Bei Vercelli in der Poebene meinte Kalle plötzlich, »sind wir denn in China oder was? Das sind doch Reisfelder! Spinne ich jetzt?«

Silvia lachte. »Stimmt! Aber italienische. Die haben hier ein riesiges Reisanbaugebiet. Da gibt‘s den bekannten Arborio und den Carnaroli, die besten Reissorten für einen guten Risotto. Man glaubt das gar nicht, wenn man an Italien denkt.«

Kurz vor Alessandria, am südlichen Rand der Poebene, verließen wir das kerzengerade verlaufende Band der A 26 und bogen ab nach Asti, der bekannten Weinstadt. Dort nahmen wir dann südwestwärts die Autobahn bis kurz vor Alba und verließen diese an der Ausfahrt Canove. Von dort waren es nur noch wenige Kilometer, bis wir gegen halb acht am Abend den kleinen Ort Castagnole erreichten.

Claudio, der Besitzer der Pension, erwartete uns schon an dem schweren Holztor, welches den Weg in einen gewölbten Durchgang öffnete. Von dort betraten wir einen von der Abendsonne beschienenen Garten, um den sich auf zwei Seiten das Gebäude zog. Auf einem kleinen runden Metalltisch stand schon eine Platte mit Schinken, Käse, Oliven, einigen Früchten und einem Brot, daneben brach das Sonnenlicht glänzend durch das Glas einer Weißweinflasche.

»Un Arneis, benissimo!«, rief Silvia, was der Besitzer strahlend zum Anlass nahm, gleich einzuschenken.

»Salute!«

Kalle war sprachlos, bis er wieder zu sich fand. »So kann's weitergehen!«

Den Abend verbrachten wir in einem gemütlichen Ristorante, der Trattoria Umberto. Fabio, der Padrone, bediente uns höchstpersönlich und plauderte zwischen den verschiedenen Gängen über die lange Vergangenheit seiner Trattoria.

»Gia cento anni! Schon hundert Jahre!«

Die Trattoria hätte schon viel gesehen und erlebt. Silvia musste laufend für Kalle und oft auch für mich übersetzen. Ich tat zwar, als hätte ich die Hilfe nicht nötig, war aber jedes Mal froh, wenn sie uns beiden die Erzählungen nahebrachte. Nach drei verschiedenen Weinen zu den drei Antipasti, den beiden Pastagerichten und dem Brasato in Barolo, einem herrlichen Rinderbraten in einer dunklen Soße, nach einem mächtigen Dessert und dem obligatorischen Espresso wurden wir praktisch gezwungen, noch zwei Grappe aus der Region zu probieren.

»Ich habe selten so gute und zufriedene Gäste«, meinte er. Wobei er sich noch entschuldigte, dass Stefano, sein Sohn heute nicht im Haus war.

»Der hätte uns beim Thema Wein noch besser beraten können«, übersetzte Silvia bei der Verabschiedung. »Der Sohn ist Sommelier.«

»Alla prossima volta - bis nächstes Mal! Grazie mille e ciao!«

Wir waren die letzten Gäste und waren froh, dass unser Heimweg überschaubar lang war.

»Wenn der Sohn noch besseren Wein kennt, müssen wir eben noch mal hin«, meinte Kalle beim Rausgehen. Nach fünf Minuten war trotz des erheblichen Alkoholspiegels unsere Pension erreicht und alle drei fielen wir nur noch in die Betten.

»Buona notte, amore!«, flüsterte mir Silvia zu. Ich kann mich leider nicht daran erinnern, es noch gehört zu haben.

17. Juni 2016, Alba. Das Erbe

Zum Glück war unser Besuch beim Notar erst auf elf Uhr an diesem Freitagvormittag terminiert. Wobei ich beim Aufwachen feststellen konnte, dass piemontesische Weine und Grappe erstaunlich gut verträglich waren. Silvia ging es sogar sehr gut und auch Kalle hatte keine Nachwirkungen.

»Gewohnt ist gewohnt«, meinte er, als wir uns zum Frühstück trafen. Er hatte sich in seine beste, einzig gute schwarze Hose gezwängt, dazu trug er ein weißes Hemd und eine dünne Strickjacke, die farblich nicht ganz passte. Ich machte ihm dennoch ein Kompliment. »Siehst gut aus, mein Freund!«

Unsere Hausherrin Chiara hatte draußen im Garten gedeckt und wir genossen sowohl die angenehm wärmende Morgensonne als auch das fantastische Frühstück.

»Gegenüber früher haben die italienischen Hotels und vor allem die persönlich geführten kleineren Häuser die Liebe der Mittel- und Nordeuropäer zum Frühstück entdeckt. Vor zehn Jahren noch wärst du hier mit einem Espresso doppio und einem Cornetto enttäuscht worden. Die Italiener haben damals überhaupt nicht verstanden, dass man außer dem obligatorischen Hörnchen auch noch was anderes essen könnte. Wurst und Käse zum Frühstück waren einfach undenkbar. Da haben wir es heute schon sehr viel besser«, meinte Silvia.

Neben einem jungen, ständig kuschelnden Paar aus England waren wir die einzigen Gäste. Der Frühsommer war nicht die Hauptsaison im Roero. Das kleine Buffet auf einem uralten Holztisch an der Hauswand quoll über vor wunderbaren Genüssen. Wir hatten genügend Zeit, weshalb ich Kalle auf seine Herkunft ansprach.

»Du musst doch wissen, wie du zu diesem Erbe kommst.«

Kalle schüttelte den Kopf.

»Ich weiß nicht viel über meine Ahnen. Anscheinend hieß mein Großvater ursprünglich Ernesto di Rosso. Er ist unter, ich sag's mal ganz vorsichtig, etwas unklaren Umständen schon recht jung nach Amerika ausgewandert. Mein Vater erzählte mir aber, dass er sich damals in Falcone umbenannt hätte. Anscheinend hätten das viele gemacht. Warum, wusste er auch nicht genau, Großvater hatte nie darüber gesprochen. Ich habe ihn ja auch nie gesehen. Als er starb, war ich zwar schon siebzehn, aber nur mein Vater ist damals zur Beerdigung nach Amerika gereist. Für zwei wär's zu teuer geworden. Er hat, glaube ich, ein Tagebuch von Großvater mitgebracht. Das war das Einzige, was überhaupt von ihm existiert hat. Hab's aber nie gesehen, hat mich auch nicht besonders interessiert. Anscheinend besaß er eine Firma, die Kinoplakate malte, aber die Scheidung von seiner Frau machte ihn arm, da blieb nicht viel übrig. Mein Vater war zumindest mal richtig sauer, dass nichts zu erben war. Im Nachhinein werde ich das Gefühl nicht los, dass Großvater kein Thema in unserer Familie sein sollte, er wurde weitgehend totgeschwiegen. Mein Vater hat nie von ihm gesprochen, aber der war ohnehin sehr verschlossen.«

»Jetzt erbst ja auf jeden Fall mal du«, warf ich ein.

Kalle nahm sich ein weiteres Brötchen und belegte es mit Schinken.

»Stimmt. Abgesehen davon habe ich ohnehin wenig Kontakt mit meinem Vater gehabt. Als ich ein kleiner Junge war, fuhr er als Vertreter durchs Land und trieb sich gerne mit seinen Weibern rum. Er war praktisch nie zu Hause. Und wenn, dann gab's meist Krach. Wegen der Weiber und dem Schnaps. Aufgezogen hat mich im Grunde nur meine Mutter, wobei die immer als Putzfrau geschuftet hat, also meist war ich mit den Kumpels alleine. Von klein auf. Und da habe ich eben vor allem von den Älteren manches aufgeschnappt, was nicht so ganz sauber war. Wir waren als Jugendliche eine richtige Bande, und ...«, er zuckte die Schultern, »haben so einiges gedreht, wie später auch. Ich musste mir damals mit den Ellenbogen und mit Köpfchen meinen Platz schaffen. Das ist mir eben geblieben. Ging leider in die falsche Richtung, zumindest zeitweise. Mein Vater war schon mit neunzehn zur Army gegangen und 1947 nach Ramstein in die Pfalz versetzt worden. Dort hat er gleich meine Mutter kennengelernt und geschwängert. Die beiden haben ganz schnell geheiratet, weil ich unterwegs war, bin 48er Jahrgang.«

»Warum heißt du dann Berger mit Nachnamen und nicht Falcone«, fragte Silvia, bevor ich es tun konnte.

Kalle lachte und griff beherzt nach dem letzten Brötchen.

»Das liegt daran, dass mein Vater bei der Hochzeit den Namen meiner Mutter angenommen hat. Für Leute mit italienischen Namen gab es damals in Deutschland keine Jobchancen. Erst Ende der Fünfziger, als die Gastarbeiter kamen. Mein Vater ist dann zweiundfünfzig aus der Army ausgeschieden. Er sprach recht gut deutsch und ist Vertreter geworden. Hat irgendwelche Zubehörteile verkauft, ich glaube, für Strickmaschinen oder so ähnlich. Und so heiße ich heute eben Berger. Meine Mutter wollte für mich unbedingt einen deutschen Vornamen haben, deshalb nannten sie mich Karl-Heinz. Für euch aber immer und ewig Kalle!«

Mir war das Ganze noch nicht so klar.

»Aber wie hängt das mit der Gegend hier zusammen? War dein Großvater von hier? Gibt es hier noch jemand aus der Familie?«

»Keine Ahnung, ja, er war schon irgendwoher in Italien, ich weiß auch nicht, wie die auf mich kommen. Es gab noch eine Tante und einen Onkel laut meinem Vater, aber er hatte schon keinen Kontakt mehr zu denen. Das hat er mir mal gesagt, bevor er starb.«

»Die Nachlassgerichte ermitteln schon sehr genau und intensiv, wenn nötig«, antwortete Silvia. »Jetzt gehen wir einfach mal dorthin, zum Dottore Longo und lassen uns überraschen. Auf geht‘s! Leute, wir brauchen eine halbe Stunde.«

Sagte es, stand auf und war weg. »Ich will mich nur noch schnell richten«, rief sie mir im Weglaufen zu.

»Willst du noch schöner werden?«, fragte Kalle zurück.

Silvia lachte und verschwand winkend im Haus.

»Kalle, Kalle, du Schleimer!«

»Pass gut auf diese Frau auf, sage ich dir! Viel zu gut für dich! Kapiert?«

Ich nickte nur. Fünfzehn Minuten später brachen wir auf. Silvia legte dem Dicken den Arm um die Schulter.

»Kalle, dein Erbe wartet!«

»Ich verstehe das alles nicht. Hoffentlich habe ich euch nicht ganz umsonst um Hilfe gebeten!« Kalle schüttelte den Kopf.

Wir nahmen die schmale, kurven- und aussichtsreiche Provinzstraße nach Canove und bogen dort in die Staatsstraße nach Alba ein. Ich hatte unser Ziel ins Navi eingegeben: Alba, Via Gazzano 15. Über die lange Brücke über den Tanaro, den Fluss, der dem Tal seinen Namen gibt, erreichten wir den Rand der Innenstadt und fanden nach einigem Hin und Her einen freien Platz in der hintersten Ecke eines riesigen Parkplatzes, genau neben dem ›Ufficio Nazionale del Tartufo‹, dem nationalen Trüffelbüro.

Regelmäßig, wenn im Spätherbst die Novembernebel die Hügel und Täler Piemonts einhüllen, tauchen aus dieser grauen Suppe Heerscharen von Gourmets auf, um sich auf die völlig überfüllten Trüffelmärkte und in die Ristoranti zu stürzen und die speziellen Gerichte und Menüs mit dieser exklusiven Knolle zu genießen. Das ist die Zeit, während der sich Piemonts Gastronomen und Hoteliers die Hände reiben, die Zimmer- und Menüpreise sich auf wundersame Weise von selbst vervielfachen und die Euros rollen. Jetzt im Juni war Alba ein eher beschauliches Städtchen.

Wir liefen zu Fuß die zweihundert Meter in die Via Gazzano, eine schmale Straße, die sich bogenförmig zwischen den typischen Stadthäusern der Region durch zog.

»Dottore Longo, Notaio«, las Silvia, »wir sind da. Kalle, jetzt wird's ernst, gehen wir rein!«

Silvia drückte einen Klingelknopf auf einer vornehmen Messingplatte, der Türsummer ertönte und ich drückte die Tür auf. Ich musste innerlich lachen, wie sich Kalle regelrecht wand, bevor er endlich ebenfalls durch die Haustür trat. Ich blieb aber ernst, wenigstens nach außen. Im ersten Stock wurden wir an der Bürotür zum Notariat bereits von einer jungen, sehr attraktiven, im eleganten Businesslook gekleideten und sehr blonden Dame empfangen.

»Buongiorno, avanti prego!«

Silvia betrat als erste den Empfangsraum, Kalle hielt mich fest.

»Da gehts aber hart zu. Avanti, sagte die!«

»Kalle, das ist freundlich und heißt herein bitte! Jetzt geh!«

Kalle und Silvia nahmen auf den Wartestühlen Platz, ich blieb stehen und schaute mich um. Alles sehr gediegen, nicht modern, aber hochwertig klassisch eingerichtet. Italiener haben da schon ein Gespür dafür, dachte ich. Dann fiel mir noch etwas ein.

»Kalle, hast du deinen Ausweis dabei?«

»Halte mich nicht für ganz verblödet! Natürlich habe ich den eingesteckt.«

Das war daneben, musste ich feststellen, jetzt war er garantiert sauer, zumindest kurz, aber er grinste mich an. Glück gehabt. Zwei Minuten später kam die junge Dame zurück und führte uns ins Allerheiligste, das Büro des Dottore.

Ein Raum von geschätzt fünfzig Quadratmetern, beige, mit leichten senkrechten Streifen versehene Tapete. An der Stirnwand das obligatorische Foto des Staatspräsidenten an seinem Schreibtisch im Quirinalspalast.

Ich deutete drauf und raunte Silvia zu, »blöd, das müssen die hier in Italien öfter mal auswechseln.«

Sie lachte ganz leise. Wir nahmen auf den vorgeschlagenen Stühlen an dem überdimensionalen Konferenztisch Platz. Ich kam mir ganz klein vor. Warum fühlt man sich in solchen Situationen immer irgendwie unwohl. Wobei mich das ja alles gar nichts anging, ich war nur Begleiter und Staffage. In diesem Moment trat der Notar ein und ich wurde in meinen Überlegungen unterbrochen. Bei uns in Deutschland fühlen sich Beamte, kommunale Sachbearbeiter und auch Banker wenigstens manchmal als Serviceanbieter. Der Untertan wird langsam eher zum Kunden. In Italien war bei offiziellen Stellen noch keine Rede davon, da bist du Bittsteller, der am besten gesenkten Hauptes wartet und viel Glück braucht, dass er irgendwann drankommt, wenn die Sachbearbeiterin mit der Nagellackierung fertig ist und dich freundlicherweise anspricht. Zumindest war das meine Erfahrung auf Banken und einmal im Polizeirevier, als ich in Pisa ein Knöllchen bezahlen wollte. Für vierundachtzig Euro ließen sie mich eine halbe Stunde warten.

Dottore Alfonso Longo hinterließ von der ersten Sekunde an einen anderen Eindruck. Er schaute freundlich in die Runde und begrüßte uns einzeln sehr gastfreundlich.

»Signora, piacere«, grüßte er Silvia.

Kalle und mir reichte er die Hand, »Buongiorno, signori!«

Dann bat er uns, Platz zu nehmen. Longo war eine durchaus attraktive Erscheinung. Ich schätzte ihn auf Mitte fünfzig, groß gewachsen, markantes Gesicht, graue, penibel geföhnte Frisur. Und Italiener können Anzüge tragen. Seine buschigen Augenbrauen waren ein ebenfalls hervorstechendes Merkmal. Sie ließen mich an einen früheren Finanzminister aus Bayern denken. Nachdem er Platz genommen und seine Aktenmappe aufgeschlagen hatte, fragte er als erstes unsere Personalien ab. Silvia wandte sich dabei gleich an ihn, um zu erklären, warum sie dabei war.

»Dottore, sono Silvia Rothstein, una conoscente del signor Berger e qui come traduttrice per lui. Berger non parla italiano.«

Silvia erläuterte auch kurz meine Position. Der Erbe hätte mich gebeten, dabei zu sein, da er sich im Ausland unsicher fühlte. Der Notar nahm es kopfnickend zur Kenntnis.

»Grazie Signora!«

Nachdem sämtliche Daten korrekt aufgenommen waren, kam er langsam zur Sache. Das Nachlassgericht hatte bereits Ende 2014 das Erbe des verstorbenen Renato Verducci aus Castagnole festgestellt. In der direkten Umgebung war kein möglicher Erbe zu finden, allerdings wurden bei Verducci Hinweise auf eine Verwandtschaft mit einem Alfons Berger in Deutschland gefunden.

Mitte der Neunziger musste es in Castagnole auch mal einen persönlichen Kontakt zwischen Verducci und Berger gegeben haben. Aus diesem Grund kam dann bei den Nachforschungen dessen Sohn ins Spiel, der jedoch weitestgehend von der Bildfläche verschwunden war. Im Wege der Amtshilfe bat das Gericht die deutschen Behörden darum, diesen Karl-Heinz Berger zu ermitteln. Und da Kalle vor einigen Jahren für seine damaligen Schmuggeltouren aus Osteuropa zwei Jahre gesessen hatte, konnte er ermittelt werden. Allerdings dauerte es noch ein paar Wochen, bis seine neue Adresse gefunden war. Zumindest war jetzt mal geklärt, wie die Italiener auf Kalle gekommen waren.

Ich merkte, wie mein Freund Kalle, der sonst durch nichts zu erschüttern war, zunehmend ungeduldig wurde. Doch dann kam der entscheidende Satz, den Silvia strahlend übersetzte:

»Herr Berger, als einziger feststellbarer Nachkomme des Herrn Renato Verducci, ledig, kinderlos, geboren und wohnhaft bis zu seinem Tode in der Gemeinde Castagnole, Provinz Cuneo, erben sie das Wohnhaus des Erblassers samt dem dazugehörenden Grundstück in Castagnole, Ortsteil San Pietro.«

Kalle blickte völlig verständnislos. »Ich erbe ein Haus? Hier? Wie? Ich versteh‘ nicht mal Bahnhof.«

»Ja, mein Lieber, du bist jetzt Hausbesitzer! Herzlichen Glückwunsch!«

Silvia drückte ihm einen Kuss auf die bärtige Wange, der Notar lächelte milde.

Ich drückte Kalle die Hand. Nach dieser umwerfenden Mitteilung verlas Dottore Longo noch die näheren Angaben zu der

Immobilie, zum Flurstück und so weiter. Er verwies dabei auf das Katasteramt und die Gemeinde. Kalle solle möglichst umgehend Kontakt mit dem Gemeindeamt aufnehmen.

»Und, erwarten Sie nicht zu viel von Ihrem Erbe. Das alte Haus, das Geburtshaus Ihres Großvaters Ernesto, ist seit vielen Jahren schon nicht mehr bewohnt. Ihr Onkel lebte seit zwölf Jahren bereits im Altersheim«, meinte er abschließend.

Nach einer sehr freundlichen Verabschiedung und dem unmissverständlichen Hinweis auf die Kosten war die ganze Angelegenheit erledigt. Als wir alle drei wieder vor dem Haus standen, umarmte Kalle uns beide, Silvia besonders innig.

»Kalle, jetzt gehen wir erst was essen und dann schauen wir uns die Hütte an!«

Ich boxte ihn freundschaftlich in die Seite. Silvia lachte. »Habt ihr überhaupt die blasseste Ahnung, wo das Erbe steht?«

Kalle wirkte plötzlich wieder unternehmungslustig. »Wir fragen den Bürgermeister, da soll ich sowieso direkt hin. Nach dem Essen! Kommt!«

Wir spazierten die paar Meter in die Altstadt hinein, flanierten noch einige Minuten durch ein schmales Gässchen mit hübschen kleinen Ladengeschäften und fanden dann eine urige Osteria, in der gerade noch ein Tisch frei war. Wir genossen das ›Menu del giorno‹, stießen auf den Erben an, der das Ganze immer noch nicht verdaut hatte, und fuhren anschließend auf schnellstem Wege nach Castagnole zurück.

Silvia versuchte, kurzfristig einen Gesprächstermin mit dem Bürgermeister zu bekommen, was an diesem Nachmittag leider nicht mehr möglich war. Der Sindaco, der Bürgermeister, wäre in Amtsgeschäften unterwegs. Sie vereinbarte einen Besuch am Montag früh gegen neun. Ich war in der Zwischenzeit nicht untätig gewesen und hatte in Begleitung von Kalle ganz vorsichtig bei einer Beamtin der Ortspolizei, der Polizia Locale, nachgefragt, wo denn das Haus des verstorbenen Signor Verducci läge. Sie schaute mich überrascht an, ich versuchte ihr zu erklären, dass mein Freund Kalle der neue Besitzer wäre, jedoch kein Italienisch sprechen würde. Nachdem sie sich noch dessen und meinen Ausweis angeschaut hatte, taute sie etwas auf und zeigte mir auf einer Ortskarte die Lage des Hauses.

»Das musse es sein«, teilte sie mir lächelnd mit.

»Sie sprechen deutsch? Das ist ja wunderbar!«, rief ich ihr begeistert zu. Sie lachte etwas verschämt.

»Nur wenige, nicht gutt. No, no!«

Ich bedankte mich mit meinem charmantesten Lächeln, selbst Kalle strahlte sie an, sie lächelte zurück.

»Nette Frauen, diese Italienerinnen«, meinte Kalle beim Rausgehen, »ich glaube, ich bleibe doch hier.«

Silvia wartete bereits vor dem Rathaus und schaute über die kleine Piazza. Deren unteres Ende nahm die eher schmucklose Kirche ein, Silvia stufte sie als einen Mix aus unterschiedlichen Stilepochen ein. Aus ihrem Blickwinkel auf der rechten Seite wurde die Piazza von der Mauer des Palazzos begrenzt, der sich auf dem hohen Rücken des Schlossparks präsentierte. Eigentlich ein schönes Gebäude, leider etwas heruntergekommen und renovierungsbedürftig. Die gegenüberliegende Seite der Piazza war von einem typisch italienischen Faschismus-Bau geprägt, der die Bar Centrale beherbergte. Die grau-beige Betonfassade, zusätzlich mit Graffiti verunstaltet, stach unangenehm ins Auge. Rechts daneben in einem schmucken historischen Gebäude pries ein ›Frutta e Verdura‹-Laden seine frischen Produkte an. Neben dem Eingang wies noch ein abgeblättertes Metallschild auf das frühere Geschäft mit ›Sale e Tabacchi‹ hin. Salz und Tabak waren bis in die Achtziger oder Neunziger ein Monopol des Staates und nur in diesen kleinen Läden erhältlich. Heute sind sie leider durch die Supermärkte abgelöst.

»Ein schöner Platz, wäre nicht dieser Betonklotz mit den hässlichen Reklametafeln hier«, meinte Silvia.

»Stimmt, aber das Rathaus ist jetzt auch nicht unbedingt ein Ausbund an Schönheit.«

Ich zeigte dabei auf die schmalen klassizistischen Säulen vor der Eingangsfront.

»Lass' uns schnell einen Espresso trinken, bevor wir zu deinem Gehöft aufbrechen!«

Silvia schaute uns beide fragend an, wir ließen uns nicht lange bitten, folgten gerne und setzten uns an eines der fünf winzigen Tischchen vor der Bar. Nach einer gefühlten Ewigkeit, es waren aber höchstens drei Minuten, kam ein junger Mann aus der Bar und auf uns zu.

»Salve! Volete bere qualcosa?«

Ich nickte und bestellte drei Espressi und dazu je einen Campari Soda.

»Richtig erholsam hier«, meinte Silvia, »findet ihr nicht auch?«

Bevor wir antworten konnten, brachte der Ober unsere Bestellung.

»Sono Luca! Touristi?«

Silvia wollte soeben antworten, da unterbrach ich sie.

»Si, faciamo ferie.«

»Ah, bello, buona giornata!«

Silvia bedankte sich bei ihm und blickte mich fragend an.

»Ich dachte, muss ja nicht der ganze Ort gleich wissen, warum wir hier sind.«

Dass dies allerdings bereits erfolgt war, zeigte mir die Reaktion eines jungen, schwarz gelockten Mannes, der mit seiner Vespa vor der Bar anhielt und sich kurz mit Luca, dem Barmann unterhielt. Beide schauten dabei aufmerksam in unsere Richtung, Luca grinste, der andere blickte recht finster. Sie verabschiedeten sich, der junge Mann ließ die Vespa an und fuhr los.

Genau, als er knapp hinter Kalles Stuhl vorbeifuhr, hörte ich ihn verächtlich »Omicidio« rufen. Das klang verdammt unfreundlich und ich schaute auf Silvia, die mit weit aufgerissenen Augen dem Kerl hinterher und dann mich anblickte. »Omicidio bedeutet Mord!« Ich drehte mich nach ihm um, aber er war schon hinter der Ecke des Rathauses verschwunden.

»Was war denn das?«, meinte Kalle.

»Keine Ahnung. Lasst uns gehen!«

Ich ging schnell in die Bar rein und legte Luca zwanzig Euro auf die Theke. Er gab mir einen Fünfer zurück und grüßte freundlich. Wobei er mich zugleich ziemlich neugierig von oben bis unten musterte. Ich winkte und verließ die Bar. Ich war richtig froh, als ich draußen wieder in der Nachmittagssonne stand.

Zehn Minuten später waren wir unterwegs nach San Pietro di Castagnole, wo uns entlang der Straße vier Häuser und ein etwas größerer Bauernhof erwarteten.

»Das muss es sein«, rief Silvia, die den Ortsplan in der Hand hielt, auf dem die Polizistin das Haus rot eingekreist hatte. »Peter, das ist es!«

Ich bog von der Straße in einen schmalen holprigen Feldweg ein, der am Gebäude vorbei führte und hielt direkt vor dem Eingang.

»Ich glaube, ich spinne!«

Das war Kalles erster Satz, als er vor seinem Erbe stand. Um das kleine Haus, ich schätzte es auf vielleicht fünfzig Quadratmeter Grundfläche, zog sich ein völlig verwilderter Garten, auf zwei Seiten von den Resten eines Drahtzauns begrenzt. Alte, niemals gepflegte Haselnussbüsche wechselten sich mit wild wuchernden Brombeersträuchern ab. Eine ehemalige Lorbeerhecke hatte sich zu einem kleinen Wald ausgewachsen. Eine richtige Macchia. Aus dieser ragten zwei etwas zerzauste Scheinzypressen heraus.

Die hintere Giebelseite des Hauses war weitgehend von Efeu oder etwas Ähnlichem zugewachsen. Risse durchzogen die teilweise abgeblätterten Putzflächen. Der Weg zum Eingang bestand aus halbmeterhohem Unkraut unterschiedlichster Art. Mittendrin lag Bauschutt, von Brennnesseln überwuchert. Daneben verrostete eine ausgediente Badewanne, bei der das Email abplatzte. Aus den traurigen Resten einer Toilettenschüssel wuchsen dunkelblaue Blümchen.

Ich ging ein paar Schritte den Feldweg am Garten entlang und von einem Schritt zum anderen öffnete sich mir ein Ausblick über die gesamte Hügelkette der Langhe, die hinter dem Tal des Tanaro im Dunst lag. Direkt unterhalb des Gartens zogen sich die hellgrünen, sauber gegliederten Rebhänge des Arneis entlang und liefen in ein flaches Tal mit grünen Feldern aus. Etwa einen knappen Kilometer entfernt schaute das Dach einer herrschaftlichen Villa aus den umgebenden Pinien und Zypressen hervor. Es war traumhaft schön hier oben.

»Kommt mal schnell her, ihr beiden, das müsst ihr euch anschauen!«

Silvia hatte sich bei Kalle eingehängt und sie standen sprachlos vor der Kulisse, die sich ihnen bot.

»Das hätte als Erbe auch gereicht«, meinte Kalle bewundernd.

Wir ließen alle drei noch ein paar Minuten diesen Ausblick auf uns wirken, dann klirrte Kalle mit seinem vom Notar ausgehändigten Schlüsselbund.

»Mal sehen, ob einer passt. Aber die Tür kriege ich auch ohne auf.«

Sagte es und stieg über eine quer über den kurzen Weg zur Haustür liegende verrostete Regenrinne. Der zweite Schlüssel passte und er schob vorsichtig die verwitterte Holztür auf. Sie scharrte am Boden, Kalle musste sie etwas anheben. Die Öffnung dahinter war großflächig mit Spinnennetzen durchzogen. Kalle packte einen kurzen Holzstock, der neben der Tür lag und wischte die Netze einigermaßen auf die Seite. Dann trat er durch die Tür, wir beide hinterher. Muffige Dunkelheit erwartete uns.

Es dauerte ein wenig, bis sich unsere Augen an den abrupten Wechsel vom hellen Sonnenlicht in diese dunkle Höhle gewöhnt hatten. Von der Haustür gelangte man direkt in die kleine Wohnküche. Bis auf den Spülstein und eine hässliche Kommode mit heraushängender Schublade war der Raum leer. Vor einem schmalen, aber recht hohen Fenster war der Fensterladen geschlossen, nur wenig Licht drang durch die Ritzen. Genau gegenüber der Küchentür erreichte man einen schmalen Vorraum und kam von dort in die ebenerdige Cantina, in der nur diverses Gerümpel rumlag. An der Längsseite der Cantina führte eine schmale Tür in einen winzigen Holzanbau, der die Toilette, genauer gesagt deren Reste enthielt.

»Die andere Hälfte liegt draußen«, meinte Kalle.

Er war mir vorausgegangen, während Silvia alleine auf Tour unterwegs war. Wir hörten sie jetzt im Obergeschoss, die Dielen knarrten fürchterlich.

»Pass auf, dass du nirgends durchbrichst!«, rief ich laut hoch.

»Ja, ja«, gab sie zur Antwort, »so schlimm ist es nicht, kommt hoch!«

Ich folgte Kalle ans Ende des Flures und wir stiegen ohne allzu großes Vertrauen die abgetretene Stiege, Treppe wäre zu viel gesagt, hoch. Das Obergeschoss war wegen der Dachschräge sehr klein. Von einem Vorraum ging eine Tür in ein gemütlich wirkendes Zimmer ab. Auf der Giebelseite schien die Sonne durch ein winziges Fenster, dessen rechter Flügel schief in den Angeln hing. Auch hier glänzten Spinnennetze im Gegenlicht. Ich drehte mich um. Unter der Dachschräge befand sich ein Bett, viel mehr nur noch der Bettrahmen und darauf das Metallgerippe einer Matratze. Gegenüber stand ein quadratischer Tisch, zwei unterschiedliche klapprige Stühle penibel darunter rein geschoben. Eine kleine Kommode mit mehreren Schubladen war bis auf ein ehemals weißes Taschentuch mit Monogramm leer.

Ich hob es vorsichtig auf. »ER« war in perfekter Antiquaschrift aufgestickt, in warmem Gelbton. Ernesto di Rosso, ER, Kalles Großvater. Vielleicht war es damals sein Zimmer, überlegte ich.

An der Wand neben der Tür hing ein vergilbtes Bild, das einen jungen Landarbeiter zeigte, der sich in heldenhafter Pose vor einer Landschaft, vielleicht der Poebene, präsentierte. Kalle und Silvia waren bereits wieder die Treppe runter gestiegen, ich wischte mit den Fingern ein wenig den Staub von der Bildoberfläche. Es war ein Ölbild, auf Leinwand gemalt. Die Farben waren an einzelnen Stellen recht pastos, an anderen dagegen nur sehr leicht aufgetragen. Der Maler erschien mir auf den ersten Blick recht professionell, der Rahmen dagegen sah aus wie selbst gemacht. Ohne die Stauboberfläche erschienen die Farben gar nicht mehr so vergilbt wie zuvor. Wenigstens dieses einfache Bild hat überlebt, dachte ich. Wer es wohl gemalt hatte?

Auf der Rückfahrt von Alba hatte ich sicherheitshalber in unserer Trattoria angerufen und einen Tisch reserviert. Fabio, der Wirt war am Telefon.

»Certo, signore! Tre persone?«, fragte er.

»Si prego, alle otto!«

Kurz vor acht waren wir dann im Lokal eingelaufen. Ein junger, gut aussehender Mann, Typ Latin Lover, öffnete uns die Tür.

»Buonasera Signori! Bitte sehr!«

»Sie sprechen deutsch«, fragte Silvia.

Er strahlte sie an. »Si, aber nur eine bisschen. Ich bin Stefano. Habe gearbeitet vier Monate in Stuttgart, bei gute Ristorante. Für lernen!«

Silvia blickte ihn fragend an. »Wo?«

»Hat Name Empore.«

»Das ist doch in der Markthalle oben drin, stimmt‘s? Das kenne ich gut.«

Stefano kratzte sich am Kopf. »Äh, verstehe nichte ganze.«

Silvia tippte ihn an den Arm und erklärte ihm auf italienisch, dass sie in Stuttgart wohnen und sehr gerne in diesem Restaurant essen würde. Stefano war begeistert. Fabio, der Wirt, begrüßte uns nun auch wie alte Freunde und führte uns an den schönsten Tisch des kleinen Lokals.

Es war etwas kühl geworden am Abend, weshalb die Tische ausschließlich in der Trattoria und nicht auf der kleinen Terrasse gedeckt waren. Um es kurz zu machen, es wurde ein opulenter Abend, sowohl, was die Speisen als auch die Getränke betraf. Die Küche übertraf sich selbst und Stefano kredenzte uns sagenhafte Weine, perfekt passend zu jedem Gang. Abgerundet wurde das Ganze mit Espresso und natürlich einem exzellenten Grappa. Wir saßen dann noch eine ganze Weile und plauderten über die Ereignisse dieses einzigartigen Tages.

»Mein Gott«, meinte Kalle recht fassungslos, »was ist denn da mit mir passiert? Ein Haus und ich trinke Weißwein, das gab's noch nie. Ich verstehe überhaupt nichts.«

Als ich um die Rechnung bat, kam Fabio an unseren Tisch, schnappte sich einen Stuhl vom Nebentisch und setzte sich. Er schenkte noch einmal Grappa ein, dann wandte er sich mit ernstem Blick an unsere Übersetzerin Silvia. Allzu viel verstand ich nicht. Kalle und mir fiel jedoch sofort Silvias unsichere, fast entsetzte Mimik auf. Ich schaute sie fragend an, aber sie hörte nur aufmerksam dem Wirt zu, der kurz darauf seine lange Rede beendete und das Grappaglas hob.

»Auguri, spero tutto va bene!«

Dann verließ er unseren Tisch.

»Was war das«, konnte ich jetzt endlich Silvia fragen.

Sie wirkte richtig erschüttert und schaute abwechselnd auf Kalle und auf mich.

»Kalle, da gibt es etwas, ich weiß nicht, wie ich es erklären soll.«

»Ist das Haus schon eingefallen oder was?«

Kalle grinste unsicher bei dieser Frage. Silvia schüttelte den Kopf, ich konnte erkennen, dass sie sich verdammt schwer tat, Kalle anzusprechen.

»Kalle, es geht im Ort ein Gerücht um ...« Sie stockte. »Dein Großvater soll gesucht worden sein. Von der Polizei, damals vor neunzig Jahren. Kalle, sei stark, anscheinend wegen Mord!«

Silvia klappte richtiggehend zusammen, als sie diesen Satz draußen hatte.

Kalle stierte sie an. »Was? Wie bitte? Was soll da gewesen sein?«

Ich war fassungslos und schaute die beiden nur verständnislos an. Silvia wandte sich jetzt wieder an Kalle.

»Anscheinend hätte er 1924 seinen Freund Alberto aus Habgier umgebracht und wäre dann mit der Beute eines Einbruchs geflohen. Der Mord hätte ihm eindeutig zugeordnet werden können, damals durch die Carabinieri, aber man hätte ihn in den Wirren der Nachkriegszeit nicht auffinden können. Sie hatten gemeinsam einen Einbruch in einer der vornehmen Villen hier begangen und dein Großvater Ernesto hätte danach seinen Komplizen verprügelt und erwürgt.«

Kalle starrte ins Leere. Sein Gesicht verlor die sonst vorherrschende rote Farbe. Er stützte den Kopf zwischen die Hände.

»Er kam 1925 nach Amerika, laut meinem Vater, und er hat dort nach außen hin einen neuen Namen angenommen. Das passt doch alles, verdammt! Scheinbar ist doch die ganze Familie schon immer kriminell.«

Er schlug mit der Faust auf den Tisch.

»Jetzt mal langsam Kalle, da ist doch gar nichts bewiesen, das sind nur Vermutungen. Wahrscheinlich konnte die Polizei damals noch gar nicht richtig ermitteln.«

Ich war mir darüber im Klaren, dass ich mit dieser Aussage nur versuchen konnte, ihn zu beruhigen. Fabio und sein Sohn hatten uns von der Theke aus beobachtet und Stefano kam nun an unseren Tisch. Er wandte sich leise an Silvia.

»Musse sein vorsichtige, Familia Moretti ist voll mit die Wut. Ist Familie von Alberto damals, was ist tot. Und Gianluca ist, äh, Sohn von Sohn und bisschen gefährliche junge Mann.«

Silvia hielt ihn am Ellbogen fest und fragte auf italienisch, er antwortete nur kurz und ging zur Theke zurück.

»Was hast Du ihn gefragt«, wollte Kalle wissen. Sie wand sich ein wenig.

»Sag schon, was?«

»Ob er etwas mehr weiß, ob wir uns vor dem Typ fürchten müssten. Er meinte, vielleicht nicht direkt, aber aufpassen sollten wir. Es gäbe einige uralte Leute im Ort, die das Geschehen von damals noch im Kopf hätten. Meist nur aus Erzählungen, Gerüchte eben, aber das wären meist die Schlimmsten. Und Gianluca wäre immer für Probleme gut.«

Kalle nickte. »Die sollen bloß kommen!«

Wir verabschiedeten uns von Fabio und Stefano und gingen ziemlich gedrückter Stimmung zur Pension zurück. Dort angekommen, schaute uns Kalle herausfordernd an.

»Ich sag's euch, jetzt erst recht! Morgen schauen wir uns die Hütte mal genauer an! Gute Nacht!«

An diesem frühen Samstagmorgen kämpfte sich die Sonne durch einen milchigen Hochnebel, aber es würde trotzdem ein warmer und trockener Tag werden. Nach dem Frühstück fuhren wir die kurze Strecke bis San Pietro und stellten den Wagen vor dem Haus ab. Kalle war unternehmungslustig wie in besten Tagen. Silvia und ich sprachen unseren gestrigen Abend nicht an, Kalle unterdrückte das Problem. Er schob es von sich. Zumindest hatte ich das Gefühl.

Er hatte vor dem Frühstück schon Jacek angerufen und ihn in die ganze Situation eingeweiht. Allerdings ohne seinen Großvater zu erwähnen. Jacek war begeistert.

»Sind wir jetzt alle reich!«, jubelte er Kalle am Telefon überschwänglich zu.

Der ließ sein dröhnendes Lachen hören. »Seit wann sind wir verheiratet, du Spinner? Wenn du die Bruchbude sehen könntest, wärst du froh, sie nicht geerbt zu haben. Ade! Wir müssen jetzt arbeiten, entrümpeln.«

Dann wandte er sich an Silvia.

»Ich habe mir vorhin überlegt, ob wir nicht zuerst mal zu den Nachbarn gehen sollten. Was meinst du?«

»An das habe ich auch schon gedacht. Können wir machen. Du

solltest wenigstens buongiorno sagen können, kriegst du das hin?«

»Kein Problem, gehen wir.«

Ich war schon im Haus drin, deshalb rief er mir zu, dass sie die Runde machen wollten.

»Ok, ich schaue schon mal hier rum, macht's gut!«

Da in der Küche so gut wie nichts zu entrümpeln war, konzentrierte ich mich auf das kleine Dachzimmer und stieg die altersschwache Treppe hoch. Sie ächzte und knarrte. Hoffentlich bin ich nicht zu fett für den Dachboden, dachte ich sorgenvoll beim Hochsteigen.

Quer über die Zimmertüre spannte sich ein unsichtbares neues Spinnennetz, in das ich voll reinlief.

»Scheiße«, rief ich und wischte mir die eklig klebenden Fäden aus dem Gesicht.

Als erstes hängte ich den schiefen Fensterflügel aus und lehnte ihn an die Giebelwand. Wenigstens konnte er jetzt niemand mehr erschlagen und die Frühsommerluft konnte ungehindert ins Zimmer fluten und ein wenig den Mief der Jahrhunderte verdrängen.

Ich hatte alles gesehen und wandte mich dem Ölbild zu. Etwas faszinierte mich daran. Es war von einem Könner gemalt, was ich sowohl an der Mimik des jungen Mannes als auch an seinen Proportionen erkennen konnte. Die Bildaufteilung war nahezu perfekt, ganz klassische Elemente nach dem Goldenen Schnitt ergaben ein harmonisches Ganzes. Was mich ein wenig irritierte, war der Wechsel zwischen einer schnellen, groben Pinselführung und der feinen, detaillierten Malerei an anderen Stellen. Pastos aufgetragene Flächen kontrastierten mit ganz flachen Bereichen. Auch die Farbstimmung unterschied sich ungewöhnlich stark in einzelnen Bereichen. Den Maler schätzte ich als Profi ein, weshalb diese Form des Malens vielleicht bewusst als Stilmittel gewählt worden war. Oder doch nicht? Warum dieser Wechsel, der schon bei schneller Ansicht sofort erkennbar war. Zumindest für einen einigermaßen mit Malerei vertrauten Menschen.

Hier entstand für mich eine gewisse Diskrepanz zwischen der formalen Darstellung und dem Malstil. Die Haltung des jungen Mannes war eher nach Grundsätzen der Renaissance gewählt, dort wurden Porträts gerne in dieser Form gemalt. Die Darstellung selber passte eindeutig in die Zeit der Heldendarstellungen der Faschisten und Kommunisten in den Zwanzigerjahren. Held der Arbeit und so weiter. Wenn nicht diese Teilbereiche da wären, die einfach anders aussahen. Zurückhaltender, feiner, edler.

Die Malerei der Renaissance wurde entscheidend geprägt von der Zentralperspektive. Damit ließ sich die Raumtiefe eines Bildes korrekt konstruieren, wodurch starke Räumlichkeit entstehen konnte. Auch neue Erkenntnisse in der Farbperspektive wurden malerisch umgesetzt, was Bilder viel dreidimensionaler, körperlicher wirken ließen. Weiteres wesentliches Merkmal der Renaissancemalerei war die Idealisierung des Menschen mit entsprechend idealen Körpermaßen. Die Schönheit des menschlichen Körpers stand dabei im Vordergrund, Nacktheit wurde für die Darstellung der Unschuld eingesetzt.

Ich muss erwähnen, dass ich mich in früheren Jahren als Ausgleich für meine oft hektische selbstständige Tätigkeit als Entwickler von Computerspielen mit der Malerei, vor allem der Renaissance, beschäftigt hatte.

Irgendetwas an diesem Bild war eigenartig, passte nicht. Ich nahm es vorsichtig von der Wand, dahinter kamen eine ganze Menge mir unbekannter Tiere zum Vorschein, die in alle Richtungen an der Wand entlang davon krabbelten. Das Bild war recht schlampig und unfachmännisch in den Rahmen eingepasst worden. Auch der Rahmen selbst war nur notdürftig zusammengenagelt. Es wirkte, als ob es hätte besonders schnell gehen müssen.

Ich hatte heute früh vor der Abfahrt in einem kleinen Supermarkt gegenüber unserer Pension einen Besen und weitere Putzutensilien erworben. Die nette Kassiererin lachte und wünschte mir viel Erfolg für unsere Arbeit im neuen Haus. Wer wusste eigentlich noch nichts davon, fragte ich mich, bedankte mich aber besonders herzlich. Vielleicht eine Verbündete im Dorf, man kann ja nie wissen.

Ich holte mir einen Kehrbesen und einen Lappen und begann vorsichtig das Bild zu entstauben. So schlecht, wie ich gestern auf den ersten Blick dachte, sah es gar nicht aus. Wobei die ursprünglich sicher kräftigen Farben schon reichlich verblasst waren. Ein guter Maler verwendet billige, schlechte Farben? Kein Geld? Oder gab es zu der Zeit, als es gemalt wurde, nichts anderes? Nein, Quatsch. Es gab immer auch gute Farben. Der hatte einfach kein Geld für hochwertiges Material.

Meine Überlegungen wurden durch Kalle und Silvia unterbrochen, die von ihrem Rundgang durch die Nachbarschaft zurückkamen.

»Hallo Peter, bist du oben?«

»Ja, kommt rauf, aber vorsichtig, die Treppe reicht nur immer für einen. Kalle zum Schluss!«

Ich lachte, Kalle schnaubte laut auf. »Halt du deine Fresse da oben. Du sitzt in meinem Haus, Alter. Denk dran!«

Er kam hinter Silvia grinsend die Treppe hoch. Ich deutete mit dem Finger auf ihn.

»Pass bloß auf, sonst räumst du deinen Mist hier selber aus! Du Penner!«

»Ex Penner, bitte! Wohne jetzt unter Dach«, antwortete er und lachte dabei.

Silvia wurde ernst. »Die sind nicht übermäßig freundlich, da außen herum. Einer hat gleich die Tür zugeschlagen, als wir ankamen. Ich hab‘s überhaupt nicht geblickt. Die beiden anderen Häuser sind von ganz alten Leuten bewohnt. Eine Frau murmelte auf italienisch nur »der arme Alberto« vor sich hin, das andere Ehepaar hat wenigstens einigermaßen freundlich gegrüßt, das war es aber auch schon. Auf dem Bauernhof war nur ein Helfer gerade am Arbeiten, der hat uns an die Chefs verwiesen, die erst heute Abend zurück sein werden. Mir kommt das schon komisch vor, diese Ablehnung, das ist überhaupt nicht typisch für Italien.«

»Wahrscheinlich ist eben was dran an dem Mörder, ich muss damit leben. Und jetzt du!« Kalle wandte sich an mich. »Was treibst du mit dem Bild hier. Schön finde ich es nicht!«

Ich drehte das Gemälde ein wenig, damit Silvia und Kalle besser drauf schauen konnten.

»Ich habe mich ziemlich ausgiebig mit diesem Bild beschäftigt, solange ihr fort wart. Irgendetwas ist dabei nicht ganz koscher. Mit der Renaissance kenne ich mich ein wenig aus, die Position des Mannes ist diesem Stil aus dem sechzehnten Jahrhundert nachempfunden, aber im Stil der Zeit gemalt, als sowohl Kommunisten als auch Faschisten ihre Helden glorifiziert haben. Da passt etwas nicht zusammen. Es ist schlampig gerahmt, obwohl der Maler gut gewesen sein muss.«

Die beiden sahen mich fragend an.

»Und das heißt was?«, fragte Kalle.

»Ich glaube, bin jedoch überhaupt nicht sicher, es könnte sein, dass da vielleicht ein anderes Bild übermalt wurde. Und ich traue mich gar nicht daran zu denken, dass es ein Gemälde aus der Renaissance gewesen sein könnte!«

Silvia starrte zuerst auf mich, dann auf das hier in diesem alten Gebäude an einem holzwurmbefallenen Bett lehnende Bild.

»Ist das dein Ernst? Das wäre ja ...«

»Langsam, mein Schatz, das ist eine reine Vermutung eines Laien, durch überhaupt nichts bewiesen. Aber ich werde es beweisen lassen.«

Beide schauten fragend.

»Ich rufe Werniger in Lichtenstein an. Der soll eine Röntgenfluoreszenzanalyse durchführen, dann wissen wir vielleicht, ob ich recht habe.«

Kalle kratzte sich an der Nase. »Was für ein Ding? Und wer ist dieser Werni... oder wie er heißt?«

»Kalle, das ist eine Untersuchung der Bildoberfläche mit Scanner und Computer. Das Bild wird praktisch durchleuchtet und man kann meist ziemlich genau erkennen, was ursprünglich gemalt wurde. Und der Herr Werniger ist Spezialist bei einer Bank in Vaduz, die sich unter anderem auf Kapitalanlagen im Kunstmarkt spezialisiert hat. Da habe ich ein bisschen was angelegt.«

Kalle schob die Augenbrauen hoch und legte die Stirn in Falten. »Aha!«

Jetzt schaltete sich Silvia ein. »Ja, aber lässt sich die Übermalung dann überhaupt entfernen, ohne das darunter liegende Bild zu beschädigen oder sogar zu zerstören? Das kann ich mir nicht vorstellen.«

»Doch, das geht. Ist natürlich recht aufwändig und langwierig, aber es gibt Spezialisten, Restauratoren, die das perfekt hinkriegen. Klar, manches muss dabei auch repariert werden am alten Bild, aber es geht.«

Kalle schüttelte den Kopf.

»Das kann doch kein Mensch bezahlen, also vergiss es. Wir hängen das Ding auf und denken uns aus, was drunter sein könnte.«

»Mein Lieber, ich werde mir das leisten, wenn‘s recht ist. Es gehört zwar dir, aber ich will das wissen. Das habe ich mir in den Kopf gesetzt. Also, red nicht dazwischen, sondern lass mich machen!«

»Wenn du meinst, mir widersprechen zu wollen, dann tu es.« Kalle zeigte auf das Gemälde. »Wenn das tatsächlich so ein altes Bild ist, könnte das vielleicht mal geklaut worden sein. In so einer Bauernkate hängt doch nie und nimmer ein vielleicht wertvolles Gemälde aus dieser Renaissancezeit. Wann war das noch mal, du Schlaumeier?« Er grinste Silvia an. »Ist das immer so ein Besserwisser?«

Sie lachte. »Nicht bei allem!«

»Wenn Ihr weiter so über mich herzieht, schmeiße ich das Ding auf den Müll! Die Blütezeit der Renaissance dauerte etwa vom späten 15. bis zum mittleren 16. Jahrhundert. Das waren Maler,

Bildhauer, Literaten und Architekten, ausgehend aus Norditalien, die diesen neuen Stil prägten. Botticelli, Leonardo da Vinci, Michelangelo und Raffael. Aber auch das übrige Europa brachte einzigartige Künstler hervor, wie Tizian, Albrecht Dürer oder William Shakespeare. Luther gehört da auch mit dazu. Das war schon eine unheimlich innovative Kulturepoche.«

»Mein Gott, ist der Kerl schlau!«, rief Kalle. »Shakespeare, der hat doch nicht gemalt, der hat geschrieben, oder?«

Ich musste lachen. »Hast du Shakespeare gelesen?«

»Ne, ich kenne nur Winnetou! Jetzt packen wir aber erst mal ein schönes Bierchen und unser Mittagessen aus!«

Silvia hatte heute früh Brot, Salami, Käse, Tomaten und vor allem einige Dosen Bier eingekauft.

»Vergiss mein Bierchen nicht!«, hatte Kalle ihr nachgerufen, als sie zum kleinen Supermarkt um die Ecke gelaufen war. Unsere Gastgeberin Chiara versorgte uns mit einer Flasche Arneis von einem befreundeten Weingut in einem Kühler, mit einem Korkenzieher und drei Gläsern.

Wir stiegen alle drei wieder die Treppe runter und setzten uns vor der Haustür in die warme Mittagssonne, die inzwischen den morgendlichen Hochnebel aufgelöst hatte. Es wurde ein großartiges Picknick, Kalle genoss endlich mal wieder »etwas Richtiges zum Trinken«.

Ich machte einen Vorschlag. »Hört mal her, ihr zwei. Wir sollten unbedingt den Fund des Bildes geheim halten. Das braucht niemand hier zu wissen, falls es nicht ohnehin schon das ganze Dorf weiß. Ich halte das für wichtig, um zusätzlichen Gerüchten einen Riegel vorzuschieben und die ganze Angelegenheit in Ruhe klären zu lassen, meint ihr nicht auch?«

Beide nickten, Kalle brummte. »Die halten mich ja ohnehin schon für einen Mörder!«

»Rede keinen Blödsinn!«

Nach unserem Mittagessen rief ich Werniger in Lichtenstein an.

Ich hatte mir im letzten Jahr seine persönliche Handynummer gespeichert, als ich einen Teil unseres ›Rachegeldes‹ bei ihm anlegte. Ich erreichte nur die Mailbox und bat um kurzfristigen Rückruf. Bis gegen fünf räumten wir weitgehend den Müll aus dem Haus und wollten gerade Feierabend machen, als Werniger zurückrief.

»Grüezi Herr Förster! Wie geht es Ihnen?«

»Herr Werniger, sehr gut und vielen Dank für den schnellen Rückruf. Ich bin gerade in Piemont und brauche einen Gemäldespezialisten und eine Ausrüstung, am besten mit dem Profi dazu für eine Infrarotuntersuchung.«

»Haben Sie etwa ...?«

»Nein. Herr Werniger, ich erkläre Ihnen alles, sobald Sie hier sind. Wann ginge das denn bei Ihnen, so schnell wie möglich wäre mir wichtig.«

Er versprach mir, sofort mit einem seiner Spezialisten zu sprechen, um einen Termin zu vereinbaren.

»Super, vielen Dank. Ich schicke Ihnen dann unsere Adresse per Mail und ich schaue auch nach einem Quartier. Die Rechnung geht an mich!«

»Ich mache das sehr gerne für Sie, Herr Förster. Übrigens, Ihre Anlage liegt im Moment bei fast neun Prozent Rendite. Nicht schlecht, oder?«

Ich bedankte mich und wir beendeten das Gespräch. Hoffentlich kommt der bald, dachte ich. Geduld war noch nie meine Stärke.

Wir konnten unsere Zimmerbuchung um ein paar Tage verlängern und nutzten den Sonntag, um mit einer Rundfahrt die nähere Umgebung besser kennenzulernen. Von Castagnole fuhren wir über Canale, einem eher unscheinbaren Ort inmitten prächtiger Weinberge, weiter über die Städte Bra und La Morra nach Monforte d'Alba, neben Barolo einer der führenden Weinorte der Langhe, mit weltweit geschätzten Weingütern wie Giacomo Conterno, die für den Erfolg des Barolo und der piemontesischen Weine standen.

In einer winzigen Osteria im kleinen Örtchen Castiglione Falletto genossen wir ein ausgiebiges rustikales Menu und kehrten am späten Nachmittag über Alba wieder nach Castagnole zurück. Wir hatten eine wunderschöne Region erlebt, die Rebhänge in ihrem hellen Grün, pittoreske Städtchen und Reichtum ausstrahlende Weingüter.

Silvia wollte nach unserer Rückkehr ein wenig Siesta machen, Kalle und ich setzten uns in den Garten und genossen die Aussicht.

»Dort drüben müsste mein Haus liegen«, meinte Kalle plötzlich und deutete Richtung Westen.

»Das kommt hin. Wie fühlst du dich?«, fragte ich ihn.

Ich hatte nach diesen drei Tagen seit unserer Ankunft den Eindruck, dass sich Kalle unsicher fühlte. Er war hier absolut noch nicht angekommen. Zum einen lag das sicher an den fehlenden Sprachkenntnissen, vielleicht aber auch an der ganzen Situation. Diese spürbare Ablehnung in den Nachbarshäusern und bei dem jungen Mann auf der Vespa. Natürlich spielten die Mordvorwürfe gegen seinen Großvater eine äußerst negative Rolle. Ich versuchte, mir das vorzustellen: Ein Mörder in meiner eigenen Familie? Meinen Exschwiegersohn Edgar blendete ich dabei aus. Er war ein Mörder, hatte zwei Menschen auf dem Gewissen, aber er gehörte für mich nicht mehr zu meiner Familie. Wobei Ernesto di Rosso nie nachgewiesen worden war, dass er jemanden getötet hatte. Nur der Verdacht stand im Raum. Aber das reichte schon aus, um Kalle zu belasten. Er war plötzlich aus seinem ansonsten beschaulichen Dasein in Stuttgart herausgerissen. Aus seinem Alltagstrott. Ich war mir sogar ziemlich sicher, dass ihm Jacek fehlte. Beide hatten es in ihrem Leben lange Zeit schwer gehabt und unterstützten sich schon immer gegenseitig. Sie waren ein Team, wirklich wie ein altes Ehepaar.

Kalle schaute mich einen Moment lang an. »Eigentlich ja gut. Aber, ach Peter, ich weiß nicht. Muss ich dieses Erbe denn tatsächlich annehmen?«

»Nicht unbedingt. Ich kenne mich mit italienischem Recht nicht aus, aber es ist sicher möglich, ein Erbe abzulehnen. Aber warum denn? Wenn du es nicht haben willst, dann verkaufen wir die Bude in Deutschland teuer als Ferienhaus zum Ausbauen. Da gibts genügend Verrückte, die so was suchen. Ein Häuschen in Italien, und auch noch in Piemont, das ist wie Toskana.«

»Ich denke, das machen wir so. Ich passe hier nicht her.« Kalle schüttelte dabei den Kopf. »Und Peter, ich weiß nicht, wie ich dir und Silvia danken soll. Was ihr für mich ...«

Ich hielt ihm die geballte Faust vor die Nase. »Wir sind Freunde! Hast du das schon vergessen? Du hast mich aus dem Sumpf gezogen, ohne zu fragen und jetzt kann ich wenigstens etwas davon zurückgeben. Zudem macht es auch noch Spaß. Das ist doch Urlaub hier, und so ein wenig körperliche Arbeit beim Entrümpeln schadet meiner Wampe auch nicht. Also, halte bloß die Klappe!«

Ich hatte das Gefühl, dass seine Lebensgeister soeben wieder zurückgekommen waren.

»Jacek würde sagen, gute Kampf ist immer gutt!«

»Stimmt!«

Keiner konnte ahnen, wie schnell es dazu kommen sollte.

20. Juni 2016, Castagnole. Die Bombe

Am Montagmorgen kurz vor neun meldete sich Werniger aus Lichtenstein. Er hätte mit dem Labormenschen gesprochen, sie könnten am Dienstag eintreffen, gegen Mittag, wenn das passen würde, meinte er.

»Herr Werniger, fantastisch! Ich maile Ihnen sofort die Adresse unserer Pension. Ich habe auch bereits nachgefragt, ob wir Sie hier noch unterbringen können, das geht. Ich freue mich und ich glaube, wir haben eine interessante Sache vor uns.«

»Da bin ich gespannt. Grüezi Herr Förster, bis morgen.«

Ich teilte die gute Nachricht sofort Silvia und Kalle mit. Die grinsten sich an.

»Jetzt kann er aktiv werden, unser Hobbydetektiv Peter!«, sagte Kalle feixend.

»Ihr werdet euch noch alle wundern, wenn ich hier ein wertvolles antikes Karnickel aus dem Zylinder ziehe!«

»Lass dich nie von einem Kleintierzüchter erwischen, wenn du Karnickel zu seinen Kaninchen sagst!«, belehrte mich Silvia.

»Seit wann kennst du dich mit Hasen aus?«

»Ich bin mit Kaninchen aufgewachsen, mein Lieber. Und jetzt gib mir schnell den Autoschlüssel, ich will nur meine anderen Schuhe holen für den Besuch beim Bürgermeister, die habe ich am Samstag im Kofferraum liegen lassen.«

Silvia streckte mir die Hand entgegen. Ich drückte ihr den Schlüssel in die Hand und sie ging los. Während ich in unser Zimmer lief, schaute ich ihr noch nach, wie sie die Straße überquerte und hinter einer Hausecke verschwand. Tolle Frau. Du bist ein Glückspilz, Peter, kam es mir in den Sinn.

Genau beim Glückspilz erschütterte der Knall einer Explosion die morgendliche Stille unserer Pension. Ich hatte gerade begonnen, in meine alte Jeans zu schlüpfen, stand dabei auf einem Bein, erschrak, verhedderte mich im Hosenbein, verlor das Gleichgewicht und fiel zum Glück auf den vor dem Bett stehenden Sessel.

»Verdammt!«

Nachdem der zweite Versuch mit der Jeans klappte, schaute ich zum Fenster hinaus. Von der Straße waren aufgeregte Stimmen zu hören, mindestens drei oder vier Leute riefen durcheinander und blickten gestikulierend Richtung Parkplatz. Silvia ist auch da draußen, war mein erster Gedanke. Ich schlüpfte in meine Turnschuhe und rannte, immer zwei Stufen nehmend, die Treppe runter zum Ausgang. Kalle stand ebenfalls schon vor dem Durchgang zur Straße.

Als ich die schwere Holztüre öffnete, lief mir eine völlig aufgelöste Silvia mit vor Schreck geweiteten Augen taumelnd entgegen und fiel mir in die Arme.

»Silvia!!«

»Peter! Es ist furchtbar!«

Mehrere Menschen, unter ihnen unsere nette Kassiererin, blickten zu uns herüber.

»Was ist los, um Himmels Willen! Was ist passiert?«

Kalle war bereits unterwegs über die Straße zum kleinen Parkplatz und winkte. Silvia zitterte am ganzen Leib.

»Peter, das Auto ist explodiert. Ich habe ...«

Dann konnte sie nicht mehr weiter und schluchzte. Ich hielt sie fest.

»Was ist mit dir, bist du verletzt?«

»Nein, ich höre nur schlecht, aber ... ach Peter! Was war das?«

Sie hatte sich leicht beruhigt, das Zittern ließ nach, ich nahm sie an die Hand und wir liefen über die Straße. Dann sah ich die Bescherung. Auf der Beifahrerseite unseres SUVs war eine unten an der Wagentür entlang laufende Kunststoffverkleidung abgerissen und lag auf dem Boden, der rechte hintere Reifen war aufgerissen und platt und die Verkleidung der Heckstoßstange, ebenfalls aus Kunststoff hing rechts ein Stück von der Karosserie weg. Von der Beifahrertür bis zum Heck war der weiße Wagen ziemlich geschwärzt. Weitere Schäden waren auf den ersten Blick nicht zu erkennen.

»Scheiße!«, brüllte Kalle, »das galt mir. Und dich hat es erwischt. Silvia, tut mir so leid, wegen mir ...«

Ich klopfte ihm auf die Schulter.

»Kalle, da kannst doch du nichts dafür. Ich bin bloß froh, dass ihr beide nicht verletzt seid.«

Ich nahm sie dabei wieder in den Arm. Sie stöhnte.

»Es ist nur der Schock!«

Inzwischen waren noch mehr Bewohner eingetroffen, die neugierig herum standen. Die kleine Kassiererin kam auf Silvia zu.

»Tutto bene Signora? Mamma mia, que dessastro!«

Silvia lächelte ganz leicht und bedankte sich.

»Grazie, tutto bene. Solo la macchina!«

Unbemerkt war auch unser Vermieter Claudio über die Straße gekommen und rief sofort die Carabinieri an. Es täte ihm furchtbar leid, was uns hier passiert sei, meinte er. »Terroristi!«

Ich beruhigte ihn. Kalle hatte sich in diesen wenigen Minuten das Fahrzeug genauer angeschaut.

»Seht mal, von der Türklinke hier an der Fahrertür läuft ein dünner Draht unter dem Wagen durch zu dem Sprengsatz.«

Er schaute auf Silvia.

»Du hast das unwissentlich ausgelöst, als du die Tür geöffnet hast. Verdammte Scheiße, ist das heimtückisch.«

Silvia blickte recht fassungslos und inspizierte den Türgriff.

»Das ist so dünn, dieser Draht, der war nicht zu erkennen. Mann Kalle! Wenn du auf der Beifahrerseite gewartet hättest, ... ich darf gar nicht daran denken!«

»So schnell hätte mich dieses Bömbchen hier nicht umgebracht.«

»Aber vielleicht schwer verletzt!«, antwortete Silvia aufgebracht.

Kalle winkte ab. »Denke ich nicht. Aber da scheint mich einer nicht zu mögen, oder? Was meint ihr?«

Ich wollte gerade etwas erwidern, als die Sirene der Polizei näher kam. Sekunden später schoss der schwarze Alfa der Carabinieri mit Blaulicht um die Ecke und stoppte mit einer Vollbremsung. Wie im Krimi. Zwei Beamte sprangen aus dem Wagen, einer kam direkt auf uns zu, der andere wandte sich an die Zuschauer.

»Via tutti - alle weg!« Natürlich ging keiner.

Dann schloss er sich seinem Kollegen an. Der schaute fragend auf uns drei, Silvia kam möglichen Fragen zuvor, stellte Kalle und mich vor und erklärte kurz, was passiert war. Der Gesichtsausdruck des Carabinieri verfinsterte sich zusehends. Nach ein paar Worten mit seinem jungen Kollegen befasste sich dieser näher mit dem Wagen.

Augenscheinlich der Chef, wandte sich der groß gewachsene Carabiniere wieder an Silvia und stellte sich und seinen Kollegen vor.

»Capitano Giacomo Fontana e Brigadiere Enzo Gallo!«

Der Capitano war ein Kerl wie ein Fels, Glatze, ich schätzte ihn auf etwa fünfzig. Er stellte meiner Freundin noch einige Fragen zum Zeitablauf, ob sie auf dem Weg zum Parkplatz und dort selbst etwas oder jemanden gesehen hätte, ob sie völlig in Ordnung wäre oder einen Arzt benötige. Er machte einen sehr dienstbeflissenen und hilfsbereiten Eindruck. Silvia verneinte und machte ihm klar, dass sie bis auf den Schock fit wäre.

Kalle machte den Capitano auf den dünnen Draht aufmerksam und die beiden untersuchten wortlos die Anordnung des Sprengsatzes. Fontana holte dabei seinen Untergebenen dazu. Der kroch auf der Beifahrerseite etwas unter den Wagen und versuchte herauszufinden, wie genau der Draht unter dem Fahrzeug durchgelaufen war. Beim Aufstehen knallte er heftig mit dem Kopf an die offen stehende Fahrzeugtür, seine Dienstmütze kullerte ein Stück davon. Er war erkennbar peinlich berührt ob seines Missgeschicks.

»Aua, das tut weh«, meinte Kalle.

Der Draht hatte einen Zünder ausgelöst, der die kleine Bombe zum Explodieren brachte. Das Ganze war recht stümperhaft selbst gebastelt worden, funktioniert hatte es trotzdem. Der Capitano wandte sich erneut an Silvia und drückte ihr sein Bedauern aus, dass so etwas Gästen in seiner Stadt passieren könne.

»Signora, ich habe gehört, einer Ihrer Freunde hat das Haus von Renato Verducci geerbt. Das gehörte ja früher der Familie di Rosso, wie Sie ja sicher inzwischen erfahren haben.«

Silvia nickte und wies auf Kalle, der Capitano fuhr fort.

»Sie wissen vielleicht ja auch von der Anschuldigung wegen Mordes oder Totschlags gegen den Großvater Ernesto?«

Silvia bejahte, Fontana redete weiter.

»Gut, das Ganze ist fast hundert Jahre her und wahrscheinlich nie mehr aufzuklären. Auch denke ich nicht, dass der damals verdächtigte und gesuchte Ernesto noch unter den Lebenden weilt. Für uns ist das erledigt, es gibt aber im Ort einige Ressentiments gegen den Erben, der ja für nichts kann. Aber so sind halt die Leute. Vor allem die Familie des damals Getöteten hat hier Stimmung gemacht und ich hege einen wahrscheinlich berechtigten Verdacht, wer für diesen Anschlag hier infrage kommen könnte. Wir werden ihn auf jeden Fall umgehend suchen, festsetzen und befragen. Sollte aber noch einmal irgendetwas geschehen gegen Sie, dann rufen Sie mich bitte sofort an. Wir werden das nicht zulassen.«

Silvia übersetzte grob seine Ausführungen. Der Capitano sagte zu, sich gleich um einen Abschleppwagen zu kümmern, der unseren Wagen in die kleine Werkstatt bringen könnte, um das Rad zu wechseln und die Schäden zu reparieren. Wobei diese schlimmer aussahen, als sie waren. Dann verbeugte er sich galant vor Silvia.

»Mi dispiace Signora, arrivederci!«

Kalle und mir nickte er zu, winkte seinem Brigadiere und sie fuhren weg.

»Mist, wir hätten um neun beim Bürgermeister sein sollen.«

Silvia war die erste, die wieder an unseren Termin dachte.

»Hast du eine Telefonnummer von ihm«, fragte ich sie.

»Nein, ich habe das direkt im Rathaus vereinbart. Wir gehen jetzt hin und ich erkläre, warum wir uns verspätet haben. Ok?«

Kalle und ich waren einverstanden. Die Zuschauer hatten in der Zwischenzeit auch den Schauplatz des Anschlags verlassen, wir drei kehrten gemeinsam mit dem Besitzer in unsere Pension zurück. Claudio bat uns zu warten, lief schnell ins Haus und kam mit einer Flasche Grappa und vier Gläschen wieder zurück. Ein wenig nahmen dieser kurze Zwischenstopp und der Tresterschnaps die Spannung aus dem, was soeben passiert war, heraus.

Silvia hatte sich bis auf ein Surren im Ohr wieder erstaunlich gut erholt, Kalle schaute angriffslustig, ich versuchte, das Ganze etwas zu ergründen. »Das war kein Mordanschlag, ich glaube, da wollte einer ein Zeichen setzen und hat sich etwas in der Dosierung vergriffen.«

Silvia nickte. »Ich glaube das auch. Aber trotzdem, es hätte ganz schön was passieren können. Stell dir mal vor, du stehst da und willst gerade einsteigen, ich möchte mir das nicht ausmalen.«

Kalle setzte seinen finstersten Gesichtsausdruck auf. »Ich will mir im Moment nicht vorstellen, was da hätte beeinträchtigt werden können.«

Er schaute grimmig über seinen Bauch nach unten. Ich musste lachen, Silvia konnte sich ein Grinsen nicht verkneifen. Kalle versuchte, ernst zu bleiben. »Ich glaube auch, dass du recht hast mit der Warnung, trotzdem, falls ich diesen Typen erwische, raucht's!«

»Jetzt lass uns gehen!«, quengelte Silvia.

Wir liefen die kurze Strecke zum Rathaus. Die wasserstoffblonde Vorzimmerdame hatte bereits von unserem Desaster gehört und meldete uns an. Der Bürgermeister entpuppte sich als gemütlicher Typ, gefühlt breit wie hoch, der in sich ruhte und den nichts aus der Fassung bringen konnte.

»Signori, es tut mir sehr leid, was passiert ist. Die Carabinieri werden das Verbrechen schnell aufklären. Ich hoffe, außer dem Wagen ist niemand etwas zugestoßen. Nehmen Sie bitte Platz!«

Das Büro des Bürgermeisters strahlte den Charme der Sechziger Jahre aus. Es musste in dieser Zeit mal renoviert worden sein, inzwischen hatte es etwas gelitten. Hinter dem riesigen Schreibtisch trohnte der Sindaco in einem voluminösen Chefsessel, nur überragt von der italienischen und der europäischen Flagge zur Linken und zur Rechten, dazwischen ein Wappen der Provinz und das Bild des derzeitigen Staatspräsidenten.

Wir drei nahmen auf unbequemen, sehr schmalen Holzstühlen Platz. Auf diesen Dingern wirst du automatisch zum Bittsteller und hoffst, dass der Besuch schnell vorbeigehen möge. Bei Kalle wirkte das Ganze etwas eigenartig, ich hatte das Gefühl, dass er sich wirklich nicht traute, sich richtig drauf zu setzen. Ich hoffte, dass das Stühlchen den Kerl aushalten würde. Das wäre eine filmreife Slapstickszene, wenn der Stuhl den Geist aufgeben sollte, malte ich mir aus.

Silvia übernahm das Gespräch, legte dem Bürgermeister die diversen Unterlagen vor und sprach mit ihm ab, was noch zu tun wäre, um die Umschreibung im Katasterbuch vorzunehmen. Nach knapp zwanzig Minuten war für uns alles erledigt, Kalle konnte eingetragen werden, was allerdings mehrere Monate dauern würde.

»Früher ging das schneller, aber heute wird das durch die Provinz alles zentral digital erfasst und festgestellt.«

Der Bürgermeister zuckte hilflos mit den Schultern und wies noch auf die Kosten hin, das war‘s. Er wünschte Kalle viel Spaß mit dem schönen neuen Haus, der kapierte nichts, nickte aber freundlich und verabschiedete sich mit dem letzten der drei Wörter, die sein italienischer Wortschatz hergab: Pizza, Vino und Ciao.

Beim Rausgehen legte er Silvia den Arm um die Schulter.

»Ich danke dir für alles, meine Liebe! Und jetzt wird marschiert, wir haben ja kein Auto mehr.«

Gesagt getan, eine halbe Stunde später liefen wir los. Genau in dem Moment, als wir die Pension erreichten, fuhr der Abschleppwagen vor und lud unseren Stuttgarter Mietwagen auf. Der Fahrer sicherte zu, bis morgen Mittag fertig zu sein, er würde das Fahrzeug wieder auf den Parkplatz stellen und den Schlüssel in der Pension abgeben. Eine weitere halbe Stunde später standen wir wieder vor Kalles Erbe. Wir schnitten an diesem Montag den nur schwer zu durchdringenden Dschungel vor dem Eingang und machten den Weg zum Haus frei, räumten den schlimmsten Müll beiseite und fegten grob das Erdgeschoss.

»Wird bald richtig wohnlich«, meinte Silvia begeistert. »Ich finde das Häuschen wunderhübsch.«

»Kannst Du gerne haben«, antwortete Kalle, »willst du hier her ziehen? Und du?« Er schaute grinsend auf mich.

»Wenn sie mich nett fragt und mich immer gut versorgt, warum nicht!«

Silvia stieß mich an. »Das könntest du dir so vorstellen. Vergiss es, mein Schatz!«

Gegen achtzehn Uhr waren wir fertig, und zwar fix und fertig. Heute war nichts mehr mit großem Abendmenü, wir beließen es bei einer allerdings opulenten, wunderbaren kalten Platte, die unsere Gastgeberin servierte. Erstklassiger roher und gekochter Schinken, verschiedene Salami, dazu Lardo collonato, der weiße Speck, der in Höhlen reift, und ausgesuchte Käse der Region.

Es war großartig, aber danach fielen wir alle drei todmüde in die Betten. Silvia schlief heute sogar vor mir ein, aus dem Nebenzimmer war Kalles Schnarchen zu hören. Mein Gott, der sägt ja ganze Wälder um, dachte ich. Überraschend lag ich eine ganze Zeit lang wach und versuchte, die Ereignisse der vergangenen Tage Revue passieren zu lassen. Kalles Erbe, das klang nach einem kurzen Trip nach Piemont, es bedeutete, mit Silvia viel früher zusammen zu sein, als geplant. Es bedeutete, gut zu speisen, besondere Weine, schöne Landschaft.

Und jetzt das. Eine alte, heruntergekommene Ruine, zweifelsohne in einer traumhaften Aussichtslage, offene Feindseligkeit im Dorf, das ominöse Gemälde, dessen Identifizierung ich entgegenfieberte, und als Krönung der Anschlag auf Silvia oder Kalle. Wenigstens waren unser Quartier und die Gastronomie super und über alle Zweifel erhaben. Und sie hatten sehr schnell diesen Moretti geschnappt. Nun ja, dachte ich, mehr kann jetzt eigentlich nicht mehr geschehen. Ich sollte mich täuschen.

Für Capitano Fontana war die Sachlage sonnenklar, als er am Vormittag mit Gallo zusammen zum Büro zurückfuhr.

»Merda! Scheiße! Das war dieser verdammte Gianluca!«

»Der junge Moretti?«, fragte Gallo vorsichtig.

»Ja, wer denn sonst? Seit die mit diesem Erben zusammen angekommen sind, schreit er Zeter und Mordio. Er würde sich rächen am Mörder seines Uropas, oder was auch immer der war. So ein Verbrechen dürfe nie ungesühnt bleiben, es gälte, die Familienehre wieder herzustellen und lauter so nen Mist!«

Gallo zuckte nur mit den Schultern und nahm die Tirade des Chefs kommentarlos entgegen.

Fontana war wütend. Musste das jetzt gerade passieren? »Wir holen uns den Burschen! Ich fahre bei der Familie vorbei und Sie fragen in der Bar Centrale nach, ob einer weiß, wo er sich rumtreibt. Verstanden? Und versauen Sie es nicht!«

Mit diesen motivierenden Worten, die er grantig hervorgestoßen hatte, ließ er Gallo am Ortsrand, nur wenige Meter von der Piazza entfernt aussteigen und brauste über das Kopfsteinpflaster davon, drei Straßen weiter zu den Morettis.

Gallo war schon in der Polizeischule als Tollpatsch verschrien und würde es wahrscheinlich nie zu höheren Dienstgraden schaffen. Stand irgendwo ein Fettnäpfchen im Weg, tappte Gallo rein. Außer beim Schießen, da war der Junge Spitze. Wahrscheinlich der einzige Grund, dass er seine Ausbildung erfolgreich abschließen konnte. Er überquerte die Piazza und betrat die nur von wenigen Gästen bevölkerte Bar.

»He, Gallo, was suchst du schon wieder hier?«, begrüßte ihn Luca, der hinter der Theke gerade ein Bier zapfte.

Enzo Gallo schaute sich um. »Den da! Den Bomber!«

Dabei wies er auf Gianluca Moretti, der am Ende der Theke lehnte.

»Was soll das? Was redest du für einen Quatsch?«, rief dieser Gallo zu. »Hört euch diesen komischen schwarzen Vogel an, der sucht mich. Dann frag mal vorsichtig an, ob ich mit dir sprechen will, du Superbulle!«

Gianluca lachte laut auf und schaute Beifall heischend in die Runde. Es blieb still. Gallo nahm Haltung an und ging ganz langsam auf Moretti zu.

»Gianluca, du musst mitkommen, wir müssen mit dir reden!«

Der Angesprochene lachte immer noch hämisch. »Bin ich etwa verhaftet oder was? Ich muss gar nichts, vor allem nicht mitkommen, sag das deinem Boss. Der wird dich gleich wieder zum Strafzettel verteilen schicken.«

Brigadiere Gallo brachte sich jetzt breitbeinig direkt vor Gianluca in Stellung. Wie ein Westernheld.

»Spiel mir das Lied vom Tod«, kam Luca, der das Geschehen von seinem Platz hinter der Theke aus beobachtete, in den Sinn.

Gallo sprach ganz ruhig. »Du kommst jetzt mit, sonst lege ich dir jetzt ...«

Er konnte den Satz nicht mehr beenden, denn Gianluca schnellte vor und knallte ihm die Stirn auf die Nase. Gallo schrie auf, Moretti stieß ihn zur Seite und rannte aus der Bar. Gallo stolperte, kam ins Straucheln, verlor das Gleichgewicht und stürzte rücklings über einen kleinen runden Tisch und einen Plastikstuhl zu Boden. Ein voller Glasaschenbecher und eine Schüssel mit Kartoffelchips nahmen den gleichen Weg, Asche und Chips verteilten sich gleichmäßig auf dem dreckstarrenden Fußboden.

Das Ganze hatte nur Sekunden gedauert. Gallo kam zwar schnell wieder hoch, schließlich war er mit 27 körperlich fit, aber Moretti war weg. Die anderen Besucher schauten ihn teils betroffen, teils belustigt an.

»Bist du ok?«, fragte einer. Auch Luca kam hinter der Bar vor.

»Madonna! Was für eine Sauerei! Brauchst du ein Taschentuch? Du blutest.«

Gallo nickte nur, wischte mit einem Papiertuch, das ihm Luca in die Hand drückte, vorsichtig über seine blutende Nase, verzog vor Schmerz das Gesicht, strich seine Uniform glatt und rannte Gianluca nach. Allerdings vergeblich, der war bereits verschwunden. Reichlich bedröppelt marschierte Gallo mit blutender Nase die Treppe durch den Schlosspark hoch zum Carabinieri-Kommando im Palazzo. Kollege Martinelli blickte ihn von seinem Schreibtisch aus erstaunt an, Gallo lief jedoch nur stumm vorbei. In der Toilette kamen ihm die Tränen. Warum musste so eine Scheiße immer nur ihm passieren? Warum lief einfach nichts normal? Warum nur? Warum kann ich nicht einfach mal einen erschießen, da wäre ich fit. Er erschrak über seine eigenen Fantasien, steckte sich zwei kleine Papiertuchschnipsel in die Nasenlöcher und setzte sich kommentarlos an seinen Schreibtisch.

Etwa zur gleichen Zeit stellte der Capitano vor Morettis Haus in einer schmalen steilen Gasse den Dienstwagen ab und klingelte an der Haustür. Es dauerte eine ganze Weile, bis ihm endlich Gianlucas Mutter öffnete.

»Capitano, was wollen Sie?«

»Buongiorno! Ich suche Gianluca, ist er hier?«

Sie schaute Fontana abweisend an. »Warum suchen Sie ihn? Er hat nichts getan!«

»Ich suche ihn ganz einfach, ich muss mit ihm reden. Also, wo ist er? Und keine Spielchen!« Er wurde jetzt unfreundlich und setzte seinen dienstlichsten Gesichtsausdruck auf. »Also?«

»Der ist nicht da, ich weiß auch nicht, wo er rumhängt«, antwortete die Mutter, eine recht verhärmt wirkende kleine, aber dicke Frau. Der Capitano schätzte sie auf Ende fünfzig. In der klassischen Kittelschürze mit einem grauenhaft hässlichen Blumenmuster stand sie, feindselig blickend vor ihm. Wer gestaltet solche Kleidungsstücke, dachte sich Fontana. Die bereits grauen Haare hatte Signora Moretti zu einem Knoten gebunden, was sie älter wirken ließ, als sie war.

»Lassen Sie mich nachsehen! Im Haus!«

»Das geht nicht, ich muss das doch nicht?«, fragte sie und machte sich in der Tür breit.

»Signora Moretti, nein, Sie müssen nicht. Aber behindern Sie nicht meine Arbeit. Ich will nur sehen, ob er sich nicht doch im Haus versteckt, ich muss einfach reden mit ihm. Ich will ihn nicht verhaften!«

Die brauchte ja nicht alles zu wissen, dachte er.

Eleonora Moretti schaute finster, trat dann aber zögernd zur Seite und ließ den Capitano widerwillig durchgehen. Die Durchsuchung brachte jedoch erwartungsgemäß nichts. Die Frau trabte die ganze Zeit direkt hinter Fontana her und murmelte undeutliche Beschimpfungen. Er trug ihr auf, sich sofort zu melden, falls der Sohn auftauchen sollte.

»Am besten, Sie schicken ihn gleich zu uns! Salve!«

Fontana war sauer, knallte zuerst die Haustür, dann die Tür des Alfas zu und gab Gas. Die Frau blickte ihm hasserfüllt nach.

Im Büro traf er auf einen am Erdboden zerstörten Gallo. »Was ist mit dir passiert? Moretti?«

Gallo nickte nur, Fontana überlegte, ob er gleich brüllen sollte, oder zuerst hören, was geschehen war.

Er entschied sich fürs Zuhören. »Und?«

»Ich habe ihn in der Bar gestellt, dann hat er mich überraschend angegriffen und ist geflohen. Ich habe ihn noch verfolgt, aber es war zu spät. Tut mir leid!«

In Fontana arbeitete es. Was mache ich noch mit diesem schusseligen Gallo, dachte er. »Hat er dir die Stirn auf die Nase gedonnert?«

Gallo nickte nur leicht.

»Ok, kann passieren. Nächstes Mal mehr Abstand! Wir finden ihn trotzdem. Maresciallo?«

Er wandte sich an Martinelli, der von seinem Schreibtisch aufschreckte. »Ihr beiden fahrt heute Streife rund um den Ort. Wenn ihr ihn findet, schnappt ihn euch und bringt ihn mir hierher! Und, ..., na ja, haut nachher einfach ab!«

Gallo strahlte trotz seiner Schmerzen mit der Sonne vor den Fenstern um die Wette, kein Donnerwetter, er war happy und salutierte.

»Jawoll, Capitano, zu Befehl!«

Fontana schaute ihn mit einem leicht ironischen Lächeln an.

»Abtreten, Brigadiere! Aber stolpere nicht!« Blödmann, dachte Fontana über sich selbst, das war jetzt nicht nötig. Er lachte. »Aber es hat Spaß gemacht.«

Gianluca Moretti war zwar tatsächlich auf der Flucht, nahm das Ganze jedoch nicht allzu ernst. Was hatte er denn schon gemacht? Einen kleinen Knall und das war's. Ich habe doch keinen verletzt, zumindest hatten sie ihm das in der Bar Centrale berichtet. Er hatte die Autowerkstatt schon vor der Mittagszeit verlassen, gerade als sein Chef den Wagen der verdammten Deutschen brachte, um in der Bar bei Luca etwas in Erfahrung zu bringen.

»Hast du diesen Mist gebaut, du Idiot?«, hatte ihn Luca gleich nach dem Eintreten gefragt.

»Geil, oder? Hat es richtig funktioniert? Gekracht hat es ja super. Ich habe es bis in die Werkstatt gehört. Hat sich dieser Typ hoffentlich in die Hose gepisst dabei?« Moretti lachte. »Schenk mir einen kleinen Vino Bianco ein!«

»Du hast richtig Scheiße gebaut mit dieser Aktion, das Auto ist beschädigt und die Frau, wie man hört, anscheinend verletzt. Die werden dich suchen.«

Kurz darauf war Gallo, dieser Spast, wie Moretti sich ausdrückte, eingelaufen und wollte ihn mitnehmen. Er war abgehauen.

»Aber nicht mit mir!«, rief er, als er auf einem Baumstumpf am Rand des Feldwegs zwischen der Villa Morsini und San Pietro saß und nachdachte. Vielleicht war die Idee doch nicht ganz so gut. Wenn die ihn einlochten deswegen könnte es blöd ausgehen. Er hatte zwar zurzeit keine Bewährungsauflagen, aber wenn er schon wieder dran käme, es wäre nicht gut. Aber stellen würde er sich deshalb nicht.

»Sollen sie mich ruhig suchen, die Penner!« Er zündete sich eine Zigarette an, als er einen windschiefen Holzschuppen erreichte.

Maresciallo Martinelli und Brigadiere Gallo waren seit gut einer Stunde mit dem Dienstwagen unterwegs auf den schmalen Straßen rund um Castagnole. Sie fuhren auf der Staatsstraße 149 das landschaftlich schöne, sommerlich grüne Tal bis Casanova Superiore entlang, einem winzigen Weiler, bestehend aus vier Gebäuden links von der Straße, von denen zwei seit Jahren nicht mehr bewohnt waren. Auch der Bauernhof auf der gegenüberliegenden Seite hatte schon weit bessere Tage gesehen. Die Landflucht war auch auf dem Roero angekommen. Auf dem Rückweg nahmen sie einen Feldweg durch die Rebhänge und hinterließen eine Staubfahne. Danach durchquerten sie die kleine Siedlung Trinita und erreichten über Via Pana den Weiler San Pietro.

»Wo könnte der Typ sich verstecken, was meinst du Gallo?«

Der immer nur mit seinem Nachnamen angesprochene Kollege zuckte nur die Schultern. »Keinen blassen Dunst!«

Warum sagt kein einziger meinen Vornamen, wenn er mich ruft, dachte er zum tausendsten Mal. Das war schon seit Kindheit so, er war immer nur Gallo. Im Kindergarten, in der Schule. Nie Enzo. Sogar über den blödesten Spitznamen hätte er sich gefreut. Aber nein, nur immer Gallo! Er hatte auch dieses Mal keine Antwort und zerrte an der eng gebundenen Krawatte der Uniform herum.

»Ist dir heiß?«, fragte Martinelli.

»Nur zu eng. Schau!« Aufgeregt wies Gallo mit der Hand nach rechts vorn, wo an einem alten Schuppen Moretti lehnte und eine Zigarette rauchte.

»Den holen wir uns jetzt«, schrie Martinelli und gab Vollgas.

Die Reifen drehten durch, der Wagen schlitterte auf dem Splitt der Straße und schoss auf den Schuppen zu. Moretti hatte die Carabinieri im gleichen Moment entdeckt, sprang auf und rannte los, dummerweise auf der Straße. Martinelli fuhr direkt neben ihn ran, Gallo stieß die Beifahrertür auf und musste gar nicht mehr schnell rausspringen. Er traf Moretti mit der aufschlagenden Tür, der schrie auf, stolperte und stürzte kopfüber in den schmalen, mit allerlei Unkräutern bewachsenen Straßengraben. Bevor er sich befreien konnte, war Gallo da und packte ihn. Moretti schlug wild um sich und versuchte, sich loszureißen, aber Gallo hatte ihn dieses Mal im Griff.

»Moretti, du bist vorläufig festgenommen, Hände her! Auf den Rücken!«

Gianluca wehrte sich nicht mehr und ließ sich widerstandslos Handschellen anlegen. Martinelli, der inzwischen ausgestiegen war, öffnete die Fondtür, drückte Moretti filmreif den Kopf nach unten und schob den Gefangenen auf den Rücksitz.

»So mein Freund! Leute in die Luft jagen ist nicht so einfach. Dich sollte man wegen Blödheit einbuchten!«

Moretti stierte auf den Carabiniere. »Arschloch!«

»Mordversuch, Widerstand gegen die Staatsgewalt, Körperverletzung, Beamtenbeleidigung kommt auch noch dazu. Vielleicht finden wir auch sonst noch was. Wir haben gemütliche Gefängnisse in Italien, vor allem auf den Inseln! Dann wollen wir mal!«

»Ihr Idioten, ihr habt mich verletzt!«

»Und was ist mit meiner Nase? Die hat sich selbst eine drauf gegeben, oder was?« Gallo verzog dabei das Gesicht, die Nase schmerzte noch immer. Moretti blieb nun still.

Mit eingeschalteter Sirene fuhren Sie das kurze Stück, vorbei an mehreren Fußgängern, die ihnen interessiert nachblickten, zurück nach Castagnole und führten den Festgenommenen gemeinsam ins Büro.

»Capitano, melde Vollzug!«, rief Gallo, zackig salutierend.

»Das ging ja schnell, gut gemacht ihr beiden. In welchem Mauseloch hatte er sich verkrochen?«

Martinelli meldete sich. »Aufgetrieben haben wir ihn kurz vor San Pietro. Gefunden und überwältigt hat ihn Gallo alleine!«

»Brigadiere, gut gemacht! Weg mit ihm in die Zelle!«

Moretti protestierte lauthals. »Ich will meinen Anwalt! Sofort, bin unschuldig!«

Der Capitano lachte. »Den kriegst du noch rechtzeitig. Jetzt werden wir uns erst mal ein wenig unterhalten, wir beiden. Wobei, du stinkst fürchterlich, ein Bad in der Woche wäre hilfreich.«

»Das war der Straßengraben, wahrscheinlich Gülle drin!«, warf Martinelli grinsend ein.

Zu Gallo flüsterte Fontana leise, »lasst ihn noch etwas schmoren, so zwei Stunden! Dann wird er singen wie ein Zeisig!«

Der Capitano hatte sich die Handynummer von Silvia notiert und rief diese an. »Signora, wir haben den Kerl gefasst. Der sitzt. Es war, wie gedacht, dieser junge Moretti. Jetzt sind Sie sicher! Arrivederci!«

Silvia war erleichtert, was wir ihr sofort anmerken konnten.

»Der hat Glück gehabt, dass ich ihn nicht erwischt habe«, meinte Kalle. »Kann aber noch werden! Dann gibt‘s eine aufs Maul!«

21. Juni 2016, Castagnole. Das Bild

Am Morgen darauf, dem um sieben Uhr früh schon recht warmen Dienstag, rief Werniger von unterwegs an und teilte mir mit, dass er mit seinem Kunstspezialisten unterwegs wäre und gegen dreizehn Uhr eintreffen würde.

Ich bestellte in der Trattoria vorsichtshalber einen Tisch für uns fünf, Fabio war begeistert.

»Un buono pranzo lavoro!« Ein Arbeitsessen.

Kurz vor zwölf brachte der Chef der Autowerkstatt unseren SUV zurück, mit neuem Reifen und einigermaßen ordentlich reparierter Karosserie. Die abstehende Plastikverkleidung an der hinteren Stoßstange war wieder sauber befestigt und mit weißem Tape geflickt. Ich zahlte ihm die Rechnung gleich cash, dann »geht das für ihn und natürlich für mich ohne Steuer«, wie er mit einem Verständnis heischenden Blick hinzusetzte. Er bedankte sich mehrmals und verschwand zu Fuß wieder in seine Werkstatt.

Schweizerisch pünktlich, fünf Minuten nach eins trafen Werniger und sein Mitarbeiter ein. Er stellte ihn als Ueli Federer vor. Werniger wirkte in seiner untypisch legeren Kleidung, Jeans und offenes Hemd, nicht wie ein Banker.

»Herr Förster, ich freue mich darauf, Ihnen hoffentlich helfen zu können. Sie haben mich sehr neugierig gemacht mit Ihrer Bitte. Sind Sie schon etwas weiter gekommen als bei unserem Telefonat?«

Ich verneinte. »Ich hielt es für weit sinnvoller, auf Profis zu warten, als selbst etwas zu unternehmen. Sie werden das Corpus delicti nachher ja sehen. Jetzt gehen wir aber zuerst zum Mittagessen, ich habe einen Tisch reserviert. In einer ländlichen Trattoria, wir können zu Fuß gehen, sind nur fünf Minuten.«

Fabio begrüßte uns dienstbeflissen und tischte ein leichtes Menü auf. Gefüllte Agnolotti, ganz kleine Teigtäschchen mit Butter und Salbei, danach einen Kalbsbraten, Vitello Arosto, mit etwas gegrilltem Gemüse.

»Jetzt haben wir die perfekte Grundlage zum Arbeiten!«, meinte Kalle und machte den Eindruck, dass er bald loswollte.

Während des Essens hatte uns Ueli Federer einen kurzen Überblick über die verschiedenen Maßnahmen zur Restaurierung und Untersuchung von Gemälden gegeben.

»Wissen Sie, die Begutachtung gliedert sich in zwei Maßnahmenpakete. Einmal das persönliche Wissen und die augenscheinliche Prüfung durch den Restaurator und einmal die wissenschaftliche, technische Laboruntersuchung. Das ist mein Part.«

Nachdem er zwischendurch den vorzüglichen Wein gelobt hatte, fuhr er fort.

»Wir können Stil, Herkunft, Material und Inhalt von Gemälden bestimmen. Dabei kommen neben kunstwissenschaftlichen Methoden physikalische und chemische Untersuchungsmethoden zum Einsatz. Früher waren wir dabei weitestgehend auf das Arbeiten im Labor angewiesen. Heute habe ich mein Labor mobil dabei, um Infrarotreflektografie und Fluoreszenzspektroskopie vor Ort durchführen zu können. Was eingesetzt wird, ist von Ihrem Ziel abhängig. Mit der UV-Untersuchung kann ich Retuschen und Übermalungen sichtbar machen. So kann man zum Beispiel bei einem Bild mit Übermalungen, wo also der Künstler nachträglich etwas verändert hat, in den meisten Fällen von einem Original ausgehen. Ein Kopist wird normalerweise keine Übermalungen vornehmen. Aber das sind dann die persönlichen Erfahrungswerte.«

Kalle rieb sich die Stirn. »Uff! Das ist alles unfassbar. Lohnt sich so eine schwierige Untersuchung denn überhaupt?«

Federer, ein ausgesprochen sympathischer, offener Enddreißiger, lachte.

»Bei alten Kunstwerken kann es oft um Millionenbeträge gehen.

Da lohnen sich ein paar Tausend schon, wenn's darum geht, ob das Bild echt ist oder nicht. Wissen Sie, das ist auch der Vorteil meines Berufes, die Leute wollen wissen, was an der Wand hängt. Ist das tatsächlich ein echter Rembrandt oder Picasso oder nur eine Kopie. Deshalb brauchen die mich und mir redet keiner rein. Auch nicht bei der Rechnung.«

Damit schaute er mich grinsend an.

Ich grinste zurück. »Verstanden! Das dachte ich mir schon, bevor Sie uns hier mit Ihren Ausführungen verblüfft haben!«

Kurz darauf brachen wir auf und standen wenig später vor dem jungen Landarbeiter an der Wand. Werniger schaute nur kurz auf das Gemälde, dann wandte er sich an mich.

»Sauberen Renaissanceaufbau hat der Maler verwendet, das heißt aber noch nichts.« Federer schaute mich an. »Haben Sie schon etwas daran gesäubert?«

Ich verneinte. »Nur ein wenig abgestaubt.«

»Ich nehme es jetzt mit zum Wagen und werfe mein Labor an.« Er hängte das Bild ab. »Lausiger Rahmen, ich bin gespannt, da passt einiges nicht zusammen.«

Federer trug das Bild vorsichtig zu seinem Wagen, einem Kombi und öffnete die Heckklappe. Ein Laptop und so etwas ähnliches wie ein Scanner kamen zum Vorschein.

»Lassen wir ihn in Ruhe arbeiten«, meinte Werniger. »Ich würde gerne ein wenig spazieren gehen, oder kann ich Ihnen etwas helfen, solange die Untersuchung dauert?«

»Wir schaffen das schon. Machen Sie ruhig Ihre Wanderung!«

Kalle zeigte mit dem ausgestreckten Arm in die Landschaft.

»Ich habe allerdings keine Ahnung, wo die Wege hinführen.«

Werniger lachte. »Ich finde schon wieder zurück, alle Wege führen nach Rom, danke.«

Er nahm seine Sonnenbrille aus dem Handschuhfach des Wagens, winkte und lief los. Wir drei machten mit unserer Arbeit im Haus weiter, heute im Obergeschoss.

»Da könntet ihr doch beide einziehen, Jacek und du«, rief Silvia aus dem kleinen Dachzimmer.

Kalle ließ sein dröhnendes Lachen vernehmen.

»Dass ich nicht lache! Wir zwei hier auf dem Land, es ist zwar schön hier oben, das Essen ist auch nicht so schlecht, wie ich befürchtet habe, aber es ist am Arsch der Welt. Nichts außer Wein und Italienern! Wenn die wenigstens Bier brauen könnten. Reden kannst du auch mit keinem. Ne, meine Liebe, da bleiben wir lieber in Stuttgart-Ost hinter dem Gaskessel. Und fahren mit der Stadtbahn zu unseren Kumpels unter der Paulinenbrücke. Einmal Penner, immer Penner!«

»Stimmt nicht!«, rief ich Kalle zu, der gerade im Vorraum mit einem Besen Spinnennetze von der Decke holte.

»Ja, bei dir ist das anders, Du hast auch nie dazu gehört, du hast dir damals nur was vorgemacht, als du dich selbst bemitleidet ....«

Ich unterbrach ihn. »Und du mich wieder rausgezogen hast, aber lassen wir das.«

Ich wollte mich nicht an diese beschissene Zeit erinnern, als ich auf der Straße lebte und wurde zudem von Federer in meinen Gedankengängen unterbrochen.

»Herr Förster, können Sie mal runterkommen?«

Ich folgte ihm sofort, er ging voraus zu seinem Wagen.

»Sehen Sie mal hier her!«

Auf dem Bildschirm des Laptops war ein Ausschnitt des Gemäldes zu erkennen. Es sah aus wie ein Negativ, nicht farbig, sondern nur als Schwarz-Weiß-Bild mit einem leicht bläulichen Touch.

»Das ist ein Ausschnitt ziemlich genau aus der Mitte der oberen Bildhälfte, können Sie es erkennen?«

Ich war mir nicht ganz sicher, aber ich nickte stumm.

»Gut, was Sie hier sehen, ist der Knoten des Halstuches des Landarbeiters. Der ist auf der Oberfläche des Bilds nur einfach geknotet. Und jetzt zeige ich Ihnen die Ebene darunter. Da ist der Doppelknoten sichtbar. Sie müssen allerdings genau hinschauen!«

Federerer reduzierte langsam den Deckungsgrad der oberen Bildschicht. Ich konzentrierte mich auf das durchscheinende Bildelement. Es stimmte. Der Knoten auf der unteren Ebene war eindeutig doppelt.

»Was …?«

»Ich zeige Ihnen noch mehr. Jetzt stammt der Bildausschnitt vom äußersten rechten Bildrand, von der Höhe her genau in der Mitte. Der Arbeiter hält eine Stange, wahrscheinlich den Stiel einer Schaufel. Und er hat sich seine Jacke über den Unterarm geworfen. Sie sehen es?«

»Ja, kein Problem.«

»Nun die andere Ebene. Was sehen Sie?«

Ich verengte die Augen, um ganz genau aus der Nähe den Bildbereich zu untersuchen. Direkt unter der Stange, die der junge Mann hielt, kam ein Element, wie ein Becher oder ein gefaltetes Papier zum Vorschein, um das sich fast dieselbe Hand legte wie auf der oberen Ebene. Der Faltenwurf eines Stoffes war fast deckungsgleich mit der Jacke auf dem darüber liegenden Bild. Ich schaute Federer an.

»Was bedeutet das?«

»Ich habe auf die Schnelle nur partiell diese beiden Bildausschnitte untersucht. Ich komme aber zur Erkenntnis, dass es sich um eine komplette Übermalung handeln könnte, also nicht um lokale Retuschen oder Änderungen des ursprünglichen Motivs. Der Pinselstrich ist ganz anders angelegt. Lediglich einige wenige Flächen sind nicht übermalt, die hat der Maler ganz clever in das neue Motiv integriert.« Er zeigte mit einem digitalen Stift auf die entsprechende Stelle. »Aber das Entscheidende ist das unterschiedliche Alter der beiden Farbschichten. Ich habe das Bild sowohl mit der Röntgenspektroskopie als auch mit dem Stereomikroskop untersucht. Mit beiden kriege ich die Übermalungen gezeigt und das unterschiedliche Alter. Die obere Schicht ist maximal hundert Jahre alt.«

»Machen Sie es bitte nicht noch spannender«, bat ich ihn aufgeregt.

Federer lachte. »Und jetzt halten Sie sich fest! Die untere Schicht hat vier oder fünf Jahrhunderte auf dem Buckel!«

Er ließ diesen Satz genüsslich im Raume stehen. Genauer gesagt, unter der offen stehenden Heckklappe seines Kombis. Auf diese Nachricht hin verlor ich ziemlich die Fassung und brauchte ein, zwei Minuten, um wieder rational denken zu können.

»Aber das hieße ja, ...«

»Genau, Renaissance! Ich bin mir auch schon ziemlich sicher, wer.«

Ich blickte ihn verständnislos an. »Wie? Sie können das Bild schon identifizieren?«

Federer grinste siegesgewiss.

»Im Zeitalter der Onlinerecherche alles kein großes Problem mehr. Ich habe Zugriff auf eine Datenbank, die weltweit für den Kunsthandel, für Museen und für Leute wie mich alles über die gesamten Werke der Menschheit sammelt und darstellt. Wie gesagt, ich bin mir ziemlich sicher, um letzte Gewissheit zu haben, muss man natürlich genau rausbekommen, was komplett unter dem Landarbeiter zum Vorschein kommt. Schließlich gibt es auch noch genug unbekannte Werke aus allen Kunstepochen.«

Er grinste. »Aber dieser Becher ganz rechts am Rand weist aus meiner Sicht auf ein Gemälde von Andrea del Sarto hin, einem Renaissancemaler aus Florenz. Keiner der ganz Großen, aber sicherlich unter den dreißig wichtigsten aus der Zeit. Das Bild zeigt ziemlich sicher den jugendlichen Johannes den Täufer. Und ich muss sagen, der Künstler, der dieses Gemälde übermalt hat, war zum einen gut, zum anderen sehr clever. Er hat viele Elemente des Ursprungsmotivs weiter benutzt und ist nur leicht drüber gegangen. Der verstand sein Handwerk.«

Ich war sprachlos. Was tat dieses möglicherweise wertvolle, bedeutende Gemälde in Kalles Hütte? Was bedeutete das?

Federerer schien meine Fragen zu ahnen. »Das Bild gehört auf jeden Fall nicht hier her. Wir haben jetzt aber noch ein ganz anderes Problem.«

Federer machte eine kurze Pause und atmete hörbar durch.

»Laut Datenbank ist das Gemälde nicht verschollen, sondern hängt in der Galeria Sabauda in Turin!«

Ich kapierte nicht. »Wie?«

»Es wurde 1919 aus der Accademia delle Scienze, der Vorläuferin des Museums Sabauda in Turin gestohlen, ist aber nur wenige Wochen später wieder dort aufgetaucht. Niemand hat sich damals, ein halbes Jahr nach dem Ende des Ersten Weltkriegs darum gekümmert, warum und wieso. Es war einfach plötzlich wieder da, und alle waren zufrieden. Die Leute hatten andere Sorgen.«

»Das bedeutet ja dann ...«

»Genau! Es ist doppelt vorhanden.«

Federer hob die Schultern. »Da der Künstler damals das Bild nicht zweimal gemalt hat, muss eines falsch sein. Vielmehr, aus meiner Sicht ist eines falsch! Mit aller Vorsicht betrachtet nicht dieses hier. Die untere Schicht ist definitiv fünfhundert Jahre alt. Das kann ich beweisen, ohne Zweifel. Hier haben wir das Original, in Turin hängt eine Fälschung, eine identische Kopie. Garantiert! Und keiner hat's gemerkt oder zugegeben.«

Ich starrte ihn an. Wahrscheinlich mit einem sehr eigenartigen Ausdruck im Gesicht. Federer lachte.

»Das ist es, was ich Ihnen auf die Schnelle mitteilen kann. Jetzt sind Sie an der Reihe. Werniger und Sie haben ja absolute Vertraulichkeit vereinbart, das gilt natürlich auch für mich.«

Wir schauten beide im gleichen Moment auf das im Wagen liegende Bild.

»Was mache ich jetzt?«

Federer breitete die Hände aus. »Drei Möglichkeiten. Sie geben es so an das Museum zurück, geben es einem sehr guten Restaurator oder verkaufen es gleich weiter!«

Er lachte ziemlich dreckig. »Das würde ich mir gut überlegen!«

»Erstens gehört mir dieses Bild nicht und zweitens ist meine kriminelle Neigung nicht so ausgeprägt, wie Sie vielleicht denken!«

Federer merkte, dass ich angefressen war.

»Sorry, das sollte ein Witz sein.«

Ich nickte. »Ok! Jetzt muss ich aber zuerst mal den momentanen Besitzer informieren.«

Ich lief zum Eingang und rief den beiden. »Kalle, Silvia, kommt mal runter!«

»Was gibts?«, rief Kalle, als er aus der Tür trat.

»Kalle, wir haben ein Problem.«

»Schon wieder? Ich glaube, ich fackle diese blöde Hütte hier gleich ab!«, antwortete er.

Ich winkte die beiden zum Auto und bat Federer, die außergewöhnliche Nachricht zu überbringen.

»Überbringer schlechter Nachrichten wurden früher geköpft, aber ich hoffe, ich komme darum herum. Also, Sie haben hier nach meiner Erkenntnis ein wertvolles Gemälde aus der Renaissance, das vor etwa hundert Jahren übermalt wurde. Das Bild hing in einem Museum in Turin und wurde 1919 gestohlen. Hängt aber wieder dort«

Kalle rieb sich den kahlen Schädel.

»Was faseln Sie da? Ein geklautes Bild hier bei mir? Und im Museum? Oh, Scheiße, warum auch das noch!« Er schlug die Hände vors Gesicht. »Hat das eventuell auch mein Großvater geklaut? Mord und jetzt das noch! Ein Krimineller als Vorfahre, verdammt, verdammt!«

Silvia schaute mich fragend an, ich erläuterte kurz die Sache mit der Fälschung.

»Seid Ihr sicher? Das wäre ja ein Hammer!«

Federer erklärte kurz, warum er sich ziemlich sicher war, dass man das Gemälde allerdings weiter untersuchen und die Übermalung entfernen müsse.

»Ja, geht das denn überhaupt«, wollte Kalle wissen.

»Für einen guten Restaurator ist das machbar. Es ist mühsam und dauert zwar, es ist alles aufwändige Handarbeit, aber es wird öfter gemacht«, erklärte Federer.

In diesem Moment kam Werniger, mein Lichtensteiner Banker, von seinem Spaziergang zurück und bemerkte uns erst im letzten Moment unter unserer Heckklappe.

»Ah, Sie haben schon ein Ergebnis? Oder?«

Federer informierte ihn.

»Das ist ja ein Ding! Jetzt sitzen Sie hier vielleicht auf einem Meisterwerk und keiner wusste davon. Und die Turiner sind mit ihrer Fälschung blamiert, ich lach‘ mich tot. Was haben Sie jetzt vor?«

Kalle zuckte nur mit den Schultern und wies auf mich.

»Das entscheidet der hier. Wer zahlt, schafft an! Also Peter!«

»Im Moment habe ich keine Vorstellung, wie es weitergehen soll. Ich muss das zuerst mal sacken lassen, dann sehen wir weiter. Wobei eines klar ist. Sollten Sie recht haben, Herr Federer, geht das Bild natürlich an das Museum zurück. Gibt es das überhaupt noch?«

Federer nickte. »Ja.«

»Ok, auf jeden Fall kommt es hier mal weg. Wir nehmen es heute Abend mit in unsere Pension. Morgen sehen wir weiter.«

Federer wandte sich noch einmal an mich.

»Was ich noch erwähnen wollte. Der schlampig zusammengesetzte Rahmen deutet darauf hin, dass der Maler eventuell wenig Zeit hatte.«

Silvia lachte hell. »Oder handwerklich so begabt war wie du.« Sie zwickte mich dabei in den Arm.

»Frechheit!«

Kurz darauf verabschiedeten sich die beiden Kunstexperten, Werniger wollte gleich noch nach Hause fahren. Er hätte am nächsten Morgen einen wichtigen Kunden, begründete er seinen schnellen Abschied.

»Wir bleiben im Gespräch Herr Förster. Und falls ich Ihnen behilflich sein soll, rufen Sie mich einfach an. Bis dorthin halten wir beide still.«

Er zeigte auf Federer, der zustimmend nickte.

»Salü, meine Herrschaften!«

Er küsste Silvia galant die Hand, obwohl sie staubige Gummihandschuhe trug. Auch Federer verabschiedete sich, vorher gab ich ihm noch meine Anschrift auf Curaçao für die Rechnungsstellung.

Als die beiden verschwunden waren, standen wir zusammen vor dem Haus.

»Das glaube ich alles nicht, in was sind wir da reingetappt? Kannst du mir das sagen?« Kalle schaute bedröppelt aus der Wäsche, ich hatte ihn so noch nie gesehen.

»Kalle, Kopf hoch! Wir kriegen das alles hin. Irgendwie!« Ich haute ihm auf die Schulter. »Auf geht's, mein Junge!«

Silvia brachte eine Decke aus unserem Wagen, in die wir den jugendlichen Johannes einwickelten.

»Mein Gott!«, meinte sie ehrfürchtig, »jetzt habe ich fünfhundert Jahre Kunstgeschichte unterm Arm.«

»Oder doch eine gut gemachte Fälschung!«

Den Abend ließen wir sehr ruhig in der Pension ausklingen. Das Bild lag sauber verpackt in unserem Zimmer. Wir diskutierten, was jetzt geschehen sollte. Ich hatte, bevor wir zusammen saßen, unseren Gastgeber Claudio gefragt, ob es hier in der Umgebung einen guten Restaurator für Bilder gab. Ob ich ein Gemälde kaufen wollte, fragte er mich. Ich ließ das offen und er teilte mir ganz stolz mit, dass es genau hier in Castagnole einen absoluten Fachmann gäbe, der auch für große Galerien, Museen und Kunsthändler außerhalb der Region arbeitete.

»Umberto Rizzo«, meinte er. Er wäre anerkannt als Spezialist für alte Gemälde, würde aber sämtliche Kunstwerke restaurieren.

»Il uomo con una barba bianca, der Mann mit einem weißen Bart!«

»Wir können uns den ja mal anschauen«, schlug Silvia vor, Kalle war einverstanden.

»Mann, Mann! Wenn das stimmt, was der Schweizer da rausgekriegt hat, das wäre ein Hammer. Übrigens, ich habe vorhin Jacek angerufen. Scheiß Verbindung, aber so einigermaßen haben wir uns gehört. Ich habe ihm nur kurz vom Haus berichtet, von dem ganzen Theater drum herum muss der nichts wissen.«

Ich lachte. »Der macht sich sonst noch Sorgen um seinen armen Kalle.«

Der blickte mich strafend an, Silvia schaute bewusst erbost, kicherte aber dazu. »Sei nicht so garstig zu dem armen Kerl!«

»Wisst ihr was? Ihr seid mir beide zu blöd, ich geh' jetzt ins Bett. Gibt's im Kühlschrank noch Bier?«

Silvia nickte lachend und Kalle dampfte ab. Ich nahm meine Freundin in den Arm.

»Was hältst du davon, wenn auch wir uns zurückziehen in unser Chambre separée? Den Rest des Abends genießen.«

»Wie meinst du das?«

»Lass dich überraschen, Geliebte!«

»Oh je, jetzt wird er auch noch romantisch.« Sagte es und zog mich hinter sich her in Richtung unseres Zimmers.

»Was heißt eigentlich Sex auf Italienisch?«

Silvia drehte nur ein wenig den Kopf und schielte zu mir rüber. »Sesso!«

»Selbst das klingt hier romantischer. Sesso, aha!«

Gegen zehn am nächsten Morgen klingelte ich an der verschlossenen Ladentür des Restaurators. Erst nach dem zweiten Versuch tat sich etwas hinter der mit einem Vorhang vor Einblicken geschützten Ladentür. Ich konnte hören, wie ein Schlüssel umgedreht wurde. Ein klein gewachsener, dafür umso breiter Mann, vielleicht so um die Sechzig mit weißem Bart stand vor mir.

»Salve!«

Ich grüßte zurück und fragte ob er etwas deutsch sprechen würde, mein Italienisch reichte gerade für Restaurantbesuche.

»No, mi dispiace, ma inglese.«

Perfekt, auf englisch würde es gehen, dachte ich und schilderte ganz kurz mein Anliegen. Er bat mich herein und schloss hinter mir sofort wieder die Ladentür.

Der eigentliche Ladenraum war winzig klein, höchstens sechs mal vier Meter. Eine mitten im Raum stehende uralte Theke wurde an drei Wänden umgeben von Bildern. Kleine, große, schmale, nahezu sämtliche Formate, aber auch Motive waren vertreten. Alte Meister und junge Wilde, realistische und abstrakte Motive. Der Raum verströmte eine bezaubernde Aura. Es roch nach Firnis und Farbe.

»Meine Welt, Bilder! Schöne, hässliche, dilettantische, hochwertige. Wissen Sie, ich untersuche, restauriere und reinige nicht nur Bilder, ich sammle auch und kaufe oft mal eines meinen Kunden direkt ab, wenn ich es mir gerade mal leisten kann. Aber ich will Sie nicht langweilen, kommen Sie bitte.«

Ich folgte ihm durch eine Stahltür in den Nebenraum, in sein Atelier.

»Meine Werkstatt«, erklärte Rizzo.

Claudio hatte recht gehabt, das hervorstechendste Merkmal neben seiner Figur war der schlohweiße, lange Bart. Ich musste schmunzeln bei der Vorstellung, dass Signor Rizzo überhaupt keinen Pinsel brauchte mit dem Bart.

Zwei große Arbeitstische standen in der Raummitte, darüber unterschiedliche Beleuchtungskörper. An der linken Seitenwand befand sich ein Arbeitsplatz mit mehreren, mir unbekannten Gerätschaften. Überall lag Werkzeug und stapelten sich Bilder. An der Rückwand lehnten nebeneinander drei großformatige Gemälde. Abstrakt, mit starken flächigen Farben. In schmalen schwarzen Rahmen.

»Was müssen Sie bei diesen Bildern tun«, fragte ich.

»Die haben ein Problem. Sie sind erst etwa zwölf Jahre alt, gemalt von einem russischen Künstler, Sergej Antonov. Durch unsachgemäße Lagerung mit stark schwankender Luftfeuchtigkeit entstand eine massive Rissbildung in den pastosen Farbflächen. Teilweise auch schon Malschichtabhebungen. Dazu waren die Bilder schlecht gerahmt, sodass auch die Leinwände selbst Schaden genommen hatten. Viel Arbeit! Aber ...«, er schaute jetzt wieder mich an, »was kann ich für Sie tun? Sie haben ja sicher eine konkrete Frage.«

Ich hatte mir beim Frühstück überlegt, was und wie viel ich ihm sagen wollte.

»Ich muss zuerst eines klären. Was ich Ihnen jetzt sage, muss absolut und verbindlich vertraulich bleiben! Ich muss da absolut sicher sein.«

Er schaute etwas pikiert. »Das ist bei mir bei allen Aufträgen selbstverständlich! Von hier geht nichts nach draußen!«

Er war bei diesen Sätzen sehr energisch geworden, ich glaubte ihm. »Gut, das betrachte ich als Voraussetzung für unsere Zusammenarbeit.«

Nachdem, wie ich hoffte, über das Stillschweigen Klarheit entstanden war, informierte ich ihn über seine Aufgabe. Ich teilte ihm die Vermutung Federers mit, dass unter der noch verhältnismäßig jungen Übermalung ein mindestens vier- bis fünfhundert Jahre altes Motiv liegen würde.

Bei dieser Jahreszahl horchte er auf. »Fünfhundert Jahre? Renaissance.«

»Wir vermuten es laut der Röntgenuntersuchung.«

Rizzo kratzte sich an der Stirn. »Und ich soll das Bild freilegen. Nicht einfach!«

Langsam regte mich der Kerl auf. »Deshalb hat man mir Sie empfohlen, als Spezialist für Übermalungen. Wollen Sie den Auftrag ausführen? Das Gemälde ist übrigens knapp einen Meter mal sechzig Zentimeter groß.«

Es schien, als überlegte er sich das Ganze, dann sagte er jedoch zu. »Ich übernehme das, aber ich kann nicht alles andere liegen lassen.«

»Das müssen Sie auch nicht. Ich hätte nur gerne Ihre kurzfristige Einschätzung zu Alter und Motiv, danach haben Sie genügend Zeit.«

Er bestätigte meinen Wunsch. Ich solle das Bild heute Nachmittag bringen, dann würde er es morgen mal prüfen.

Kaum war ich zum Laden draußen, hörte ich ihn schon wieder abschließen. Er war mir zwar nicht sympathisch, machte aber einen kompetenten Eindruck und schaffte zumindest Sicherheit für seine Bilder. Dachte ich.

Wir gönnten uns heute einen freien Tag nach der Schufterei von gestern. Silvia schnappte sich eine der Liegen auf der dem Pensionsgebäude vorgelagerten Sonnenterrasse und genoss die Ruhe, die herrliche Aussicht auf die flache grüne Talsenke unterhalb von San Pietro und ein Glas Prosecco.

Kalle und ich machten einen Spaziergang zur Bar Centrale und setzten uns in die Sonne vor der Kneipe. Kalle genoss sein ›Bierchen‹, ich probierte einen Arneis aus Canale, den mir Carmelita, keine Ahnung ob das ein Künstlername oder ein echter war, höchstpersönlich wärmstens empfohlen hatte.

Carmelita Amato war die Inhaberin und Chefin der Bar Centrale und eine Institution in Castagnole. Sie stellte sich kurz vor, als sie unsere beiden ersten Getränke brachte.

»Salve! Ich freue mich, Sie hier begrüßen zu können. Gefällt Ihnen Castagnole?«

Wir bedankten uns für die freundliche Begrüßung und bejahten ihre Frage.

»Ein hübscher Ort, eine gute Bar und eine schöne Chefin!«

Sie strahlte. »Molto gentile! Sehr freundlich! Aber Sie sind ein Lügner!«

Sie setzte ihren verführerischsten Blick auf, streckte uns ihr Dekolleté entgegen und bewegte ihren kurvenreichen Rubenskörper betont graziös in die Bar zurück.

»Du bist so ein Schleimer. Ich hab‘ zwar nichts verstanden, aber dass du sie anmachst, war klar! Kein Wunder bei der Aussicht. Und wie die ihren Arsch schwenkt!«

Ich lachte. »Soll ich wegschauen? Kalle, wir brauchen Verbündete! Und die hier ist wichtig.«

Kalle grinste anzüglich und genoss sichtlich seinen ersten Schluck. »Ah!«

Auf der Piazza bauten derweil die letzten beiden Händler ihre Marktstände ab. Einer bot Gemüse und Früchte an, ›Frutta e verdure Mancino‹ stand in Schmuckbuchstaben auf seinem Lieferwagen, die Schrift umrahmt von gezeichneten Zitronen, Orangen, Tomaten und anderen Gemüsen. Der andere Händler packte die letzten Teile seines Sortiments an Kleidern, Blusen, Jacken und Unterwäsche ein. Alles ging sehr relaxt vonstatten. Bevor er wegfuhr, bestellte der Gemüsehändler noch ein Bier bei Luca, die letzten Gerüchte und Neuigkeiten wurden ausgetauscht, dann ließ er mit einer dunklen Rauchwolke seinen Diesel an und verschwand in der Gasse, die am Rathaus vorbei den Weg nach außen darstellte.

»Die Schnellsten sind sie auch nicht«, feixte Kalle, »aber da darf ich ja nichts dazu sagen.«

»Ist besser so! Ich bin gespannt, was mit dem Bild rauskommt, morgen will er es untersuchen, dieser Rizzo. Ich sag‘ dir, ein ulkiger Vogel ist das. Aber er scheint bekannt zu sein in der ganzen Region. Er arbeitet bis nach Turin und darüber hinaus.«

»Peter, wenn das ein anderes Bild ist, als ihr jetzt denkt, kannst du es behalten. Ich will so einen alten Schinken nicht in meiner Wohnung haben. Und Jacek sowieso nicht. Der hängt viel lieber scharfe Weiber in seinem Zimmer auf.«

»Kalle, du spinnst! Das kann ich auf keinen Fall annehmen. Wir verkaufen das Bild dann und ihr seid auf ewig saniert.«

Kalle schaute mich mit durchdringendem Blick an.

»Weißt du noch, was ich dir vor bald zwei Jahren, als du plötzlich aufgetaucht bist, gesagt habe?«

Ich nickte nur andeutungsweise.

»Du sollst mir nie widersprechen! Und ich habe dir auch gesagt, was das bedeutet. Eins auf die Fresse! Weißt du es noch?«

Ich nickte erneut.

»Gut, dann sage ich es dir noch einmal. Du nimmst das Scheißbild und wirst glücklich damit. Kapiert?«

Er hatte sich richtiggehend ereifert und schlug mir seine rechte Pranke auf die Schulter. Ich knickte leicht ein, Luca, der rauchend an der Eingangstür lehnte, blickte fast ängstlich zu uns rüber.

»Ich habe noch kein Ja von dir gehört! Also?«

Kalle stieß mir mit dem Finger auf die Brust.

»Ja, du Grobian! Ich nehme es, aber nur, wenn es nicht der Renaissancejüngling ist!«

»Brav, wusste ich doch, dass du schlauer bist, als du aussiehst.«

»Auch noch beleidigend! Prost Kalle!«

Es musste ein friedvoller Anblick gewesen sein, wenn man uns beide vor der Bar sitzen sah. Zwei Freunde, die das Leben genießen. Wie schnell sich so was ändern kann, sollten wir beide bald schmerzlich erleben müssen.

Am späten Nachmittag trug ich das Bild, in Packpapier gewickelt, zu Rizzo.

»Das ist also das vermutliche Renaissance-Kunstwerk.« Er drehte das Bild um und schaute auf die Rückseite. »Von der Leinwand her könnte es sein. Haben Sie die Ergebnisse Ihrer Laboruntersuchung hier?«

Ich drückte ihm einen Datenstick in die Hand, auf den Federer die Ergebnisse und Screenshots seiner Untersuchung gespeichert hatte. Rizzo steckte ihn an seinen Laptop und scrollte durch die verschiedenen Seiten.

»Liest sich nicht schlecht. Auf jeden Fall versteht der Mann etwas von seiner Arbeit.« Er blickte vom Bildschirm hoch. »Kommen Sie morgen Mittag vorbei, dann weiß ich mit Sicherheit mehr.«

»Und bitte, wie ...«

»Ich weiß, vertraulich. Natürlich!«

Sein Blick sprach Bände, weil ich ihm anscheinend immer noch nicht traute.

Ich war kaum draußen, als Rizzo das Gemälde auf einem Arbeitstisch ablegte und mit einem speziellen Scheinwerfer beleuchtete. Mit einer Lupe betrachtete er ausgiebig die beiden von Federer ausgewählten und gescannten Stellen. Als nächstes brachte er winzige Mikroquerschliffe in der Malschicht an, die er anschließend mit einem Stereomikroskop untersuchte. Neben den physikalischen Laboruntersuchungen war dies ein sinnvoller Weg, um Übermalungen über der Originalmalerei festzustellen. Nach Abschluss dieser ersten Untersuchungen wiegte er den Kopf hin und her.

»Ich glaube, da haben wir einen Diamanten entdeckt«, sagte er laut zu sich selbst.

Er war sich ziemlich sicher, dass dieser Labormensch recht hatte mit seiner Vermutung, dass es sich bei dem Gemälde um das Bild Johannes des Täufers von del Sarto handelte.

»Aber wie soll das gehen?«, fragte er sich.

Das Bild hing eindeutig in Turin, er hatte es vor zwei oder drei Jahren bei einem Besuch selbst gesehen. Hing dort tatsächlich eine fantastisch gemachte Fälschung? Wer sollte die 1919 angefertigt haben? Er war verwirrt und kam mit seinen Überlegungen nicht weiter. Ein Grund, für heute Feierabend zu machen und sich ein oder zwei Gläschen in der Bar zu gönnen.

Er brachte das Bild in seinen sicheren, klimatisierten Tresorraum, tippte die Kombination in das Display, schloss die Ladentür und spazierte beschwingt über die Piazza zur Bar Centrale.

»Du bist so gut drauf heute! Was ist denn los? Ist der Reichtum über dich hereingebrochen?«, fragte ihn Luca.

Rizzo lachte nur, rieb sich die Hände und setzte sich vor die Bar. »Das glaubt mir keiner, aber ich schweige wie ein Grab! Mach mir einen schönen großen Aperol Spritz, lieber Luca! Das Leben bietet immer wieder Überraschungen!«

Was ist mit dem, dachte Luca, während er den Drink mixte. So gut drauf? Könnte interessant sein, zu wissen, warum.

»Cin, cin, Rizzo!«

Zwei Stunden, zwei weitere Aperol und einen Grappa später war Rizzos Laune auf dem Höhepunkt. Er konnte schon immer spannend erzählen, Stories und öfter mal Interna aus dem Kunstmarkt, aber heute war er in Hochform.

»Ihr glaubt gar nicht«, damit wandte er sich an Luca und seinen Nebenmann an der Theke, »was alles an gefälschten Kunstwerken auf dem Markt unterwegs ist. Das sind Millionenwerte! Oft hängen diese Bilder statt den Originalen in irgendwelchen Tresorräumen als reine Geldanlage oder weil richtig reiche Leute geil drauf sind, ein berühmtes Bild nur für sich alleine zu haben. Leute, die dann von cleveren Kunsthändlern mit Fälschungen reingelegt werden. Aber manchmal hängen die Kopien auch im Museum. Ihr glaubt das gar nicht!«

Luca stupste seinen Gast über die Theke leicht an, Rizzo geriet leicht ins Schwanken.

»Sag mal, Rizzo, hast du vielleicht auch so ein Bild? In deinem Laden vielleicht? Komm und erzähle!«

Rizzo schüttelte den Kopf, schaute dann aber vielsagend. »Ich darf nichts sagen! Nur vielleicht …«, er stockte ganz kurz, »… 1919 Turin!« Kaum ausgesprochen, hielt er sich theatralisch den Mund zu. »Das habt ihr aber nicht von mir!«

»Was meinst du mit 1919 Turin?«

Luca schob Rizzo einen weiteren Grappa über den Tresen. »Geht aufs Haus.«

»Mehr sage ich nicht, aber ich bin an was dran …«, er rülpste laut. »Schluss, aus!«

Rizzo schob sich schwerfällig von seinem Barhocker und legte fünfzig Euro auf die Theke. Luca schob ihn ein und legte zwei Scheine als Rausgeld zurück. Rizzo ließ einen davon liegen, winkte noch kurz und hatte dann einige Mühe, ohne anzustoßen durch die Tür zu kommen.

Luca schaute ihm gedankenverloren nach. Dann schnappte er seinen Tabletcomputer und ging auf Google. »Gemäldediebstahl Turin 1919« gab er ein. Es dauerte ein paar Sekunden, dann erschien ein Ergebnis:

Zwei berühmte Renaissancegemälde wurden 1919 aus der Sammlung des Hauses Savoyen entwendet, eines davon ist bis heute verschollen. Das andere, ein Werk des italienischen Malers Andrea del Sarto, ist bereits wenige Wochen nach dem Diebstahl plötzlich wieder in der Accademia delle Scienze in Turin aufgetaucht. Museumsleitung und Polizei konnten keine Angaben dazu machen. Mögliche Täter wurden nie ermittelt.

Luca konzentrierte sich auf das Bild des Italieners, das andere stammte von einem Maler mit einem fremdländischen Namen, den Luca nicht lesen konnte. Luca sagten beide nichts, aber er hielt die ganze Sache für »möglicherweise nicht uninteressant«. Er kombinierte. Hatte Rizzo in seinem Suff nur Bullshit gequatscht oder sollte er das Bild von diesem Italiener im Laden haben, wie könnte das gehen? War es dann ein Original oder eine der Kopien, von denen er gesprochen hatte. Gehörte es jemand aus der Region hier? Es gab in der Umgebung einige reiche Leute, die Kunstwerke sammelten und vielleicht Gefallen an einer entsprechenden Information haben könnten. Er schrieb sich den Namen del Sarto und den Titel des Bildes sicherheitshalber mal auf: »Johannes der Täufer«. Das zweite verschollene Bild hatte keinen Titel. Könnte aber auch interessant sein.

Luca war ständig in Geldnöten. Vielleicht hing ja tatsächlich das Bild von diesem del Sarto als Fälschung im Museum, wie Rizzo angedeutet hatte. Und als Original bei einem reichen Sammler hier. Er würde einen Versuch starten, einfach so, ins Blaue hinein. Mit ein wenig Dusel ließ sich damit etwas Geld verdienen, dachte er, bis er von einer Bestellung wieder in die Gegenwart zurückgeholt wurde.

»Due espressi, per favore!«

23. Juni 2016, Turin. Der Auftrag

Olivia Andreotti stand im Vorraum ihrer Kunstgalerie in der Via Roma in Turin und schaute versonnen zu einem der Panoramafenster hinaus auf die sonnenbeschienene Einkaufsstraße und die an diesem frühen Vormittag flanierenden Menschen.

Die Galerie nahm das Erdgeschoss des Eckhauses an der Kreuzung der Via Roma mit der Via Cavour ein. Eine der besten Lagen Turins, umgeben von zahlreichen Flagship-Stores der großen italienischen Modemarken.

Mit ihren sechsunddreißig Jahren war Olivia eine ausgesprochen attraktive Erscheinung. Dunkle Augen, blonde lange Haare, meist mit einer kunstvollen, genau gewollten Lässigkeit hochgesteckt, immer todschick in Schwarz gekleidet und stets auf irrwitzig hohen High-Heels unterwegs. Typische norditalienische Geschäftsfrau, sie strahlte Selbstbewusstsein und Erfolg aus, wenn sie sich auf Vernissagen und in den führenden Locations Turins sehen ließ. Wobei es auf ihrem Bankkonto konträr dazu ganz anders, nämlich tief rot aussah.

Die Kunstgalerie konnte auf eine lange Geschichte zurückblicken. Ihr Urgroßvater hatte sie bereits 1896 nach seinem Kunststudium und mehreren Auslandsaufenthalten in England und Frankreich gegründet. 1934 übernahm der Großvater Felipe das vor allem in den Zwanzigerjahren prosperierende Unternehmen und führte es bis 1975, als er es an seinen Sohn Alberto Andreotti übergab.

1980 kam die Tochter Olivia zur Welt und wurde von klein auf von den kunstorientierten Eltern und dem daraus entstehenden Society-Umfeld geprägt. Vor allem die Mutter tat alles dafür, dass Olivia schon als Kind mit der Kunst- und Künstlerszene um Turin und Mailand in Berührung kam. Sie stieg nach erfolgtem Studienabschluss in Kunstgeschichte und einer kurzen Tätigkeit bei Sothebys in London Ende 2010 als Prokuristin in die Galerie ein und musste wegen des Todes des Vaters schon ein gutes Jahr später die Firma übernehmen. Ihn hatte ein Herzinfarkt beim morgendlichen Jogging auf dem Corso Vittorio Emanuele II, einer der Prachtstraßen Turins, dahingerafft. Direkt vor der Enoteca Parola, einem der führenden Weinkeller Turins.

»Wenigstens ein stilvoller Abgang«, hatte seine Tochter Olivia bei der Beerdigung verlauten lassen.

Sie hatte ihren Vater gehasst. Er stand ihr im Weg. Böse Stimmen behaupteten sogar, sie hätte es verstanden, ihn erfolgreich in den Tod zu treiben. Nun, fünf Jahre später, stand sie mehr oder weniger vor einem Scherbenhaufen. Es war ihr gelungen, die über Jahrzehnte bei Kunden, Interessenten, Experten und Künstlern aufgebaute Seriosität in kürzester Zeit zu verspielen. Falsche Empfehlungen an Kunden, zwei peinliche Fälschungen, auf die sie und ihre Käufer hereingefallen waren, völlig überteuerte Vernissagen mit zweifelhaften Gästen, die soffen und kifften, aber nicht kauften, sowie ihr arrogantes persönliches Auftreten brachten die Galerie auf einen gefährlichen Weg nach unten. Olivia war sich im Klaren darüber, sollte nicht bald ein Wunder geschehen, wäre sie pleite. Ihre beiden Hausbanken signalisierten bereits massiven Unmut. Auch ihr Vermieter wurde langsam ungeduldig und forderte Mietrückstände ein. Sie saß auf Schulden in sechsstelliger Höhe. Bei Lieferanten, beim Finanzamt, bei zwei jungen Künstlerinnen. Bedingt durch ungewöhnlich hohe Außenstände und ausufernde Anwaltskosten, aber auch durch Chaos in der Buchführung, verbunden mit ihrem fehlenden Fingerspitzengefühl für interessante Nachwuchskünstler, die man aufbauen könnte.

»Es muss was passieren, diese Dreckschulden müssen weg!«, murmelte sie alles andere als damenhaft und ließ sich einen schnellen Espresso aus der Maschine.

Fünfzehn Minuten später holte sie ihren Wagen aus der Tiefgarage und fuhr auf die Autostrada Richtung Asti.

»Ich bin gegen zwölf Uhr da, schauen Sie, dass Sie dann auch wirklich fertig sind!«, hatte sie Umberto Rizzo, dem Restaurator in Castagnole am Telefon gestern Abend mitgeteilt.

Er musste bei einem Gemälde den alten Firnis entfernen, Farben auffrischen und Beschädigungen retuschieren. Heute wollten es die Kunden zurückhaben.

In Villanova d'Asti verließ sie die Autostrada und nahm die Provinzstraße nach Castagnole. An der Zahlstelle musste sie cash bezahlen, da sie die Abbuchungen des automatischen Telepass-Systems gestoppt hatte. Dass sie nicht direkt ohne anzuhalten durchfahren konnte, regte sie fürchterlich auf. Sie musste auf die verhasste Touristenspur. Mies gelaunt erreichte sie Castagnole. Den Wagen parkte sie etwas unterhalb der Kirche im Halteverbot, von wo es nur wenige Meter zu Rizzos Werkstatt waren.

»Signora Andreotti, benvenuto!«, begrüßte er sie.

»Ciao Rizzo! Bist du fertig mit dem Auftrag?«

Er nickte und wies auf die Werkstatttür.

»Kommen Sie rein, dann zeige ich es Ihnen!«

Olivia folgte ihm. Er tippte die Zahlenkombination in das Display ein und öffnete die Tür zum Tresorraum. Sie beobachtete ihn dabei. Drei-neun-eins-vier.

Das fertig restaurierte Gemälde präsentierte er wirksam im schönsten Licht. »Zufrieden? Es war sehr viel Aufwand daran, deshalb habe ich auch etwas länger ...«

»Der Preis war fest!«, entgegnete sie sofort.

»Ich weiß, und er bleibt auch fest«, knurrte Rizzo.

Die Galeristin beugte sich prüfend über das kleine Gemälde, Rizzo beobachtete sie unbemerkt. Nicht schlecht die Dame, dachte er sich, aber schlecht gelaunt.

»Ok, sieht nicht schlecht aus, ich denke, das wird passen«, meinte sie.

»Sehr schön, dann packe ich es jetzt ein. Einen kleinen Moment, bitte.«

Rizzo griff vorsichtig nach dem Kunstwerk und ging in den Nebenraum. Olivia Andreotti schaute sich suchend um, es war immer interessant zu wissen, an was diese Restauratoren gerade arbeiteten. Drei moderne Gemälde ignorierte sie, ein mittelgroßes Bild machte sie neugierig. Ein einfacher Landarbeiter, mit grobem Strich gemalt. An der rechten Bildkante war ein Stück eines anderen Motivs bereits freigelegt. Sie trat näher ran und beugte sich vor. Unter der groben Hand des Landarbeiters, der einen Stock hielt, erschienen drei feine, fast filigrane Finger, die sich um den Fuß eines teilweise sichtbaren Gegenstands krümmten. Eine völlig andere Malerei.

»Das kann nicht sein!«, flüsterte sie plötzlich total erregt und starrte, den Atem anhaltend, auf den Becher und die Finger.

Sie atmete mehrmals tief ein und aus, um sich wieder in Griff zu kriegen. Sie kannte dieses Bild, hatte es schon oft gesehen und kannte seine Geschichte. Olivia Andreotti wusste, wer es vor fünfhundert Jahren gemalt und dass es ihr eigener Urgroßvater höchstpersönlich gestohlen hatte. 1919, vor fast einem Jahrhundert.

Sie erschrak, ihr Herz raste, Schweiß trat ihr auf die Stirn. Sie hielt die Hand vor den Mund. Was soll das? Wie kann dieses Bild hierher kommen? Es hängt doch in Turin im Museum. Und was soll diese Übermalung? Warum? In Urgroßvaters Tagebuch war der Kunde verzeichnet, der es damals erworben hatte. Dieses Tagebuch hatte sie vor zwei Jahren in einem alten Sekretär gefunden. Seitdem wusste sie von dem damaligen Diebstahl. Giovanni, ihr Urgroßvater, hatte es zusammen mit einem anderen Bild aus der Sammlung der Savoyenkönige stehlen lassen und heimlich an einen reichen Sammler in Piemont verkauft. Der Diebstahl war in den Wirren der Nachkriegsjahre nie aufgeklärt worden, vor allem, nachdem es nur wenige Wochen später wieder im Museum aufgetaucht war. Und jetzt steht es hier bei Rizzo. Sie hatte das Gefühl, dass sich alles um sie herum drehte.

Wo kommt das jetzt so plötzlich her, wie kann das gehen, dachte sie, wurde aber von Rizzo unterbrochen, der unbemerkt aus dem Nebenraum kam.

»So, alles fertig, sie können es mitnehmen. Vielen Dank für den Auftrag, Rechnung folgt.«

Sie wandte sich schnell von dem Bild ab, Rizzo schien nichts bemerkt zu haben, und verabschiedete sich. Sie rannte fast aus dem Laden, Rizzo blickte ihr kopfschüttelnd nach.

Kurz vor Turin geriet Olivia Andreotti in einen der ständigen Staus am Ende der Autostrada. Während der ganzen Rückfahrt grübelte sie darüber nach, ob, und wenn ja, wie sie ihr plötzliches Wissen zu Geld machen könnte. Wobei sie sich selber unschlüssig war, was sie eigentlich wusste. Zur Polizei konnte sie nicht, warum sollte sie auch. Sie müsste in diesem Fall erklären, warum ausgerechnet sie ein vor hundert Jahren gestohlenes Bild identifizieren konnte, das aber eigentlich seit damals gar nicht mehr gestohlen war. Es war ja da. Im Museum! Vielleicht war es auch überhaupt nichts wert, es konnte sich doch nur um eine Fälschung handeln. Aber wer würde denn eine Kopie eines Gemäldes wieder übermalen, um es verschwinden und von einem teuren Restaurator wieder offenlegen zu lassen? Das machte alles überhaupt keinen Sinn. Ihr Kopf schwirrte. Sie versuchte, ihr logisches Denkvermögen zu nutzen und alle Punkte auf einen Nenner zu bekommen. Da hängt dieser jugendliche Johannes bei Rizzo in Castagnole. Ist übermalt und wird gerade untersucht und restauriert. Wo kommt das Bild her und ist es das Original oder die Kopie? Die Kopie zu übermalen macht keinen Sinn, also hängt diese im Museum.

»Das Gemälde bei Rizzo ist das Original«, sagte sie laut. »Wer lässt es offen legen?« Aber warum wurde es überhaupt übermalt? »Es ist zum Kotzen, was stimmt hier, und was nicht?«

Sie stellte sich diese Frage mehrmals, ohne Ergebnis. Was wäre zu tun? Mit dem Museum sprechen? Damit wäre jede Chance auf viel Geld vertan, selbst, wenn es doch das Original sein sollte, ein möglicher Finderlohn würde sich trotzdem nur bei ein paar Tausend Euro bewegen, maximal. Und die wären auch noch zu versteuern. Wäre das Bild erst in den letzten Jahren gestohlen worden, könnte sie natürlich auch mit der entsprechenden Versicherung verhandeln, da wäre mehr zu holen. Ob das Gemälde damals überhaupt versichert war und von wem ließ sich heute sicher nicht mehr ergründen. Sie erkannte, dass diese ganzen Überlegungen Blödsinn waren und zu nichts führten. Das Bild war ja schließlich da. Sogar doppelt. Entweder hatte der alte Andreotti damals eine Kopie machen lassen, diese an den Sammler verkauft und das Original wieder in die Galeria Sabauda gehängt, oder umgekehrt. Könnte das sein? Sollte das Bild bei Rizzo also doch das Original sein, wäre vielleicht etwas zu machen. Aber was?

Im Stau kam ihr der entscheidende Gedanke. Ich lasse es wieder klauen! Wie damals mein Urgroßvater. »Was einmal geht, funktioniert doch auch ein zweites Mal!«

Sie rief den Satz laut aus. Das wäre der Weg zur Sanierung. Die Galerie würde pleite gehen und sie würde mit der Kohle verschwinden. »Das ist es! Ich verkaufe es einfach noch einmal an den Sammler von damals!«

Im selben Moment kam ihr jedoch die Erkenntnis, dass der sicher schon seit fünfzig oder mehr Jahren tot war. Aber wer weiß, diese alten reichen Familien auf dem Lande ändern sich nie. Wenn der Käufer das Gemälde damals haben wollte, warum denn nicht auch die jetzige Generation, wenn man es schlau anstellt. Und wenn‘s nur wegen der Ehre ist.

»Ich bin clever!«, bestätigte sie sich selbst. Vor lauter Euphorie wäre sie fast auf den Wagen vor ihr geknallt, die Bremsen quietschten, es reichte gerade noch. Der Fahrer vor ihr tippte sich an die Stirn und zeigte den Vogel. Sie antwortete mit dem Mittelfinger. »Fuck you, Idiot!« Jetzt müsste sie nur noch jemanden finden, der das Bild stehlen konnte, aber auch das war zu schaffen. »Olivia, du kriegst das hin. Und dann schauen wir mal!« Sie konnte sich schon immer hervorragend motivieren und gab wieder Gas.

»Kommen Sie gegen halb eins, dann weiß ich mehr«, hatte Rizzo gestern Nachmittag vorgeschlagen. Silvia und ich waren ein paar Minuten zu früh dran, als wir vor dem Ladengeschäft des Restaurators ankamen. Es war ein herrlich sonniger Donnerstag und wir spazierten wie zwei jugendliche Verliebte Hand in Hand durch den Schlosspark, vorbei an der Dienststelle der Carabinieri, über die Piazza zu Rizzo. Carmelita, die Chefin, winkte aus ihrer Bar Centrale heraus, ich grüßte zurück. Silvia bedachte mich leicht schräg von der Seite mit einem lauernden Blick.

»Kaum da, hast du schon neue Freundinnen. Und was für welche, ganz schön sexy!«

»Was kann ich dafür, wenn die alle auf mich stehen? Schöne Männer sind rar!«

Ich versuchte, ihr tief in die Augen zu schauen, was misslang, da ich herzhaft lachen musste.

»Du nimmst mich einfach nicht ernst«, schmollte Silvia, drückte mir dann aber einen Kuss auf die Wange. »Aber du kriegst das zurück, das Leben wäre sonst zu fad.«

Arm in Arm gingen wir noch die paar Meter bis zu Rizzos Laden. Er öffnete freudestrahlend.

»Gute Nachrichten, Signori! Treten Sie ein!«

Er bat uns in seine Werkstatt, dort hatte er unser Gemälde auf einer Staffelei im besten Licht präsentiert.

»Signor Rizzo, wie schaut es aus? Wir beide sind schon ganz aufgeregt«, fragte Silvia auf Italienisch.

Rizzo lächelte still, ließ diese kurze Pause dramatisch perfekt wirken und trat neben die Staffelei. »Um es kurz zu machen, Andrea del Sarto, der jugendliche Johannes der Täufer, gemalt in Florenz um 1515, gestohlen aus der Sammlung der Könige von Savoyen in Turin. Hier ist er!«

Rizzo strahlte mit dem aufs Bild fallenden Licht um die Wette.

»Ich habe es sofort erkannt, als ich diese Stelle hier freigelegt hatte. Es ist eindeutig, und Ihr Laborspezialist hat es gut erkannt. Aber dieser Bereich hier«, er deutete auf das gut erkennbare Objekt, »diese Stelle ist der Beweis! Ich kann es mit feinsten Mikroquerschnitten in der Farbschicht nachweisen. Dieses Bild ist echt, es ist das Original.«

Rizzo warf sich regelrecht in Pose.

»Meine Herrschaften, das ist eine Sensation! In Turin, in der Galeria Sabauda, betrachten die Besucher seit dem Sommer 1919 eine Kopie, eine Fälschung. Allerdings perfekt gemacht, auch ich habe sie dort nicht als solche erkannt. Und vor hundert Jahren waren die Möglichkeiten, Gemälde zu analysieren, noch recht unterentwickelt. Es war auch kein großes Interesse vorhanden, dies zu tun. Und seitdem es wieder hängt, hat niemand bis heute Zweifel daran geäußert. Man darf der Galerie und ihren damaligen und heutigen Verantwortlichen keinen größeren Vorwurf machen. Aber es ist natürlich extrem peinlich.«

Rizzo war total euphorisch. »Signor Förster, Glückwunsch und Kompliment, dass Sie auf die geniale Idee mit der Übermalung gekommen sind. Wie konnten Sie das entdecken? Sind Sie Fachmann? Mit ein wenig Pech wäre dieses originale Kunstwerk auf ewig in einer alten Bruchbude verschwunden gewesen!«

Er drückte im Überschwang seiner Gefühle mit beiden Händen meine Hand und hielt sie fest, bis ich sie irgendwann wegzog.

»Das ist fantastisch, ich kann es kaum glauben, dass wir«, Silvia stockte und drehte sich zu mir her, »dass du das Bild gefunden hast. Ich wusste gar nicht, dass du so viel von Kunst verstehst.«

Rizzo schaute von Silvia zu mir und wieder zurück, er hatte nichts verstanden, weshalb Silvia noch schnell übersetzte. Er lobte mich noch einmal völlig begeistert. Mir war es langsam peinlich.

»Wisst ihr«, begann ich, »ich habe vor wenigen Jahren, als ich noch meine Firma hatte, bei der Entwicklung eines Computerspiels mitgewirkt, das in der Renaissancezeit spielte. Du konntest damit Städte und Paläste aufbauen, Armeen aufstellen, Handel und Handwerk betreiben, aber auch die Kunst spielte eine große Rolle. Es war möglich, in die Rolle großer Künstler wie Michelangelo, zu schlüpfen. Das Spiel war nicht nur äußerst unterhaltsam, sondern auch sehr lehrreich. Daher stammen meine oberflächlichen Kenntnisse über die Malerei der Renaissance. Und deshalb war mir der Gegensatz zwischen dem überwiegend groben Malstil mit dem pastosen Farbauftrag und den wenigen glatten, feinen Bereichen sowie die Positionierung und Darstellung der Figur aufgefallen, die eben typisch für diese Zeit war.«

Silvia übersetzte alles für Rizzo, der interessiert zugehört hatte, obwohl er nichts verstand. Nur bei dem Namen Michelangelo nickte er begeistert.

»Signor Rizzo, wie gehen wir jetzt vor? Wie komme ich an das heutige Museum ran, haben Sie da Verbindungen?«

Rizzo schüttelte den Kopf. »Nein, nicht direkt, nur über Galeristen. Aber«, er kratzte sich etwas linkisch am Kopf. »Wenn es Ihnen recht ist, würde ich das Bild gerne noch hierbehalten.«

Silvia und ich schauten ihn fragend an.

»Ich möchte es Ihnen erklären. Für mich ist dieses Gemälde der Höhepunkt meiner bisherigen Arbeit. Ich habe schon viele wichtige Werke bearbeitet, aber noch keines in dieser Größenordnung, von seiner kulturellen Bedeutung her. Ich würde den Museumsverantwortlichen gerne zeigen, dass ...«

Silvia fiel ihm ins Wort. »Dass Sie es können und gerne den Auftrag hätten!«

Rizzo nickte angespannt. »Sie sehen das richtig, Signora. Die Geschäfte sind schwierig.«

Er blickte von Silvia auf mich. »Was meinen Sie?«

Ich überlegte. Es könnte ja nichts schaden, wenn er noch einige Bereiche freilegen würde. Und ich selber konnte das Bild ohnehin nicht sicher aufbewahren.

»Signor Rizzo, wir machen das so, das entscheide ich jetzt. Das Bild bleibt bei Ihnen, sie arbeiten daran weiter und versuchen, für mich einen Kontakt mit dem Museum herzustellen. Im Übrigen ist das Bild in Ihrem Tresor sicher. Wäre das in Ihrem Sinne?«

»Selbstverständlich, Signor Förster, ich danke für Ihr Vertrauen. Und eines ist natürlich selbstverständlich.«

Er breitete die Arme aus. »Meine weitere Arbeit kostet Sie nichts.« Er lächelte verschwörerisch. »Das ist mein Angebot ans Museum.«

Ich bedankte mich, wir schauten beide noch einmal ein paar Sekunden auf ›unser‹ Bild und verließen, einen glücklich dreinschauenden Rizzo zurücklassend, die Werkstatt.

»Jetzt will ich ein Glas Prosecco haben zur Feier des Tages«, forderte Silvia.

»Gute Idee, auf zur Bar Centrale.«

Carmelita erwartete uns schon. Sie war im Gespräch mit einem älteren Mann, wandte sich aber sofort uns zu.

»Sie hatten einen schönen Mittag, das sehe ich, Sie und Ihre sympathische Begleiterin.« Sprach's und hatte in diesem kurzen Moment Silvia bereits von oben bis unten komplett durchleuchtet, quasi nackig gemacht. Umgekehrt wahrscheinlich genauso. Ich stellte Silvia vor, beide lächelten bezaubernd. Ob ehrlich? Das erschließt sich für dich als Mann nie.

»Due prosecchi, per favore!«, bestellte Silvia.

Carmelita servierte sie uns selbst und schwenkte beim Weggehen ihren ausladenden Hintern, der in einer knallengen Hose mit rot, gelb, blauem Blumenmuster steckte.

»Dir fallen gleich die Augen raus, mein Schatz!« Silvia lachte herzhaft.

»Du weißt doch, ich liebe Blumenwiesen!«, antwortete ich nur. »Und nach dem Prosecco wird wieder gearbeitet!«

Wir stießen mit den Gläsern an, unser Tischnachbar nickte uns freundlich zu.

»Zum Wohl!«

Ich schaute ihn überrascht an. »Sie sprechen deutsch?«

»Nicht mehr so gut wie früher, ich war vierzig Jahre Deutschlehrer am Gymnasium in Alba. Aber wenn man nicht viel spricht, verliert man eine Sprache im Laufe der Zeit. Sie sind die Freunde des neuen Hausbesitzers in San Pietro?«

Silvia lachte. »Das hat sich inzwischen ja schon überall herumgesprochen.«

Der alte Mann lächelte. »Ach, wissen Sie, alle haben die feindselige Begrüßung«, er stockte kurz, »das Wort muss man ja wohl in solche Zeichen setzen, äh ...«

»Anführungszeichen.«

»Ja, Anführungszeichen setzen. Es ist manchmal schwierig auf dem Lande. Die Menschen sind eigentlich nicht schlecht, aber reserviert gegenüber Fremden, solange sie nicht nur als Touristen ihr Geld hier lassen und wieder verschwinden. Und mit diesem alten Verbrechen ist das vielleicht auch zu verstehen. Wobei«, er schaute uns an, »ich das nicht gut heißen kann.«

»Vielleicht ist es für die betroffene Familie einfach schwierig, ansehen zu müssen, wie hier plötzlich ein Nachfahre des damaligen möglichen Täters auftaucht«, warf Silvia ein.

Er griff zu seinem Weinglas und nahm einen Schluck.

»Ich trinke immer vormittags ein Glas, das hält mich fit. Das ist wie Homöopathie, schmeckt aber besser. Man muss daran glauben.« Er setzte das Glas wieder vorsichtig ab, machte eine kurze Pause zum Luft holen, dann sprach er weiter.

»Sie sehen das richtig. Ich habe die Ereignisse in dieser Zeit in den Zwanziger Jahren auch nur aus Erzählungen erlebt. Es gab damals dauernde Animositäten unter manchen Familien. Bis heute weiß niemand, wodurch die eigentlich entstanden sind, das war einfach so. Man nahm es hin. Politik, Neid, Religion? Und dann kommt noch so ein Verbrechen dazu, das ein Dorf bewegt. Das hat viele Probleme ausgelöst, die noch in meiner Zeit als Lehrer immer wieder aufbrachen. Aber vor allem nach dem Ersten Weltkrieg war die Situation hier nicht einfach. Viele Männer waren gefallen, es gab viel Armut und es gab viel Neid untereinander. Viele halfen sich gegenseitig, aber manche wurden auch ausgegrenzt. Wegen der Politik, wie immer! Auch die Kirche hinterließ in dieser Zeit keinen guten Eindruck.«

Er sprach diese Sätze voller Verachtung aus.

»Wissen Sie, da sind quer durch Familien Feindschaften entstanden zwischen Linken und Rechten, Kommunisten und Faschisten. Nachbarn, die zeitlebens friedlich miteinander gelebt und gearbeitet haben, waren plötzlich spinnefeind. Leute wurden denunziert. Das war fast wie bei den Hexenverfolgungen im Mittelalter. Keiner konnte sich sicher sein, ob nicht im Morgengrauen die Carabinieri vor der Tür standen. Es war fast so wie später zum Ende des zweiten Krieges, als ich klein war.«

Er trank erneut einen Schluck, setzte das Glas ab, schaute uns an und stand mühsam auf.

»Ich möchte Sie jetzt aber nicht mehr mit meinen alten Geschichten löchern. Ich muss jetzt nach Hause gehen, in casa, sonst bekomme ich Ärger mit meiner Frau, wenn ich nicht pünktlich aus der Bar zurückkomme. Ich wünsche Ihnen, dass alles gut geht und Sie das Haus wieder aufbauen können. Übrigens wurde der mögliche Mord niemals bewiesen. Deshalb reden die Behörden auch nicht gerne darüber, ich glaube, es ist ihnen auch heute noch peinlich. Arrivederci, buona giornata!«

Silvia reichte ihm die Hand, ich schloss mich an.

»Signore, vielen Dank für diese Geschichte. Sie macht uns manches klarer. Und alles Gute für Sie. Auguri!«

Freundlich lächelnd verabschiedete er sich noch von der Wirtin und humpelte langsam über die Piazza.

»Un uomo molto gentile!«, meinte Carmelita, »ein freundlicher Mann.«

Am Vormittag hatte ich Kalle in sein Haus gefahren, er wollte anfangen, Gerümpel im Garten auf einen Haufen zusammen zu tragen, ich sollte später einen Container bestellen. Morgens hatte Jacek angerufen und nachgefragt, wie die Sache läuft. Ich kriegte nur am Rande mit, dass Kalle davon sprach, die Hütte sobald wie möglich an den Erstbesten zu verscherbeln. Sie war einfach nicht sein Ding. Deshalb war ich überrascht, als er heute Morgen unbedingt im Haus weiterarbeiten wollte. Auch wenn man ihn gut kannte, konnte man nicht in ihn rein sehen. Kalle war undurchschaubar. Was hatte ich alles mit ihm in den beiden Jahren, seit wir uns kannten, gesprochen. Ich habe ihm mein ganzes Leben ausgeschüttet, habe mich bei ihm ausgeheult, ihn praktisch als Psychiater missbraucht. Das Eigenartige war, dass ich ihn sehr, sehr gut kannte, obwohl ich nicht viel über ihn wusste. Seine Familie, seine Vergangenheit blieb immer im Dunklen. Ich hatte bis jetzt auch nie den Drang, mehr davon zu erfahren. Kalle war da. Kalle war Vertrauen. Das reichte.

Er bat mich während der kurzen Fahrt, bald nach einem Makler zu suchen, da er am Wochenende wieder nach Hause fahren wolle.

Silvia musste auch wieder zurück nach Stuttgart. Sie hatte zwar zwischendurch immer mal an einem Artikel über die Entwicklung des Onlinehandels mit Lebensmitteln für ein Wirtschaftsmagazin gearbeitet, sie müsste aber in der kommenden Woche wieder Termine wahrnehmen, wie sie sagte. Ich informierte deshalb Chiara, unsere Pensionswirtin, dass wir am Sonntag früh abreisen würden.

»Ist schon alles erledigt mit dem Haus?«, fragte sie.

»Ich suche noch einen Makler, der den Verkauf abwickeln soll, aber sonst ist alles ok. Und es war sehr schön bei Ihnen, aber leider, jetzt müssen wir nach Deutschland zurück.«

Wie man sich täuschen kann, wusste ich zu diesem Zeitpunkt noch nicht.

»Was wollen Sie von mir?«, fragte der Mann am Telefon. »Woher haben Sie überhaupt diese Nummer?«

Eine unsympathische Stimme, fand Olivia Andreotti.

»Tut nichts zur Sache. Wollen Sie einen Job für mich machen?«

Es dauerte eine ganze Zeitlang, bis der Mann antwortete.

»Was für ein Job?«

»Sie sollen etwas wiederbeschaffen, das mir gehört.«

»Und das der andere nicht hergeben will oder nicht wissen soll.«

»Genau!«

Olivia saß mit übereinandergeschlagenen Beinen in einem der sündhaft teuren Designersessel in ihrer Galerie und starrte auf eine mindestens zwei mal drei Meter große, abstrakte Grafik. In eine abwechselnd feuerrote und pinkfarbene Fläche waren mit schnellen Pinselstrichen schwarze und weiße Strichmännchen eingesetzt. Sie hielt den Künstler für überbewertet und fand das Motiv scheußlich, aber ein Kunde wollte es unbedingt haben. Zur Kapitalanlage meinte der Kunde, Topmanager im Vorstand eines internationalen Großbetriebes in Turin.

»Wissen Sie, man muss antizyklisch investieren, wenn man eine attraktive Rendite haben will«, hatte er ihr geflüstert, als er ihr an die Wäsche wollte.

Schwätzer, dachte sie und rauchte eine Zigarette, die in einer eleganten silbernen Zigarettenspitze steckte. Selbst bei der Vorbereitung einer Straftat blieb sie stilvoll.

Der Mann am Telefon antwortete nicht sofort.

»Hallo?«

»Was bringt's mir?«, fragte er.

Olivia hatte im Vorfeld genau überschlagen, was sie sich in ihrer angespannten Situation für die Ausführung des geplanten Bilderdiebstahls leisten konnte.

»Fünftausend.«

»Vergessen Sie's!« Er legte auf.

»Scheiße!«, rief Andreotti in die Stille der Galerie hinein und wählte erneut. Der Mann nahm das Gespräch an, sagte jedoch nichts.

»Zehn!«

»Wie schwierig ist das Ganze?«

»Einfach! Ich erkläre es Ihnen.«

»Ok, nicht hier am Telefon. Kennen Sie die Bar Happy an der Piazza Solferino?«

Olivia bejahte. »Gut, um siebzehn Uhr. Wie erkenne ich Sie?«

Er lachte. »Ich erkenne Sie!«

23. Juni 2016, Castagnole. Die Idee

Am Mittwoch in der Bar Centrale hatte ihn der angetrunkene Rizzo auf die Idee gebracht: Mit diesem ominösen Bild ließ sich vielleicht etwas Kohle verdienen. Luca hatte seitdem an seinem weiteren Vorgehen getüftelt. Er begriff zwar nicht, was mit diesem Bild los war, er kannte jedoch die teure Sammelleidenschaft des alten Enrico Morsini. Von Roberto, dessen Sohn, wusste Luca, dass der Vater Bilder und Statuen sammelte und sich ständig in seinem abgeschlossenen Keller, in den außer ihm keiner rein durfte, davor hockte.

»Der Alte spinnt«, meinte Roberto abfällig, »immer wieder verschwindet er in seinen Geheimkeller und kommt Stunden später mit glänzenden Augen zurück. Als hätte er einen geblasen gekriegt.«

Luca war entschlossen, einfach mal einen Ballon loszulassen, zu sehen, was passiert. Der Barkeeper versorgte Roberto Morsini regelmäßig mit Koks. Der junge Morsini war drogenabhängig und Luca lieferte alles, was er gerne haben wollte und brauchte.

Die Morsinis waren eine uralte, noble und vor allem reiche Familie in Castagnole. Ihre Villa lag am schönsten Fleck des Ortes mit einer grandiosen Aussicht über die Weinberge und die Hügel der Langhe. Man sprach nur tief beeindruckt und hochachtungsvoll von ›La famiglia‹. Hinter vorgehaltener Hand konnte man allerdings auch mal negative Äußerungen hören. Vor allem über Roberto.

Enrico Morsini zeigte sich stets gönnerhaft und galt als sehr seriös. Er war der Hauptsponsor des örtlichen Fußballvereins und spendete immer mal wieder sehr großzügig für die Kirche, den

Kindergarten und soziale Projekte. Er arbeitete auch mit seinen 78 Jahren noch immer als Wirtschaftsanwalt für einige bedeutende Unternehmen weit über die Region hinaus. Fiat, ein Mailänder Modekonzern und Alitalia klopften immer wieder für besondere Aufgaben an der Pforte der Villa an. Verheiratet war Enrico mit der Dottoressa Elisabetha Franchini, einer trotz ihrer siebzig Jahre eindrucksvollen Erscheinung. Sie war Universitätsprofessorin gewesen und hielt sich in den letzten Jahren sehr im Hintergrund. Nur bei ganz wichtigen Anlässen in der Gemeinde zeigte sie sich mal mit ihrem Mann. Die Morsinis führten eine Ehe ohne Skandale.

Nur Roberto, einziger Sohn und schwarzes Schaf der Familie, schien mit seinen 47 Jahren immer noch nicht erwachsen geworden zu sein. Offiziell war er als Unternehmensberater tätig, verwandte jedoch weit mehr Zeit und Engagement auf seine Männerbekanntschaften und seine Sportwagen, einen Ferrari und einen Jaguar F-Type. Aus seiner Homosexualität hatte er noch nie ein großes Aufheben gemacht.

»Warum soll ich das geheim halten? Mit Weibern habe ich nichts am Hut, ein gut aussehender Mann ist da was ganz anderes. Ich bin schwul, na und? Sex and drugs and alcohol!«

Er hatte Luca dabei gleichzeitig angemacht, der konnte sich kaum erwehren.

Als sein iPhone piepte, lümmelte sich Roberto gerade mit einem Glas Martini bianco in der Hand in einem der Loungesessel auf der überdimensionierten Terrasse mit grandiosem Blick auf die Weinberge und die Hügel der Langhe hinter dem Tal des Tanaro. Er wartete sehnsüchtig auf seinen neuesten Geliebten, einen blutjungen Aristokraten aus Barolo, und spielte erwartungsvoll mit goldenen, mit rosa Pelz verzierten Handfesseln.

»Mein Hündchen« nannte er ihn. Der Junge kam aus einem reichen Elternhaus, war sexy, machte alles mit und versorgte Roberto neben seinem ›Hauslieferanten‹ Luca immer wieder mit erstklassigem Stoff. Er stellte das Glas auf die breite Armlehne des Sessels, griff nach seinem Smartphone und scrollte über das Display. Eine Mail von Luca. Er tippte sie an.

Hi Roberto, ich habe etwas Interessantes für Dich. Heute Abend um 8 am Parkplatz vor Canove?

Was will denn der? Vielleicht neuen Koks? Um fünf wollte sein Schatz kommen, da hätten sie zweieinhalb Stunden Zeit und dann müsste der eben kurz warten.

Ok, komme!, schrieb er zurück.

Nach zwei Stunden im wahrsten Sinne atemberaubendem Sex mit einer Latexmaske über dem Kopf führte er seinen Gespielen am Hundehalsband zurück in sein Wohnzimmer.

»Komm mein Hündchen und schaue dir solange einen Porno an, bis ich zurück bin! Damit du nachher so richtig heiß bist!«

Er setzte ihn vor den riesigen Flachbildfernseher und gab ihm einen Klaps auf den Hintern. Kurz darauf hatte er ernsthaft Mühe, die fünfhundert PS des Jaguars auf der welligen, kurvenreichen Provinzstraße in Schach zu halten, dann bog er am Ortsrand des kleinen Industriestädtchens Canove, direkt an der Autostrada von Asti nach Alba gelegen, auf den Parkplatz ein. Luca stand vor seinem alten Fiat und winkte.

»Ciao Luca, was hast du so Interessantes, dass du mich von meinem Geliebten wegreißt?«

In den folgenden zehn Minuten erläuterte Luca seine Information und die Idee, die daraus entstand.

»Du weißt, Roberto, ich helfe euch gerne, wenn ich kann, und vielleicht ist das für deinen Vater …«

»Red nicht so drum herum, du willst Kohle!«

»Ja, von nichts kommt nichts, das weißt du ja auch«, rechtfertigte sich Luca.

»Wir werden schon klarkommen miteinander, falls sich mein Alter dafür interessiert. Ich melde mich, ciao! Und Rizzo hat das Bild auch tatsächlich? Sicher?«

Luca nickte mehrfach, obwohl er sich selbst unsicher war, das Bild nie gesehen und im Grunde genommen keine Ahnung hatte.

»Ja, er hat es mir selbst gesagt. Garantiert!«

»Ich hoffe es sehr für dich!«

Der bullige Achtzylinder des Jaguars sprang mit wildem Brüllen an und Roberto verließ den Parkplatz.

»So, mein Hündchen, jetzt ist dein Herrchen gleich wieder zurück und für den Herrn Papa hat er auch etwas!«

Hoffentlich hat dieser Barkeeper das Ganze richtig verstanden und es handelt sich tatsächlich um das aus der Villa gestohlene Bild von 1924, dachte er. Wegen diesem Bild gab es ja anscheinend sogar einen Mord, damals in Castagnole, sein Vater hatte ihm als Kind die alten Schauergeschichten erzählt. Er konnte sich jedoch nicht mehr genau erinnern. Er wusste nur, dass der Diebstahl des Bildes durch alle Generationen bis heute die Familie Morsini belastete. Außer ihm, es ging ihm am Arsch vorbei.

»Und hoffentlich sagt der Alte ja, bevor er stirbt.«

Roberto fing zu rechnen an, was wäre dem Alten das Bild wert? Und wie käme er dran.

»Nun ja, eines nach dem anderen.«

Zurück in der Villa tätschelte er den wartenden Geliebten, der sich in ein transparentes Nichts von Hausmantel gehüllt hatte und Roberto aus glasigen Augen anblickte.

»Ich muss noch schnell etwas erledigen, bin gleich zurück.«

Kurz darauf klopfte er an der Tür zum Arbeitszimmer seines Vaters im Erdgeschoss der Villa. Enrico Morsini saß mit dem Rücken zur Tür an seinem riesigen Schreibtisch und blickte durch die raumhohe Fensterfront in den Garten und auf die Hügel.

»Vater, entschuldige die Störung, ich würde dich gerne kurz sprechen.«

Der Vater drehte sich zu Roberto um. »Oh, mein Sohn braucht Geld! Kommt dich dein neuer Schwarm zu teuer?«, meinte er sarkastisch.

Idiot, dachte Roberto, blieb aber ganz entspannt.

»Nein, Vater, ich habe eine vielleicht sehr interessante Information für dich. Etwas, das dir gefallen könnte.«

»Dann rede, aber mache es kurz, ich habe zu arbeiten.«

Roberto setzte sich auf einen der beiden Stühle vor dem Schreibtisch und fasste Lucas Informationen zusammen.

»Es könnte sich also um eine extrem wertvolle Gelegenheit handeln.«

Enrico Morsini hatte mit zunehmendem Interesse zugehört. »Del Sarto, sagst du? 1919?«

»Ja, das hat mein Kontaktmann erwähnt. Eines der beiden Bilder wäre ein del Sarto.«

Der alte Morsini schob den Kopf nach vorne. »Was ist das für ein Kontaktmann? Ein windiger Galerist aus deinem unseriösen Bekanntenkreis?«

»Nein, ein seriöser Geschäftsmann aus Turin.«

»Was will er?«

Roberto zögerte etwas. »Ich kenne mich ja im Gegensatz zu dir nicht so mit dem Preis gestohlener Kunstwerke aus, es geht um dreihunderttausend. Dollar.«

Enrico lächelte kaum erkennbar. Ein Bild von Andrea del Sarto, gestohlen 1919 in Turin? Könnte das tatsächlich sein? Er konnte es kaum glauben. Ein Zufall? Nein, da wusste jemand genau Bescheid über die Sache von damals. Als sein Großvater das Gemälde aus einem Diebstahl erworben hatte. Und die Kopie oder das Original plötzlich wieder im Museum hing. Laut den Überlieferungen seines Vaters hätte der Galerist in Turin damals hoch und heilig geschworen, dass Morsini das Original erworben hätte und die Kopie für das Museum gemacht worden wäre. Sollte das jetzt eine Erpressung werden? Aber wie? Strafrechtlich war das Ganze seit ewigen

Zeiten verjährt. Käme es allerdings heraus, wären das Bild und seine Reputation weg. Und vor allem, wer könnte dieses Bild haben? Es war schließlich vor fast hundert Jahren aus der Villa entwendet worden. Was für Leute stecken dahinter? Fragen über Fragen.

Er kniff die Augen zusammen und schaute Roberto durchdringend an. Die Gier nach dem Bild übertrumpfte sein sonst so rationales Denkvermögen.

»Ich sage dir jetzt eines. Bringe mir das Bild, wenn es tatsächlich dasjenige ist, behalte ich es. Für zweihundert!«

Roberto lachte. »Vater, fange nicht mit Handeln an, der Preis steht. Sonst geht das Bild woanders hin.«

Der Alte stand mühselig von seinem Sessel auf.

»Jetzt will ich dir mal etwas sagen, mein Sohn. Unter Druck setzen lasse ich mich von dir nicht. Ich werde nicht mehr lange leben, danach kriegst du sowieso alles, wenn ich es nicht noch verhindern kann. Deshalb kann es dir doch gleich sein, was du jetzt dafür bekommst. Aber bis ich unter der Erde liege, musst du dich leider gedulden.«

Er schaute auf den Schreibtisch. »Zweihundert! Oder lasse es bleiben. Und jetzt raus, geh zu deinem Jungchen!«

Roberto drehte sich um, ging zur Tür, verließ grußlos den Raum und rieb sich draußen die Hände. »Der Alte ist geil drauf, ich wusste es!«

Dieser ließ sich auf seinen Schreibtischsessel fallen und stützte den Kopf in beide Fäuste. Sollte das wirklich wahr werden? Dass der Jugendliche Johannes, dieses wunderschöne Werk del Sartos wieder zurückkäme? Hier her in die Familie Morsini? Zu ihm. Nach fast hundert Jahren? Aber was war mit diesem Bild seither geschehen, warum tauchte es jetzt plötzlich auf? Warum sollte es bei Rizzo sein? Zur Restaurierung? Und wer wäre der Auftraggeber? Enrico schloss die Augen, lehnte sich zurück und träumte. So blieb er einige Minuten regungslos sitzen. Dann erhob er sich keuchend und stieg die Treppe in die Cantina hinab.

Er tippte die Kombination in das Display vor der Tür ein und trat in sein ganz eigenes Refugium. Seine Gemälde. Gemälde, die er vor der Welt verstecken musste. Gemälde, die nur er sehen durfte. Kein anderer. Er war süchtig nach dieser Welt im Untergrund. An der Stirnwand war Platz.

»Dort wirst du hängen, wenn du es tatsächlich bist.«

Er schloss die Tür und setzte sich in die Mitte des klimatisierten, abgeschlossenen Raumes.

»Lang werde ich euch nicht mehr anschauen können, ihr Bilder. Schade.«

»Aufstehen, Gianluca! Wir wollen mit dir reden!«

Maresciallo Martinelli schloss die Gittertür einer der beiden Zellen im Untergeschoss des Palazzos auf und winkte Gianluca Moretti heraus.

»Scheiße Mann, jetzt hocke ich schon seit Tagen in diesem Loch und nichts passiert. Ich will hier endlich raus!«

Martinelli lachte. »Dann rede endlich und gestehe den Mist, den du angerichtet hast!«

Moretti winkte ab. »Dürft Ihr das denn überhaupt, mich hier schmoren zu lassen? Und wo bleibt mein Anwalt? Scheiße, Mann!«

Der Maresciallo packte ihn am Arm und sie stiegen die Treppe zum Büro hoch.

»Ich habe es deiner Mutter gesagt, die wollte sich darum kümmern, wir haben aber nichts von ihr gehört. Wir warten auch.«

»Verdammte alte Kuh! Die will mich loswerden!«, heulte Gianluca los.

»Kein Wunder«, meinte der immer noch lachende Martinelli. »Und jetzt hier rein! Setz dich, der Capitano kommt gleich!«

Er schob Moretti ins Vernehmungszimmer und knallte die Tür zu.

»Capitano, er wartet«, rief er seinem Chef zu.

»Na, dann wollen wir mal sehen«, meinte dieser. »Wir sollten ihn langsam wieder laufen lassen, jetzt hockt er schon drei Tage hier. Könnte Ärger geben!«

Martinelli widersprach seinem Boss nur ungern, aber jetzt traute er sich.

»Capitano, der Dottore bei der Staatsanwaltschaft hat's doch genehmigt. Fluchtgefahr.«

»Ja, ja, trotzdem«, rief Capitano Fontana zurück und war im Vernehmungsraum verschwunden. Dort ließ er sich geräuschvoll in einen der Plastikstühle fallen, die seit Jahren ausgetauscht werden sollten. Aber die hohen Herren in Alba und vor allem in Rom sind ja mit sich selbst beschäftigt, hatte er erst letzte Woche seiner Frau kundgetan. »Italien ist ein durch und durch korruptes Land mit einer unfähigen Regierung und viel zu vielen Sesselfurzern in den Ämtern, die schon mittags nicht mehr im Büro gesehen werden!« Obwohl er selber politisch links orientiert war, wusste er ganz genau, dass sich auch mit einer Regierung der Linken daran nie etwas ändern würde.

Er schaute gedankenverloren auf seinen Gefangenen. Erst als der sich räusperte und ihn fragend anblickte, kehrte Fontana in die Wirklichkeit zurück und kramte in seinen Papieren. War uninteressant, sah aber wichtig aus.

»Gianluca, jetzt sag endlich die Wahrheit! Dann lasse ich dich auch laufen.«

Moretti saß mit verschränkten Armen teilnahmslos auf seinem Stuhl. Er schaute von unten rauf den Capitano an.

»Chef, die Alte verscheißert mich! Die will mich loshaben, ich bleibe lieber hier! Die hat schon mal gesagt, sie bringt mich um. Und jetzt holt sie keinen Anwalt! Das passt doch alles.«

Fontana lachte. »Du kannst nicht hierbleiben, spätestens am Montag fliegst du hier raus, ob du den Anschlag zugibst oder nicht. Ich habe jetzt bald die Schnauze voll von dir. Ich möchte endlich den Deutschen sagen können, dass der Fall aufgeklärt ist, verstehst du das?«

Gianluca nickte. »Ich weiß, es war Quatsch. Der Deutsche kann ja nichts dafür, dass sein Großvater meinen ermordet hat.«

»Wenn überhaupt, dann nur totgeschlagen! Was nie bewiesen wurde, mein Freund! Also, du warst es?« Fontana wollte jetzt endlich die Sache vom Tisch haben.

»Ja, verdammt. Ich wollte denen nur einen Schrecken einjagen. Konnte ja nicht denken, dass die Kiste fast in die Luft fliegt und auseinanderfällt. Made in Germany, dass ich nicht lache, da ist jeder Fiat besser. Das ist nur ein ganz klitzekleines Bömbchen gewesen. Ein paar zusammengekoppelte Feuerwerkskörper und ein Zünder. Ein wenig nachgeholfen eben. Mehr nicht. Ich schwör's, Capitano!«

»Ich glaube es nicht. Wie blöd kann ein Mensch denn sein? Wenn das anders gelaufen und der Dicke mit dabei gewesen wäre, hätten wir jetzt vielleicht einen Verletzten, Du Idiot!« Fontana war richtig wütend. »Für diesen Scheiß behalte ich Dich noch ein Weilchen.«

»Danke Capitano. Ich entschuldige mich. Und bitte, helfen Sie mir gegen meine Mutter.« Gianluca zögerte kurz. »Zur Not, wenn's sein muss, rede ich auch mit diesen Deutschen! Es ist doch immer ein Mist mit denen. Wie beim Fußball! Warum mussten die auch hier her kommen? Fuck!«

Gianluca roch geradezu nach Angst vor seiner Mutter, er ließ nervös seine Finger knacken. Fontana funkelte ihn an.

»Lass das! Der eine hat eben das Haus geerbt, basta. Kapiere das endlich! Und jetzt marschierst du wieder brav in deine Zelle. Brauchst du was Neues zum Lesen oder kannst du nur Bilder anschauen?«

»Habt Ihr den Playboy da oder ein bisschen Porno?« Moretti lachte sich halb tot und folgte dem Capitano, der ihn kopfschüttelnd wieder einschloss.

»Übrigens, Capitano, gebt bitte auch meinem Boss Bescheid, dass ich nächste Woche wieder komme.«

»Habe ich schon!«

Fontana hatte an diesem Donnerstagnachmittag früher Dienstschluss, schaute nur noch kurz einige Unterlagen auf dem Schreibtisch durch und verabschiedete sich von seinen Kollegen.

»Ciao, ich gehe jetzt in meinen Garten. Und lasst mich bloß in Ruhe. Anruf nur, wenn was ganz Wichtiges anliegt!«

Giacomo Fontana war im Grunde seines Herzens eine Seele von Mensch, was er allerdings durch sein oft ruppiges Auftreten sehr gut versteckte. Politisch stand er links, er fand sogar die eine oder andere Forderung der immer stärker werdenden Cinque Stelle-Partei mit ihrem Chef Grillo ganz passabel, hielt aber in dieser Hinsicht die Klappe. Geboren und aufgewachsen war er im hintersten Friaul, am Rande der Berge. Man sagte den Menschen in dieser Gegend eine gewisse Sturheit nach. Bei Fontana stimmte diese Einschätzung absolut. Wenn er sich in etwas verbissen oder in den Kopf gesetzt hatte, zog er es auch durch. Seine Mitarbeiter standen voll und ganz hinter ihm.

»Wenn man sich mal an seine Launen gewöhnt hat, geht's ganz gut«, hatte Maresciallo Martinelli mal auf eine Frage nach dem Betriebsklima geantwortet. »Die Mannschaft mag ihn und weiß, was sie und Castagnole an ihm hat.«

24. Juni 2016, Castagnole. Der Besuch

Die dunkel mit Jogginghose und Kapuzensweater bekleidete kräftige Person, die sich Freitagabend gegen zweiundzwanzig Uhr, kurz nach Einbruch der Dunkelheit durch den schmalen Durchlass zwischen den beiden Stadthäusern zum Hintereingang der Werkstatt des Restaurators Rizzo schlich, kannte sich anscheinend trotz der Schwärze der Nacht sehr genau aus. Sie hatte den Zeitpunkt des Eindringens perfekt gewählt, da dunkle Wolkenbänke jegliches Mond- oder Sternenlicht abhielten. Sie stieg zielsicher drei Stufen hoch, schaute sich ein paar Mal um und machte sich an der mit einem simplen Sicherheitsschloss versehenen Tür zu schaffen. Mit einem kaum hörbaren Knacken gab dieses kurz darauf nach, die Tür schwang auf und die Person verschwand im Inneren. Ohne zu zögern durchquerte sie den Raum, ein Lager, erreichte den Ladenraum und tippte die Kombination in das Display zum Tresorraum. Drei-neun-eins-vier. Niemand bemerkte etwas. Dasselbe nur wenige Minuten später, als sie das Gebäude auf dem gleichen Wege vorsichtig wieder verließ, diesmal jedoch mit einem nachlässig in Packpapier eingeschlagenen flachen Gegenstand unter dem Arm.

Der ganze Ort Castagnole wirkte um diese Zeit nicht nur wie ausgestorben, er war es auch. Im Sommer war man es in Italien gewohnt, sehr spät zu Abend zu essen. Zu Hause oder im Lokal. Kein Wunder, dass die Person auf ihrem Weg keinem Menschen begegnete. Kurz darauf verließ ein grauer Kleinwagen unbemerkt den Parkplatz unterhalb der Kirche in Richtung Turin.

Der Fahrer tippte eine Nummer in sein Handy. »Ich hab‘s. Wohin?«

»Zu mir!«

Roberto Morsini wusste seit einer Stunde, was zu tun war.

»Mein Hündchen, dein Roberto hat beim Sex die besten Ideen.«

Der junge Mann lächelte selig, reichlich berauscht von einigen Linien, die sie sich gemeinsam reingezogen hatten.

»Was meinst du damit?«

»Du wirst es bald erfahren, mein Lieber. Aber jetzt muss ich alleine sein, du kannst nebenan schlafen. Ciao Bello!«

Roberto schob den nackten jungen Mann zur Tür raus und schloss diese ab. Er griff nicht wie üblich zu seinem iPhone, sondern zu einem seiner unregistrierten Prepaidhandys, die er für bestimmte Anrufe stets bereit liegen hatte, und tippte eine Nummer ein.

»Pronto?«

»Signor Rizzo, ich muss Sie noch dringend sprechen. Sorry, dass es schon so spät ist, ich habe es gar nicht bemerkt, aber ich habe etwas besonders Interessantes für Sie, das ich nicht jedem zeigen möchte. Es eilt. Bitte, empfangen Sie mich noch kurz! Es wird sich lohnen!«

Rizzo hatte eigentlich nach seinem ausgedehnten Abendessen bei Fabio in der Trattoria Umberto keine Lust mehr, Roberto Morsini, diesen Widerling, den er sofort an der Stimme erkannte, zu empfangen, aber vielleicht ließe sich noch ein guter Deal machen, heute am späten Abend. Wenn der Markt etwas hergeben konnte, musste man sofort reagieren. Auch wenn es schon elf und fast Wochenende war.

»Ja gut, kommen Sie in meine Werkstatt, Sie wissen ja, wo Sie die finden. Ich warte dort auf Sie.«

Roberto Morsini bedankte sich, drückte das Gespräch weg und zog sich an. Es waren zwar nur wenige hundert Meter zum Ort und zu Rizzos Werkstatt, aber zu Fuß zu gehen, war unter seiner Würde. Er nahm sich den Wagen seiner Mutter, einen unauffälligen älteren Opel.

»Scheißkarre«, dachte er, als er losfuhr.

Zur gleichen Zeit schloss Umberto Rizzo die Ladentür auf und schaltete nur die kleine Leuchte über dem Empfangstresen an. Dann ging er zu seinem Tresorraum und tippte die Kombination ein. Fabios Tiramisu drückte ihn im Magen und seine Laune nach unten. Er wollte deshalb, wenn er sich schon her bemühen musste, noch einmal den Johannes sehen. »Error« meldete das Display. Rizzo wunderte sich und drückte gegen die schwere Stahltür. Sie schwang leicht auf, dabei ging automatisch die schwache Deckenleuchte an.

»Mein Gott, was ist ...«

Weiter kam er nicht. Er starrte auf die Staffelei, auf welcher das Bild, der Johannes, stehen sollte. Sie war leer.

»Nein!«

Sein Herz raste, er bekam keine Luft, versuchte verzweifelt, tief zu atmen. Tränen traten ihm in die Augen, auf seiner Brust lag ein irrsinniger Druck. Stechen im Herz, Schweißausbruch, Schwindel. Alles gleichzeitig. Er geriet in Panik und stützte sich schwer gegen die leere Staffelei. Es war weg. Er wusste absolut sicher, dass er das Bild nach dem Besuch der beiden Deutschen dort stehen ließ. Hundertprozentig! Es musste hier stehen. Ganz einfach. Tat es aber nicht. Er war nassgeschwitzt, schaute sich ratlos im Raum um und hielt sich die Hand vor den Mund.

»Nein!«, murmelte er. Rizzo war kurz davor, zusammen zu klappen. Und noch mal »Nein!«

In diesem Moment erklang die kleine Glocke an der Ladentür. Rizzo schreckte aus seiner Benommenheit hoch und drehte sich wie in Zeitlupe um.

»Ich darf mir nichts anmerken lassen«, redete er sich ein, wartete einen kurzen Augenblick ab, um sich wieder zu fangen, durchquerte schwerfällig den Laden und öffnete die Außentür.

»Signor Morsini, Sie? Warum haben Sie das nicht gleich gesagt? Bitte kommen Sie herein!« Er wusste selbst nicht warum er so tat, als habe er vorhin nicht erkannt, dass Morsini am Telefon war.

»Ciao, Rizzo. Ich wollte das nicht am Telefon, man weiß ja nie. Danke für den späten Empfang.«

Roberto Morsini schaute sich noch einmal um und trat dann ein. Rizzo musste sich an seinem Ladentresen festhalten, er schaute gequält, riss sich aber zusammen.

»Geht es Ihnen nicht gut?«, fragte Morsini.

»Es ist ok, eine Magenverstimmung, das Tiramisu. Was kann ich für Sie tun?«

»Das ist ganz einfach, wir müssen nicht unnötig lange drum herum reden. Sie haben etwas, das der Familie Morsini gehört und ich nehme es jetzt mit.«

»Langsam, Signor Morsini, wie meinen Sie das? Ich verstehe das nicht.«

»Der Johannes von del Sarto! Sie haben ihn und er gehört unserer Familie. Seit fast hundert Jahren. Also, wo ist er?«

Rizzo blickte Morsini verständnislos an.

»Wen oder was soll ich haben?«

»Rizzo, machen wir es uns nicht schwerer als nötig. Du gibst mir ganz einfach mein Bild zurück, das du hier irgendwo hängen hast. Und alles wird gut!« Roberto grinste. »Dann können wir Freunde bleiben.«

Rizzo spürte, wie sein Kreislauf langsam durcheinandergeriet. Ihm war schlecht, kotzübel. Woher kann der das alles wissen? Ich habe doch niemandem davon erzählt.

»Wir waren noch nie Freunde, Signor Morsini. Ich kenne dieses Bild nicht und habe es nicht hier. Und jetzt ist es besser, wenn Sie mein Geschäft wieder verlassen! Ich bin nicht bereit, Ihre Behauptungen und Drohungen anzuhören!«

Trotz des Halbdunkels im Ladenraum war Morsinis wutverzerrtes Gesicht gut zu erkennen. »Rizzo, rede keinen Scheiß! Ich weiß, dass es hier ist!«

Rizzo winkte verächtlich ab. »Dann suchen Sie‘s eben, wenn Sie mehr wissen als ich!«

»Das mache ich, und du kommst mit!« Morsini machte eine unmissverständliche Handbewegung und Rizzo trottete hinter ihm her in Richtung seines Tresorraumes.

Er war jetzt wütend. »Dann such es halt, Depp!«

Morsini packte Rizzo daraufhin unsanft am Arm und schob ihn vor sich her, an der leeren Staffelei vorbei in den nur spärlich beleuchteten Tresorraum.

»Mach mehr Licht!«, befahl er dem zitternden Restaurator, dem langsam das fette Dessert hoch kam.

Rizzo drückte eine Taste und der Raum wurde plötzlich grell ausgeleuchtet.

Morsini drückte die Stahltüre zu. »Du bleibst hier sitzen«, meinte er und begann, zwischen den an den Wänden und auf Staffeleien lehnenden Gemälden zu suchen. Nach jedem Stapel beäugte er Umberto Rizzo noch wütender.

»Wo ist dieses Drecksbild? Lange lasse ich mich nicht mehr verarschen von dir, dann prügle ich's aus dir raus! Also?«

Sein Gegenüber zuckte nur hilflos mit den Schultern. »Es ist nicht hier, ich sage es Dir schon die ganze Zeit. Ich...habe...es... nicht!«

Er zerlegte den Satz theatralisch in einzelne Worte mit Pausen dazwischen. Zu diesem Arschloch sage ich nie mehr Sie, dachte er. Warum ihm genau dies in der angespannten Situation in den Sinn kam, erschloss sich Rizzo nicht.

Morsini kam drohend auf den Restaurator zu.

»Du hast jetzt genau noch zehn Sekunden Zeit, dann tut's weh. Eins, zwei, drei, vier ...«

Rizzo unterbrach ihn, schaute dabei angsterfüllt.

»Was soll der Quatsch? Das Bild ist weg! Geklaut! Heute Nacht. Vorhin! Du kommst zu spät.«

Roberto starrte ihn an. »Was soll das jetzt? Zeit gewinnen, oder was? Fünf ...«

Rizzo schüttelte den Kopf. »Nein! Ja, ich habe es von dem Deutschen bekommen, der hat das Bild in dem alten Haus gefunden, das sein Bekannter geerbt hat. Ich sollte es restaurieren und ans Museum zurückgeben. Aber jetzt ist es weg. Ich hab's erst vorhin entdeckt, bevor du gekommen bist, ich war bei Fabio essen. In der Zeit muss es passiert sein.«

Morsini holte unvermutet aus und schlug Rizzo mit dem Handrücken ins Gesicht. Der schrie auf und riss schützend die Arme vor den Kopf. Aus seiner Nase lief ein roter Faden. Roberto schlug noch einmal zu, traf aber nur Rizzos Deckung.

»Was faselst du da? Geklaut? Heute? So ein Schwachsinn!«

»Leck mich!«, brüllte der Restaurator, »es ist weg! Oder siehst du es hier irgendwo?«

»Wer soll das geklaut haben? Sag's mir!«

»Verdammt, woher soll ich das denn wissen? Ich habe ihn nicht fragen können. Such halt selber den Dieb, du Idiot!«

»Von wem hast du das Bild bekommen? Los!«

Rizzo lachte, versuchte, sich das Blut aus dem Gesicht zu wischen und hielt sich die blutende Lippe. Er sah fürchterlich aus.

»Von dem Deutschen, ich hab's doch gerade gesagt. Und jetzt kannst du mich!«

Roberto drehte durch. In einem Anfall von Jähzorn riss er einen kompletten Stapel mit Gemälden von der Wand weg und fing an, die einzelnen Bilder durch den Raum zu werfen.

»Hör auf! Sofort!«

Rizzo sprang auf und stürzte sich auf den Wahnsinnigen. Er sprang ihn von hinten an, umklammerte seinen Hals und versuchte, ihm die Bilder aus der Hand zu reißen, aber Roberto schüttelte ihn ab und rammte ihm mit voller Kraft den Ellenbogen in den Magen. Rizzo gab ohne Vorwarnung das Tiramisu von sich, kam ins Straucheln, alles drehte sich vor seinen Augen, er verlor das Gleichgewicht, schlug rücklings mit dem Hinterkopf gegen die Kante des schweren Stahltisches und rutschte zu Boden, wo er liegen blieb. Das ganze Chaos dauerte nur wenige Sekunden. Morsini trat ihm mit voller Wucht in die Seite und gegen den Kopf. Das Letzte, das Rizzo auf sich zukommen sah, war der teure Lederschuh Morsinis. Vor dem Einschlag war er bereits tot.

»Verdammt, du Miststück, wo ist das Bild?«

Rizzo rührte sich nicht, die Blutlache, die sich um seinen Kopf bildete, wuchs langsam an. Rizzo gab keine Antwort und würde auch nie mehr eine geben. Seine Augen waren weit geöffnet und blickten starr und ungläubig ins Leere. Morsini stand schwer atmend, sich mit den Fäusten auf beiden Oberschenkeln abstützend, vor ihm und schaute regungslos auf den Toten. Inzwischen hatte sich die Blutlache weiter auf dem Fußboden ausgebreitet und Morsinis Schuhspitze erreicht. Er trat einen Schritt zurück.

»Verdammte Scheiße!«, war sein einziger Kommentar.

Rizzo war tot und das Bild war weg. Was hatte der Deutsche mit dem Bild zu schaffen? Hat der das wieder geklaut? Rizzo meinte, er hätte es gefunden. Er riss sich aus seinen Gedanken und blickte im Raum umher. Fingerabdrücke?

»Habe ich Fingerabdrücke hinterlassen?«, fragte er den toten Restaurator.

Das dürfte jedoch kein Problem sein, befand er, schließlich fanden sich hier drin genügend Abdrücke von unterschiedlichsten Kunden. Sicher auch genügend unterschiedliche DNA, von der man heutzutage in sämtlichen Fernsehkrimis ständig sprach. Mit dieser Erkenntnis war er zufrieden und verließ mit einem letzten wuterfüllten Blick auf den Toten den Tresorraum. Lediglich die Stahltüre und das Display wischte er mit einem öligen Lappen ab, löschte das Licht und schlüpfte ungesehen aus der Ladentür. Auf dem kurzen Weg zu seinem Wagen konnte er keine möglichen Zeugen entdecken. Zudem hatte er ja ein Alibi, sein Hündchen würde alles sagen, was er wollte. Er stieg ein und fuhr absichtlich gemächlich an.

»Aber das Bild ist weg, verdammt!«

Signora Renzi, die jeden Samstag seit zwanzig Jahren die Ladenräume des Restaurators Umberto Rizzo putzte, sie hatte nur ein einziges Mal wegen Krankheit gefehlt, stürzte trotz ihrer Leibesfülle wie von der Tarantel gestochen aus dem Laden auf die schmale Gasse und kreischte »Madonna! Madonna!«

Seit dem frühen Morgen schüttete es wie aus Kübeln, sie rutschte auf dem nassen Pflaster aus, stolperte, fiel auf ihren linken Arm und verlor das Bewusstsein. Die junge Verkäuferin in der Pasticceria schräg gegenüber lief zu ihr hin und stützte sie. In diesem Moment kam Signora Renzi wieder zu sich und schaute ungläubig in die nur wenige Zentimeter entfernten Augen der jungen Frau und deren Ring in der Nase.

»Madonna mia! Signor Rizzo, er ist tot! Tot!«

»Jetzt beruhigen Sie sich zuerst mal wieder, Signora Renzi. Ich hole den Dottore.« Sie rief laut über die Straße. »Gianni! Gianni, komm schnell raus!«

»Was ist los?«, war aus der Pasticceria zu hören.

»Klingle beim Dottore, Signora Renzi ist gestürzt. Schnell!«

Sie hörte, wie ihr jüngerer Bruder die Ladentüre hinter sich zufallen ließ und die Gasse runter zum übernächsten Haus rannte, in dem der Dottore seine Praxis hatte. Signora Renzi beruhigte sich immer noch nicht, bekreuzigte sich und schlug die Hände zusammen.

»Madonna! Er ist tot!«

Bevor die junge Verkäuferin erneut zurückfragen konnte, war bereits der Arzt angekommen und kniete sich neben der Gestürzten nieder. »Signora Renzi, was ist passiert? Sind Sie gestolpert? Geben Sie mir bitte mal Ihren Arm, ob der gebrochen ist!«

»Er ist tot, er liegt im Blut!«

»Wer liegt im Blut? Was reden Sie da?«

Der Arzt hielt ihren Arm, bewegte ihn leicht. »Da ist nichts gebrochen, wahrscheinlich ist Ihnen schwindlig geworden. Aber wer liegt im Blut?«

Die Signora wurde jetzt ärgerlich.

»Ich hab's doch schon zweimal gesagt. Signor Rizzo, hört mir denn keiner zu? Der Maler! Da drinnen in seiner Werkstatt. Schauen Sie nach, mir geht es schon wieder besser. Helfen Sie mir bitte hoch!«

Der Arzt blickte zu der jungen Frau. »Hat sie davon schon gesprochen, als Sie sie gefunden haben?«

»Da hat sie immer Madonna gerufen und irgendetwas von tot.«

Sie hievten gemeinsam die dicke alte Dame auf die Beine und führten sie behutsam ein paar Meter zu einer Sitzbank.

»Jetzt ruhen Sie sich mal aus, Signora! Ich schaue nach dem Restaurator. Und Ihnen ...«, damit schaute er auf die Verkäuferin, »danke, Sie haben das genau richtig gemacht.«

Auch Signora Renzi drückte der jungen Frau die Hand und ließ sich erschöpft auf die hölzerne Sitzbank fallen. »Sie werden erschrecken, Dottore! Der Leichnam, und wie es da aussieht. Die ganzen schönen Bilder!«

Im gleichen Moment, als der Dottore aufstand, kam die junge Frau wieder angelaufen und brachte einen alten, schwarzen Regenschirm für Signora Renzi.

»Sie werden sonst ja ganz nass!«

Der Arzt dankte ihr, schob die zugefallene Tür auf und betrat zögernd den Laden des Restaurators.

»Signor Rizzo?«

Keine Antwort. Daraufhin ging er in kurzen, zögerlichen Schritten durch den Ladenraum und sah bereits von dort durch die weit geöffnete Türe des Tresorraums den Toten in einer Blutlache am Boden liegen.

»Oh, mein Gott, das ist ja furchtbar!«

Er ging vorsichtig, den auf dem Boden liegenden Gemälden ausweichend, fast auf Zehenspitzen, auf den Leichnam zu, bückte sich, wobei er sich den Rücken hielt und prüfte an der Halsschlagader gewohnheitsmäßig, jedoch unnötigerweise, ob doch noch Leben in

Rizzo war. Nichts zu fühlen, der war eindeutig tot. Auch schon kalt, der lag hier mindestens schon mehrere Stunden, wie er einschätzte.

Der Arzt schaute einmal rund durch den Raum auf das Chaos, ging dann raus auf die Straße und tippte eine Nummer in sein uraltes Blackberry.

Martinelli meldete sich. »Dottore?«

»Ja, ich bin's. Maresciallo, wir haben einen Toten. Signor Rizzo, der Restaurator.«

Er hörte ein paar Sekunden zu.

»Ja, gefunden hat ihn Signora Renzi, seine Putzfrau, und die ist dann vor Schreck in Ohnmacht gefallen, deshalb bin ich hier.«

Er hörte wieder kurz in sein Handy rein.

»Ich weiß nicht, ob das ein Unfall oder vielleicht sogar ein Totschlag war. Es sieht drum herum komisch aus. Ja, dann kommen Sie halt endlich!«

Er begann jeden zweiten Satz mit »Ja« und schaltete das Handy mit einem mordlüsternen Blick aus. »Diese Bürohengste da oben, Katastrophe!«

Dann setzte er sich neben die alte Dame auf die Bank und beide warteten.

»Geht es wieder? Soll ich Ihnen ein Beruhigungsmittel geben?«

Signora Renzi schüttelte empört den Kopf. »Bleiben Sie mir bloß mit diesem neumodischen Zeug weg, Dottore! Ich nehme nachher einen Grappa. Oder zwei«, setzte sie noch hinzu. »Der arme Rizzo, so ein netter Mann. Und jetzt ganz plötzlich tot. Madonna!«

Plötzlich wurde ihm wieder bewusst, dass in seiner Praxis noch immer Patienten warteten. »Gianni!«, rief er zur Pasticceria hinüber, »Gianni, laufe bitte noch mal in meine Praxis rüber und sag den Patienten, ich komme in ein paar Minuten wieder. Gianni?«

»Ja, ja, ich gehe schon, Dottore.«

»Danke. Ich glaube, ich werde alt und ungeduldig.«

Dabei sah er Signora Renzi an.

»Das sind Sie doch schon, Dottore.«

»Ihnen scheint es ja wieder besser zu gehen.«

Genau während er dies lächelnd sagte, ertönte das Martinshorn der Carabinieri.

»Mein Gott, da muss man doch keinen solchen Lärm machen«, echauffierte sich der Arzt.

Sekunden später bremste der Dienstwagen direkt vor der Sitzbank.

»Die ganze Truppe kommt«, meinte der Dottore mit einem ironischen Unterton. »Da muss es doch was werden!«

Capitano Fontana führte seine Mannschaft an, Maresciallo Martinelli folgte ihm zügig, der Brigadiere Enzo Gallo hatte sich im Sicherheitsgurt der Fondsitzbank verheddert und konnte erst aussteigen, als die beiden Kollegen schon den Laden betraten. Mit leidendem Blick trabte er hinterher.

»Dessen Schusseligkeit wird auch nie besser«, meinte kopfschüttelnd der Arzt.

Inzwischen hatten alle drei Polizisten den Ladenraum erreicht und traten ein. Der Capitano gab jetzt routiniert die Befehle aus.

»Martinelli, du kommst mit mir rein. Enzo, du sicherst hier den Raum und schaust dich um, ob es was Besonderes zu finden gibt. Denk an Handschuhe! Und rufe sofort die Spurensicherung in Alba an, die sollen so schnell wie möglich her kommen. Ok?«

Gallo nickte und schaute säuerlich drein. So blöd, dass er ohne Latexhandschuhe rumsuchen würde, war er schließlich auch nicht. Auch wenn ihn der Capitano dafür hielt.

Fontana und der Maresciallo inspizierten zuerst die Leiche, allerdings aus sicherer Entfernung.

»Was ist los, ist doch nicht Deine erste Leiche?« Der Capitano stieß Martinelli am Arm an.

»Nein, aber das sieht schon eklig aus. Das viele Blut, das komplette Abendessen. Und das ganze Theater außen rum. Da hat einer richtiggehend gewütet. Hass?«

Fontana hob ratlos beide Hände und starrte auf den Toten.

»Oder er war extrem wütend. Vielleicht waren es auch mehrere, die etwas gesucht haben. Warten wir mal ab, was die Spusi findet. Oder auch nicht. Wir tappen hier nicht länger herum und verwischen vielleicht Spuren.«

Beide verließen den Tresorraum.

»Und, Brigadiere, was gefunden?«

Gallo blickte auf, schüttelte nur den Kopf und beschäftigte sich wieder mit einer Kundenliste. »Da stehen fast alle reichen Leute drauf, aus ganz Piemont. Turin, Asti, Cuneo, zwei direkt von hier.«

»Wer ist das?«, fragte Fontana.

»Enrico Morsini und eine Signora di Bello, die kenne ich nicht.«

Martinelli meldete sich wie in der Schule. »Das ist die Psychologin, die kurz vor Govone in dem kleinen Schloss wohnt. Da war ich mal wegen anscheinender Einbrecher. Die spinnt ein wenig. Sie hört immer wieder Stimmen oder laute Geräusche im Haus, aber noch nie war ...« Der Maresciallo reckte sich stolz wegen seines Wissens.

Der Capitano wurde energisch und brach die Erzählung ab. »Die Liste nehmen wir auf jeden Fall mit. Und ihr zwei bewegt jetzt eure Ärsche und klappert die umliegende Nachbarschaft ab. Wer hat was gehört, gesehen oder meint es zumindest. Ich schau' mich nachher hier drin noch weiter um und warte auf die Jungs vom Hauptquartier. Jetzt rede ich noch mal mit dem Dottore und der alten Renzi.«

Er verließ hinter den beiden Kollegen den Laden und wandte sich zu der Sitzbank, auf der immer noch die Putzfrau und der Arzt saßen.

»Dottore, entschuldigen Sie, dass Sie so lange warten mussten.«

»Entschuldigen müssen Sie sich höchstens bei meinen Patienten, Capitano. Ich habe Zeit. Nur Signora Renzi hier sollte ihren Arm bald mit Salbe einreiben.«

Fontana nickte und wandte sich an die Genannte. »Signora, wann haben Sie genau den Toten gefunden?«

Die Alte atmete schwer aus. »Als ich anfangen wollte, den …«
»Ja, Signora, wann genau?«
»Unterbrechen Sie mich nicht! Ich sag's doch gerade. Um halb neun. Die Glocke hatte gerade zweimal geschlagen. Und der Herrgott irrt nie.«
Fontana hätte sich am liebsten bekreuzigt.
»Das glaube ich auch, Signora. Haben Sie sonst etwas gesehen, oder war jemand im Laden?«
»Soll ich Ihnen den Mörder frei Haus liefern, Capitano?«, keifte Frau Renzi. »Natürlich war keiner im Laden und sonst war auch nichts los, alles wie immer. Nur …«, sie stockte. »Nur die Ladentür war nicht zugeschlossen. Das fällt mir jetzt wieder ein. Ich habe mich noch gewundert, aber es war Signor Rizzo schon einmal passiert, das war aber schon vor ein paar Jahren, deshalb habe ich eben aufgemacht und bin rein gegangen.«
Fontana dankte ihr, verdrehte jedoch heimlich die Augen. »Soll ich Sie heimbringen lassen, oder geht es?«
»Das schaffe ich schon alleine, danke Capitano! Wenn mich die Polizei zuhause abliefert, trifft die alte Amalia von gegenüber der Schlag. Die hängt doch immer an ihrem Fenster und sieht alles.«
Sie quälte sich von der Sitzbank hoch, der Arzt war ebenfalls aufgestanden und stützte sie. »Sie sind zu dick, Signora Renzi, da müssen viele Kilos runter, wäre besser für Ihr Herz!«
»Dottore, was reden Sie da? Es ist gut, wie es ist. Ich muss nicht noch mal so lange leben. Nur damit Sie Geld verdienen. Basta!«
Fontana und der Dottore schauten ihr nach, wie sie über das Pflaster der Gasse schlurfte. Den Schirm ließ sie auf der nun leeren Sitzbank liegen. Als sie weg war, befragte der Capitano noch kurz den Arzt, der ihm jedoch nichts Neues sagen konnte.
»Ich bin kein Gerichtsmediziner, aber ich vermute, dass Rizzo vielleicht zuerst geschlagen oder gestoßen wurde und dann mit dem Hinterkopf gegen den Metalltisch knallte. Zumindest ist da Blut an der Tischkante. Vielleicht war es aber auch ganz anders, ich weiß es

nicht. Aber ich schätze mal, so an die zehn Stunden dürfte er schon tot sein. Salve, Capitano, ich widme mich jetzt wieder meinen lebenden Patienten und richte einen Gruß von Ihnen aus.«

Fontana lachte. »Tun Sie das!«

Er ging in den Laden zurück und nahm seinen Rundgang wieder auf. Der eigentliche Ladenraum enthielt nur die kleine Theke gegenüber des Eingangs, einen Schirmständer, eine Stehleuchte, zwei winzige alte Sessel und einen kleinen Tisch. An den beiden schmalen Seitenwänden hingen mehrere Ölgemälde, kleinere Formate, ungerahmt. Ein raumhohes Regal mit Ordnern und verschiedenen Kartons stand an der Rückwand, daneben führte eine Tür in den Nebenraum. Wahrscheinlich enthalten die Ordner Belege oder auch Material, nahm er an. Er wollte nachsehen, aber in diesem Augenblick trafen die beiden anderen Carabinieri wieder ein.

»Keiner hat etwas gehört oder gesehen. Und mit Rizzo war nichts Besonderes los, alles normal. Er war scheinbar zuvor beim Essen bei Fabio. Da haben wir aber noch nicht nachgefragt.«

»War ja zu erwarten«, meinte Fontana achselzuckend. »Dann warten wir mal auf die Spusi. Sollen die sein Abendessen analysieren!«

Gut dreißig Minuten später fiel die Truppe der Spurensicherer über den Tatort her. Zwei Männer in Zivil, die sich noch vor der Ladentür ihre weißen Schutzanzüge überzogen, und eine Frau in Uniform.

»Tenente Nannini«, stellte sie sich vor, »was für ein Sauwetter!«

»Er hat es sich nicht ausgesucht«, meinte einer der beiden Spurensicherer.

Fontana salutierte nachlässig. Er tat sich noch immer schwer mit den vielen Frauen im Dienst, noch dazu, wenn sie höhere Dienstränge erreicht hatten. Da war er stockkonservativ.

»Frauen gehören nicht zu den Carabinieri!«, war nach wie vor eine gängige Meinung, zumindest bei den älteren Männern.

»Nun ja, Zeiten ändern sich«, murmelte Fontana.

»Was meinen Sie, Capitano?«

Nannini schaute ihn aus ungewöhnlich hellblauen Augen leicht irritiert an. Augen wie ein Husky, kam ihm dabei in den Sinn. Er hatte vor gut zehn Jahren mal eine Winterreise nach schwedisch Lappland gewonnen, und dort eine Fahrt mit Hundeschlitten unternommen. Die Erinnerung daran war immer noch da, es war wunderschön gewesen. Allerdings auch saukalt.

Er schüttelte den Kopf. »Nichts!«

Fontana konnte jedoch den Blick nicht abwenden von der jungen Frau. Sie hatte die langen Haare zu einem Pferdeschwanz gebunden, und diese Haare waren tiefrot. Ein dermaßen intensives Rot hatte er noch nie gesehen. Patricia Nannini lächelte Fontana an.

»Ich weiß, ich irritiere meist meine Mitmenschen, aber die Farbe ist echt, ich kann nichts dafür. Komme nicht aus Irland.«

Fontana wandte ganz schnell den Kopf, er war ertappt worden, was ihm verdammt peinlich war. »Äh, Tenente ...«

Sie winkte ab. »Schon gut, Sie sind nicht der Einzige. In Alba bin ich nur die rote Hexe. Aber jetzt, was lief hier ab?«

Der Capitano versuchte sich wieder zu fassen, stammelte jedoch noch etwas, es gelang ihm dennoch, der Kollegin die Grundzüge des Falles zu erläutern.

»Vor nicht mal zwei Stunden von einer alten Dame, seiner Putzfrau gefunden. Unser Doktor hier meint, der wäre schon zehn oder mehr Stunden tot. Rizzo ist Restaurator, er möbelte Gemälde auf. Könnte ein Diebstahl gewesen sein, der aus dem Ruder lief. Aber auch nur vielleicht. Zeugen gibt es leider keine, wie meist!«

Nannini war während der Erklärung zur Tür in den Tresorraum gelaufen und zog im Laufen Gummihandschuhe über. Fontana immer neben her.

»Jetzt schauen wir uns zuerst mal alles an, bevor wir spekulieren. Was meinen Sie, Capitano?«

Fontana antwortete nicht. Dämliche Kuh, dachte er.

»Habt ihr schon irgendetwas Brauchbares gefunden?«, rief sie den beiden weißen Gestalten zu, die gerade den Toten untersuchten.

»Nein, er hat nur den Ladenschlüssel und ein paar Euro in der Hosentasche, sonst nichts. Aber Sie erfahren es als erste, wenn wir was haben.«

Nannini ignorierte den genervten Ton und wandte sich wieder an Fontana, hinter dem seine beiden Untergebenen aufgetaucht waren.

»Capitano, gibt es eine Liste der Gemälde hier, damit wir einen Ansatzpunkt haben, ob es sich um einen zufälligen Totschlag handelt. Vielleicht hat er Ihren Einbrecher ertappt?«

Fontana verneinte, drückte ihr aber mit säuerlicher Miene die Liste der Kunden in die Hand. »Das ist nicht mein Einbrecher und das haben wir gefunden, mehr nicht. Er scheint auch keine Aufstellung mit seinen Aufträgen gemacht haben.«

»Doch, das hat er! Wir haben ein Auftragsbuch gefunden, lag hier unter den Bildern«, meldete einer der beiden Schutzanzüge und reichte es ihr. Nannini schlug es sofort auf.

»Super, da ist eine ganze Menge erwähnt. Capitano, könnten Ihre Leute nachher die Bilder mit der Liste vergleichen? Wäre wichtig!«

Fontana nickte nur. Er war sauer, weil diese junge Tussi hier das Geschehen an sich riss, was er nicht auf sich sitzen lassen konnte. »Gut, dann wäre es sinnvoll, wenn Sie als erstes die Kunstwerke auflisten würden, die hier rumliegen, dann können wir vergleichen!«

Nannini hatte sich das zwar anders gedacht, nickte aber. Sie lächelte leicht dazu. »Einverstanden Capitano. Jungs, wenn ihr durch seid, darf ich gleich rein.«

Die beiden angesprochenen Kollegen reagierten nicht. Nannini winkte ab. Zu Fontana gewandt, sagte sie, »der Tote muss in die Gerichtsmedizin, können Sie das nachher veranlassen? Danke, Capitano.«

Fontana winkte Gallo zu sich her.

»Ruf den Bestatter in Canale an, der soll den Transport machen. Und ihr zwei bleibt hier, bis die Burschen fertig sind. Geht nachher die Bilderliste durch und kommt später ins Büro. Bringt auch die Tenente mit! Alles klar? Ich fahre jetzt ins Büro.«

Gallo salutierte und Fontana verabschiedete sich von Patricia Nannini. Seine beiden Untergebenen warteten vor der Türe. Inzwischen hatte es aufgehört zu regnen.

»Wir sehen uns dann später bei uns im Büro.«

»Ist gut, Capitano! Danke für die Unterstützung«, rief ihm Nannini nach.

Als er weg war, ging sie wieder zurück in den Tresorraum.

»Sind ja nicht unbedingt die hellsten Lichter«, meinte einer der beiden Spurensicherer leise.

Nannini lachte. »Hey, sei nicht so arrogant, Giacomo! Die machen auch nur ihren Job. Wie wir. Such lieber und finde vor allem was Gescheites, anstatt hier rum zu blödeln!«

Giacomo kicherte, konzentrierte sich dann aber wieder auf seine Arbeit.

»Fingerabdrücke hat's hier Tausende, ist aber auch logisch. Da haben wir keine Chance. Komisch ist nur«, er zeigte auf das Türdisplay. »Da nicht! Mit irgendwas öligem abgewischt.« Er hob einen Lappen hoch. »Der Kollege sucht DNA zusammen, vielleicht bringt uns das etwas. Und weitere Spuren sind durch das Chaos hier weitgehend im Eimer. Erwarte also nicht zu viel!«

Nannini zog sich nun in den Ladenraum zurück. Was war hier los? Einbruchsspuren waren an der Ladentüre nicht vorhanden, die Hintertür zum Hof war noch nicht näher untersucht.

»Er hat seinen Mörder entweder zufällig beim Einbruch erwischt oder selbst reingelassen. Ein Kunde? Aber an einem Freitagabend? So spät?«

Vielleicht läuft das Kunstgeschäft einfach anders als in anderen Branchen, dachte sie. Laut Brigadiere Gallo hatte keiner der Zeugen am Abend einen Besucher kommen sehen. Bis halb zehn war es um diese Jahreszeit noch fast hell, also musste später etwas geschehen sein. Sie nahm den Hörer des Telefons auf dem Tresen ab und hörte die alten Anrufe auf der Mailbox ab. Nichts. Der letzte Anruf war von vorgestern Vormittag, eine Kunstgalerie in Turin, Olivia Andreotti, ab dann Stille.

»Was hast du hier gemacht, Signor Rizzo? Hattest du einen ganz späten Besucher? Kanntest du ihn?« Sie redete meist laut mit sich selbst, wenn sie ermittelte. Es war für sie der beste Weg, strukturiert vorzugehen. Ihre Fragen wurden zu Bildern im Kopf.

»Habt ihr euch hier im Ladenraum getroffen? Warum seid ihr in den Tresorraum gegangen? Wollte Rizzo etwas zeigen? Oder hast du doch einen Einbrecher erwischt, der dich aus Versehen getötet hat?« Wir müssen in Rizzos Wohnung, beschloss sie.

»Patricia, komm mal zu mir!«, wurde sie in ihren Selbstgesprächen unterbrochen.

»Was ist?«

Der Beamte wartete im jetzt hell beleuchteten Lagerraum und zeigte auf die Hintertür, die vom Hof in diesen Nebenraum des Ladens führte.

»Hier ist das Schloss geknackt worden. Kein Sicherheitsschloss übrigens. Fahrlässig! Sieht alles nach Diebstahl aus, der aus den Fugen geraten ist.«

Nannini machte für sich ein Foto der Tür mit dem Handy. Eine knappe Stunde später war die Untersuchung des Tatortes abgeschlossen. Ohne konkrete Ergebnisse. Sie hatten unterschiedliche DNA sicherstellen können, hatten die Kundenliste und den Vergleich zwischen den eingelagerten Bildern und den offenen Posten im Auftragsbuch sowie die Tatsache des aufgebrochenen Schlosses. Die beiden Listen stimmten überein.

»Aufgebrochene Tür, vermutlich Einbruch, aber anscheinend kein Diebstahl. Das wird spannend!«

Nannini schloss den Laden ab, die beiden Mitarbeiter der Spurensicherung fuhren nach Alba zurück, sie folgte den beiden Carabinieri zur Wohnung des Restaurators. Lediglich dem anfangs starken Regen war es zu verdanken, dass die Gasse vor Rizzos Geschäft längere Zeit weitgehend leer geblieben war. Was jedoch nicht bedeutete, dass die Nachricht vom Tod Umberto Rizzos nicht schon im ganzen Ort unterwegs war.

In der Bar Centrale war er zum absoluten Gesprächsthema Nummer eins aufgestiegen. Die alte Renzi war noch kaum zu Hause angekommen, da rief sie schon ihren Enkel im Rathaus an. Der verteilte die Neuigkeit per Twitter, Facebook und WhatsApp. Den Rest erledigte die Mund-zu-Mund-Kommunikation auf gewohnt schnellem und sicheren Wege.

»Habt Ihr gehört, der Rizzo ist umgebracht worden!«

»Ein Einbrecher hat Umberto totgeschlagen!«

»Rizzo ist bestialisch ermordet worden.«

»Das war sicher Eifersucht! Der hatte was mit der ...«

Dass aus einem möglicherweise banalen Totschlag bei jeder Weitergabe der Information ein brutalerer Mord, Folter bis hin zum terroristischen Anschlag wurde, war menschlich. Nur zur Villa der Familie Morsini war die Sensation des Tages noch nicht durchgedrungen. Roberto mal ausgenommen.

Kurz nach dem Mittag saßen die drei Carabinieri in ihrem Büro im Erdgeschoss des Palazzos. Tenente Nannini war vor wenigen Minuten nach Alba zurückgefahren. Sie war zuvor mit Maresciallo Martinelli in Rizzos Wohnung zwei Straßen weiter gewesen, um sie zu durchsuchen. Ohne Ergebnis. Er hatte keinerlei geschäftliche Unterlagen zuhause, auch privat bewegte sich alles im üblichen Rahmen. Er hatte weder Schulden noch größere Zahlungen zu machen. Steuern waren alle korrekt bezahlt, ein unbescholtener Bürger. Er las den Playboy und eine weitere Männerzeitschrift mit vielen Nackedeis, die Nannini nicht kannte, aber daraus ließen sich keine Hinweise ableiten, die helfen konnten. Seine umfangreiche Bibliothek im Wohnzimmer enthielt überwiegend hochwertige Kunstbände und einige Fachbücher, aber auch Belletristik. Das war's. Sie hatten auch noch einmal ausführlich die Nachbarn rund um Rizzos Werkstatt befragt. Nur am Donnerstag Mittag oder Nachmittag wäre eine elegante Dame bei Rizzo gewesen, die später mit einem Bild rausging. Laut Auftragsbuch hatte eine Galeristin, Olivia Andreotti aus Turin ein fertiges Gemälde abgeholt. Das war die vormittägliche Anruferin gewesen. Das Ergebnis insgesamt war ernüchternd, auch auf dem Anrufbeantworter war nichts Interessantes.

»Ich lasse bei der Telefongesellschaft die letzten Anrufe, auch die mobilen checken«, meinte Gallo. »Aber du weißt ja, das dauert. Vor Montag oder Dienstag wird das nichts. Und selbst dafür brauchen wir Glück.«

Martinelli nickte zustimmend. Als der Capitano gerade mit einer Zusammenfassung der Ereignisse beginnen wollte, klingelte es an der Pforte. Gallo lief aus dem Büro, man hörte ihn sprechen, dann kam er aufgeregt wieder zurück.

»Capitano, da draußen steht einer von den Morettis.«

»Ja und?«

»Er hätte gestern Abend einen gesehen.«

»Was?« Fontana sprang auf wie elektrisiert. »Lass ihn sofort rein! Setze ihn ins Verhörzimmer. Aber zackig!«

Gallo verschwand und Fontana ballte die Faust.

»Vielleicht haben wir mal Dusel!« Dann trat er in die bessere Besenkammer, die sie für Verhöre nutzten. Die Wände in einem speckig glänzenden, wahrscheinlich wasserfesten, flauen, nahezu undefinierbaren Hellgrün gestrichen, pissgelb meinte Martinelli, auf dem Fußboden abgetretenes Linoleum. An drei Wänden lief, wie in vielen alten italienischen Ristoranti, ein dunkelbrauner Holzrahmen entlang. Als Schutz gegen Stuhllehnen. Fontana musste unweigerlich lachen, jedes Mal, wenn er bewusst drauf schaute. An der Decke strahlte eine Neonröhre ihr kaltes Licht ab. Sie flackerte immer mal wieder. Sollte schon lange ausgetauscht werden.

»Aber für uns auf dem Land ist ja kein Geld da«, beschwerte sich

Capitano Fontana des Öfteren bei seinen Vorgesetzten.

Ein kleiner, dürrer Mann mittleren Alters saß am Tisch. Er hinterließ bei Fontana einen eingeschüchterten Eindruck.

»Salve! Ich bin Capitano Fontana.«

Der Mann erhob sich zögernd. »Guten Tag Capitano, ich bin Giovanni Moretti.«

»Setzen Sie sich bitte.«

Beide nahmen Platz, Brigadiere Gallo blieb im Hintergrund vor der Tür stehen. Fontana winkte ihn raus.

»Du brauchst hier nichts zu bewachen, Gallo!« Dann wandte er sich Moretti zu. »Was können Sie uns mitteilen?«

Moretti hatte die Hände gefaltet und drehte sie nervös hin und her. Er schwitzt, dachte Fontana.

»Es ist wegen gestern Abend. Bei Rizzo.« Moretti zögerte. »Äh, also, ich kam von Carmelita, der Bar Centrale ...«

»Ich weiß«, unterbrach Fontana ungeduldig.

»Ich habe da was getrunken, aber nur wenig.«

»Wie viel?«, wollte der Capitano wissen.

»Nur zwei Bier!«

»Das war alles?«

Moretti zögerte, der Capitano forderte ihn ungeduldig auf, weiter zu reden.

»Einen Grappa.«

»Gut, weiter!«

»Also, dann lief ich die Gasse bei Rizzos Laden runter, und da habe ich ihn gesehen.«

»Wen?«

»Ich glaube, er war schon fast um die Ecke, ich glaube ...«

»Wen?«

»Es war dieser dicke Deutsche.«

»Wie bitte? Hast du ihn wirklich erkannt oder glaubst du es nur?« Der Typ regte Fontana auf, weshalb er unbewusst zum Du wechselte.

Moretti wirkte unsicher. »Ganz sicher bin ich mir nicht. Aber er war dick und ich kannte ihn nicht. In Castagnole kenne ich jeden, deshalb …«

Fontana wollte eine klare Antwort.

»Du kannst nicht mit Sicherheit sagen, dass er es war, du hast ihn nicht genau erkannt. Du meinst nur, ihn erkannt zu haben. Stimmt das so?«

Moretti schaute wie abwesend ins Leere. »Ja, Capitano, so kann man es sagen, ich denke aber, er war's. Vielleicht.«

Fontana nickte ihm zu. Nun ja, er denkt, dachte er.

»Danke Moretti, dass du vorbei gekommen bist. Maresciallo Martinelli wird die Aussage protokollieren, dann kannst du gehen. Martinelli!«

Der kam sofort angerannt. »Capitano?«

»Nehmen Sie Signor Morettis Aussage auf!«

Martinelli winkte und Moretti erhob sich. Dabei wandte er sich noch einmal an Fontana.

»Capitano, was ist mit meinem Neffen, Gianluca?«

»Der kommt morgen oder Montag wieder raus. Passt in Zukunft besser auf, dass er nicht dauernd Mist baut!«

Moretti verbeugte sich. »Danke!«

Er folgte dem Maresciallo und beide verließen den Raum. Fontana blieb noch kurz sitzen, schaute ihm nach und überlegte. Dann fasste er einen Entschluss.

»Wir holen ihn!«

25. Juni 2016, Castagnole. Der Verdächtige

Seit dem späten Morgen versuchten wir, dem Schmutz in Kalles Haus Herr zu werden. Gegen vierzehn Uhr trafen wir uns unter dem kleinen Vordach über dem Hauseingang und machten unsere erste Pause.

»Schöner Urlaub«, meinte Silvia, »eines weiß ich. Nie mehr lästere ich über Putzfrauen!«

Kalle lachte. »Da habe ich euch was Schönes eingebrockt. Übrigens, hast du in der Pension Bescheid gesagt, dass wir morgen fahren?«

Ich nickte. »Ja, ist erledigt. Hast du inzwischen eigentlich entschieden, was du mit der Bruchbude machen willst?«

»Ich behalte die auf keinen Fall, das ist nichts für mich. Habe ich euch ja schon gesagt.«

Silvia schaute zuerst Kalle von der Seite her an, dann mich, dann erneut Kalle. Ich fand sie sexy in ihrer uralten Jeans und dem engen T-Shirt, das äußerst vorteilhaft ihre Figur betonte. Auch wenn wir uns jetzt schon über ein Jahr kannten und liebten, in manchen Momenten konnte ich es immer noch nicht glauben, dass meine Liebe zu dieser Frau real sein sollte. Ich schaute sie versonnen an, sie lächelte zurück.

»Ich muss euch beiden was sagen.«

»Jetzt wird's ernst!«, meinte Kalle.

Silvia schüttelte den Kopf. »Nein, nichts Ernstes, ich habe mich bloß in diese Bruchbude verliebt! Würdest du sie mir vielleicht verkaufen, Kalle?«

Wir schauten beide ungläubig auf Silvia, die uns anlächelte.

»Ernsthaft, ihr beiden. Ich finde es hier so schön und würde gerne mein Feriendomizil daraus machen. Ich glaube, das Häuschen könnte richtig schön werden. Ein kleines Schmuckstück.«

Ich fasste mich als erster wieder. »Ist das dein Ernst? Ich hoffte, du kommst nach Curaçao. Stattdessen Italien?«

»Oh, Peter! Das eine schließt das andere doch nicht aus. Ich stelle mir das Häuschen als Ferienquartier vor, mal ein paar Tage her fahren, ausspannen, nichts tun oder von hier aus arbeiten. Das ist von deiner Insel aus etwas schwierig, hier wäre es einfacher. Und vielleicht kommst du ja auch gerne mal hier her?«

Sie strich mir leicht mit dem Finger über die Wange. »Du brauchst nicht eifersüchtig auf das Häuschen zu sein, mein Schatz.«

Kalle grinste als stiller Beobachter, dann legte er Silvia den Arm um die Schulter. »Du kannst es haben, meine Liebe.«

Silvia überraschte ihn mit einem dicken Schmatz auf seine bärtige Wange. »Du kratzt! Sag mir bitte, was du dafür haben möchtest.«

Kalle zuckte mit den Schultern und reckte ratlos die Hände zum Himmel. »Das weiß ich doch nicht, was die alte Hütte wert ist. Du sagst mir, was du zahlen willst und dann ist es gut!«

Er drohte mit dem erhobenen Zeigefinger. »Und widersprich mir bloß nicht. Dein Schatz kann dir sagen, was das bedeuten würde!«

Bevor ich antworten konnte, standen plötzlich wie aus dem Nichts zwei Carabinieri auf dem Gartenweg vor dem Eingang, wir hatten sie nicht kommen gehört. Sie grüßten freundlich.

»Buongiorno, Signori!«

Wir grüßten zurück und schauten fragend. Der Capitano deutete auf Kalle.

»Signor Berger?«

Kalle nickte. Silvia sprach den Capitano auf Italienisch an, er antwortete mit dienstlichem Ernst, Silvia wirkte mit jedem Satz fassungsloser.

»Was ist los«, fragte ich, nichts Gutes ahnend.

»Die wollen Kalle mitnehmen, er wäre ein Verdächtiger in einem Totschlagsfall und sie müssten ihn verhören.«

Kalle meinte nur, »hä?«, und stand auf.

Ich blickte Fontana an, der breitete die Hände auseinander und wartete ab. Silvia war inzwischen ebenfalls aufgestanden und redete auf Fontana ein. Der blieb zwar höflich, aber bestimmt und erklärte unmissverständlich, dass sie Kalle zum Verhör mitnehmen müssten. Das wäre noch keine Festnahme, sondern nur eine erste Befragung.

Ich saß immer noch sprachlos da. Das konnte doch nicht sein, das musste ein Irrtum sein. Der Einzige, der immer noch cool zu bleiben schien, war Kalle.

»Die machen ihren Job, beruhigt euch mal wieder. Ich gehe mit, verstehe die Burschen aber nicht.«

Silvia wandte sich wieder an den Capitano.

»Unser Freund spricht kein Wort italienisch. Kann ich als Dolmetscherin mitgehen?«

»Selbstverständlich Signora, bitte sehr, das wäre gut.«

»Ich rufe sofort das deutsche Konsulat in Turin an, wegen einem Anwalt«, rief ich Silvia zu.

Kalle drehte sich zu mir. »Mach keine Panik und warte erst mal ab, bis ich zurück bin oder du von Silvia hörst, was los ist. Ok?«

»Ja, gut.«

Die beiden Carabinieri warteten am Wagen, Kalle und Silvia stiegen ein und eine halbe Minute später saß ich alleine vor dem alten Haus. Ich war geschockt. Wie kamen die ausgerechnet auf die Idee, dass Kalle jemand getötet haben oder etwas damit zu tun haben könnte? Erstens war Kalle fast immer gemeinsam mit Silvia und mir unterwegs. Und zweitens, wen soll er denn eigentlich umgebracht haben? Das konnte nur ein blödes Missverständnis sein. Dann auch noch Silvia mit ihrem Ferienhauskauf. Ich war sauer und tatsächlich eifersüchtig. Auf diese blöde Hütte hier. Ich hätte auf meiner Insel bleiben sollen. Kalle hätte doch auch ein Haus im Allgäu oder im Schwarzwald erben können.

Just in diesem Moment fing es wieder an zu regnen.

»Scheiße!«, sagte ich mir, »Scheißerbe!«

Ich schloss das Haus ab, setzte mich in den Wagen und fuhr ins Dorf zurück. In der Pension traf ich Chiara, unsere Vermieterin. Ich berichtete ihr, so gut ich konnte, in einer Kombination aus Italienisch, Englisch und Handzeichen, was passiert war. Sie reagierte empört und versuchte, mir klar zu machen, wer getötet worden war.

»Signor Rizzo!«

»Signor Rizzo?«

Sie bestätigte meine ungläubige Frage und bot an, sofort die Carabinieri aufzusuchen, um Kalle zu befreien.

»To free your friend«, meinte sie in fast korrektem Englisch.

Ich bremste sie und konnte ihr verklickern, dass Silvia dort sei und übersetzte. Darüber hinaus bat ich sie, unseren Aufenthalt zu verlängern. Sie mache das gern, meinte sie, Silvia und ich müssten nur in ein anderes Zimmer umziehen. Ich bedankte mich und setzte mich in einen Loungesessel auf die Terrasse.

Kurz zuvor hatte es aufgehört zu regnen und die Sonne blinzelte zwischen mächtigen Wolkenbergen durch. Ich war mir sicher, wir brauchen Hilfe. Ich musste einfach irgendetwas tun, nur hier herum zu sitzen brachte es nicht. Ich griff spontan zum Smartphone. Nach dem dritten oder vierten Klingeln nahm er schon ab.

»Hallo?«

»Jacek? Ich bin‘s, Peter!«

»Hallo mein Jung, wie geht es euch? Alles gut?«

»Von wegen, Jacek! Kalle sitzt seit vorhin im Knast!«

»Was ist los? Habt ihr Schlägerei gehabt oder was?«

»Nein Jacek, es ist viel schlimmer.«

Dann informierte ich ihn ganz grob, was geschehen war.

»Der kann doch keiner Fliege etwas tun. Ich komme! Wie muss ich fahren?«

Ich versuchte, ihn zu beruhigen, was gründlich schief ging.

»Red keinen Scheiß, sondern sag mir, wie ich in dieses Kaff komme. Wenn Kalle bei diesen komischen Spaghettis im Loch sitzt, braucht er mich!«

»Jacek, ich schaue, wie Züge fahren und rufe dich nachher wieder an.«

Er brüllte ins Telefon. »Aber gleich!«

Ich drückte das Gespräch weg und schnappte mein Tablet. »Zugverbindung Stuttgart - Turin« gab ich bei Google ein. Die schnellste Verbindung ging über Zürich nach Mailand, von dort nach Turin. Von Mailand gab es auch eine Linie nach Asti, aber mit weit schlechteren Fahrzeiten. Wenn Jacek den Nachtzug nach Mailand erreichen würde, der in Stuttgart um 22.36 losfuhr, wäre er um sieben am Sonntagmorgen in Turin. Ich rief ihn an und teilte ihm die Abfahrtzeiten und Ziele mit.

»Soll ich versuchen, die Tour von hier aus online zu buchen?«

»Nein, brauchst du nicht. Neben uns wohnt so ein Computerjüngelchen, der kann das. Hole mich in diesem Turin, oder wie das heißt, ab, dann hauen wir den Depp heraus. Hast du mich verstanden?«

»Ja klar. Und Jacek, mach keinen Ärger unterwegs!«

»Du kennst mich doch.«

»Deshalb sage ich es. Gute Fahrt!«

Jetzt war mir wohler, wir bekamen Hilfe. Ich war mir zwar vollkommen im Unklaren darüber, was und wie Jacek helfen könnte. Egal, Hauptsache, er war hier und meine Panik löste sich auf! Kurz darauf kam Silvia zurück. Ich nahm sie in die Arme, sie schluchzte.

»Peter, die haben ihn behalten! Ich konnte nichts machen. Er hätte den Restaurator getötet. Diesen Rizzo. Die wollten überhaupt nicht hören, dass Kalle nie alleine war. Ich wäre keine Zeugin, dafür müsste ich offiziell vorgeladen werden und es gäbe einen Zeugen, der Kalle anscheinend gesehen und identifiziert hätte. Und das ist ausgerechnet einer aus diesem Familienclan Moretti. Das stinkt doch zum Himmel.«

Tränen schossen ihr in die Augen, ich streckte ihr ein Taschentuch hin.

»Er wäre nicht verhaftet, nur vorläufig festgenommen. Am

Montag würde man wissen, was der Haftrichter sagt. Peter, das ist so niederschmetternd.«

Ich drückte sie fester.

»Haben sie euch wenigstens korrekt behandelt?«

»Ja, das war alles ok. Sie waren freundlich, aber das Ergebnis war ernüchternd. Kalle sitzt im Gefängnis. Ich bringe ihm nachher seinen Waschbeutel und ein paar Klamotten hin.«

Sie löste sich von mir und lief ein paar Meter in den Garten, ich folgte ihr.

»Schatz, ich habe Jacek angerufen, der kommt her. Ich hole ihn morgen früh in Turin ab.«

Silvia reagierte anders, als ich es erwartet hatte.

»Wollt ihr ihn befreien? Was soll denn Jacek jetzt hier helfen? Wir brauchen einen guten Anwalt.«

»Ich weiß, aber vielleicht ist es einfach für Kalle gut, wenn sein bester Kumpel hier ist. Ich rufe jetzt beim Konsulat an, die können sicher einen Anwalt empfehlen und uns unterstützen. Und dann müssen wir uns um das Bild kümmern, hoffentlich ist dem nichts passiert.«

»Du mit deinem blöden Bild. Mein Gott Peter, was ist da los? Anscheinend, das hat mir der Capitano verraten, wäre Rizzo gestern am späten Abend getötet worden. Es sei wahrscheinlich ein Einbruch gewesen, viele Bilder wären durcheinander geworfen worden. Wahrscheinlich wäre Rizzo dabei getötet worden. Sie hätten sein Auftragsbuch mit den Bildern verglichen, die in der Werkstatt waren, es würde keines fehlen.«

»Gestern Abend waren wir mit Kalle beim Essen in Canale. Da kann er ...«

Silvia schüttelte den Kopf.

»Wir waren um zehn wieder hier und der Mord war anscheinend später, ich habe dem Capitano auch von unserem Essen berichtet, aber es ist kein Alibi für Kalle.«

Ich konnte den ganzen Schwachsinn einfach nicht glauben.

»Mist. Es ist doch vollkommen hirnrissig. Warum sollte Kalle ein Bild klauen wollen, das wir gerade in seinem eigenen Haus gefunden haben? Und es dann vielleicht doch nicht tun? Stattdessen Rizzo töten? Das Bild interessiert ihn nicht, der weiß nicht mal, wo Rizzo den Laden hat. Aber das wird sich spätestens morgen aufklären, da bin ich sicher. Ich halte den Capitano für einen ganz passablen Polizisten. Aber das mit dem Bild ist so eine Sache. Als ich es abgegeben habe, machte Rizzo keine Eintragung ins Auftragsbuch. Ich habe ihm ja auch klar zu verstehen gegeben, dass die Sache geheim bleiben müsse.«

»Vielleicht hat er doch geredet, wer weiß?«

Ich musste mir eingestehen, dass Silvia recht haben konnte.

»Möglich. Aber dass aus unserem Bild ein Mordgrund werden soll, war doch nicht zu erwarten. Hier hat doch keiner ein Interesse daran.«

»Und wenn doch?« Silvia starrte ins Leere. »Das Bild war laut Rizzo vor fast hundert Jahren übermalt worden und hing möglicherweise die ganzen Jahre in Kalles Haus. Sein Großvater Ernesto wird heute noch als Mörder an seinem Freund beschuldigt, vielleicht gibt es doch einen Zusammenhang, den wir nicht sehen.«

Ich kapierte nicht sofort.

»Du meinst also, der scheinbare Mord damals hing direkt mit dem Bild zusammen? Und jetzt ist es plötzlich wieder aufgetaucht und alte Geschichten werden aufgewärmt?«

»Warum nicht?«

Ich grübelte. »Vielleicht hast du ja recht. Auf jeden Fall müssen wir in Erfahrung bringen, ob es doch noch da ist. Vielleicht haben sie es ja übersehen.«

Silvia schaute mich zweifelnd an. »Das glaube ich nicht, die Polizisten haben sehr genau gesucht. Das Bild stand laut Fontana weder auf der Auftrags- noch auf der Bestandsliste. Keines ist übrig geblieben bei der Durchsuchung. Aber vor Montag kommen wir da wahrscheinlich nicht rein.«

»Ich weiß. Morgen holen wir erst mal Jacek in Turin ab, der fährt mit dem Nachtzug über Mailand und kommt gegen sieben morgens an.«

In der Bar Centrale stauchte zur gleichen Zeit Carmelita Amato ihren Barkeeper zusammen, weil er völlig unkonzentriert arbeitete.

»Was ist los Luca? Du machst nur Mist heute, fehlt dir was?«

»No, no! Ist nicht mein Tag heute, aber es geht schon. Sorry!«

»Reiß dich zusammen, ich muss nachher weg.«

Luca war in Panik geraten, als er von Rizzos Tod und den Umständen dabei gehört hatte. Er hoffte inständig, dass Roberto nichts damit zu tun hatte, sonst wäre er mit dran. Dazu war vielleicht auch noch das Bild weg, falls Rizzo es überhaupt jemals gehabt hatte, und damit seine Chance auf einen guten Nebenverdienst.

Im Gegensatz zu Luca war Roberto Morsini völlig cool und sicher, dass er nicht zu den Verdächtigen gezählt werden könnte. Als er in der Villa zurück war, nahm er den Nebeneingang und gelangte ungesehen in sein Appartement. Sein junger Geliebter wartete schon sehnsüchtig auf ihn.

»Wo warst du so lange, du fehlst mir«, schmachtete er Roberto an.

»Mein Lieber, was redest du? Ich war doch gar nie weg! Ich war die ganze Zeit hier bei dir, in Deinen Armen.«

Roberto wunderte sich selber, wie romantisch er schmeicheln konnte. Dabei wollte er eigentlich nur Sex mit diesem Beau haben. »Hör mir bitte genau zu.«

Er strich seinem ›Hündchen‹ über die Haare und langsam den Rücken runter. »Falls dich jemals irgendwer fragen sollte, ob ich immer hier war, hier mit dir, was sagst du dann?«

Der junge Aristokrat lächelte Roberto an. »Du warst jede Sekunde mit mir zusammen. Ist das so richtig?«

»Ja, mein Schatz! So ist es richtig. Und jetzt komm!«

Silvia war unterwegs zu den Carabinieri, ich lief ruhelos auf der Terrasse hin und her und schaute abwesend auf die alten Terracottaplatten, mit denen die Aussichtsterrasse belegt war. Ich muss was tun, setzte ich mir in den Kopf. Moretti! Ausgerechnet. Das stinkt doch zum Himmel.

»Ich geh‘ dorthin!«

Ich wollte wissen, warum dieser sogenannte Zeuge Kalle beschuldigte. Im Nachhinein musste ich einsehen, wie mit einem Brett vor dem Kopf losgerannt zu sein. In diesem Moment jedoch erkannte ich überhaupt nicht die Konsequenzen und stürmte einfach los. Ich weiß bis heute nicht, was da in mich gefahren war, was mich da geritten hatte. Das Ganze war eine miserable Wildwest-Parodie.

Keine zehn Minuten später, ich hatte unterwegs eine ältere Frau, die zum Fenster raus schaute, nach der Adresse der Morettis gefragt, stand ich vor deren Haus und klingelte Sturm. Ich hatte plötzlich verdammt Schiss vor meiner eigenen Courage, aber jetzt war es zu spät. Schritte im Flur hinter der Tür kündeten Unheil an. Ein Schlüssel wurde gedreht, die Tür öffnete sich und vor mir stand eine höchstens einssechzig große, übergewichtige Frau in einem schwarzen Kleid, darüber eine geblümte Küchenschürze. Sie schaute mich überrascht, dann zornig an.

»Signora Moretti?«

Statt einer Antwort versuchte sie, die Tür zuzuknallen. Ich hatte jedoch den Fuß drin und drückte die Tür wieder auf.

»Signora, ich will nur sprechen mit Ihnen. Solo parlare!«

Sie drückte immer noch gegen die Tür und zischte mir einen italienischen Wortschwall entgegen. Er klang nicht freundlich. Ich verstand kein Wort.

»Mein Freund ist nicht schuld. Warum beschuldigen Sie ihn?«

Verdammt, die versteht mich ja überhaupt nicht, kam mir in den Sinn. Ich versuchte es noch einmal mit einem freundlichen »Signora, prego ...!«

Sie zeterte noch lauter, auf der gegenüberliegenden Seite der Gasse öffnete sich ein Fenster und eine Frau rief etwas Unverständliches. In diesem Augenblick wurde mein Besuch endgültig zum Desaster. Die Tür hinter der dicken Frau wurde vollends aufgerissen und ein hagerer, mittelalter Mann stürmte an ihr vorbei, stieß mich weg und brüllte italienische Flüche, die ich nicht verstand. Ich versuchte, ihn von mir wegzudrängen, aber er stieß mich mit beiden Fäusten vor die Brust und ich stolperte zwei Schritte nach hinten. Er setzte sofort nach, war mit seiner zu weit ausgeholten Rechten jedoch zu langsam und ich konnte mich wegdrehen. Der fiese Angriff machte mich wütend, ich konnte seinen nächsten Schlag abblocken und selber einen Treffer landen. Ich erwischte ihn voll im Gesicht und erschrak selber dabei. Blut lief ihm aus der Nase. Er schien irritiert und blieb kurz bewegungslos stehen.

»Stop!«, schrie ich ihn an, »vorrei solo parlare - ich möchte nur mit Ihnen reden!«

Bevor er wieder zum Angriff übergehen konnte, zog ihn die dicke Moretti zurück. Die Alte keifte dabei noch immer, der Mann deutete wütend auf mich.

»Fottuto figlio di una cagna! Verdammter Hurensohn!«

Dann knallte er die Haustür zu. Ich stand davor wie ein Idiot. Was ich auch nüchtern betrachtet war. Ich schlug noch einmal an die Tür, nichts. Eine Minute lang wartete ich noch tatenlos, dann schlich ich wie ein geprügelter Hund unter den Blicken mehrerer Nachbarn in die Pension zurück, nahm mir ein Bier aus der Minibar und setzte mich aufs Bett.

»Das ging ja wohl prächtig in die Hose!«, war der erste Satz, den mir Silvia entgegenschleuderte, als sie von den Carabinieri zurück kam. »Bist du eigentlich noch ganz bei Trost, diese Morettis zu belästigen? Zu verprügeln sogar? Spinnst du?«

Sie baute sich wütend vor mir auf. Wenn Blicke töten könnten, dachte ich.

»Ich habe niemand verprü...« Weiter kam ich nicht.

»Die haben aber genau das den Carabinieri berichtet, gerade als ich mit dem Capitano im Gespräch war, riefen sie an. Im Gegensatz zu dir ist er ein denkender Mensch. Ich hatte ihn fast so weit, dass ich Kalle mitnehmen konnte, und dann das! Das ist nicht gut, das ist gar nicht gut, sagte er, als der Anruf kam. Kalle sitzt jetzt wegen dir! Am besten wäre es, sie lochen dich auch gleich ein!«

»Silvia, bitte ...«

Sie war schon draußen und knallte die Tür zu.

»Scheißdreck!«, dachte ich laut.

26. Juni 2016, Castagnole. Die Helfer

Nachdem Silvia das Carabinierikommando verlassen hatte, saß Kalle alleine in dem winzigen Verhörzimmer und wartete ab, wie es weitergehen würde. »Dass ich so noch mal in der Scheiße sitzen würde, habe ich mir auch nicht träumen lassen«, erzählte er mir später. Er ließ die vergangenen Tage Revue passieren. Das Ganze würde sich wahrscheinlich bald auflösen, solange hockte er eben mal wieder in einer Zelle. Beim letzten Mal sah seine Zukunft weit düsterer aus. Sie hatten ihn in Frankfurt/Oder an der Grenze mit gefälschten Autoteilen und mit Zigaretten erwischt, die fein säuberlich hinter den Kartons mit den künstlerisch bemalten Ostereiern aus Polen verstaut waren. Er hatte sich damals wie schon mehrfach zuvor auf die gleichen Grenzbeamten verlassen. Die waren aber kurzfristig versetzt worden und der nachfolgende Dienststellenleiter hatte keinerlei Humor. Dummerweise kam die Kripo bei den Ermittlungen auch noch auf die drei Touren mit den Mädels aus Weißrussland. Wobei er die immer super behandelt hatte. Sie ihn auch. Manchmal waren sie ganz besonders nett zu ihm. Pech. Drei Jahre hatten sie ihm aufgebrummt, zwei saß er ab, ein halbes davon im offenen Vollzug, der Rest auf Bewährung draußen. Seitdem war Kalle sauber. Die zwei oder drei Mal, wo er eben ein wenig härter »hinlangen« musste, ausgenommen. Er ließ sich einfach nicht gerne verscheißern von irgendwelchen, dahergelaufenen Typen.

»Hoffentlich sitze ich dies Mal nicht so lange wie damals«, sagte er sich, als Gallo die Tür öffnete und ihm signalisierte, mit zu kommen. Der Brigadiere stieg voran die Treppe ins Untergeschoss hinunter und ging auf die rechte der beiden Zellen zu, die nebeneinanderlagen, nur von einem Gitter getrennt.

»Moretti, du bekommst Gesellschaft!«

»Was bringst du denn da an?«, grunzte Gianluca Moretti, der auf seiner Liege hockte und eine Illustrierte in der Hand hielt.

»Den dicken Deutschen, der soll mit Rizzo was zu tun haben, sagt dein Onkel.«

Gallo öffnete die Gittertür, schob Kalle durch und drückte ihm eine Decke und ein Handtuch in die Hand. »Er heißt Berger.«

Dann schloss er die Zelle ab und marschierte wieder nach oben. Die beiden Häftlinge starrten sich wortlos an.

»Wer bist'n du? Ich bin Kalle, aus Deutschland!«

Moretti schaute verständnislos. »Hä? Non ho capito niente!«

Kalle winkte ab. »Leck mich am Arsch. Und schnarche bloß nicht, sonst kracht's!«

Moretti lachte verächtlich und streckte den Mittelfinger hoch. »Stronzo!«

Pünktlich kurz vor sieben am Sonntagmorgen standen wir am Bahnsteig im Turiner Hauptbahnhof und warteten auf Jacek. Silvia ignorierte mich nach wie vor weitgehend. Sie war richtig angefressen, musste ich zur Kenntnis nehmen. Die Fahrt von Castagnole nach Turin war sehr ruhig, wir schwiegen uns gegenseitig an. Wenigstens wurde ich gestern Abend nicht aus unserem Zimmer verbannt. Sie hatte mir nur noch nebenbei mitgeteilt, dass es keine Anzeige gegen mich gäbe.

»Hast du unverdient Dusel gehabt!«, meinte sie nur.

Ich hätte ihr Recht geben sollen. Tat ich aber nicht. Jetzt war es zu schwierig, ich hatte den richtigen Zeitpunkt verpasst. Zum ersten Mal hatten wir beide Streit miteinander. Gehört auch zu einer guten Partnerschaft, redete ich mir ein und linste nach rechts, wo Silvia schweigend neben mir her lief. Ich war Luft für sie.

Mit ein paar Minuten Verspätung lief der Schnellzug aus Mailand ein. Ganz in unserer Nähe stieg Jacek um sich blickend aus einem der vorderen Wagen aus.

»Jacek, hier her!«

Wir liefen zu ihm hin. Er sah gut aus, Jeans, kariertes Hemd, helle Jacke, Mütze mit VfB-Logo und sogar eine neu wirkende, riesige Reisetasche, ebenso mit Aufdruck VfB Stuttgart. Wahrscheinlich von seinem Nachbarn, dem »Computerjüngelchen« geliehen.

»Mann, oh Mann, bin ich froh, endlich da zu sein. Hallo!«

Wir umarmten ihn beide.

»Ich bin zu alt für solche Reisen!«

»Ging alles glatt?«, fragte Silvia, die sich demonstrativ bei Jacek eingehängt hatte. Ich lief wie ein begossener Pudel nebenher, Jacek bemerkte nichts, sobald er zu schönen Frauen Kontakt hatte, blendete er den Rest seiner Umwelt aus.

»In Stuttgart hat mich mein Nachbar zum Bahnhof gefahren und auf den Zug gebracht. Aber in Mailand, heißt Milano auf italienisch«, er grinste stolz, »das war Problem! Habe ich nicht alleine den richtigen Bahnsteig gefunden, ist alles italienisch geschrieben. Nix international. Aber dann habe ich Polizist gefragt. Ich, Jacek, habe erstes Mal in meinem Leben freiwillig mit Bulle geredet!«

Silvia musste lachen. »Wie hast du denn mit dem Polizisten geredet?«

»Ganz einfach. Habe nur gesagt Turin und Fahrkarte hochgehalten. Er hat zurückgefragt Torino, und ich habe genickt. Dann hat er auf meine Tasche gedeutet, dann auf sich und hat gesagt ›Inter!‹ Habe sofort kapiert, Fußballclub! Verstehe Italienisch!«

Ich schob mich jetzt zwischen die beiden und schnappte Jaceks Reisetasche, ein wahres Ungetüm.

»Mein Gott, da ist ja die Tasche schwerer als der Inhalt, oder was hast du da drin?«

Jacek grinste. »Hab‘ ich mein Gold dabei! Aber, sitzt Kalle noch?«

Silvia und ich erläuterten ihm, während wir den Bahnhof verließen, abwechselnd die Situation in den letzten Tagen.

»Er ist nicht verhaftet, sondern nur vorläufig festgenommen, sagen die Carabinieri.«

»Ich kenne das, egal wie es heißt, du sitzt!«, meinte Jacek resigniert. Schließlich hatte auch ihn die Staatsanwaltschaft mal in die Zange genommen und der Richter ihn zu zwei Jahren verurteilt. Er hatte zwei Albaner, die ihm bei seinen Geschäften in die Quere gekommen waren, derart vermöbelt, dass beide krankenhausreif waren. Es wurde als versuchter Totschlag ausgelegt, weshalb es keine Bewährungsstrafe für ihn gab.

Ich schaltete mich ein. »Er hat kein Alibi, wird behauptet und vor allem gibt es diese idiotische Zeugenaussage. Ausgerechnet von der Familie, deren Sohn unser Auto beschädigt hat. Das ist das Problem.«

»Und neben dem sitzt er jetzt auch noch in der Nachbarzelle«, warf Silvia ein.

Jacek schüttelte immer wieder seinen massigen Schädel. »Der bringt doch keinen um. Es gab zwar mal in Stuttgart einen Zoff mit so nem Spaghettifresser, der ihm blöd kam, aber da gab's halt eine auf die Nuss.« Er lachte. »Zuerst von Kalle, dann von mir.«

Wir frühstückten noch schnell in einer Bar in der Nähe unseres Parkhauses, Espresso lungo und ein Croissant, Jacek brauchte ein Bier, und nahmen dann die Autostrada Richtung Süden.

Silvia unterhielt sich konsequent nur mit Jacek. Ich fuhr, hörte zu und spielte den Beleidigten. Eine gute Stunde später erreichten wir wieder Castagnole. Jacek wollte unbedingt sofort zu Kalle, Silvia begleitete ihn als Dolmetscherin. Ich blieb in der Pension. Besser so.

Maresciallo Martinelli hatte Sonntagsdienst und ließ die beiden nach anfänglichem Zögern und einer hitzigen Diskussion mit Silvia zu Kalle. Silvia hatte ihm klargemacht, dass Jacek der engste Verwandte Kalles wäre und er ja wohl das Recht haben müsste, mit diesem zu sprechen, wenn er extra von Deutschland hergereist wäre. Silvia ließ ihre schlechte Laune an dem armen Maresciallo aus. Der gab irgendwann auf. Sie stiegen hinter dem Carabiniere die Treppe runter, Martinelli schloss die Zellentür auf. Kalle saß auf der Liege und versuchte gerade, mit Händen und Füßen ein Gespräch mit Gianluca zustande zu bekommen.

»Kalle, Mann! Was baust du für Scheiße? Kann ich dich keinen Tag alleine lassen, geht es in Hose!«

Kalle war von der Liege aufgesprungen, sie umarmten sich. »Menschenskind! Dass du hier her gefunden hast! Bist du etwa geflogen?«

»Nein, mit Zug, ich ganz alleine. Weltreise!«

Jacek deutete auf Gianluca. »Und was ist das für einer?«

Kalle lachte dröhnend. »Der wollte mich in die Luft jagen, ist aber ganz ok. Wir unterhalten uns gut.«

Er winkte Gianluca an das Gitter heran.

»Ist mein neuer italienischer Kumpel. Ich kann ihm erzählen, was ich will, er widerspricht nie.«

Gianluca klatschte durch die Gitterstäbe hindurch Kalles Hand ab und zeigte auf Jacek. »Amico tedesco?«

Beide lachten. Silvia fragte Gianluca, wie sie sich verständigen würden. Kein Problem, meinte er, mit Händen und Füßen und das ein oder andere Wort versteht man auch ohne Sprachkenntnisse. Aber wenn sie gerade hier sei, könnte sie Kalle etwas übersetzen.

»Was soll ich denn sagen?«

»Signora, bitte sagen sie ihm, dass es mir leidtut. Ich war ein Idiot! Und er ist ein guter Typ, er kann ja nichts dafür, dass sein Großvater meinen Urgroßvater ermordet hat. Und ...«

Er zögerte. »Auch bei Ihnen möchte ich mich entschuldigen. Ich wollte Sie nicht treffen. Wirklich nicht. Ich habe da einen riesengroßen Fehler gemacht. Den Schaden am Auto übernehme ich natürlich. Bitte, verzeihen Sie mir, ich bin eigentlich ein guter Junge.«

Martinelli lachte im Hintergrund laut auf und verzog das Gesicht. Silvia nickte Gianluca freundlich zu. »Entschuldigung angenommen.«

Dann übersetzte sie alles für Kalle. Der schaute ganz gerührt auf

Gianluca, drehte sich dann aber wieder zu Silvia.

»Du kannst ihm sagen, für mich ist das Ganze erledigt. Ich finde, er ist ok. Vielleicht gebe ich ihm trotzdem noch eine auf die Schnauze, nur so als Strafe!«

Kalle brüllte vor Lachen, Gianluca schaute unsicher zwischen Silvia und Kalle hin und her. Nachdem sie übersetzt hatte, drohte er grinsend Kalle und nahm Boxerhaltung an. »Das werden wir ja sehen!«

Sie plauderten alle drei noch eine Weile, meist über den Umweg Silvia, dann drängte Martinelli, der ruhig zugehört hatte, zum Aufbruch.

»Morgen holen wir dich raus, garantiert. Und den andern hier auch!«, rief Jacek zum Schluss in die beiden Zellen.

»Domani!«, ergänzte Silvia für Kalles neuen italienischen Kumpel.

»Das ist Kalle!«, krächzte Jacek etwas außer Atem, als sie die Treppe ins Erdgeschoss hochstiegen. »Kann keinem böse sein. Aber eine aufs Maul kriegt der Spaghetti noch, da bin ich sicher. Nur zu Spaß!«

Nach einem ausgiebigen Mittagessen bei Fabio in der Trattoria, zuerst Agnolotti mit Pilzfüllung, danach Brasato al Barolo, zum Schluss ein typisch piemontesischer Pudding, der »Bonèt«, fuhren wir nach San Pietro und zeigten Jacek das Haus.

»Am besten abreißen«, meinte er.

Silvia widersprach heftig. Anschließend setzten wir uns in der Pension zur Beratung zusammen. Zumindest redete Silvia inzwischen wieder mit mir, wenn auch nur ganz sachlich.

»Was machen wir jetzt?«, meinte Jacek.

»Ich versuche, bei den Carabinieri raus zu kriegen, ob unser Bild noch da ist und dann habe ich seit unserer Rückfahrt eine Idee. Vielleicht ein wenig verrückt. Bin gespannt, was ihr davon haltet.«

Beide blickten mich erwartungsvoll an.

»Ich möchte Wachter, ihr wisst ja sicher noch, den Kommissar in Stuttgart anrufen, ob er uns helfen kann. Und will natürlich. Was meint ihr?«

Jacek grinste. »Der dich am Flughafen so fertig gemacht hat?«

Ich nickte. »Ja, der. Ich müsste bei ihm was gut haben. Jan hat doch im Januar diese Sache im Internet gefunden und wir konnten damit helfen, eine Entführung zu verhindern.«

Jacek und Silvia wirkten, als wüssten sie nicht so recht, was sie mit meiner Idee anfangen sollen, stimmten aber zu und ich rief Hauptkommissar Wachter in Stuttgart an. Seine private Nummer besaß ich seit der Sache im Winter. Es läutete ziemlich lange, ich wollte schon aufgeben, da meldete er sich. »Wachter!«

»Guten Tag Herr Wachter, hier ist Peter Förster. Entschuldigen Sie die Störung am heiligen Sonntagnachmittag.«

»Herr Förster, hallo! Was für eine Überraschung. Mit Ihnen habe ich nun wirklich nicht gerechnet. Sie stören nicht, denn ich habe Urlaub, und Zeit«, ergänzte er. »Lange nichts gehört. Was führt Sie zu mir? Hat Ihr Computerfreak schon wieder ein neues Verbrechen aufgetan?«

Ich lachte. »Nein, der sitzt mit seiner Freundin auf unserer Insel gemütlich unter den Palmen. Nein, dieses Mal ist es etwas ganz anderes. Herr Wachter, ich traue mich fast nicht, es zu sagen. Diesmal brauche ich Sie!«

»Oh, das klingt nach Schwierigkeiten. Habe ich Recht?«

»Ja und wie, leider große. Wir sind in Italien, und ...« Danach erläuterte ich ihm in aller Kürze die Situation. Mit Kalle und mit dem Bild.

»Meine Freundin, Frau Rothstein, spricht zwar perfekt italienisch, aber wir kommen hier mit der Polizei nicht weiter. Wir haben inzwischen einen hiesigen Anwalt gefunden, aber der bewegt praktisch nichts, da können wir nichts erwarten. Deshalb sind Sie meine, unsere letzte Hoffnung, die Sache schnell zu klären. Ich weiß, es ist vermessen, aber können Sie uns hier helfen?«

»Kleinen Moment.«

Es dauerte ein wenig, es klang, als würde er ein paar Schritte gehen und sich setzen, dann war er wieder dran.

»Herr Förster, in Italien habe ich keinerlei Befugnisse, da kann ich auch nur als Privatmann agieren, zumal wir keinen Fall haben, der mit Ihren Problemen im Zusammenhang steht.«

Ich hatte es befürchtet, die Idee, ihn um Hilfe zu bitten, war blödsinnig. »Ja, das verstehe ich ...«

»Aber Herr Förster, ich habe es, glaube ich, schon erwähnt. Ich habe Urlaub. Noch eine Woche. Eigentlich wollte ich noch ein paar Tage an die Nordsee fahren, es gibt da ein kleines Inselchen in Nordfriesland, mit Schafen und Deichen. Aber so fahre ich eben nach Italien. Piemont ist schön, ich kenne es von früher. Barolo, Cuneo, Turin. Haben Sie mir ein für einen Beamten bezahlbares Quartier?«

Ich war begeistert.

»Herr Wachter, diese Reise geht selbstverständlich auf mich, und das mit dem Quartier ist kein Problem.«

»Keine Bestechungsversuche, bitte, meine Reise bezahle ich selbst.«

»Da drüber reden wir dann noch. Wann können Sie kommen? Es gibt eine super Zugverbindung über Mailand nach Turin.«

»Ich schaue nach und gebe Ihnen Bescheid. Ich denke, morgen früh kann ich fahren, ich habe hier nichts vor.«

Ich bedankte mich bei ihm und wünschte eine gute Reise und machte mit ihm aus, dass ich ihn abholen würde.

»Ist ja fantastisch, dass es klappt, das hilft uns auf jeden Fall«, meinte Silvia euphorisch.

»Das werden wir ja sehen. Jetzt schaue ich mal bei den Carabinieri vorbei wegen des Bildes. Gehst du mit?«

»Klar, ich bin doch deine Übersetzerin.«

Ich hatte das Gefühl, dass sich die Spannung zwischen uns beiden etwas abbaute, war aber nicht sicher. Als wir die Treppe durch den Schlosspark hochstiegen, legte Silvia plötzlich den Arm um mich.

Ich blieb überrascht stehen. »Ich hab' richtig Mist gebaut. Du warst schwer sauer?«

Sie schaute mich an und nickte mit dem Kopf. »Es war saublöd!«

Ich nickte ebenfalls und fragte ganz vorsichtig. »Jetzt wieder besser?«

»Du bist so ein unverbesserlicher Träumer! Du konntest doch nicht erwarten, irgendetwas zu bewegen mit diesem Auftritt.«

Ich wollte antworten, mich rechtfertigen.

»Sag jetzt nichts! Es würde nicht besser damit.« Sie hauchte mir einen Kuss auf die Wange. »Aber ich liebe diesen Träumer! Und jetzt gehen wir da rein. Hoffentlich geht das alles gut.«

Ich drückte sie an mich, am liebsten hätte ich nie mehr losgelassen. »Ti amo. Ich liebe dich!«

Silvia nahm mich an die Hand und zog mich weiter. »Komm!«

»Manchmal macht man einfach Mist, ich hoffe auch, dass wir bald alles aufklären können.«

Im Büro begrüßte uns Capitano Fontana in ziviler Kleidung.

»Ich habe eigentlich keinen Dienst, aber vorhin ist der Bericht der Gerichtsmedizin aus Alba gekommen. Den wollte ich gleich sehen und bin her gefahren.«

»Und was steht drin?«, fragte Silvia.

»Ich darf ihnen das nicht im Detail sagen, aber eines ist sicher. Er wurde brutal geschlagen und getreten, erst der Sturz war aber tödlich. Rizzo ist tatsächlich gegen die Kante des Stahltisches gestürzt. Genickbruch, er war sofort tot. Rechtlich gesehen Körperverletzung mit Todesfolge. Übrigens, auch der Todeszeitpunkt stimmt mit der Einschätzung des Arztes überein, nach zehn Uhr abends. Ihr Freund ist, ganz rational betrachtet, zwar noch nicht ganz raus aus der Sache, wir haben jedoch keinerlei Spuren von ihm gefunden. Wobei schon sehr viel auf einen Zufall deutet. Der Einbruch, Sie wissen schon. Morgen sehen wir weiter.«

»Er war es nicht Capitano, da bin ich sicher.«

Fontana zuckte mit den Schultern. Silvia erklärte ihm daraufhin, warum wir hier waren.

»Signor Förster hier wollte sicher sein, dass es auch wirklich das Gemälde aus der Renaissance ist, das er im Haus gefunden hat, bevor wir mit dem Museum in Turin sprechen. Er hatte ja nur die vage Vermutung, dass sich unter dem aktuellen Motiv etwas anderes verbergen könnte. Deshalb hat er es von einem Spezialisten aus der Schweiz labortechnisch untersuchen lassen, der seine Vermutung bestätigt hat. Anschließend gab er es dem Restaurator, um wirklich die Sicherheit zu haben, dass es echt ist. Der sollte kleine Bereiche des Originals freilegen, damit wollten wir dann mit Ihnen zum Museum.«

Fontana schaute zwischen uns beiden hin und her.

»Warum haben Sie es nicht gleich zu uns gebracht, es war doch Diebesgut!«

»Nein Capitano«, widersprach sie und hob Achtung heischend den Zeigefinger. »Das übermalte Gemälde hing ganz einfach im Haus von Signor Berger, niemand von uns konnte wissen oder vermuten, ob es gestohlen sein könnte. Zumal es ja auch noch im Museum in Turin hängt, was wir über das Internet erfahren haben. Bevor wir also mit irgendwelchen Gerüchten auftauchten, wollten wir Gewissheit haben. Für uns war das ein ganz normaler Weg, dafür brauchten wir keine Polizei.«

Fontana machte einen zweifelnden Eindruck, ließ es aber damit auf sich beruhen.

»Im Auftragsbuch steht nichts von diesem Bild und auf unserer Liste der gefundenen Bilder ist es auch nicht vermerkt.«

Ich nahm all meine Italienischkenntnisse zusammen.

»Ich habe mit Rizzo absolute Vertraulichkeit vereinbart. Könnten wir im Laden nachschauen, Capitano?«

»Hm, das ist ein Tatort, aber, wenn‘s Ihnen hilft, die Untersuchung im Laden ist abgeschlossen. Da ist kein Bild, das nicht auf einer Liste wäre. Aber Sie können rein. Ich gebe Ihnen den Maresciallo hier mit.«

Wir bedankten uns, Fontana erklärte noch kurz seinem Kollegen, was zu tun wäre, dann gingen wir los. Martinelli lief zügig vorne weg, nach fünf Minuten erreichten wir den Laden und er schloss auf. Das Chaos im Laden und im Tresorraum war behoben, die Gemälde lehnten alle sauber aufgereiht an den Wänden entlang und auf einigen Staffeleien.

»Prego!«, meinte der Carabiniere und deutete auf die Bilder. Eines nach dem anderen untersuchten wir, aber Fehlanzeige. Der junge Johannes war nicht dabei.

»Gibt es noch weitere Räume hier?«, fragte Silvia.

Martinelli verneinte. »Einen Nebenraum, aber da waren keine Bilder drin.«

Auch auf die Frage nach Rizzos Wohnung antwortete er mit »No, niente! Nichts, keine Bilder!«

Mir wurde kalt und heiß. Das Bild war weg. Geklaut vom Mörder. Ich hätte mich am liebsten geohrfeigt. Silvia beruhigte mich.

»Da konnte kein Mensch draufkommen, mach dir keine Vorwürfe. Wie solltest du wissen können, dass jemand einen Menschen totschlagen könnte, um an das Bild zu kommen, warum auch immer!«

Ich seufzte. »Du hast ja recht, aber es ist wirklich zum Kotzen. Das Sch…bild, und jetzt noch Kalle. Ich habe mir das etwas anders vorgestellt.«

»Wir kriegen das noch hin. Jetzt lass uns wieder zu Jacek gehen.«

Wir bedankten uns bei Martinelli, der sich salutierend verabschiedete.

»Ich wusste gar nicht, dass das bei dieser Polizei so militärisch zugeht«, meinte Silvia.

»Doch, die Carabinieri sind eine militärische Organisation, haben aber ganz normale polizeiliche Zuständigkeiten. Komm, nehmen wir auf dem Rückweg noch einen Espresso in der Bar.«

Als Luca, der Barkeeper, uns kommen sah, wunderte ich mich ein wenig über seinen fast panischen Gesichtsausdruck. Na ja, vielleicht geht's ihm nicht gut, dachte ich. Wie sollte ich auch den Grund seines Zustands erahnen können?

Am Montag früh machte Capitano Fontana zuerst Kalle klar, dass er noch für weitere 24 Stunden festgehalten werden konnte, danach ließ er Gianluca laufen. Der verabschiedete sich noch von seinem neuen deutschen Freund. »Amico tedesco. Ciao!«

Der Capitano lehnte sich in seinem Bürostuhl zurück und hielt Moretti eine Standpauke.

»Du hast einen solchen Dusel gehabt, dass nichts weiter passiert ist durch deine Schwachsinnsbombe, und dass die Deutschen so freundlich sind und dich nicht in die Pfanne hauen wollen. Sogar die Anzeige haben sie zurückgezogen. Ich verstehe es nicht. Mehr Glück als Verstand!«

Fontana deutete auf ein Formular auf seinem Schreibtisch. »Ich hab's dir ja schon einmal gesagt, eigentlich gehörst du wegen Blödheit eingelocht. Auf ewig! Und jetzt unterschreibe hier und hau ab!«

Gianluca Moretti verkniff sich alle Regungen, die Fontana noch wütender machen konnten und unterschrieb ganz brav das Entlassungsdokument. Ganz konnte er es aber doch nicht lassen.

»Capitano, ich danke für den erstklassigen Hotelservice und die schönen ...«

»Raus!« Fontana warf dem sich verkrümelnden Moretti einen Kugelschreiber nach. »Lass dich nie wieder bei mir blicken!«

Die Ermittlungen in Sachen Umberto Rizzo gingen ihren gewohnten Dienstweg. Die Spusi hatte keine besonderen Hinweise gefunden, viele Fingerabdrücke – keine von Kalle – und unterschiedliche DNA, aber außer Rizzo selber und seiner Putzfrau Signora Renzi, konnten keine Daten konkret zugeordnet werden. Die Leiche war inzwischen von der Gerichtsmedizin in Canale freigegeben worden.

Das abgewischte Türdisplay ließ vermuten, dass der oder die Diebe über diesen Weg eingedrungen waren. Also den Code kennen mussten, die Tür zum Tresorraum war ja unbeschädigt. Untersuchungen in Rizzos persönlichem Umfeld ergaben allerdings keine Erkenntnisse, dass jemand aus diesem Bereich involviert gewesen sein könnte.

Seit dem gestrigen Abend allerdings hatten die Dinge eine ungeahnte Wendung genommen. Der Maresciallo war mit der Information zurückgekommen, die Deutschen würden das Bild vermissen, das sie Rizzo zur Bearbeitung gebracht hätten. Es wäre nicht unter den aufgefundenen Werken. Irgendetwas Wertvolles. Sie hätten es am Donnerstagnachmittag noch bei Rizzo angeschaut.

»Und am Samstagmorgen, als wir die Bilder aufgelistet haben, war es nicht mehr da.«

Fontana lobte seinen Untergebenen ausdrücklich.

»Mann, Martinelli, das ist ein Hammer! Wir haben endlich eine Spur. Es war ein Einbruch, der aus dem Ruder gelaufen ist. Leute, wir suchen einen Einbrecher und Mörder, der gezielt dieses ominöse Renaissancebild aus di Rossos Haus gesucht und geklaut hat. Woher wusste der Dieb davon? Und warum stiehlt er es? Egal, gib das gleich nach Alba an Nannini durch, die soll herkommen.«

Montagnachmittag holte ich Hauptkommissar Wachter in Turin ab, gegen achtzehn Uhr waren wir wieder zurück in Castagnole. Es war eine eigenartige Situation, als ich ihn am Bahnsteig erkannte. Ich fühlte mich verdammt unsicher dabei. Er war lächelnd ausgestiegen und auf mich zugekommen.

»Ich freue mich, dass wir uns diesmal unter anderen Vorzeichen wieder treffen, Herr Förster.«

Mir fiel nichts ein, was ich antworten konnte und begrüßte ihn ganz einfach. Unterwegs nutzte ich die Zeit, ihm die Geschehnisse in aller Ausführlichkeit zu erläutern. Wachter hörte sich alles in Ruhe an, stellte nur ganz selten eine Zwischenfrage.

»Ok, wir haben also zwei unterschiedliche Prioritäten. Zuerst Ihren Kalle, dann das Bild. Wir müssen zuerst versuchen, doch noch einen Zeugen für Kalles Alibi zu finden. Haben Sie in der Nachbarschaft der Pension alle gefragt?«

»Nein, konnten wir gar nicht. Und ob die Carabinieri das gemacht haben, bezweifle ich. Die waren nur auf ihren Mordfall konzentriert. Und als dieser ominöse Zeuge auftauchte, war für die alles gegessen.«

Als wir auf den kleinen Parkplatz vor unserer Pension einbogen, erwarteten uns Silvia, Jacek und Gianluca Moretti.

»Das ist der Mann, der uns mit seiner selbst gebauten Bombe erschrecken und verjagen wollte«, erklärte ich Wachter beim Aussteigen.

Gianluca kam direkt auf mich zu und legte auf Italienisch los.

»Er will sich noch mal bei dir entschuldigen«, rief Silvia, bevor sie Hauptkommissar Wachter begrüßte.

»So viel kapiere ich schon, mein Schatz. Grazie, Signor Moretti, tutto bene.«

»Gianluca, Signore!«

»Ok, Gianluca. Mi chiama Peter.«

Er winkte uns noch einmal zu und bog um die nächste Ecke.

»Der hatte ganz schön Muffe«, meinte Jacek.

Nachdem Wachter sein Zimmer bezogen hatte, wollte er sofort mit Silvia losziehen, um die Nachbarschaft zu befragen.

»Ich will wissen«, instruierte er Silvia, »ob jemand Kalle um die Tatzeit hier gesehen hat. Laut seiner Aussage war er ja nach dem Abendessen mit Ihnen ein paar Meter rund um die Pension spaziert. Gehen wir?«

Silvia bejahte und sie marschierten ab. Wachter betonte zuvor noch einmal, dass er nur als Privatmann hier war und keinerlei Befugnisse hatte. »Ich habe auch keine Waffe dabei!«

Ich blieb mit Jacek in der Pension.

Bereits kurz nach neunzehn Uhr waren Wachter und Silvia in der Pension zurück. Jacek und ich schauten die beiden erwartungsvoll an.

»Und, habt ihr was?«

Die beiden nickten und Wachter berichtete.

»Wir haben eine Zeugin, eine alte Dame, drei Häuser weiter von hier Richtung Piazza. Die bestätigt, den Tedesco am Freitagabend noch spät gesehen zu haben. Er wäre langsam spazieren gegangen, ein Stück weit zur Piazza, dann habe er umgedreht und wäre wenige Minuten später wieder bei ihr vorbei gekommen. Er habe sie nicht bemerkt. Ich denke, das müsste als Alibi reichen. Vor allem, weil sie den langsamen Gang so betonte. Ein Mörder wäre schneller unterwegs.«

»Schnell laufen kann er gar nicht«, ergänzte Jacek.

»Das braucht die Polizei ja nicht zu wissen«, ergänzte ich. »Wie alt ist denn die Frau?«

Wachter schaute fragend auf Silvia.

»Ich schätze, etwas über achtzig, aber sie macht einen geistig regen Eindruck. Sie hat zugesagt, morgen früh hier her zu kommen, und sie will auch zur Polizei mitgehen.«

Jacek ballte die Faust. »Habe ich ihm doch gesagt, morgen hauen wir dich raus!«

Wachter bremste ab. »Nur langsam! Ich denke, gerade auch in Italien mahlen die Mühlen nicht allzu schnell.«

»Mamma mia«, seufzte Silvia, als wir uns nach einem harten Tag schlafen legten. An mehr als Schlafen war an diesem Abend nicht zu denken.

Roberto Morsini war von einem Beratungsgespräch bei einem Kunden, einem bekannten Weingut in Monforte d'Alba, zurückgekommen und mixte sich einen Aperol Spritz in seiner Hausbar. Das ganze Wochenende über hatte er gerätselt, wo das Bild sein könnte. Vielleicht hat sich's der Deutsche wieder geholt? Wer denn sonst? Jetzt beschloss er, zuerst mal Luca probehalber unter Druck zu setzen. Der musste doch eine Verbindung zu diesem Bild haben. Die Information hatte er ja von Rizzo bekommen.

»Der weiß mehr, als er sagt«, zischte er wütend und stürzte seinen Drink hinunter. Dann tippte er eine SMS an Luca in sein Smartphone.

»Will dich sprechen. Canove, Parkplatz, 22:00. Rob.«

Nur Sekunden später kam schon die Antwort. *»Ok.«*

Diesmal wartete Roberto auf dem Parkplatz vor Canove, kurz darauf fuhr Luca vor. Außer der Drohung, »schau, dass du etwas raus bekommst, sonst mache ich dich fertig! Das Scheißbild muss wieder her!«, ließ Roberto nichts weiteres zur Begrüßung verlauten.

Ihm gegenüber stand ein niedergeschlagener Barkeeper, der sich vor Angst fast in die Hose machte. »Roberto, scheiße Mann, ich habe das blöde Bild nicht gestohlen. Der Deutsche hat bei den Bullen anscheinend angegeben, dass er es zu Rizzo gebracht hätte. Er hat es im Haus von diesem anderen Typen gefunden. Ich weiß das alles aber auch nur aus zweiter Hand.«

Roberto kratzte sich im Schritt. »Verdammt, was haben die damit zu schaffen? Wie kann ein wertvolles Bild, wegen dem Rizzo fast ausflippt, in der alten Hütte hängen?«

Auf der Rückfahrt versuchte Roberto, Licht in das Dunkel des Diebstahls zu bringen. Was hatten die Deutschen mit dem Bild zu tun? Und was sollte Rizzo daran machen? Er kam zu keinen Ergebnissen. Er musste sich diesen Deutschen vornehmen.

Wachter musste nachts kombiniert haben, denn beim Frühstück konfrontierte er uns mit seinen Überlegungen.

»Warum hängt das Bild, ein bekanntes Renaissance-Meisterwerk, unerkannt in einem alten, seit langem unbewohnten Haus?

Ausgerechnet in einem Haus, dessen ursprünglicher Besitzer oder Bewohner laut Polizei bis heute als nicht gefasster Mörder an seinem Kumpan gilt. Gab es damals einen Grund für den anscheinenden Mord, wenn ja, welchen? Haben die beiden gemeinsam das Bild gestohlen und danach wegen der Aufteilung der Beute Krach bekommen? Wer hat es aber übermalt? Einer der beiden? Dann müsste derjenige eine Ausbildung als Maler gehabt haben. Wissen wir da was darüber?«

Ich schüttelte den Kopf. »Nein.«

»Gut, vielmehr schlecht. Aber das können wir vielleicht ermitteln. Auch in Italien gibt es vermutlich uralte Akten. Und nicht zu vergessen, wem haben die beiden das Bild vielleicht gestohlen? Aus dem Museum in Turin ja sicher nicht. Oder doch? Es sind zu viele offene Fragen. Ist eben auch schon etwas her. Wir müssen ganz logisch vorgehen.«

In diesem Moment piepte mein iPhone. »Ja, Förster.«

»Signor Förster, abbiamo una informazione nuova…«

»Un attimo, capitano…«

Ich reichte das Handy an Silvia weiter, die länger mit Fontana sprach.

»Die gehen davon aus, dass Rizzo von einem Einbrecher getötet wurde, der unser Bild gestohlen hat. Wir sollen heute Vormittag kurz vorbei kommen.«

Wachter legte sein Brötchen weg, in das er soeben genüsslich rein gebissen hatte. »Sie sagten doch gestern, außer Ihrem Bild fehlte keines, laut den Aufzeichnungen der Carabinieri?«

Ich nickte nur.

»Dann war das nicht irgendein Einbrecher, sondern ein ganz gezielt ausgeführter Einbruch, der Ihrem Bild galt. Sehr schön! Das kann uns weiterbringen. Ich gehe nachher mit. Aber zuerst hören wir uns unsere Zeugin an. Ich hoffe, die kommt bald.«

Als hätte sie es gehört, tauchte die alte Dame in Begleitung unserer Hauswirtin Chiara im Frühstücksraum auf, einem wunderschönen ehemaligen Gewölbekeller, in romantisches Licht getaucht. Silvia stand gleich auf und holte einen weiteren Stuhl an unseren Tisch.

»Prego Signora!«

Silvia bat Chiara noch, kurz da zu bleiben, um sie bei der Übersetzung zu unterstützen. Wachter stellte seine Fragen, Silvia und Chiara übersetzten. Zehn Minuten später hatten wir alles, was wir für die Carabinieri benötigten. Chiara eröffnete uns dann, dass Signora Maletti nicht nur weit über achtzig sei, wie vermutet, sondern sechsundneunzig. Und dass sie viele alten Geschichten kenne. Wachter horchte auf.

»Frau Rothstein, können sie sie fragen, ob sie aus den 20er-Jahren etwas über einen Bilderdiebstahl wisse, hier in Castagnole. Oder mehr über den damaligen Mord.«

Die Alte hörte nicht allzu gut, es dauerte ein wenig, bis Silvia mit Unterstützung Chiaras alles fragen konnte. Dann jedoch kam die Dame ins Erzählen. Ja, es gab damals den Mord an Roberto, und Ernesto wäre daraufhin verschwunden, weit weg übers Meer, wie es hieß. Die beiden wären immer miteinander unterwegs gewesen, sie wäre damals vier Jahre alt gewesen und hätte sie manches Mal gesehen. Ernesto wäre allein gewesen, ohne Eltern, die waren schon tot. Ein freundlicher junger Mann, sie hätte ihm manchmal beim Zeichnen und Malen zuschauen dürfen.

»Beim Malen?« Wachter war aufgesprungen. »Hat sie gesagt, beim Malen?«

Silvia nickte. »Ja.«

»Fragen Sie sie, was er gemalt hat.«

Silvia wandte sich wieder der alten Dame zu. Die schüttelte den Kopf. Sie war da noch ganz klein, gerade drei oder vier Jahre alt und hätte nicht verstanden, was das für Bilder waren. Leute, manchmal Köpfe, aber auch Landschaften. Aber was genau, wüsste sie nicht. Aber der junge Ernesto wäre ein gescheiter Mann gewesen. Dann fiel ihr plötzlich etwas ein. »Er hat studiert, in Torino, in der Akademie. Und einmal hat der den Conte gemalt, Dottore Morsini, den habe ich erkannt.«

Es wäre ja aber alles schon ein Weilchen her, meinte sie verschmitzt lächelnd. Silvia erklärte ihr noch, dass wir jetzt zu der Polizei gingen. Falls wir sie brauchen sollten, würden wir uns melden.

Ich ergriff ihre faltige Hand. »Grazie, Signora. Mille grazie!«

Chiara führte sie wieder vorsichtig hinaus. Bevor die beiden die Tür erreichten, drehte sich Signora Maletti noch einmal um.

»Ich glaube, es ist vielleicht zwanzig Jahre her, da war ein Mann aus Deutschland hier zu Besuch. Er hat mit dem alten Renato, mit Verducci, gesprochen. Der erzählte mir einmal davon, als er ins Altersheim ging. Das wäre anscheinend der Sohn von Ernesto gewesen, der in Amerika gestorben wäre. Aber Genaues weiß ich nicht mehr. Das ist auch schon mehr als zehn Jahre her. Arrivederci!«

»Das muss Kalles Vater gewesen sein. Dann hatte der also doch Kontakt gehabt«, sagte Silvia.

Wachter reagierte nicht auf Silvia, er schaute uns begeistert an.

»Er war Maler! Das ist es. Er hat das Bild übermalt. Die beiden haben es damals hier in der Region gestohlen, nicht in einem Museum und er muss das Bild gekannt haben. Anscheinend hat er sogar Kunst studiert. Wahrscheinlich war es ein Zufallsfund. Verkaufen konnte er es zu dem Zeitpunkt nicht, er hatte keine Kontakte. Und ziemlich sicher Angst entdeckt zu werden.«

Er machte eine kurze Pause. »Und er hatte es eilig.«

Wachter schaute auf mich. »Sie sagten, das Bild wäre professionell übermalt, aber miserabel gerahmt worden, stimmt doch?«

»Ja, das war mein Eindruck.«

Wachter rieb sich die Hände. »Der hatte keine Zeit, weil er weg musste. Vielleicht hat er also tatsächlich den Kumpel umgebracht, vielleicht im Streit getötet. Und das Bild hat er übermalt in der Hoffnung, irgendwann zurückzukommen und es zu holen. Das aber hat nicht geklappt. Nun haben wir den entscheidenden Ansatzpunkt. Ich rede nachher gleich mit den Kollegen hier.«

Jacek meinte, »dann können wir ja alle gehen. Ist gut, wenn wir viele sind!«

»Nehmt einen Schirm, draußen gewittert es.«

Jacek winkte verächtlich ab. »Nicht nötig, deutsches Mann aus Polen wird nicht nass!«

Ich fuhr mit dem Wagen ans Einfahrtstor zu den Carabinieri und drückte den Klingelknopf. Das Tor öffnete sich automatisch. Es goss jetzt wie aus Kübeln und ich stellte den Wagen direkt vor dem Büroeingang ab. Die fünf Meter reichten, um uns abzuduschen. Lediglich Silvia trug einen leichten Regenmantel.

»Oh, ist es nass draußen?«, begrüßte uns der junge Gallo und führte uns ins größere der beiden Verhörzimmer. Wir passten gerade so rein, ich blieb stehen, da nur drei Stühle am Tisch standen. Kurz darauf brachte Gallo zwei weitere Stühle aus dem Büro, hinter ihm trat Fontana ein.

»Buongiorno Signori! Da ist der Laden ja voll heute. Fangen wir an.«

Er wollte zuerst wissen, was wir ihm noch zu unserem Bild sagen konnten, da sie jetzt von einem gezielten Diebstahl genau dieses Gemäldes ausgingen. Ich bestätigte ihm, dass dies auch unsere Meinung sei und schickte ihm ein Foto auf sein Smartphone, das er sowohl ausdrucken als auch per Mail an die Dienststellen in der Region weiterleiten ließ.

»Tenente Patricia Nannini kommt heute noch her, um uns zu verstärken.«

Wachter schaute mich fragend an.

»Das ist die junge Kommissarin aus Alba«, klärte ich ihn auf und stellte ihn gleichzeitig näher vor. Wir hatten uns zuvor darauf geeinigt, ihn zwar als Kriminalbeamten, aber vor allem als guten Freund darzustellen, den wir ganz privat um Hilfe gebeten hätten. Selbstverständlich hätten wir keinerlei Zweifel an der Kompetenz der Carabinieri, aber zwei Augen und ein Kopf mehr konnten ja schließlich nichts schaden. Fontana reagierte kommentarlos mit einem verstehenden Lächeln, machte dann aber auch unmissverständlich klar, dass Wachter hier keinerlei Befugnisse habe. Sich nirgendwo einmischte, nicht auf eigene Faust mit möglichen Zeugen sprach. Und hoffentlich ohne Dienstwaffe unterwegs wäre.

Dann übernahm Wachter das Gespräch, Silvia übersetzte. Zuerst informierte er die italienischen Kollegen über unsere gefundene Zeugin. Fontana hatte bereits davon gehört.

»In einem solchen Ort geht das schnell«, meinte er.

Er würde die alte Dame noch offiziell selbst befragen, aber damit wäre endgültig die Unschuld von Herrn Berger bewiesen. Ohnehin wäre der Fall durch die neue Spur inzwischen klar, der Einbrecher war mit an Sicherheit grenzender Wahrscheinlichkeit auch der Mörder.

»Signor Berger ist heute Mittag frei. Es tut uns leid, dass Sie solche Unannehmlichkeiten deswegen hatten. Ich hoffe, Sie haben trotzdem noch einen guten Eindruck von uns.«

Silvia zeigte ihr charmantestes Lächeln. »Capitano, Sie machen Ihre Arbeit. Und das ist gut so.« Sie lachte. »Vielleicht hat er dadurch auch ein wenig an Gewicht verloren.«

»So, wie der gegessen hat, glaube ich das nicht.«

Ein allgemeiner Heiterkeitsausbruch war die Folge. Dann meldete sich wieder Wachter und erläuterte unsere Vorstellungen vom Ablauf der Geschehnisse damals in den 20er Jahren und ihre Bedeutung für die Gegenwart.

»Wir vermuten, dass das Bild nach dem Diebstahl im Museum und nach der Erstellung der Kopie hier her in diese Gegend gelangt ist, was wir natürlich nicht beweisen können, aber was Anhaltspunkte für die Ermittlung bieten könnte. Es gibt doch einige sehr reiche Familien hier, sicher seit vielen Generationen?«

Fontana hatte konzentriert zugehört und nickte nun beifällig.

»Signor Wack...?«

»Wachter«, ergänzte dieser.

»Si, Signor Wacker, ich denke, Sie haben da durch Signora Maletti eine wichtige mögliche Spur gefunden. Manchmal ist es wirklich hilfreich, auf die alten Leute zu hören. Ich schlage vor, wir beide sprechen noch mal mit dem jungen Moretti, vielleicht hilft uns der auch noch weiter und danach begeben wir uns nach Alba ins Archiv und suchen nach alten Akten. Vielleicht finden wir mehr über die damaligen Diebstähle aus Villen, was uns zu dem Bild führen könnte. Ich lade Sie ein. Was halten Sie davon?«

Silvia übersetzte und Wachter stimmte gerne zu. »Va bene, capitano!«

Fontana lachte bewundernd. »Perfetto italiano!«

Dann ließ er Kalle aus der Zelle her bringen.

»Sie können ihn gleich mitnehmen, sonst muss ich ihm noch einmal das Mittagessen bestellen.«

Jacek und Kalle, das ›alte Ehepaar‹, fielen sich in die Arme, dann drückte Kalle nacheinander Silvia und mich. So, wie er in Stimmung war, wunderte es mich, dass er nicht auch noch den Capitano und Wachter drückte.

»Leute, das war ein richtig gemütlicher Knast. Hätte ich in Italien nicht erwartet. Vor allem das Essen war hervorragend, Silvia, kannst du das übersetzen?«

Sie tat es und die gesamte Carabinierimannschaft strahlte stolz. Kalle gab sein dröhnendes Lachen von sich.

»Grazie, Bello! Salve! Fuck!«

»Das ist aber nicht italienisch«, korrigierte ihn lachend Silvia.

»Das hat aber Moretti immer gesagt.« Dann drückte er allen dreien die Hand. »So und jetzt? Was wird jetzt mit meinem Erbe? Mit dem teuren Bild? Seid ihr weiter?«

Wir verabschiedeten uns, Gallo kam noch hinterher gerannt, Kalle müsse noch die Entlassung bestätigen, sonst würde er ewig in einem italienischen Gefängnis sitzen und bei der nächsten Einreise garantiert verhaftet werden. Damit drückte er ihm ein Formular in die Hand.

Auf der Rückfahrt, mit fünf Personen im Auto, dabei zwei recht kräftigen, was wenig Spaß machte, brachten wir Kalle auf den neuesten Stand. Wachter und Silvia hatten sich mit dem Capitano auf fünfzehn Uhr am Nachmittag verabredet, um zuerst mit Gianluca zu sprechen und anschließend in Alba das Polizeiarchiv zu besuchen.

Kalle, Jacek und ich fuhren zum Haus nach San Pietro raus und klopften den teilweise abgefallenen Putz auf der Westseite des Gebäudes ab, um die schöne Natursteinwand darunter freizulegen. Es tat richtig gut, sich nach drei Tagen wieder körperlich auszutoben. Ohne den fürchterlichen Druck eines Mordverdachts. Kalle würde es zwar nie zugeben, aber der Druck, der auf ihm gelastet hatte, war ihm sehr deutlich anzumerken gewesen. Jetzt war er zumindest nach außen wieder ganz der Alte. Wie's innen bei ihm aussah, keine Ahnung. Er gab aktiv die Richtung vor, vor allem beim Steineklopfen.

»Früher haben die armen Kerls das immer im Knast gemacht, wir machen's jetzt freiwillig. Nicht nachlassen Freunde! Zeigt, was ihr könnt!«

»Hör dir diesen Sklaventreiber an! Er tut so, als wolle er die Hütte gar nicht haben, aber dann …«

Der knackige Sound eines Sportwagens unterbrach ihn. Kurz vor sechs am späten Nachmittag rollte plötzlich ein knallroter Ferrari in den Feldweg vor Kalles Häuschen und stoppte genau vor dem inzwischen freigeräumten Zugangsweg. Ein elegant gekleideter Mann Mitte vierzig, zumindest schätzte ich ihn so ein, stieg aus und kam auf uns zu.

»Buon giorno, Signori. Permesso?«

Ich stieg von unserem improvisierten Gerüst, ging ihm entgegen und nickte. »Volentieri!«, antwortete ich und schaute den Besucher fragend an.

»Excuse me, can we talk in english? My German is not very good, spreche nichte deutsch.«

»Ok, no problem.« Was will der, dachte ich und wartete ab.

»Darf ich mich vorstellen, mein Name ist Roberto Morsini. Ich entschuldige mich dafür, dass ich hier so unangemeldet auftauche und Sie bei der Arbeit störe.«

Ich schüttelte den Kopf und schaute ihn dabei etwas genauer an. Modischer schmaler Anzug in dunkelblau, weißes Hemd, recht weit geöffnet. Alles an dem Besucher wirkte gewollt leger. Italiener haben das einfach drauf, musste ich neidlos eingestehen.

»Ich bin Peter Förster, Sie stören nicht. Aber was kann ich für Sie tun?«

Er legte die Hände zu einer Raute zusammen, wie unsere Kanzlerin kam mir in den Sinn. Er zögerte etwas. »Ich habe ein paar Fragen zu dem Gemälde, das Sie dem Restaurator Rizzo anvertraut haben. Und das jetzt leider gestohlen wurde.«

Ich war irritiert und ließ ihn das auch merken. »Mit Signor Rizzo hatte ich absolute Vertraulichkeit vereinbart. Wie kommen jetzt Sie darauf, dass ich Ihnen Fragen beantworten könnte und vor allem beantworten würde? Und welches Interesse haben Sie daran?«

»Herr Förster, das ist nicht ganz einfach zu erklären. Ich sage mal ganz vorsichtig, das Kunstwerk könnte Eigentum der Familie Morsini sein. Und deshalb bin ich, was Sie sicher verstehen werden, daran interessiert, Näheres zu den Umständen des Auffindens und des Diebstahls zu erfahren.«

Im Verlauf unseres bisherigen kurzen Gesprächs war Kalle zu uns gestoßen und schaute den ungebetenen Gast kritisch an. Ich versuchte, mir meine Überraschung über sein Anliegen nicht anmerken zu lassen, was wahrscheinlich nicht klappte.

»Signor Morsini, ich denke, dass ich Ihnen leider keine Fragen beantworten werde. Ich weiß von keinem Diebstahl und wie wir das Gemälde aufgefunden haben und warum es bei Rizzo landete, ist und bleibt vertraulich. Dazu kommt noch, dass Sie hier von einem möglichen Eigentum sprechen, das Sie erst mal nachweisen müssten, was hier auf unserer Baustelle mit Sicherheit nicht möglich ist.

Überhaupt stellt sich die Frage, ob wir vom selben Bild sprechen.«

Morsini verlor jetzt abrupt seine Freundlichkeit. »Dass ein wertvolles Kunstwerk legal in dieser verfallenen Hütte hängt, glauben Sie wohl selbst nicht. Das Bild ist unserer Familie einst gestohlen und hier versteckt worden. Und Sie tun so, als ob es Ihnen gehört. Wir lassen unser Eigentum nicht von dahergelaufenen Kunstbetrügern stehlen. Sie wollten das Bild für sich restaurieren lassen. Aber nicht mit uns!«

Er war bei den letzten Worten laut geworden. Ich wollte ihm widersprechen, aber Kalle kam mir zuvor und griff nach Morsinis Sakkorevers. »Langsam Freundchen, nicht mit uns!« Dabei ließ er ihn wieder los und wandte sich an mich. »Was hat der Kerl gesagt? Ich verstehe kein Englisch.«

»Kalle, lass gut sein, ich mache das friedlich.« Ich drehte mich zu dem wütenden Morsini um, der seinen Sakko wieder gerade zog und fixierte ihn mit einem, wie ich meinte, grimmigen Gesichtsausdruck. »Verlassen Sie das Grundstück und schreien Sie hier nicht rum. Ihre Anschuldigungen sind beleidigend und falsch. Ich bin nicht bereit, weiter mit Ihnen darüber zu diskutieren. Arrivederci!«

Morsini schien seine weiteren Schritte zu überlegen, Kalle machte ihm jedoch einen Strich durch die Rechnung, mit einem Blick, der töten könnte. »Avanti!«

»Kalle stop, das heißt herein!« Dabei wies ich Morsini sehr deutlich den Weg nach draußen.

Er funkelte mich zornerfüllt an. »Wir werden uns wiedersehen, und dann bin ich am Zug! Das garantiere ich Ihnen!«

Er stieg in seinen roten Flitzer, drehte den Motor hoch und schoss rückwärts auf die Straße.

»Was war denn das?«, meinte Jacek, der inzwischen auch zu uns getreten war.

Kalle deutete mit der Hand Richtung Straße, auf der Morsini soeben mit durchdrehenden Rädern startete. »Dem geht der Arsch auf Grundeis!«

Ziemlich abgekämpft trafen wir am Abend in der Pension Silvia und Fritz Wachter, gemütlich mit einer Flasche Arneis und einer kleinen Käseplatte auf der Terrasse sitzend. Das Wetter hatte sich im Laufe des Tages wieder gebessert, die Sonne kam immer stärker durch, es war angenehm warm. Chiara war sich sicher, dass die nächsten Tage sommerlich warm werden würden und sonnig.

Ich berichtete von Morsinis Besuch. »Er droht uns.«

»Da ist jemand aufgeschreckt worden, habe ich das Gefühl«, kommentierte Wachter. »Er verrät sich dadurch.«

Ich nickte. »Und, was habt ihr erreicht?«

»Es war ganz interessant«, antwortete Wachter, wir setzten uns. »Moretti hat uns einiges aus der Familie von damals mitteilen können. Sein Urgroßvater war mit Ihrem Großvater«, er wies auf Kalle, »ständig unterwegs. Ernesto hätte studiert, was genau wusste er nicht, er glaubte Kunst. Sein Vorfahr dagegen wäre einfacher Arbeiter gewesen. Sie galten beide als Sympathisanten der verhassten Linken, fast als einzige im Dorf. Sie hatten deshalb öfter mal Probleme mit den Carabinieri. Und es hätte auch mal einen größeren Krach gegeben wegen einer Sache mit einem reichen Weinbauern.«

»Also nichts Konkretes?«

»Nein. Aber in Alba konnten wir einige uralte Akten finden. Die haben dort eine perfekte Ordnung, da ist alles perfekt organisiert, wir können da viel daraus lernen. Ich werde das zuhause gleich erwähnen.«

Silvia lachte. »Ich war total überrascht. Ordnung, ausgerechnet in Italien!«

»Dann machen Sie doch bald mal einen Lernausflug hier her, Kommissar!«, warf Jacek lachend ein.

»Schön wär's«, entgegnete Wachter und fuhr fort. »Es gibt eine Akte über mehrere Einbrüche in reiche Villen im Laufe des Jahres 1924. Hier in der Gegend. Alba, Canale, Asti und in Castagnole. Dabei wurden auch Roberto Moretti und Ernesto di Rosso mehrmals verhört. Es konnte ihnen jedoch nie etwas nachgewiesen werden. Allerdings endete die Einbruchsserie abrupt, nachdem Alberto tot und Ernesto verschwunden war. Hier in Castagnole lag Ende 1924 eine Anzeige der Familie Morsini vor, dass eingebrochen worden war und wertvolle Dekorationsgegenstände und etwas Bargeld fehlten.«

Er schaute uns auffordernd an. Kalle kapierte es als erster.

»Aber kein Bild!«

»Genau, und dann war Roberto tot und Ernesto weg. So weit konnten wir die Ereignisse damals nachvollziehen.«

Gerade als er ausredete, brachte Chiara die nächste Flasche Weißwein und weitere Käsehäppchen.

»So schön kann Läben sein«, meinte Jacek bewundernd.

Ich schenkte ein. »Sollen wir mal mit dieser Familie Morsini reden?«

Wachter schüttelte den Kopf. »Nein, das macht Fontana morgen. Der will mal locker vorbei schauen, wie er sich ausdrückte. Ich glaube, die haben alle ein wenig Bauchweh wegen diesem Morsini. Der sponsert den halben Ort. Aber er würde mal nachfragen, ob man das Bild damals vielleicht vergessen hätte. Das sollten wir abwarten. Vielleicht hing es ja tatsächlich dort, wer weiß. Manches spricht dafür, Vieles ist aber auch völlig unklar.«

Silvia schaute plötzlich auf die Uhr. »Leute, wir sollten langsam gehen, und ihr drei Euch vorher duschen und umziehen. Ihr transpiriert!«

»Was?«, rief Jacek.

»Ihr stinkt!«

Jacek antwortete mit einer Grimasse. »Aha, sag‘s doch gleich!«

»Was geht ab heute Abend?«, fragte Kalle.

»Wir haben um acht bei Fabio einen Tisch reserviert, und wir haben Gäste. Capitano Fontana und seine Frau und die junge Kommissarin aus Alba, die für die weiteren Ermittlungen hier her versetzt ist. Also, Jungs, auf geht‘s, ins Bad. Und zieht was Gescheites an!«

»Hast du überhaupt was dabei?«, wollte Kalle von Jacek wissen.

»Natürlich, reise ich immer in Anzug! Wie alt ist die junge Kommissarin aus Albanien?«

»Alba! Nächste Stadt, nicht Balkan!«

Kurz nach acht liefen wir fünf in der Trattoria ein. Fabio begrüßte uns wie alte Freunde. Der Capitano und die junge Kommissarin waren schon da.

»Meine Frau lässt sich leider entschuldigen. Ihrer Mutter geht es nicht besonders gut, sie musste überraschend hinfahren.«

»Hoffentlich nichts Ernstes?«, fragte Silvia.

Fontana winkte ab. »Nein, sie ist nur etwas schwierig und kränklich.«

Die Kommissarin stellte sich auf Deutsch vor. »Tenente Patricia Nannini, guten Abend.«

Wir begrüßten sie.

»Sie sprechen deutsch?«, fragte ich sie.

»Ja, ein bisschen, nicht gut, aber habe gelernt in Schule und in Hamburgo bei Polizeiakademie.«

Jacek musterte sie und machte einen sehr zufriedenen Eindruck. »Sind Sie mit der Sängerin verwandt? Habe ich mal gesehen in Stuttgart auf Schlossplatz?«, fragte er mit einem prüfenden Blick.

»No,no, nein. Gianna Nannini kommt aus Siena, ich aus Cuneo. Und ich kann nicht singen! Und sie hat keine roten Haare!«

Es war klar, dass Jacek neben ihr Platz nahm. Das wird was werden heute Abend, dachte ich zweifelnd. Es wurde ein toller Abend.

Fabio servierte ein piemontesisches Menü vom Feinsten. Drei Vorspeisen nacheinander, dann kam er zweimal mit je einer riesigen Schüssel, aus der er vorzügliche Pasta schöpfte: Agnolotti, winzig kleine gefüllte Teigtäschchen mit Butter und Salbei sowie Gnocchi mit Gorgonzolasauce. Göttlich! Den Hauptgang, Fasan in Barolo, servierte sein Sohn Stefano. Um den heftig süßen Nachtisch noch runterzukriegen, war viel persönlicher »Good will« nötig. Piemontesische Nusstorte, lauwarm. Nur Kalle hatte keinerlei Probleme.

»Alles gut! Warum seid ihr alle so schnell satt?«, meinte er genüsslich kauend.

»Wir waren ja auch nicht im Knast«, gluckste Silvia.

Stefano, Diplom-Sommelier, wie er uns stolz erzählte, begleitete uns mit korrespondierenden Weinen, von Weiß nach Rot. »Alle aus dem Roero, von innovativen jungen Weingütern. Die lösen sich langsam von der hiesigen Tanninfülle der Rotweine«, meinte er dazu.

Den abschließenden Espresso, natürlich verbunden mit einem Grappa aus dem Holzfass, genossen wir in der milden Nachtluft auf der Terrasse des kleinen Lokals. Die beiden Frauen verstanden sich auf Anhieb und unterhielten sich lange, öfter unterbrochen durch Übersetzungsaufgaben. Die Polizeikollegen tauschten sich aus, so gut es ging. Sie stellten fest, dass ihre beiden Dienstgrade sie etwa auf die gleiche Stufe stellten. Capitano entspricht Hauptmann, und der wiederum dem Hauptkommissar. Als Kalle plötzlich aufstand und ins Lokal rein ging, schwante mir Unheil. Das kam kurz darauf in Kalles Hand in Form der halb vollen Grappaflasche zurück. Gefolgt von einem verschmitzt lächelnden Wirt.

»Ich hab‘s geahnt«, murmelte ich.

Kalle knallte mir seine Pranke auf die Schulter. »Das ist gut so, Söhnchen! Wie in alten Zeiten. Raus aus dem Knast und dann erst mal einen zischen!«

Es wurde eine lange Nacht mit ausgiebigen Gesprächen in mehreren Sprachen, italienisch, deutsch, dazwischen ein wenig englisch und gegen später Jaceks polnisch. Die Themenbandbreite reichte vom Wein über das Wetter bis zur Kultur und Politik. Jacek berichtete Patricia mit Verschwörermiene von unserem letztjährigen Coup, er machte mich und sich zu Supergangstern. Nannini schaute zu mir rüber, ich schüttelte den Kopf und winkte leicht mit der Hand ab, sie lächelte verstehend. Spannend waren auch die gegenseitigen Einschätzungen der Nationalitäten und ihrer jeweiligen Eigenarten.

»Ich finde die Italiener einfach lässig, die Deutschen arbeiten immer, am besten sind wir Polen! Wir stehlen eure Autos, für die ihr immer arbeitet«, meinte Jacek voller Überzeugungskraft und lachte sich fast tot dabei.

Fontana sah sich und seine Landsleute eher kritisch. »Wissen Sie, jeder Italiener weiß, dass grundlegende Reformen in unserem Land dringend notwendig sind. Aber keiner will sie, wir sind Weltmeister im Ignorieren. Das ist unsere Inkonsequenz, die uns nicht voranbringt. Aber das ist in Italien schon immer so. Es gibt ja auch einen wunderbaren Witz über Gott und die Italiener.« Er schaute in die Runde, alle blickten erwartungsvoll auf ihn.

»Als Gott mit der Schöpfung fertig war, fand er, dass das Land Italien zu schön geworden wäre. Deshalb hat er als Gegensatz dazu noch die Italiener erschaffen!«

Ein Riesengelächter brach aus.

»Und die sind weder besser noch schlechter als wir!«, rief Silvia.

»Das ist Europa, so soll es sein! Wir kochen besser, und ihr zahlt besser! Und ihr habt Signorina Merkel!«, antwortete Fontana in die Nacht und wankte dabei ganz leicht, Jacek stützte ihn. »Ist Freundschaft, Capitano!«

Dass die in den nächsten Tagen dringend notwendig werden sollte, wusste noch keiner von uns.

29. Juni 2016, Turin. Die Erpressung

Olivia Andreotti lief in ihrer Galerie unentschlossen hin und her. Das Bild lag gut verpackt und sicher eingeschlossen in dem kleinen Schuppen, der sich an den Hinterausgang der Galerie anschloss. Viele der prächtigen Palazzi entlang der oft baumbestandenen Boulevards und Geschäftsstraßen boten von der Rückseite betrachtet ein weit weniger attraktives Bild als von vorn, von ihrer Schokoladenseite. Auch der Innenhof hinter Andreottis Galerie wirkte etwas heruntergekommen und renovierungsbedürftig. Zwischen übervollen Müllcontainern standen ein paar Motorroller, daneben waren zwei ausrangierte Sofas gelagert, die gern von den Katzen genutzt wurden.

Sie war sich noch unschlüssig, wie sie bei den Morsinis vorgehen sollte. Anonym oder ganz offen mit ihrem Namen. Sie würde den Morsinis klar machen, dass alle Informationen über das Bild und die gemeinsame Vergangenheit bei einem Anwalt in Turin hinterlegt wären, sollte ihr oder dem Bild etwas passieren. Sie würde behaupten, dass es sich um das Original handelte. Sie entschied sich für dieses Vorgehen, genehmigte sich noch einen Beruhigungs-Brandy, dann griff sie zum Telefon.

»Pronto?«

Sie wartete zwei Sekunden. »Signor Morsini?«

»Si, wer spricht?«

»Mein Name ist Olivia Andreotti, ich bin Galeristin in Turin und möchte Ihnen ein Angebot machen.«

Auf der anderen Seite war es kurz still, dann reagierte der Angerufene kühl. »Was für ein Angebot?«

Olivia atmete tief durch, jetzt würde es ernst werden.

»Signor Morsini, ich habe hier etwas, das schon einmal in Ihrer Villa hing.«

Der Satz schien lange zu wirken.

»Signor Morsini?«

Er versuchte anscheinend, Zeit zu gewinnen. »Ich weiß nicht, was Sie damit meinen.«

»Oh, doch, da bin ich mir sicher. Es hing zuvor bei den Savoyer Königen, später, seit 1919, nicht ganz durch Zufall bei Ihnen. Und als Kopie wieder im Museum, bis heute. Im Tagebuch eines meiner Vorfahren ist alles penibel vermerkt. War es eigentlich die ganze Zeit im Keller versteckt? Nur für Ihre Vorfahren? Oder waren die so frech und präsentierten es offen?«

Stille.

Die Galeristin wurde unruhig. »Hallo?«

»Ich bin noch dran. Woher haben Sie das Bild?«

»Das tut eigentlich nichts zur Sache, Signor Morsini. Aber ich sage es Ihnen. Es war beim Restaurator, er sollte eine Übermalung entfernen.«

Morsini reagierte verunsichert. »Was sagen Sie da? Übermalt? Wie kommen Sie dann auf das Bild?«

»Ich habe es prüfen lassen. Die Übermalung zeigt einen Landarbeiter, aber erste Stellen sind freigelegt. Er ist es, der Johannes. Im Original!«

»Sie können mir viel erzählen. Ich müsste es noch einmal prüfen lassen.«

»Das können Sie gerne tun. Wenn Sie bezahlt haben.«

»Was soll es denn kosten?«

»Eine Million Euro. Ein angemessener Preis!« Sie erschrak fast selbst wegen der Höhe dieser Forderung.

Wieder blieb es eine ganze Weile still.

»Das ist sehr viel Geld. Ein zu hoher Preis!«

Olivia frohlockte innerlich, der Kerl war heiß auf das Bild, er hatte angebissen.

»Es ist angemessen. Sie kennen die Preise für Renaissancegemälde.«

»Wenn es das überhaupt ist, wie kann ich die Sicherheit haben? Signora, ich muss das in Ruhe überlegen, ich rufe Sie wieder an.«

»Überlegen Sie nicht zu lange. Manche Behörden wären sehr erfreut über entsprechende Informationen zu Kunstwerken, die fast hundert Jahre verschwunden waren. Und wie hier für die Öffentlichkeit nur noch als Kopie existieren.«

Morsini reagierte empört. »Sie wollen mich erpressen?«

»Ein hässliches Wort, Signor Morsini! Ich mache Ihnen ein exklusives Angebot.«

Sie legte auf. »Jetzt soll der mal schmoren.«

Das lief doch gut, dachte sie.

Morsini dagegen saß zusammengesunken an seinem Schreibtisch. Er war irritiert. Dasselbe Bild plötzlich zweimal? Sein eigener Sohn bot ihm das Bild für dreihundert an, die wollte jetzt eine Million? Hat mein missratener Sohn das Bild überhaupt nicht und er startet nur einen weiteren Versuch, mich nur ausnehmen? Vieles deutete darauf hin. Warum war ihre Erziehung so an Roberto vorbeigegangen, was hatten sie falsch gemacht? Warum hatte ausgerechnet Roberto überlebt und nicht sein jüngerer Bruder? Dieser war bereits mit fünf Jahren an einem Herzfehler gestorben, was Morsinis Frau nie überwunden hatte. Seine Gedanken waren ihm plötzlich peinlich.

Er konzentrierte sich wieder auf das Bild. Ein Bild, das er selbst nie als Original gesehen hatte, das aber einfach zu ihm gehörte. Es war ein Teil der Morsinis, es war latent stets da gewesen. Die ganze Familie hatte den Verlust nie richtig überwunden. Außer Roberto, dem war das Bild so was von egal, der interessierte sich nur für schnelles Geld und Sex. Morsini stöhnte laut auf.

»Warum lief das alles so falsch?«

Dann fasste er sich wieder. Wie kommt diese Galeristin dazu? Wer hat das übermalt? Könnte das damals der Verdächtige gewesen sein, der seinen Kumpan umbrachte? Dann hing das übermalte Bild vielleicht schon seit damals in der alten Hütte? Ganz in seiner Nähe. Er schlug mit der Faust auf die schwere Schreibtischplatte.

»Verdammt, was läuft hier? Was mache ich?«

Im Grunde seines Herzens hatte er die Entscheidung jedoch bereits getroffen. Der del Sarto musste wieder her. Aber eine Million war zu viel. Auch unter Berücksichtigung der Probleme, die bei der Freilegung noch entstehen oder auftauchen könnten. Es war ein unkalkulierbares Risiko. Morsini dachte über Alternativen nach.

Auf dem Display des Hörers erkannte sie die Nummer von Enrico Morsini. Also doch!

»Pronto?«

»Ich biete Ihnen eine halbe Million für das Bild und die vertragliche Zusicherung, dass Sie Ihr Wissen niemals preisgeben. Der Kauf damals ist zwar strafrechtlich seit langem nicht mehr relevant, aber ich möchte den guten Ruf meiner Familie nicht beschmutzt sehen.«

Olivia Andreotti lachte schallend los.

»Den guten Ruf von Bilderdieben!«

»Wir haben gekauft, Ihr Urgroßvater hat es damals gestohlen.«

»In Ihrem Auftrag, das hat er mir hinterlassen. Aber reden wir nicht um den heißen Brei. Nicht für eine halbe Million. Wir können zur Not über hunderttausend hin oder her reden, aber dann basta!«

Morsini zögerte. »Ich muss zuerst die Finanzierung sicherstellen, selbst bei uns liegt das Geld nicht unter dem Kopfkissen.«

»Sondern in Panama!«

Morsini reagierte nicht.

Olivia überlegte kurz. »Ich gebe Ihnen zwei Tage!« Dann legte sie auf.

Enrico Morsini war ein beinharter Anwalt, der stets versuchte, geradeaus auf seine Ziele zu zu gehen. Er wählte eine Telefonnummer in Asti und vereinbarte einen kurzfristigen Termin in einer Bar auf halbem Wege, pünktlich um 16 Uhr.

Dreißig Minuten vorher brach er auf und steuerte seinen Wagen auf die Schnellstraße Richtung Asti. Sein Gesprächspartner wartete bereits. Ein nur etwa einssechzig großer, sehr beleibter Mann, Anfang fünfzig. Man konnte ihn für einen leicht unterbelichteten Sachbearbeiter halten, Typ Buchhalter. Unauffällig, was seiner Beschäftigung sehr entgegenkam. Er kümmerte sich um Problemfälle seiner Klienten und arbeitete vorzugsweise im Verborgenen. »Private Ermittlungen« stand auf seiner Visitenkarte. Morsini benötigte ihn zwischendurch bei schwierigen Fällen, wo es galt, den Gegner durch überraschende Maßnahmen einzuschüchtern, unter Druck zu setzen. Der Mann war absolut loyal, wurde immer gut bezahlt und hielt den Mund. Der Anwalt erklärte die Sachlage und die Aufgabe.

»Versuchen Sie bei der Suche nach dem Bild unsichtbar zu bleiben!«

»Das ist meine Arbeitsweise, Sie müssten es wissen.«

Morsini nickte nur, ein Umschlag mit Scheinen wechselte den Besitzer, dann trennten sie sich.

Ebenfalls an diesem Mittwochnachmittag meldete sich Tenente Nannini bei Silvia und bat sie, wenn möglich, kurz im Büro vorbei zu schauen, um sie, was das Bild betraf, auf den aktuellen Stand zu bringen.

»Sie will mit mir reden, weil das am einfachsten wäre. In Italienisch und ...«, sie grinste ein bewusst arrogant, »von Frau zu Frau.«

»Mach das, sprich ruhig mit deiner neuen Freundin. Vielleicht findet Ihr die Lösung. Darf ich Dich bis zur Bar Centrale begleiten? Ich warte dann dort auf dich.«

»Sehr gerne, Signore! Bei deiner neuen Freundin?«

Auf der Piazza trennten wir uns, ich genehmigte mir einen Campari Soda und einen Espresso. Mich plagte Muskelkater von der morgendlichen Schufterei und ich versuchte, im Sitzen meinen Rücken zu entlasten. Die dicke Carmelita bewegte graziös ihre Rundungen zu mir und servierte meine Bestellung.

»Sind Sie verspannt? Zuviel gearbeitet?«

Ich bejahte, was sich umgehend als nicht mehr gut zu machendem Fehler herausstellen sollte. Sie legte das Tablett auf den winzigen Nebentisch, stellte sich hinter mich und fing blitzartig an, meine Schultern zu massieren.

»Bene?«

Was sollte ich sagen? Es half nichts, die Wahrheit.

»Si, benissimo, grazie.«

Sie knetete und knetete, mal sanft, mal fest. Langsam gelangte sie tiefer. Die Reaktion spürte ich nicht nur im Rücken. Zwei Mädels am Nebentisch kicherten, ich verdrehte die Augen. Zu einer anderen Zeit und an einem anderen Ort hätte sich diese Massage sehr schnell zu mehr ausweiten können. Warum mir aus heiterem Himmel dieser blöde Witz einfiel, den mir einer meiner früheren Kunden öfter erzählt hatte.

»Reiten Sie auch so gerne?«

»Ja. Am liebsten bei offenem Fenster!«

Gottseidank rief ein Gast ein paar Meter entfernt nach der Wirtin und sie ließ mich los.

»Das muss Ihre Freundin machen, nicht nur Bunga, Bunga!«

Sie lachte lauthals über ihren eigenen Witz und strahlte mich an. Die Mädels, die beiden gewichtigen Damen auf meiner anderen Seite und der im gleichen Augenblick vorbeigehende Brigadiere Gallo lachten alle mit. Ich hätte mich am liebsten in einem Loch im Boden unsichtbar gemacht und schwor mir, nie mehr allein die Bar Centrale aufzusuchen.

Als Silvia später in unsere Pension zurückkam, blickte sie mich von oben bis unten mit einem wissenden Grinsen an.

»War die entspannende Massage gut?«

»Oh, nein! Ist das jetzt schon Ortsgespräch?«

»Der junge Polizist hat's begeistert berichtet, du bist in aller Munde.« Sie lachte hämisch.

»Petzer, Verräter! Aber sie macht das hervorragend. Und ich soll dir ausrichten, das wäre fast so wichtig wie…«

»Bunga, Bunga, ich hab's vernommen. Auch diesen Tipp hat Gallo gehört. Aber jetzt bist du ja schon verarztet. Das reicht!«

Kurz darauf kamen Kalle und Jacek vom Haus zurück. Wachter hatte sich die letzten zwei Stunden mit Informationen über die Sammlungen der Könige von Savoyen und die daraus entstandenen Museen beschäftigt.

Silvia berichtete von ihrem Gespräch mit Nannini.

»Sie macht einen sehr professionellen Eindruck, interessiert sich sehr für den Fall. Wir beide haben überlegt, ob wir zwei«, sie deutete auf mich, »nicht einfach einen inoffiziellen Besuch bei den Morsinis machen und uns ein wenig dumm stellen sollen.«

»Das fällt dir ja nicht schwer!«, meinte Kalle, grinste mich dabei an und verschluckte sich fast vor Lachen. Ich drohte ihm mit der Faust. »Ja, aber nicht nur mir. Wir wären dann ja zu zweit. Depp!«

Silvia fiel in das allgemeine Gelächter ein, wurde dann aber wieder ernst.

»Nannini meinte, das könnte die Familie vielleicht unter Druck setzen und zu Fehlern zwingen. Ich weiß nicht so recht, mir ist nicht ganz wohl bei der Sache.«

Alle schauten auf Wachter.

»Wir haben ja keine Ahnung, ob diese Familie überhaupt irgend etwas mit der ganzen Angelegenheit zu tun hat. Es spricht aber eigentlich nichts dagegen, mit ihnen zu sprechen. Vielleicht gelingt es, diese Leute etwas zu verunsichern, falls sie doch darin involviert sein sollten. Wenn Sie es richtig anfangen, kann es nichts schaden.«

Er schlug einen Schlachtplan vor, der eventuell zu Antworten führen, und wenn nicht, möglicherweise die Dinge schneller in Gang bringen könnte.

»Ich würde mich nicht anmelden, sondern auf gut Glück losziehen. Vielleicht können Sie den Überraschungseffekt nützen.«

Eine halbe Stunde später stellte ich den SUV seitlich von der Einfahrt zur Villa Morsini ab. Das elegante schmiedeeiserne Tor, schwarz mit goldenen Spitzen, wurde auf beiden Seiten von Natursteinsäulen eingerahmt, auf denen weiße Löwenköpfe thronten.

Wir läuteten und kurz darauf meldete sich eine junge weibliche Stimme. Wir baten um ein Gespräch mit dem Hausherrn und keine zwei Minuten später schwang fast lautlos das Automatiktor auf. In Italien war es schon immer üblich, Haus und Grundbesitz mit hohen Mauern, dichten Hecken oder martialischen Zäunen zu sichern. »My home is my castle« gilt für Italiener und ihre Gärten fast noch mehr als für die englischen Inselbewohner.

»Ein Italiener lässt dich viel eher in sein Haus als in seinen Garten«, hatte mir ein italienischer Geschäftspartner vor vielen Jahren mal anvertraut.

Wir schlenderten gemächlich zur Villa und stiegen die breite Freitreppe zum Eingangsportal hinauf. Das Sonnenlicht des späten Nachmittags brach sich in den dicht belaubten, immergrünen Bäumen des Parks und warf interessante Licht-Schatteneffekte auf die in einem satten, warmen Gelb gestrichene Hauswand.

»Nobel«, meinte Silvia bewundernd.

»Alte italienische Finanzaristokratie!«

Eine blutjunge Frau erwartete uns an der Tür und bat uns herein. »Avanti prego!«

»Permesso?«, antwortete Silvia höflich.

Die Diele, die uns erwartete, reichte über zwei Stockwerke. Eine elegant geschwungene Treppe mit einem wuchtigen Holzgeländer führte ins Obergeschoss. Gegenüber ging es über eine schmalere Treppe ins Untergeschoss.

»Ich würde jetzt gerne wissen, was da unten vielleicht an der Wand hängt«, flüsterte Silvia.

An beiden Seitenwänden, von denen aus mehrere Türen wegführten, kontrastierten kleinere Gemälde in prachtvollen Goldrahmen mit dem dunklen Braun der klassischen Holzvertäfelung. Ich war tief beeindruckt und bemerkte den Hausherrn erst, als er fast vor mir stand.

»Buonasera, Signori. Was führt Sie zu mir?«

Wir grüßten, dann übernahm Silvia und erklärte den Grund unseres Besuches. Morsini nickte zögernd, machte aber auch gleich klar, dass er sehr wenig Zeit habe, führte uns dann dennoch in sein Arbeitszimmer.

»Was für eine herrliche Aussicht«, rief Silvia begeistert aus.

Morsini deutete auf die beiden Lederstühle vor seinem Schreibtisch, wir setzten uns. Er machte auf mich einen etwas abwesenden Eindruck. Der grübelt darüber, was wir wollen, dachte ich mir. Das schüttere graue Haar, der faltige Hals und die leicht gebückte Haltung machten ihn älter, als er vermutlich tatsächlich war. Ich schätzte ihn auf Ende siebzig, Anfang achtzig. Dann hörte ich bewundernd Silvia zu, wie sie nahezu perfekt eine Konversation auf Italienisch aufbaute. Einiges verstand ich, manches dagegen kapierte ich nicht. Wir wären auf Museumsreise und würden uns sehr für die Malerei des 16. Jahrhunderts interessieren. Wir hätten gehört, dass er über eine beeindruckende Sammlung an Renaissancekunst verfüge.

Morsini antwortete erkennbar verärgert, von wem wir das hätten, es gäbe keine große Sammlung. Natürlich hätten sie einzelne Bilder aus der Epoche, die Morsinis wären ja auch eine uralte Familie, da käme einiges zusammen.

Dann ging Silvia zum Angriff über. Wir hätten ja ein übermaltes Renaissancewerk in dem alten Haus unseres Freundes gefunden und zum Restaurator gebracht, leider wäre es gestohlen und der arme Herr Rizzo dabei umgebracht worden. Sehr tragisch. Anscheinend wäre das Bild hier in der Gegend vor vielen Jahrzehnten mal gestohlen worden.

Mein Gott, kann die schauspielern, dachte ich, die lügt, dass sich die Balken biegen. Es zeigte Wirkung. Morsini verhielt sich plötzlich sehr abweisend und unfreundlich.

»Meine Herrschaften, ich weiß nichts von Bilddiebstählen hier. Vor allem nicht in unserem Hause. Zudem sind wir kein öffentliches Museum. Der Tod von Herrn Rizzo tut uns natürlich allen leid. Und jetzt fordere ich Sie unmissverständlich auf, keine unrichtigen Behauptungen wegen eines Bilderdiebstahls aufzustellen. Nun muss ich das Gespräch leider beenden.«

Er stand abrupt auf und wies zur Tür. »Mi dispiace! Es tut mir leid! Buona sera, Signori.«

Er folgte uns nicht in die Diele, in der wir unvermittelt fast mit einem jüngeren Mann zusammenprallten, der nur mit Badehose bekleidet die Treppe herabkam, eine Champagnerflasche in der Hand. Gutaussehend und gut gebaut, wie Silvia später amüsiert lächelnd bemerkte. Ich erkannte ihn in dem Dämmerlicht der Halle nicht sofort. Es war Roberto Morsini. Er musterte uns abschätzig und wandte sich an Silvia.

»Wer sind Sie, was tun Sie hier?«

Silvia antwortete ihm, wollte uns vorstellen, doch er winkte ab.

»Sie haben mit meinem Vater gesprochen?«

Silvia nickte. »Ja, es ging um Renaissancekunst.«

Er zuckte regelrecht zusammen, hatte sich jedoch sofort wieder im Griff und deutete auf mich. »Ihr Begleiter hat ja dieses ominöse Gemälde gefunden, von dem plötzlich alles spricht, das anscheinend bei Rizzo gestohlen worden sei.«

Silvia bejahte und wollte ihm die gleiche Frage stellen wie seinem Vater, er ließ sie jedoch nicht zu Wort kommen.

»Aha, und was geht Sie in diesem Zusammenhang unser Kunstbesitz an? Meinen Sie etwa, das Bild wäre hier? Hier, wo es hergehörte! Lassen Sie bloß die Finger davon! Salve!«

Ich wollte ihm entgegnen, aber Silvia hielt mich zurück.

»Arschloch!«, konnte ich mir nicht verkneifen.

Er nahm die Treppe hoch immer zwei Stufen auf einmal.

»Sportlich«, meinte Silvia bewundernd und taxierte dabei mich. Dann wandte sie sich leise an die junge Frau, die bereits auf uns gewartet hatte. »Il figlio? Der Sohn?«

»Si, Roberto.«

Wir verabschiedeten uns und wurden vom Hausmädchen durch den Park bis zum Tor begleitet.

»Damit wir auch sicher draußen sind.«

»Sicher ist sicher«, meinte Silvia und wies mit ausgestreckter Hand zur Villa. »Der Alte hat was zu verbergen. Das sagt mein Bauchgefühl. Hast du mitbekommen, wie nervös der war, als ich das Bild erwähnte? Ich sag's dir, die Morsinis haben das Bild wieder zurückgeholt. Und Rizzo dabei umgebracht. Und der Sohn ist auch dabei, der ist ganz schön erschrocken wegen der Renaissancekunst.«

»Kann sein, kann nicht sein. Ich glaube es allerdings auch nicht. Wenn er das Bild hätte, wäre sein Besuch bei uns auf der Baustelle sinnlos gewesen. Der weiß nicht, wo das Gemälde ist. Und Fontana traute sich nicht, die Morsinis zu fragen. Fahren wir!«

Silvia widersprach. »Doch Peter, die Polizei hat mit Morsini gesprochen, das sagte mir Patricia. Aber natürlich kam nichts dabei heraus. Und für eine Durchsuchung haben sie gar nichts. Der alte Morsini hat ausgesagt, dass laut seinem Vater bei dem Einbruch damals kein Bild abhandengekommen wäre, das hätte der Großvater damals bestätigt. Ich denke, dass Fontana nicht viel weiter bohren konnte. Er hat schlicht nichts in der Hand. Morsini ist halt Morsini!«

Als wir in der Pension auf unsere Gefährten und Hauptkommissar Fritz Wachter trafen, informierte uns dieser über seine morgige Abreise.

»Ich muss ab Montag wieder im Dienst sein und möchte noch die letzten Tage nutzen, einige private Dinge zu erledigen und mich ein bisschen von den opulenten Menüs dieser Gegend erholen.«

Er schaute auf mich. »Können Sie mich ...«

»Natürlich fahre ich Sie morgen früh nach Turin. Wann geht der Zug?«

»Um halb elf.«

»Dann können wir noch in Ruhe frühstücken. Herr Wachter, ich bin so froh und dankbar, dass Sie Ihren Urlaub geopfert haben und uns hier geholfen haben. Ohne Ihre Hilfe ...«

Er unterbrach mich. »Lassen Sie es gut sein. Das war ein richtig schöner Kurzurlaub in dieser traumhaften Gegend.«

Er wandte sich an Kalle. »Leider nicht für alle.«

Kalle lachte. »So ein bisschen Knast wirft mich nicht um. Und die Jungs waren sehr freundlich. Ich habe zwar nichts verstanden, aber man kann nicht alles haben. Ich sage auch vielen Dank, dass Sie mich wieder rausgehauen haben und extra hergefahren sind. Früher hat mich die Polizei immer reingebracht, diesmal rausgeholt. So ändert sich die Zeit. Sie haben was gut bei mir!«

»Falls ich mal einen Tipp brauche, rufe ich Sie an. Aber noch einmal zum Fall.« Er wandte sich mir zu.

»Ich glaube, Morsini hat über mir bis jetzt unbekannte Wege von Ihrem Bild erfahren und durch die Hinweise auf 1919 vermutet oder erkannt, dass es sich um das damals aus der Villa gestohlene Meisterwerk handeln könnte. Beim Versuch, es wieder in seine Hand zu bekommen, ging etwas schief. Da eskalierte vielleicht ein Treffen mit Rizzo oder es war tatsächlich ein Unfall. Vielleicht bekamen sie Streit und es gab ein Handgemenge, bei dem der Restaurator stürzte. Das Bild müsste demzufolge nun eigentlich bei Morsini in der Villa sein.«

»Aber dann müsste er doch ziemliches Bauchweh haben, falls es doch eine Durchsuchung geben würde?«, meinte Silvia.

Wachter nickte zustimmend. »Genau. Sie haben recht. Deshalb gehe ich von der anderen Möglichkeit aus, bis jetzt nur die Fiktion eines Kriminalisten.«

Wir schauten alle gespannt auf ihn.

»Das Bild war schon gar nicht mehr da, als Morsini zu Rizzo kam. Es war schon geklaut und Morsini sucht jetzt verzweifelt ebenfalls danach. Nicht nur wir.«

Er ließ seine Idee wirken.

»Er hat doch einen Sohn? Der könnte ja auch etwas damit zu tun haben. Fontana sagte mir, dass, ich glaube er heißt Roberto, ein ziemlich problematischer Typ sei. Großkotz, arrogant, durchtrieben. Schwul ist er auch, aber das hat natürlich nichts damit zu tun, er geht ganz offen damit um. Er fährt teure Autos und ist anscheinend öfter in akuter Geldnot. Warum sollte der nicht versuchen, mit dem Gemälde zu Geld zu kommen?«

»Ich habe ihn vorhin kennengelernt. Er machte einen ganz schön nervösen Eindruck«, meinte Silvia. »Und Peter hat er ja auch schon beschimpft.«

»Vielleicht verscherbelt er es ja seinem eigenen Vater?«, mutmaßte Kalle, Wachter nickte beifällig.

»Wer weiß. Aber das sind alles Spekulationen. Dass er Sie so unfreundlich abserviert hat, muss nichts bedeuten. Manchmal sind die Schönen und Reichen dieser Welt etwas wenig umgänglich. Da entsteht keine europäische Freundschaft wie heute Nacht.«

Allgemeines Gelächter brach aus.

»Ein toller Abend«, ergänzte Silvia.

Wachter fuhr fort. »Ich habe auf jeden Fall heute in den Tiefen des Internets gegraben, da ist der damalige Museumsdiebstahl aufgetaucht. Man munkelte damals, 1919, ein Galerist in Turin hätte den Auftrag erteilt. Das waren die wirren Jahre nach dem Ersten Weltkrieg, die Linken bekämpften die Rechten, jeder gegen jeden, und die Polizeibehörden kümmerten sich nicht übermäßig um einen Bilderraub. Die hatten anderes zu tun. Aber mehr ist auch im allwissenden Netz nicht zu erfahren. Überlassen wir das Ganze Signor Fontana und seiner Truppe, die sind gar nicht schlecht. Kalle hier ist wieder draußen, das war das Wichtigste.« Er lachte, »und jetzt habe ich Hunger.«

Kalle deutete mit dem Zeigefinger auf Wachter. »Bin ich wenigstens mal nicht der erste, der vom Essen redet!«

Fabio hatte heute geschlossen, deshalb fuhren wir ein paar Kilometer weiter nach Canale und verbrachten einen sehr angenehmen und kulinarisch durchaus exzellenten letzten Abend mit unserem Stuttgarter Hauptkommissar in einem hübschen Ristorante. Während wir ein sommerlich leichtes Menü genossen, produzierte die Oma des Hauses, die »Nonna«, im Lokal mit der handbetriebenen Pastamaschine Tagliolini, diese hauchfeinen Nudeln aus Piemont. Ein echtes Erlebnis, ihr dabei zuzuschauen. Auf der Rückfahrt gerieten wir in einen heftigen Gewitterschauer. Blitze schossen auf die Erde nieder, es schüttete heftig wie aus Kübeln und Äste wurden von fürchterlichen Böen über die Straße getrieben..

»Das passt jetzt genau zu der ganzen Scheiße mit diesem Erbe«, meinte Kalle vom Rücksitz aus. Nur Sekunden später schnarchte er wieder.

»Wenn der noch eine Weile hier ist, gibt's keine Bäume mehr in der Umgebung«, meinte Wachter.

Pünktlich gegen zehn erreichten wir tags darauf den Bahnhof in Turin und ich verabschiedete mich auf dem Bahnsteig von Fritz Wachter.

»Vielen herzlichen Dank für Ihre Hilfe. Ich wüsste nicht, wie wir den Kerl so schnell aus der misslichen Lage bekommen hätten. Und Ihre Unterstützung bei der Bildersuche war auch ganz großartig.«

Er schaute mich etwas länger an als üblich.

»Ich bin der Ältere von uns beiden und uns verbindet doch so einiges inzwischen. Darf ich Ihnen das Du anbieten? Ich bin Fritz.«

Ich war kurz von den Socken. »Äh, ja, herzlich gern, das ehrt mich. Ich bin Peter, aber das weißt du ja schon länger. Das ist eine Riesenfreude für mich, vor allem, wenn man bedenkt, wie es mit uns beiden angefangen hat.«

Fritz Wachter lachte. »Weißt du Peter, ich habe mich nie als geselligen Menschen betrachtet. Aber diese Woche mit euch«, er stockte kurz, »war für mich ein viel weiter reichendes Erlebnis, als du dir denken kannst. Mehr als mein halbes Leben hocke ich nun tagsüber in unserem grauen Büro auf einem unbequemen Stuhl, zusammen mit Kollege Branic, und abends zuhause in meinen vier Wänden, weil ich von den ganzen Fällen so die Schnauze voll habe. Nur miese Typen, Leichen, Mord und Totschlag. Wir wühlen nur ständig im Dreck, um später erkennen zu müssen, dass die Justiz die Leute wieder laufen lässt. Das ist Frust, mein Lieber! Ich habe dann keinerlei Lust mehr, noch raus zu gehen, habe weder Frau noch Kinder, niemand wird es jemals merken, wenn ich nicht mehr da bin. Aber jetzt diese paar Tage! Das war für mich ein ganz neues Gefühl, mit euch in so einer Gruppe zu sein, die sich einfach mag und für einander da ist. Sie, äh, du kannst dich glücklich schätzen, solche Freunde zu haben.«

Ich schaute ihn nur an und sagte nichts.

»Jetzt habe ich dich mit meinen Problemen zugelabert, entschuldige. Und mein Zug geht auch gleich. Sage allen einen Gruß von mir und danke!«

»Fritz, du bist ein großartiger Mensch, nutze deine kommende Rentenzeit! Du kommst uns auf Curaçao besuchen, bist heute schon herzlich eingeladen, und das ist garantiert keine Bestechung. Ich will ein Ja von dir, und komm gut nach Hause!«

Er nickte, drehte sich um und stieg ein. Ich wollte gerade weggehen, da rief er mir aus dem Zug heraus nach.

»Peter, wie habt ihr das eigentlich gedreht letztes Jahr mit den Millionen?«

Ich lachte laut. »Ich verrate es dir, aber nur auf der Insel in meiner Strandbar, wenn du kommst!«

»Ich komme, versprochen!«

Dann schlossen sich mit einem Zischen die Automatiktüren des Zuges.

Zuerst mal musste ich das Ganze verdauen, setzte mich in eine der Bahnhofbars und bestellte einen Campari. Ich war plötzlich per Du mit dem Mann, der mich vor einem guten Jahr noch total geschockt hatte. Vor dem ich eine Scheißangst hatte. Der unseren Millionencoup fast durchschaute, ihn aber nicht beweisen konnte. Jetzt hieß der plötzlich Fritz! Und war mein Freund. Verrückte Welt.

Ich musste das loswerden und schrieb Jasmin und Jan, die auf Curaçao im Moment noch im Bett lagen, eine SMS.

»Bin per Du mit Wachter! Mehr dazu später! Uns geht's gut, Kalle ist wieder draußen, tutto bene. Gruß Peter.«

Keine zwei Minuten später kam die Antwort von Jan.

»Sitze noch am Rechner, gehe jetzt aber noch kurz ins Bett. Schon warm. Bis dann Jan. Gruß von Jasmin.«

Da ich genügend Zeit hatte, schaute ich mir die Galeria Sabauda im Seitenflügel des königlichen Palastes an. Aus deren Vorgängerin war unser Bild gestohlen worden in diesen wirren Jahren nach dem ersten großen Weltkrieg. Vor allem die Renaissance nahm einen breiten Raum in den Ausstellungen ein. Wobei alleine schon die Räumlichkeiten einen Besuch wert waren, vor dieser Pracht und Herrlichkeit erschien man wie ein kleines, unbedeutendes Würstchen. Ich blieb eine ganze Zeit lang vor dem Gemälde del Sartos stehen. Der jugendliche Johannes der Täufer. Das Bild, das im Original unter dem Landarbeiter aus Kalles geerbtem Haus zutage treten würde. Ein eigenartiges Gefühl, ziemlich sicher zu wissen, hier hängt eine Kopie, gemalt von einem unheimlich begabten unbekannten Fälscher vor knapp hundert Jahren. Mir kam die Frage in den Sinn, was wohl der Maler Andrea del Sarto fühlen müsste, sollte er diese Kopie anschauen.

Als ich fast durch war mit meinem Rundgang, kam mir der Gedanke, zu versuchen, ein spontanes Gespräch mit der Direktion zu bekommen. Ich fragte an der Rezeption an. Eine sehr freundliche ältere Dame, anscheinend hinterlasse ich vor allem bei älteren Semestern einen guten Eindruck, bemühte sich um einen spontanen Termin bei Museumsdirektorin Dottoressa Claudia Gallo. Wenn schon, denn schon, dachte ich und bedankte mich bei meiner Helferin mit einem angedeuteten Handkuss. Ich glaube, ich habe sie sehr beeindruckt. Sie ignorierte zumindest ein paar Sekunden lang das Läuten des Telefons. In zehn Minuten hätte die Chefin kurz Zeit.

Signora Gallo erwartete mich im Vorzimmer ihres Büros. Eine elegante, typische Norditalienerin, groß gewachsen, schlank mit tiefschwarzen Haaren. Ich schätzte sie auf knapp fünfzig.

»Signor ...?«

»Förster. Piacere, angenehm.«

»Was führt Sie zu mir?«

Ich hatte Glück, sie sprach sehr gut deutsch.

»Vielen Dank, dass Sie mir ein paar Minuten schenken, ich interessiere mich für ein Bild von Andrea del Sarto.«

Sie stutzte. »Ein eher seltener nachgefragter, aber hochbegabter Maler aus dem 16. Jahrhundert.«

»Ich weiß, aber ich liebe seine Art zu malen. Wenn ich mich nicht irre, haben Sie zwei Gemälde von ihm hier, eines wurde vor langer Zeit gestohlen.«

Die Dottoressa überlegte kurz.

»Sie haben recht. Hier hängen zwei Werke von ihm. Ein allerdings recht unbekanntes Werk von ihm aus seiner Zeit in Frankreich und das wesentlich berühmtere Motiv, der jugendliche Johannes der Täufer. Wie Sie sagen, ist es vor fast hundert Jahren gestohlen worden, aber Gott sei Dank kurze Zeit darauf wieder aufgetaucht, und so hängt es zum Glück wieder bei uns. Ein Bild mit einer speziellen Geschichte.«

Ich nickte zustimmend, dann fuhr sie fort.

»Was möchten Sie dazu wissen? Haben Sie ein persönliches Interesse daran?«

Wenn die wüsste, dachte ich mir. »Ich recherchiere unterschiedlichste historische Kriminalfälle, über die ich ein Buch schreiben möchte, vor allem solche, die ungelöst sind, deshalb mein spontaner Besuch.«

Sie bat mich in ihr Büro.

»Nehmen Sie Platz, vielleicht kann ich Ihnen dazu etwas mehr sagen.«

Sie drückte ein Sprechgerät. »Signorina, due espressi per favore. Und verschieben Sie die Besprechung mit dem Hausmeister um eine halbe Stunde. Grazie.«

»Ich wollte keinesfalls Ihren Tagesplan durcheinanderbringen«, entschuldigte ich mich.

Die Direktorin lachte. »Das tun Sie bereits, Signor Förster. Aber Ihr Interesse freut mich, vielleicht kann ich Sie bei Ihren Recherchen etwas weiter bringen. Das Bild wurde zwischen 1520 und 1530 von del Sarto in Florenz gemalt. Seine Malweise prägte das erste Drittel der italienischen Malerei des 16. Jahrhunderts. Ursprünglich hing es im Palazzo Pitti in Florenz, kam aber im 19. Jahrhundert zur Sammlung des Hauses von Savoyen. Von 1865 bis 2012 war die Sammlung im Palazzo dell'Accademia delle Scienze zu sehen, dort wurde das Bild auch gestohlen. Seit Dezember 2014 sind wir nun hier im Palazzo Reale. Gestohlen wurde das Gemälde im Mai …«

»1919.«

»Genau! Der oder die Diebe wurden nie gefasst. Auch nicht die, welche es zurückgebracht haben. Das ist sicher auch der problematischen Situation geschuldet, die in den Jahren nach dem Ersten Weltkrieg herrschte. Anarchie. Ein entwendetes Bild stand da nicht unbedingt im Fokus der Polizei, obwohl dabei ein älterer Wachmann ums Leben gekommen war.«

»Hat man wenigstens Anhaltspunkte dafür, wer für den Diebstahl infrage kommen könnte?«

»Nur Gerüchte. Es hieß später mal, dass das Bild im Auftrag einer reichen piemontesischen Familie gestohlen worden wäre, und dass ein Galerist aus Turin möglicherweise die Finger im Spiel hatte, ihm dann aber die Sache zu heiß geworden wäre. Mehr gibts leider nicht darüber. Ich glaube nicht, dass es jemals geklärt werden kann, nach so langer Zeit ist das unrealistisch.«

Ich lachte in mich hinein. Wenn die wüsste!

»Meinen Sie, dass es da noch alte Akten darüber gibt?«

»Hier im Haus nicht, das wäre mir bekannt. Im Polizeiarchiv vielleicht? Ich kann es Ihnen nicht beantworten. Mir ist nur bekannt, natürlich auch nur aus Überlieferungen, dass damals keine Anklage gegen einen Verdächtigen erfolgt sein soll.«

»Signora Gallo, Sie haben mir wunderbar weiter geholfen. Ich versuche jetzt mal über die Kripo weiter zu kommen. Ganz herzlichen Dank für Ihre Zeit, die Sie mir geopfert haben.«

»Es war mir ein Vergnügen. Ich würde mich freuen, von Ihnen zu hören, falls es Ihnen gelingt, mehr zu erfahren. Und würde gerne Ihr Buch lesen«, setzte sie hinzu.

»Auf jeden Fall, Dottoressa, es kann aber noch eine Weile dauern! Die Recherchen sind lang, vor allem die Reisen.«

Der Portier an der Museumspforte schaute dem fröhlich pfeifenden Besucher verwundert nach. Ich wusste jetzt zwar etwas mehr und hatte die Kopie mal in natura gesehen, aber das Rätsel um das Gemälde war immer noch nicht gelöst. Vielleicht hatte die Direktorin ja recht, und es blieb auf ewig offen.

Zwei Stunden später war ich zurück in Castagnole. Und traf dort auf eine heftig diskutierende Gruppe, die es sich im Garten der Pension gemütlich gemacht hatte: Tenente Nannini, Silvia, Kalle und Jacek. Gerade als ich eintraf, kam noch der Capitano dazu.

»Was ist denn hier los?«, fragte ich Silvia und schnappte mir einen schmalen Blechstuhl, der als Dekoration herum stand.

»Wir überlegen, was zu tun ist und diskutieren über Wachters Gedanken. Hast du ihn gut am Bahnhof abgeliefert?«

Ich nickte bestätigend. »Und wie ist die allgemeine Meinung zu seinen Ideen?«

Nannini zeigte auf ihr Wasserglas. »Wie hier, ist vielleicht halb voll oder halb leer. Sagt man doch so? Wir haben keine Beweise, vielleicht hat er recht. Aber ohne diese, ich bekomme kein Ok für Durchsuchung.«

»Wir haben überlegt, ob es nicht sinnvoll wäre, bei der Polizei in Turin nach alten Akten über den Diebstahl damals im Museum zu suchen, vielleicht entsteht dadurch ein Ansatz, wo wir suchen können. Was meinst du?«, fragte Silvia.

Gerade als ich antworten wollte, kam mir Fontana zuvor.

»Wir haben hier keinen einzigen konkreten Anhaltspunkt, dass irgendjemand aus der Kommune was mit dem Totschlag und dem Bilderdiebstahl zu tun hat. Das sind alles nur Spekulationen. Auf deren Basis kann ich hier nicht aktiv werden. Ich brauche da mehr dazu.«

Ich schaute zu ihm rüber und nickte.

»Capitano, Sie haben natürlich absolut recht. Vielleicht kann ich uns einen Schritt weiterbringen.«

Als ich die Aufmerksamkeit aller hatte, fuhr ich fort. »Ich habe in Turin mit der Direktorin der Galeria Sabauda gesprochen. Sie konnte mir einiges über die Vergangenheit des Gemäldes sagen. Das, was Kommissar Wachter im Internet herausgefunden hat, scheint sich zu bestätigen. Es gab damals den Verdacht, dass ein ortsansässiger Galerist das Bild auf Bestellung stehlen ließ. Anscheinend im Auftrag einer reichen Familie im Piemont. Vielleicht brauchen wir einen anderen Denkansatz.«

Die ganze Runde blickte mich erwartungsvoll an.

»Stellen wir uns mal vor, das Bild wäre 1919 tatsächlich für die damalige Familie Morsini gestohlen und dann fünf Jahre später von Kalles Großvater geklaut und übermalt worden. Und stellen wir uns vor, dass es jetzt bereits weg gewesen ist, als Morsini Rizzo zur Herausgabe zwingen wollte. Das ist natürlich auch nur fiktiv angenommen. Der Dieb versucht jetzt selber oder über Dritte das Bild wieder an Morsini zurück zu verkaufen. Das würde bedeuten, er müsste einerseits von Rizzo erfahren haben, dass das Bild da wäre, und andererseits müsste er es und seine Vergangenheit kennen, eine Beziehung zu dem Bild und dem Diebstahl von 1919 haben. Sonst macht das Ganze keinen Sinn. Wie sollte ein zufälliger Dieb von dem möglichen Zusammenhang wissen?«

»Sie haben recht! Sollte es tatsächlich so gewesen sein, dann müssen der Dieb und mögliche Hintermänner wissen, dass das Bild ursprünglich im Auftrag der Familie Morsini gestohlen wurde. Und dass es sich um das Original handelt, das ist ganz wichtig. Eine Kopie würde ja wohl keiner stehlen.«

Patricia Nannini streckte den Zeigefinger in die Luft.

»Weiß man, wie die Galerie damals hieß?«

Ich schüttelte den Kopf. »Nein, aber so viele wird es ja 1919 auch nicht gegeben haben. Zu dem Zeitpunkt hatten die Leute, auch die ganz Reichen, andere Sorgen, als in Kunst zu investieren, und ...«

»Jetzt müssen wir nur noch schauen, welche Kunstgalerie heute schon vor hundert Jahren bestand, das kann doch nicht schwer sein.« Kalle hob beide Hände. »Schaut doch mal in euer gescheites Internet, das weiß doch sonst alles!«

Fontana, der neben mir saß, stupste mich leicht an.

»Wann fangen Sie bei uns an?«, fragte er, Silvia übersetzte.

Ich wehrte lachend ab.

Nannini klatschte in die Hände. »Wir fahren nach Torino zu unseren Kollegen und werfen Akten, oder wie heißt das?«

»Wir wälzen, wir wälzen Akten«, korrigierte Silvia.

Fontana deutete auf die junge Kommissarin. »Und wer kümmert sich um den Totschlag? Nichts gegen dieses alte Bild, aber ich muss ein Verbrechen klären, wir haben einen Toten! Und solange sich aus euren Ermittlungen nichts Gegenteiliges ergibt, verfolgen wir hier in Castagnole weiterhin die Spur mit dem Dieb als Verdächtiger. Übrigens ist bis jetzt bei keinem Hehler oder bei Kunsthändlern in der Region unser Gemälde aufgetaucht.«

Nannini antwortete sehr bestimmt. »Das bestätigt unsere Vermutung. Capitano, ich bin sicher, die beiden Fälle gehören zusammen. Ich glaube nicht an Zufälle. Ein zufälliger Dieb hätte nicht unbedingt dieses Bild gestohlen, das wurde gezielt ausgesucht. Deshalb hängt der Tote mit dem Bild zusammen. Garantiert! Capitano, Sie bleiben an dem Dieb dran, wir fahren heute noch nach Turin.«

Sie schaute Silvia und mich an. »Kommen Sie mit?«

»Was meinst du?« Silvia hob den Daumen.

»Aber klar, sechs Augen sehen mehr als zwei.«

Fontana und Nannini standen auf und verabschiedeten sich.

»Ich schicke nachher eine Information, wann wir in das Archiv können«, rief sie im Weggehen zurück.

»Zum Glück redet die auf Deutsch«, meinte Kalle. Er schaute Jacek an. »Ein Bierchen in der Bar? Bist du dabei?«

»Blöde Frage, komm!«

Zwanzig Minuten, nachdem die beiden verschwunden waren, rief Nannini bei Silvia zurück.

»Wir können heute bis 20 Uhr in das Archiv. Wollen Sie?«

»Ja, auf jeden Fall.«

»Ich hole Sie um fünf ab, wir nehmen den Dienstwagen.«

Silvia legte mir den Arm um die Schultern.

»Ich arbeite jetzt noch ein wenig, ich bin in Verzug. Der Artikel muss morgen in der Redaktion sein, sonst gibts Ärger.«

»Gut, dann mache ich jetzt ein Nickerchen.«

Sie küsste mich leidenschaftlich.

»Kommt irgendwie zu kurz gerade.«

In der Villa Morsini hatte Enrico Morsini soeben zwei Klienten verabschiedet, die er wegen eines Großprojektes in Milano vertragsrechtlich beriet, als sein Handy klingelte.

»Pronto?«

»Signor Morsini, ich bin's. Ich habe Ihre Sache noch nicht gefunden, bin aber heute Abend in Turin, ich habe eine heiße Spur. Bleiben Sie ruhig. Salve!«

Er legte auf.

»Wenn du nicht bald mit dem blöden Bild rüber kommst, mache ich dich fertig. Höchstpersönlich. Dann schiebe ich dir Mord und Diebstahl in die Schuhe!«

Seit diesem Anruf von Roberto vor einer halben Stunde an diesem Donnerstagnachmittag war Luca zu nichts mehr zu gebrauchen. Er hatte Panikattacken, Schweißausbrüche, ihm war kotzübel. Er hatte versucht, seit gestern über seine Drogenkanäle etwas über den Standort des Bildes raus zu bekommen. Einer der Dealer belieferte auch Kunstgalerien und Künstler in Turin. Er konnte Luca zwar mitteilen, dass zwei Bilder von diesem del Sarto, oder wie der Kerl hieß, in der Galeria Sabauda hingen, aber weiter brachte ihn das auch nicht. Er konnte ja nicht einmal das Scheißbild beschreiben, er hatte nichts. Wenn er Roberto in die Finger fiel, dann gute Nacht, Luca. Die einzige Alternative schien ihm sein, zu verschwinden. Aber wie denn, er hatte weder Geld noch eine Vorstellung, wohin. Er blieb, schloss sich zuhause ein, ließ die Rollläden herunter und setzte sich einen Schuss.

Chefin Carmelita war sauer, Luca war nicht erschienen heute Mittag.

»Ich werfe ihn raus, diesen unzuverlässigen Idioten!«, schimpfte sie vor sich hin, als Kalle und Jacek auftauchten.

Innerhalb einer Sekunde änderte sich wie bei einem Camäleon ihr Gesichtsausdruck hin zum gastfreundlichsten Lächeln, das man sich vorstellen konnte.

»Signori?«

»Birra, groß!«, rief Kalle, bevor sie sich setzten und hielt zwei Finger in die Höhe.

»Du kannst ja Italienisch«, meinte Jacek leicht ironisch.

»Aber klar!«

Sicherheitshalber bestellte er gleich zwei weitere Gläser, als Carmelita servierte.

»Die könnte mir gefallen«, meinte Jacek und pfiff dezent hinter ihr her. »Da ist wenigstens was dran.«

»He, Vorsicht! Hier musst du gleich heiraten.«

Kalle schaute gedankenverloren in sein Bierglas hinein.

»Mein Jung, wenn ich gewusst hätte, was da alles passiert wegen diesem blöden, dämlichen Erbe, ich hätte den Brief damals gleich ungelesen weggeschmissen.«

»Mann, heule hier nicht rum! Du bist Hausbesitzer geworden! Reicher Mann. Reicht für viele Bierchen für uns beide auf Schlossplatz. So alt können wir gar nicht werden, um die alle wegzuputzen.«

Kalle lachte wie üblich, dröhnend.

»Die alte Hütte ist doch nichts wert, die fällt ja fast ein.«

Jacek nahm einen kräftigen Schluck. »Frag mal Silvia, die kauft es dir vielleicht ab.«

»Langsam Jacek, ich haue doch meine Freunde nicht übers Ohr mit der Ruine. Aber vielleicht ist ja sie hier interessiert.«

Er zeigte auf Carmelita, die lächelnd am Tisch vorbei lief.

Jacek kicherte. »An dir oder der Hütte? Beide alt und klapprig! Die braucht was Junges.« Dabei deutete er auf sich.

»Depp!«

Kalle setzte sein zweites Glas an und leerte es in einem Zug. »Aaaah! Das Bier ist gar nicht schlecht, aber die Gläser sind zu klein«

Dann schaute er grinsend auf Jacek. »Die Silvia, die muss ja ganz schön giftig gewesen sein, als Peter den Mist mit den Morettis, oder wie die genau heißen, baute.«

»Da hat‘s geraucht in der Hütte, das kann ich dir sagen. Die hat ihn richtig kleingemacht. In Turin am Bahnhof, als die beiden mich abholten, knutschte sie mich, hängte sich ein und er lief wie ein geprügeltes Hündchen neben uns her. Er hat gemeint, ich hätte es nicht bemerkt.«

Kalle lachte. »Ja, die Weiber können ganz schön giftig werden. Bin froh, dass ich keine habe. Du reichst.«

»Manchmal wäre es aber gar nicht so schlecht.«

Jacek schaute versonnen von seinem Bierglas hoch und verfolgte Carmelita mit einem schmachtenden Blick, dann lachte er wiehernd los.

30. Juni 2016, Turin. Die Suche

Tenente Nannini schaffte es unter Ausnutzung der letzten Kraftreserven des altersschwachen Alfas in einer knappen Stunde bis auf den Parkplatz des Polizeipräsidiums in Turin. Eine Beamtin führte uns durch dunkle Flure ins Zentralarchiv im zweiten Untergeschosses, es roch etwas muffig.

»Alte Akten«, meinte sie entschuldigend und ging zielsicher auf den Jahrgang 1919 zu.

»Der Diebstahl soll im Mai des Jahres erfolgt sein«, gab ich ihr als weitere Orientierungshilfe mit.

»Hier kommen die Akten aus dem Mai 1919. Viel Erfolg beim Suchen, und bringen Sie nichts durcheinander.«

Die Polizeibeamtin schaute streng zu Nannini. »Sie sind verantwortlich dafür! Kommen Sie einfach ins Erdgeschoss hoch, wenn Sie fertig sind, ich schließe dann hier ab.«

Wir teilten den Mai unter uns auf, bereits fünf Minuten später meldete sich Nannini. »Ich hab's.«

Der Bericht der damals ermittelnden Beamten beschrieb sehr genau die Situation im Museum. Der Diebstahl erfolgte am 24. Mai zwischen 22 und 24 Uhr. Sehr kritisiert wurden die ungenügenden Sicherheitsmaßnahmen des Museums, die es dem oder den Dieben ausgesprochen leicht gemacht hatten. Die beiden entwendeten Gemälde hingen im gleichen Raum, waren jedoch völlig verschiedenen Epochen zuzuordnen, sodass damals zuerst nicht von einem Auftragsdiebstahl ausgegangen wurde. Ein Nachtwächter wurde vom Dieb auf der Flucht kaltblütig getötet, er brach ihm das Genick. Das Fehlen der beiden Bilder wurde erst durch die dazu gerufene Polizei bei einem Rundgang um Mitternacht festgestellt.

Einbruchsspuren wurden nicht gefunden. Der Dieb hatte sich vermutlich in einer Toilette einschließen lassen und war mit den Gemälden durch eine Seitentür entkommen. Fahndungsmaßnahmen blieben erfolglos. Sehr vage war die Rückgabe des gestohlenen Bildes von del Sarto beschrieben:

Am 2. Juli 1919 entdeckte der Wachmann Giuseppe Mancini bei seinem Rundgang um 23 Uhr, dass in Raum zwei im ersten Obergeschoss plötzlich ein Gemälde hing, welches zuvor nicht da war. Es handelte sich um ein Werk des Renaissancekünstlers Andrea del Sarto, welches sechs Wochen zuvor, am 24. Mai 1919, aus demselben Raum gestohlen worden war. Niemand hat den- oder diejenigen gesehen, die das Bild dort ganz korrekt aufgehängt haben. Das Carabinieri-Kommando Torino hat die Ermittlungen am 12. Juli 1919 eingestellt.

»Die hatten kaum Beamten damals nach dem Krieg. Viele waren gefallen, alle anderen waren mit den sozialen Spannungen zwischen Linken und Rechten zugange«, erklärte die Kommissarin.

Plötzlich meldete sich Silvia ganz aufgeregt.

»Schaut mal her, was ich hier habe. Da ist ganz konkret die Vernehmung eines Signor Andreotti aufgeführt, ein komplettes Protokoll.«

Sie hielt das Blatt Papier hoch. Die Schreibmaschine musste ein defektes kleines »o« gehabt haben, in allen Wörtern mit diesem Buchstaben waren kleine Löcher durch das Papier geschlagen. Nannini und ich schauten von links und rechts drauf. Nannini las vor und übersetzte.

»Andreotti war Inhaber einer Kunstgalerie in Turin und wurde kurz vor dem Diebstahl von einem Wächter zusammen mit einem jüngeren Mann im Museum gesehen. Sie hielten sich dort anscheinend recht lange auf. Das sei nur ein Interessent für Renaissancekunst gewesen, dem er die ausgestellten Werke zeigen wollte, hatte Andreotti bei der Vernehmung ausgesagt. Den Namen wollte er aus Diskretionsgründen nicht nennen. Der Polizei genügte diese Aussage. Die Ermittlung gegen ihn wurde auf Veranlassung des Oberstaatsanwalts kurze Zeit später ohne weitere Begründung eingestellt.«

»Oh, ein guter Freund vielleicht?«, fragte Silvia.

Nannini lachte. »Sieht so aus. Italia eben!«

In diesem Moment piepte mein iPhone, eine Mail.

»Hallo Peter, bin soeben zu Hause angekommen. Unterwegs habe ich recherchiert. Der Diebstahl war am 24. Mai 1919, ich denke, jetzt könnt ihr im Archiv suchen. Fritz.«

Ich musste lachen. »Fritz hat mir gerade mitgeteilt, dass wir ins Archiv gehen sollen.«

»Fritz?« Silvia blickte erstaunt von der Akte auf.

Ich winkte ab. »Sorry, ich habe dir noch gar nicht erzählt, dass Wachter und ich per Du sind. Seit seiner Abreise hier. Wir reden heute Abend darüber.«

Silvia schaute leicht ungläubig, sagte aber nichts. Ich tippte eine kurze Antwort in mein Smartphone.

»Hallo Fritz, danke. Da sind wir gerade und sind fündig. Mehr dazu später, Peter.«

Nannini hatte in der Zwischenzeit auf ihrem Tablet nach Kunstgalerien in Turin gesucht.

»Hey, da ist sie! Galeria dell'Arte, Olivia Andreotti! Ich glaube es nicht!«

»Lassen Sie sehen, bitte!«

Da stand es, schwarz auf weiß. Andreotti, Via Roma 27, Torino. Ich schaute die beiden Frauen an.

»Glaubt Ihr an Zufälle? Ich nicht!«

Nach dem zweiten »Bierchen« hatten sich Kalle und Jacek auf ein drittes geeinigt und genossen die Nachmittagssonne.

»Amici!«, klang es plötzlich laut über die Piazza. Gianluca winkte und kam auf die beiden zu.

»Dein neuer Kumpel?« Jacek kniff die Augen zusammen. »Ist der in Ordnung?«

Kalle nickte. Gianluca nahm sich vom Nebentisch einen Stuhl und setzte sich ungefragt zu den beiden.

»Salve! Tutto bene? Birra gutt?«

Kalle nickte, »si! Birra gut.«

Er streckte Carmelita drei Finger entgegen, sie nickte, dann zeigte er auf Jacek.

»Jacek, Amico.«

Gianluca streckte Jacek freundlich die Hand hin, der schlug nach kurzem Zögern ein.

»Tag, Alter!«

Der Angesprochene lachte und hob den Daumen hoch.

»Carmelita, Bella, una birra spina!«

Nach einigen Verständnisübungen mit Händen und Füßen wurde Gianluca plötzlich ernst und senkte die Stimme.

»Villa Morsini.«

Er zeigte hintereinander auf Kalle, Jacek und sich, dann machte er drehende Handbewegungen, schaute wie mit einem Fernglas durch die beiden Hände vor den Augen, zeigte auf seine Uhr und streckte abschließend alle zehn Finger in die Luft.

»Hai capito? Hast du verstanden?«

Jacek schaute verwirrt. »Was meint der Typ? Was für Theater?«

Kalle stoppte ihn.

»Halt die Schnauze und denke besser nach.«

Kalle drehte mit der Hand einen Kreis zwischen den dreien, Gianluca nickte. Dann ahmte er das Öffnen einer Türe nach, erneut bejahte Gianluca. Kalle überlegte.

»Villa Morsini? Heute? Zehn Uhr?«

»Si!« Leise fügte er hinzu, » Familia Morsini via, weg.«

Jacek schaute noch immer recht grimmig. »Ich verstehe gar nichts. Scheißsprache! Will der etwa in die Villa rein, heute Nacht um zehn?«

»Schlauer Junge, du hast es kapiert. Die Leute sind heute Abend nicht zuhause. Der will mir helfen, er hat ein schlechtes Gewissen.«

Kalle hob sein Glas und prostete Gianluca zu.

»Ok!«

Jacek schlug die Hände vor die Augen. »Ihr habt wohl einen Schuss! Einbrechen? Mann, vergiss das! Alles nur wegen dem Drecksbild. Ohne mich! Geht mich nichts an.«

Kalle versuchte, ihn zu beschwichtigen.

»Wir können ja einfach mal mitgehen, nur schauen, dann sehen wir weiter. Das Bild stammt ja immerhin aus meinem neuen Haus.«

Er deutete auf Gianluca. »Ok! Wo?«

Gianluca schaute verständnislos. »Hä?«

Er kapierte jedoch, und machte den beiden klar, er würde um zehn an der Pension sein. Dann erhob er sich, trank im Stehen noch schnell sein Bier aus und trabte über die Piazza davon.

»Jetzt kannst du auch noch sein Bier zahlen«, sagte Jacek.

Gegen halb acht verließen wir das Archiv im Polizeipräsidium, Nannini sprach noch kurz mit einem Kollegen, danach fuhren wir in die Via Roma, eine kleinere Geschäftsstraße, die auf die recht mondäne Via Cavour stieß. Die Galerie war noch hell beleuchtet, es war jedoch niemand zu sehen. Nannini zog ihre Polizeimarke aus der Jacke und drückte die Klingeltaste, die in eine Edelstahleinheit integriert war, welche seitlich der gläsernen Eingangstür angebracht war. Alles sehr edel. Es dauerte ein paar Augenblicke, dann erschien eine elegante Dame und drückte innen auf die Sprechanlage.

»Bitte?«

Nannini hielt ihre Polizeimarke hoch. »Tenente Nannini und Kollegen. Wir würden Sie gerne sprechen.«

»In welcher Sache?«

»Das möchte ich nicht von der Straße aus besprechen, bitte öffnen Sie!«

Sie schien es sich noch zu überlegen, aber dann schloss sie auf. Wir traten alle drei ein.

»Buonasera. Signora Andreotti?«

Nannini war betont höflich, Silvia und ich blieben stumm. Andreotti hinterließ bei mir einen unsicheren Eindruck.

»Mit was kann ich Ihnen helfen, so spät am Abend?«, fragte sie etwas spöttisch.

»Kennen Sie einen Restaurator Umberto Rizzo?«

Die Galeristin zuckte leicht zusammen, hatte sich aber sofort wieder in der Gewalt.

»Ja, das ist einer meiner Zulieferer. Warum? Ist etwas mit ihm nicht in Ordnung?«

Nannini wartete etwas mit der Antwort.

»Signor Rizzo wurde Opfer eines Gewaltverbrechens. Er ist tot.«

Andreotti wurde kreidebleich im Gesicht, ich hatte das sichere Gefühl, dass sie von Rizzos Tod soeben das erste Mal hörte.

»Tot? Ermordet, sagen Sie?«

»Von Mord habe ich nichts gesagt, er wurde wahrscheinlich das Opfer eines Diebes.«

Signora Andreotti war sichtlich geschockt. Ich schaute nachdenklich Silvia an, ich glaubte, sie dachte dasselbe wie ich. Täterwissen? War sie die Auftraggeberin des Bilderraubs? Nannini wartete auf eine Reaktion der Galeristin.

»Ein Dieb, mein Gott! Aber warum kommen Sie damit zu mir?«

Nannini schien zu triumphieren.

»Sie haben kurz zuvor ein Bild abgeholt, haben Sie da etwas bemerkt? War Rizzo verändert?«

»Nein, er war wie immer, etwas kauzig eben.«

»Für wen war das abgeholte Bild bestimmt?«, fragte unsere Kommissarin.

»Das Bild war für einen Kunden, den Namen erfahren Sie von mir nicht. Rizzo hat es restauriert.«

Nannini spielte ihren Trumpf aus. »Sie waren vielleicht die Letzte, die ihn lebend gesehen hat.«

Andreotti reagierte empört. »Das ist geschmacklos, Tenente, das war der Mörder, nicht ich!«

Gut gebrüllt, Löwe, dachte ich. Die Frau ist schwer zu knacken.

»Ich habe in alten Akten geforscht, wegen des Bilderraubs 1919, als ein Werk von Andrea del Sarto hier gestohlen wurde.«

Nannini ließ den Satz ein paar Augenblicke wirken, jedoch ohne erkennbare Wirkung auf Andreotti.

»Da taucht der Name eines Ihrer Vorfahren auf, wissen Sie das?«

Die Galeristin schüttelte den Kopf, ihre langen Haare schwangen mit.

Nannini setzte sofort nach. »Es wurde damals genau das Gemälde geraubt, das jetzt bei Umberto Rizzo gestohlen wurde. Eigenartig?«

»Ich beteilige mich nicht an Spekulationen, Tenente. Und wenn Sie weitere versteckte Anschuldigungen loswerden wollen, dann müssen Sie das im Beisein meines Anwalts tun. Für mich ist das Gespräch beendet. Buonanotte!«

Sie öffnete unmissverständlich die Eingangstür. Nannini schaute sie freundlich an. »Das werde ich. Buonanotte.«

Die Galeristin blickte uns beim Weggehen länger nach.

Auch ein anderes Augenpaar folgte seit einigen Minuten von der gegenüberliegenden Straßenseite unseren Schritten.

»Verdammt, was wollen die Bullen hier?«, fragte sich der kleine Detektiv aus Asti selbst und machte sich in seinem Wagen noch kleiner, als er schon war. Er kannte zwar Silvia und mich nicht, hatte Nannini aber in Alba mal in Uniform gesehen. Darüber hinaus sprach der Dienstwagen für sich. Er hatte beobachtet, wie wir mit Andreotti sprachen. Er konnte zwar nicht hören, was, aber er war sich nun sicher, die Alte hat das Bild. Er hatte mal wieder den richtigen Riecher. »Nur wo?«

Er würde in Ruhe abwarten. Warten war seine Stärke. Er konnte erkennen, dass die Galeristin den Telefonhörer am Ohr hatte, sofort nachdem die Bullen weg waren.

»Das ging aber schnell«, murmelte er und grinste. »Signor Morsini, garantiert!«

Da täuschte er sich allerdings. Andreotti hatte die bekannte Nummer wieder gewählt. Der Angerufene nahm nur ab, meldete sich jedoch nicht.

»Sie verdammtes blödes Arschloch!«, schrie Andreotti in den Hörer, »Sie haben ihn umgebracht!«

»Was quatschen Sie hier für einen Mist, wen umgebracht?«

»Rizzo!«

Der Gegenüber lachte. »Der war doch gar nicht da, als ich dort war, also, was soll das Gelaber?«

Die Galeristin klang verzweifelt. »Wer war es dann? Die Polizei behauptet, es wäre der Dieb gewesen.«

»Sie reden mit den Bullen? Scheiße! Rufen Sie hier nie mehr an. Ich will nichts damit zu tun haben, ich habe keinen getötet!«

Er legte auf, Andreotti blieb mitten im Raum stehen und schaute auf die Straße. Sie fühlte sich hilflos. Wer hatte Rizzo umgebracht? Und warum. Wenn der Deal mit Morsini scheiterte, war alles aus. Und wenn man sie mit dem Mord in Verbindung brachte, sowieso. Sie schaute ins Leere. Kein Mensch war mehr unterwegs, nur ein Auto parkte gegenüber. Ihr war schlecht, was war da geschehen?

Der heimliche Beobachter konnte ihre Panik bis über die Straße erkennen.

»Die hat ein Problem«, sagte er sich zufrieden.

»Was tun wir jetzt«, wollte Silvia wissen. Nannini zuckte die Schultern.

»Wenn wir in den Laden reinkämen ...«

»Denken Sie gar nicht daran!«, widersprach Patricia Nannini. Schaute mich dabei aber in einer Art an, die genau ihre Gedanken verraten ließen.

Ich grinste. »Neben dem Laden ist eine Durchfahrt. Ich denke, in einen der Hinterhöfe hinein, ... ich meine ja nur!«

»Wir gehen jetzt was essen und schauen später noch mal vorbei.«

»Zu Befehl, Tenente!«

Nur unweit der Galerie fanden wir eine Pizzeria, allerdings gehörte sie in eine Kategorie, die ich sonst unbedingt mied. »Pizza Express.« Die Margherita schmeckte scheußlich, was meine Einschätzung bestätigte. Wir warteten anschließend im Wagen, bis es endgültig dunkel war, dann stiegen wir aus. Kein Mensch war auf der Straße zu sehen, lediglich zwei Wagen parkten schräg gegenüber der Galerie, in der nur noch ein Nachtlicht brannte. Wir durchquerten so unauffällig wie möglich den Durchgang und fanden einen dunklen Hinterhof vor. Nur an einzelnen Stellen etwas durch Licht aufgehellt, das aus einzelnen Fenstern im angrenzenden Gebäude fiel. Zwei Fahrzeuge, mehrere Müllcontainer und eine Vespa waren im hinteren Teil des Hofes abgestellt.

»Der Schuppen hier müsste an die Rückwand der Galerie anschließen«, stellte Nannini leise fest.

»Kommen wir da rein?«, fragte Silvia ganz vorsichtig.

»Wir brechen auf keinen Fall ein«, antwortete Nannini.

»Müssen wir nicht«, flüsterte ich, »die Tür ist nur angelehnt.«

Ich hatte nur ganz leicht dagegen gedrückt. Nannini zog ihre Waffe aus dem Holster und entsicherte sie. »Gefahr in Verzug! Ihr bleibt draußen!«

Blieben wir natürlich nicht. Sie drückte langsam die Türe auf, sie knarrte eigentümlicherweise so gut wie nicht. Nur wenig Licht drang in den Holzschuppen. Ein schmaler kurzer Flur führte nach rechts, Nannini schlich langsam voran. Urplötzlich stoppte sie und hielt den Finger vor den Mund. Aus dem angrenzenden Raum war ein leises Geräusch zu hören, ein leichtes Scharren, dann war wieder

Ruhe. Wir verharrten alle drei atemlos und warteten. Dann wieder das selbe Geräusch, wie wenn etwas hin- und hergeschoben oder ausgepackt würde. Nannini bedeute uns beiden, stehen zu bleiben und linste vorsichtig um die Ecke der Flurwand. Sie meinte, eine Bewegung zu erkennen. Wieder das Scharren. Plötzlich schnellte die junge Kommissarin vor, mit der Waffe im Anschlag.

»Polizia! Stop!« Ein Aufprall und schnelle Schritte waren die Antwort, worauf sie noch mal »Polizia« rief. Dann durchbrach ein Schuss die Stille, sofort darauf ein zweiter und dritter. Ein Aufschrei, dann ein Stöhnen. Das war Nannini, schoss es mir in den Kopf.

»Tenente?«, rief ich ihr zu.

Die Antwort war ein erneutes Stöhnen, dann aber, »ich bin ok.«

Im selben Moment kam der unbekannte Schütze um die Ecke gerannt und knallte in mich rein. Sein Kopf, eingepackt in eine Kapuze, schlug gegen meine Brust. Wie klein ist der denn, schoss es mir in den Kopf. Ich stolperte, verlor das Gleichgewicht und kippte gegen die Holzwand. Er sprang in großen Sätzen, die ich ihm bei seiner Figur nicht zugetraut hätte, den Flur entlang an Silvia vorbei, die sich wie erstarrt an die Wand drückte. Ich konnte noch erkennen, dass er in einem Overall steckte und ein größeres flaches Paket unter den Arm geklemmt bei sich trug. Das Bild, war mir sofort klar. Im nächsten Augenblick war er durch die angelehnte Tür nach außen verschwunden. Ich trat zwei Schritte zurück und schaute zu Nannini, die am Boden saß und sich das linke Bein hielt.

»Sind Sie ok?«, rief ich ihr zu.

Sie nickte und warf mir den Wagenschlüssel des Dienst-Alfas zu. »Fahr hinter ihm her, aber greife nicht ein. Ist nur ein Streifschuss. Ich rufe die Kollegen.«

»Ich soll ihn verfolgen? Ich habe doch aber ...«

»Fahr ihm einfach nach, aber schnell, sonst ist er weg!«

Ich nickte nur und drehte mich zu Silvia. »Alles gut? Bleib du bitte bei Nannini, da bist du jetzt sicher.«

Sie schaute mir nur ziemlich irritiert nach. »Sei vorsichtig!«

Ich war bereits auf dem Sprung und hörte sie nicht mehr. Zum Glück stand der Alfa nur wenige Meter von der Durchfahrt in den Hinterhof entfernt. Ich riss die Tür auf und sprang rein. Ich fummelte den richtigen Schlüssel aus dem Schlüsselbund und ließ den Alfa an. Er startete sofort. Erst jetzt sah ich raus und konnte erkennen, wie der andere gerade aus seiner Parklücke schoss, ein älterer BMW. Er hatte keine hundert Meter Vorsprung, als er in die Via Cavour einbog. Seit vielen Jahren war ich Automatikfahrzeuge gewohnt, weshalb ich beim Anfahren einen heftigen Satz fabrizierte, die Karre jedoch nicht abwürgte. Guter alter Alfa. Ich bog ebenfalls um die Ecke in die Via Cavour und erspähte meinen Gegner nur wenige Meter vor mir. Vor ihm schlich ein LKW, den er erst in diesem Augenblick überholen konnte. Ich folgte direkt nach. Einen entgegenkommenden Mercedes zwang ich zu einer Vollbremsung, aber es reichte knapp. Ich war wieder direkt hinter dem BMW.

»Dumm gelaufen, mein Freund!«, dachte ich, atmete kräftig durch und putschte mich selbst auf.

Mein Traum war es, als Kind, Rockstar oder Rennfahrer zu werden. Beides hat sich leider nie verwirklichen lassen. Die Rockkarriere beendeten meine Eltern, höhere Gewalt. Und außer einigen Spaßfahrten mit Gokarts war ich stets nur Zuschauer beim Motorsport gewesen. Aber ich fuhr gern schnell, wenn es möglich war. So wie jetzt, wenn mein Jagdinstinkt erwachte.

»Du wirst mich nicht los!«, putschte ich mich selbst auf.

Der Unbekannte fuhr zügig, raste jedoch nicht, er fühlte sich augenscheinlich nicht übermäßig bedroht und sehr sicher. Ich konnte ihm recht einfach folgen. Dass er mich erkannt hatte, vermutete ich trotz der nächtlichen Dunkelheit. Schließlich fuhr ich den schwarzen Carabinieri-Dienstwagen. Hatte aber keine Ahnung, wie ich das Blaulicht einschalten konnte. Mein Vordermann ließ sich nicht aus der Ruhe bringen. Kurz darauf bogen wir links ab und erreichten nach ein paar hundert Metern den breiten Corso Vittorio Emanuele. Ich konnte recht gut dranbleiben, zum Glück waren die Straßen zu dieser Stunde ziemlich ausgestorben. Er wurde jetzt schneller, ich gab ebenfalls Gas. Wir bogen ein paar Meter weiter rechts ab und rasten einen vierspurigen Boulevard entlang, vorbei am Teatro Nuovo, einem riesigen, meiner Ansicht nach hässlichen Bau. Ich konnte den Abstand verringern und ganz knapp hinter ihm bleiben. Mein kurzer Blick nach links zum Theater lenkte mich lediglich eine Zehntelsekunde ab, aber just da passierte es. Die Vollbremsung meines Gegners bemerkte ich genau diese winzige Zeitspanne zu spät, sodass ein oder zwei Meter fehlten. Die Bremsen des Alfas zogen zwar recht gut, aber nicht gleichmäßig. Der Wagen drehte sich mit dem Heck nach rechts weg und ich schlitterte mit der Beifahrerseite auf das Heck des BMWs zu. Dann krachte es. Nicht mal allzu stark, aber es reichte, dem Wagen vor mir einen Stoß zu verpassen, ihn nach vorn zu katapultieren und in einem flachen Winkel in die Fahrerseite des Polizeiwagens einschlagen zu lassen, der schräg zur Fahrbahn stand. Eine Straßensperre. Als ich den schlaffen Airbag, der sich trotz des schwachen seitlichen Aufpralls geöffnet hatte, von meinem Gesicht wegdrücken konnte, bot sich mir ein bizarrer Anblick. Rechts vom Polizeiwagen standen zwei Carabinieri, einer mit einer Polizeikelle in der Hand, der andere mit der Maschinenpistole im Anschlag und verfolgten ziemlich verdutzt, dass der BMW-Fahrer Vollgas gab, am Polizeiwagen entlang schrammte und links davon vorbei preschte. Das Ganze lief so extrem schnell ab, als die beiden reagieren konnten, war es schon zu spät. Der BMW schoss davon, anscheinend war er nicht zu stark beschädigt. Deutsche Wertarbeit kam mir in den Sinn. Viel weiter reichten meine Gedanken allerdings nicht angesichts einer auf mich gerichteten Waffe. Meine rasende Verfolgungsfahrt war zu Ende. Ich blieb bewegungslos sitzen. Der eine der beiden Polizisten kam vorsichtig auf mich zu und öffnete die Wagentür, der andere schaute dem abhauenden Wagen nach und griff nach seinem Funkgerät. Ich hob sicherheitshalber die Arme, der Carabiniere winkte mir zu, ich solle aussteigen. Ganz langsam, wie in Zeitlupe, bewegte ich mich aus dem Fahrersitz und blieb vor dem Wagen stehen. Man sieht das ja so in amerikanischen Krimis. Der Kollege hatte in der Zwischenzeit ins Funkgerät gesprochen und zugehört, er gab nun meinem Bewacher ein Zeichen der Entwarnung, der senkte die Waffe.

»Ok, Signor Forster?«

Ich atmete heftig durch. »Si!«

Wir schafften es, uns anschließend so weit zu verständigen, dass Tenente Nannini ärztlich versorgt wäre und in Bälde hier erwartet werden würde. Ich setzte mich solange auf den Randstein der Straße und betrachtete den Schaden am Alfa. Er war nicht mehr fahrbereit. Was muss denn noch alles passieren, Mord und Totschlag, die Explosion, Schießereien und jetzt schrotte ich auch noch ein Polizeiauto. Bisschen viel auf einmal. Mann Kalle, Dein Erbe wird langsam ein wenig zu heiß für mich, dachte ich mir.

Die beiden Carabinieri waren beschäftigt. Der eine leitete den Verkehr an den beiden Unfallautos vorbei, der andere war ständig mit seinem Funkgerät beschäftigt. Es pfiff andauernd. Es nervte. Ich saß nur da und wartete. Mir reichte es. Mein Gesicht brannte etwas, kam wahrscheinlich vom Airbag. Dass die alte Karre überhaupt schon damit ausgestattet war, faszinierte mich. In diesem Augenblick war das Martinshorn eines Polizeiwagens zu hören. »Nun denn, jetzt geht's wenigstens weiter«, sagte ich laut.

Nannini, Silvia und zwei Carabinieri stiegen aus. Patricia Nannini humpelte und Silvia lief auf mich zu.

»Peter, mein Gott, ist alles in Ordnung mit dir?« Sie umarmte mich.

»Alles so weit ok, ein bisschen Sonnenbrand im Gesicht von diesem blöden Airbag, sonst bin ich ok.«

Silvia atmete erleichtert aus. »Wir haben erst auf der Fahrt hier her mitgekriegt, dass es einen Unfall gab. Das war ein Gefühl, kann ich dir sagen, ich hatte ne Scheißangst.«

Ich küsste sie. »Es ist schön, wenn jemand Angst um einen hat. Aber was war bei euch?«

»Patricia hat gleich die Dienststelle angerufen, die kamen auch sehr schnell mit dem Notarzt. Sie hat aber nur einen leichten Streifschuss abbekommen, er hat das schnell verbunden und dann sind wir hinter dir her gefahren. Habt ihr den Kerl und das Bild?«

Ich schüttelte den Kopf. »Nein, beide sind weg. Wieder mal!«

Silvia schaute verdrossen drein. »Jetzt ist mir dieses verdammte Bild langsam so was von egal. Soll's doch stehlen, wer will!«

Als sie das sagte, kam Patricia Nannini zu uns her. Sie hatte bisher mit den Kollegen gesprochen.

»Geht's Euch gut?«

Wir nickten beide, dann schaute die Kommissarin mich an.

»Zuerst mal, entschuldige, dass ich plötzlich Du gesagt habe, aber ich war ...«

Ich lachte. »Ist mir viel lieber als das blöde Sie. Ich bin Peter!«

Sie reichte mir die Hand. »Danke, ich heiße Patricia. Der Maresciallo will kurz mit dir sprechen.«

Ich berichtete in wenigen Sätzen über die letzten Ereignisse, der Beamte machte sich Notizen, das war's. Patricia hatte wahrscheinlich bereits alles ausgesagt. Inzwischen waren zwei weitere Polizeiwagen eingetroffen, einer davon wurde uns für die Rückfahrt übergeben. Gerade als wir abfahren wollten, fuhr ein Abschleppwagen vor, um den Alfa aufzuladen. Patricia kicherte. »Fontana wird ausflippen! Macht euch auf was gefasst.«

Während der Fahrt ließ ich stolz wie ein kleiner Junge meine Verfolgungsfahrt durch Turin Revue passieren. Jede schnelle Ecke wurde erwähnt. Silvia reagierte leicht geschockt, Patricia zeigte mit dem Daumen nach oben. »Gut gemacht, Peter!«

Ich glaube im Nachhinein allerdings, dass sich beide dabei über mich lustig gemacht hatten. Was soll's? Es war ein richtig geiles Gefühl.

»Signore, ich hab's. Wo soll ich Sie treffen?«

Enrico Morsini überlegte. »Kurz vor Castagnole, aus Richtung Canale her, ist rechts ein Parkplatz neben einem alten Stallgebäude. Wann sind Sie dort?«

»Ich denke, gegen elf etwa.«

»Gut, ich warte auf Sie.« Morsini legte auf, im BMW drückte der kleine Detektiv das Gespräch weg und konzentrierte sich wieder aufs Fahren.

Aus Turin war er ohne weitere Probleme raus gekommen. Sie mussten seine Spur verloren haben und für Straßensperren war zu wenig Zeit gewesen. Zu seinem Glück war die Beschädigung am Wagen nicht so stark, dass sie einen Einfluss auf das Fahrverhalten genommen hätte. Der Reifen scheuerte ein wenig am eingedrückten Kotflügel, hielt bisher jedoch durch. Der rechte Scheinwerfer war tot, der Außenspiegel fehlte und der Wagen zog etwas nach rechts. Jetzt hätte der Wagen ohnehin bald ausgedient, denn kurz nach der Ausfahrt Villafranca d'Asti hatte er seinen eigenen Wagen auf einem Waldparkplatz abgestellt. Den BMW hatte er gestern in Villafranca gestohlen. Das rechte Knie schmerzte, er war beim Aufprall auf den Polizeiwagen gegen die Unterseite des Armaturenbretts geknallt. Dieses verdammte Arschloch, das ihn verfolgt hatte, wäre fast erfolgreich gewesen. Er konnte von Glück reden, dass er durch die Straßensperre gekommen war, die beiden Bullen waren aber auch zu blöd. Er fühlte sich gut. Er hatte keine Fingerabdrücke hinterlassen, bei solchen Einsätzen quetschte er sich immer in einen Schutzanzug mit Kapuze aus Plastik. Er schwitzte zwar in diesem Riesenkondom, aber es gab keine DNA von ihm. Mit dem Bild hatte er Glück gehabt. Es war das einzige Ölgemälde in der von Morsini angegebenen Größe, das im Schuppen lagerte. Schließlich hatte er nur wenig Ahnung, wie das Motiv aussah. Dass er schießen musste, war nicht gut, aber unumgänglich, als diese Bullentante plötzlich auftauchte. Seine Waffe war nirgends registriert, es war ein Vorteil, in Libyen einkaufen zu können.

Ohne den Mist an der Straßensperre wäre sein Einsatz optimal gelaufen, aber auch so war er ganz zufrieden mit sich. Morsini würde sein Bild wieder haben und er ein schönes Honorar, das wie immer in der Schweiz landen würde. Alle sind zufrieden.

Obwohl der Wagen mit Telepass, dem digitalen Bezahlsystem für die Autobahnmaut ausgerüstet war, nahm er an der Zahlstelle in Villafranca die Spur für Barzahler und warf die fünf Euro für die Strecke von Turin bis hier in den automatischen Münzenschacht. Er bemühte sich dabei, konsequent nach unten zu schauen. Zusätzlich verdeckte er sein Gesicht mit einer Schildmütze und einer getönten Brille. Die Schranke öffnete sich, er verließ die Autostrada und nahm die Provinzstraße nach Castagnole. Nach etwas mehr als zwei Kilometern bog er scharf in einen schmalen Feldweg ab. Dreihundert Meter weiter parkte hinter einem wuchtigen Gebüsch sein eigener Wagen. Er ließ den BMW am Weg stehen, lud das Bild um, prüfte noch einmal, ob der Wagen sauber war, zog den Schutzanzug aus, verstaute ihn im Kofferraum seines eigenen Wagens und fuhr wieder weiter in Richtung Castagnole.

Gut zwanzig Minuten später erreichte er den vereinbarten Parkplatz. Der alte Morsini war bereits da und lehnte an seinem Wagen. Der Detektiv stieg aus, klemmte das Bild unter den Arm und ging auf den Wartenden zu.

»Buonasera Signor Morsini, bitte sehr, Auftrag ausgeführt.«

Er drückte dem Alten das eingepackte Gemälde in die Hand. Lediglich an der Oberseite hatte er in dem Schuppen hinter der Galerie das Packpapier aufgerissen, um zu sehen, ob er auch das Richtige gefunden hatte.

Morsini schaute zwischen seinem Bild und dem Detektiv hin und her.

»Sind Sie nicht gesehen worden und kann man Sie zu mir rückverfolgen?«

»Nein, ich existiere praktisch nicht. Alles ist in Ordnung.«

Morsini wirkte erleichtert, legte das Gemälde in den Kofferraum und entnahm dem Handschuhfach einen dicken Umschlag.

»Zählen Sie nach! Einhunderttausend.«

Der Detektiv nahm das Kuvert entgegen und schüttelte den Kopf. »Ich vertraue Ihnen, unter Ehrenmännern!«

Morsini nickte, stieg in seinen Wagen und fuhr weg. Der Detektiv setzte sich in seinen eigenen Wagen und verließ kurz darauf ebenfalls den dunklen Parkplatz. »Ein guter Tag«, sagte er sich und drehte das Radio lauter. »My beautiful reward« lief gerade, von Bruce Springsteen.

»Meine wunderschöne Belohnung«, übersetzte der Detektiv und drehte die Lautstärke höher. »Passt doch!«

Etwa zur gleichen Zeit wurde die Galeristin Olivia Andreotti in ihrer Wohnung vorläufig festgenommen wegen des Verdachts, das Original oder eine Kopie des Gemäldes »Der jugendliche Johannes der Täufer« bei einem Restaurator gestohlen zu haben.

Keine Stunde später sang sie wie ein Vögelchen. Ja, sie hätte das Bild bei Rizzo gesehen und anhand der freigelegten Ecke sofort erkannt. Ja, ihr Großvater habe es damals 1919 im Kundenauftrag stehlen lassen, das wäre so. Sie sei der Meinung gewesen, dass das Bild im Museum hinge, und hätte total verblüfft reagiert und ihre Chance gesehen. Ja, Sie wollte es jetzt den Nachfahren der damaligen Käuferfamilie anbieten.

»Genau, für eine Million!« Der hätte aber noch nicht zugesagt.

»Wer es gestohlen hat? Hier ist die Telefonnummer. Ein Profi, dem ich zehntausend Euro gezahlt habe.«

Ob sie ihn persönlich kennen würde? Sie verneinte, aber er müsste aus der Gegend sein, nahm sie an. Ja, es stimme, sie wäre praktisch pleite.

»Das wäre für mich die letzte Rettung gewesen«, meinte sie.

»Jetzt haben Sie es in den Sand gesetzt«, antwortete der verhörende Beamte. Sie nahm es teilnahmslos zur Kenntnis. Nach dem Verhör kam sie zum Haftrichter und sofort in Untersuchungshaft.

Wir drei waren zu dieser Zeit bereits auf dem Heimweg nach Castagnole. Patricia berichtete von der Strafpredigt wegen unseres gemeinsamen Eindringens in Andreottis Schuppen. Sie konnte weitere interne Untersuchungen jedoch mit dem Hinweis auf die aktuelle Gefahr abbiegen. Noch von unterwegs informierte sie den Capitano über den Erfolg.

»Nach dem Dieb und wahrscheinlichen Totschläger wird jetzt gefahndet, Capitano. Ebenso nach dem unbekannten Mann, den wir in der Galerie fast erwischt haben. Ob er und der Dieb identisch sind, wissen wir nicht. Ich kann mir aber auch vorstellen, dass es zwei verschiedene Personen sind. Der Fall wird immer undurchsichtiger.«

Fontana gratulierte ihr, als wir im Kommando in Castagnole eintrafen. Vom defekten Alfa wusste er nichts, bis Gallo aus dem Fenster schaute.

»Was ist das für ein Wagen?«

Patricia strafte ihn mit einem Blick, der töten konnte. Fontana war irritiert. »Was habt ihr ...«

»Capitano, es tut mir leid, ich habe ihn geschrottet«, gestand ich, allerdings unbewusst auf deutsch.

Fontana schaute zuerst mich dann Nannini an. »Was ist da los?«

»Capitano, das war einfach Pech«, antwortete Patricia. Dann erklärte sie Fontana, was geschehen war. Sein Blick wurde immer ungläubiger und wanderte zwischen ihr und mir hin und her. Ich sah dunkle Gewitterwolken vor meinem geistigen Auge aufziehen. Er schwieg. Patricia ergriff wieder das Wort.

»Wir hatten keine andere Möglichkeit, ich musste improvisieren und Peter, also Signor Förster, hat das hervorragend gemacht. Ihn trifft keinerlei Schuld.«

Der Capitano versuchte erkennbar, sich im Zaum zu halten, es misslang. »Jetzt jagen schon deutsche Touristen Gangster in italienischen Polizeiwagen. Und ausgerechnet in meinem! Wo soll denn das noch alles enden?«

Seine Gesichtsfarbe tendierte zunehmend zu Rot. Ein Choleriker, dachte ich. Dann baute er sich direkt vor mir auf, die Nase höchstens noch zehn Zentimeter entfernt. Ein paar Sekunden, ich fand eine Ewigkeit, schaute mir das leibhaftige Böse in die Augen. Dann kam die Überraschung. »Scusi. Benissimo! Bravo, Signore!«

Seine Gesichtszüge veränderten sich dabei fast übergangslos von wütend zu begeistert, wir fingen beide an zu lachen. Fontana taxierte Gallo. »Du bist doch fit. Ab jetzt machst du die Fahrten eben mit dem Fahrrad! Ich auf dem Gepäckträger.«

»Und das Blaulicht kommt auf den Lenker!«, rief Martinelli von seinem Schreibtisch rüber.

Es dauerte ein wenig, bis wir alle wieder ernst wurden. Fontana berichtete. »Vorher war ein Zeuge da, der anscheinend ein Auto der Morsinis in der Nähe des Tatorts gesehen haben will. Ich halte das für irrelevant, denn mit dem Dieb ist ja ohnehin der Totschlag geklärt, wenn wir ihn haben.«

Patricia machte nicht den Eindruck, dass sie seine Meinung uneingeschränkt teilte. Fontana wollte uns alle noch für einen Rapport im Büro haben, bevor er Feierabend machte. Wir schilderten ihm die Abläufe in Turin.

»Ich habe schon von den Kollegen von Ihrem Alleingang gehört. Kein Durchsuchungsbefehl, nichts. Wenn da nichts raus gekommen wäre, hätte es für ein Disziplinarverfahren gereicht, das ist Ihnen wohl klar, Tenente?«

»Es war Gefahr in Verzug. Wir mussten damit rechnen, dass sie das Bild wieder verschwinden lässt«, rechtfertigte sich Patricia.

»Wie konnten Sie denn sicher sein, dass sich das Gemälde tatsächlich in der Galerie befindet?«, fragte Fontana.

Patricia zögerte etwas. »Wir haben es vermutet, es schien einfach logisch.«

Fontana nickte und meinte dann ironisch, »es schien so! Bauchgefühl! Ist ja zum Glück noch mal gut gegangen. Und in Turin suchen sie jetzt den Dieb und den anderen?«

Patricia nickte nur.

Gerade, als wir uns verabschiedeten, kam Gallo, der Nachtschicht hatte mit einem Fax angelaufen.

»Capitano, sie haben ihn!«

»Wen?«

»Den Bilderdieb! Die Galeristin konnte einen Tipp geben, jetzt ist er bereits gefasst.«

Fontana reckte die Faust hoch. »Sehr gut, dann sind wir hier auch fertig mit dem Todesfall!«

»Capitano, ich glaube nicht«, widersprach Gallo.

Wir blickten ihn alle irritiert an.

»Den Diebstahl hat er zugegeben, aber er schwört beim Leben seiner Mutter und der heiligen Maria, dass Rizzo gar nicht im Laden war, als er eingedrungen sei. Er hätte nur das Bild geholt und wäre sofort verschwunden.«

Fontana beäugte seinen Untergebenen stumm. Gallo schaute schuldbewusst. »Ich kann nichts für die schlechte Nachricht.«

Fontana schlug krachend die Faust auf seinen Schreibtisch.

»Wer war es denn dann? Jetzt fängt alles von vorne an, wenn der Recht hat! Porco dio! Und wer ist dieser andere, mit dem ihr es zu tun hattet? Und der hat jetzt das dämliche Bild, oder?«

Nannini nickte nur. Der Capitano war kurz vor dem Explodieren. Ein Vulkan, der Vesuv in Person. Silvia und ich schauten auf Patricia. Ich hatte das Gefühl, es wäre besser, jetzt still zu verschwinden.

»Was für ein Tag«, meinte Silvia erschöpft auf dem Heimweg zur Pension.

»Das kannst du wohl sagen. Jetzt ist alles wieder offen. Und wir hatten das Bild schon fast. Vielleicht war es doch einer der Morsinis. Wenn das Kalle und Jacek morgen früh erfahren, Mann, oh Mann!«

Wir öffneten leise das alte Holztor und blieben wie angewurzelt stehen. Da saß Jacek schnarchend auf einem Sessel im Garten.

»Jacek?«

30. Juni 2016, Castagnole. Die Entführung

Kalle und Jacek warteten, wie am Nachmittag in der Bar vereinbart, auf der Dorfstraße vor der Pension auf den jungen Moretti.

»Bin gespannt, was das wird, heute Nacht. Ist Blödsinn, weißt du!«

Jacek lehnte an der Hauswand des Nachbargebäudes, die Hände tief in den Hosentaschen vergraben und schaute missmutig auf Kalle.

»Lassen wir uns überraschen«, meinte Kalle achselzuckend und zeigte seinem Begleiter den Mittelfinger.

Jacek funkelte ihn böse an. »Was wir da drin eigentlich suchen oder sehen wollen, ist mir nicht klar. Das Bild ist ja woanders. Wahrscheinlich. Es ist einfach scheiße, dass wir den Spaghetti nicht verstehen.«

Dieser kam im gleichen Moment über die Straße auf die beiden zu. »Ok, tutto bene?«

Kalle nickte, Jacek ignorierte ihn, dann gingen sie los, Gianluca zügig vorne draus. Schon nach gut zweihundert Metern ließen sie den Ort hinter sich und liefen in die Dunkelheit. Gianluca zeigte auf eine Taschenlampe, die er mit sich trug. Es hatte am Abend leicht gewittert, die Straße glänzte nass. Es war noch immer fürchterlich schwül.

Jacek maulte. »Eine Luft wie Sauna! Brauche ich kurze Pause.«

»Komm nach, wir gehen schon mal vor und warten an der Villa«, rief ihm Kalle zu.

Jacek setzte sich auf eine verfallene Mauer am Wegrand und schnaufte wie ein altes Ross. So eine saublöde Idee, dachte er, und ich werde anscheinend alt.

»Weiß eh nicht, was das Ganze soll«, maulte er leise vor sich hin und blieb noch eine Minute sitzen. Dann erhob er sich ächzend von seinem harten Sitzplatz und folgte den beiden anderen.

Kalle und Gianluca erreichten in diesem Augenblick die alte historische Natursteinmauer der Villa Morsini. Gianluca deutete auf eine Stelle, an der einige Steine herausgebrochen waren. Ein günstiger Einstieg war entstanden.

»Hier?«, fragte Kalle, Gianluca nickte und deutete an, hier gehen wir drüber. Kalle wollte auf Jacek warten, doch Gianluca winkte und war bereits über die Mauer weg.

»Dämliches Rindvieh«, murrte Kalle, stieg dann aber ebenfalls hoch und glitt vorsichtig auf der anderen Seite runter. Was mache ich alter Sack hier für einen Quatsch, dachte er, als seine Füße wieder festen Boden spürten. Jacek schafft das ohnehin nicht, der ist alt geworden in letzter Zeit, ich muss den Kerl wieder mehr bewegen.

»Nun ja, egal, jetzt sind wir hier, mal sehen, was der Abend noch bringt«, flüsterte er.

Gianluca sah ihn fragend an, dann winkte er erneut. Gebückt liefen sie ein paar Meter Richtung Villa durch den nächtlichen Park, in den sich nur einzelne Lichtstreifen der Zugangsbeleuchtung verirrten, vorbei an den teils riesigen Bäumen. Was hat der Typ vor? Kalle pfiff ihm leise, Gianluca blieb stehen. Kalle streckte fragend beide Handflächen nach außen, was tun? Gianluca nickte und wies auf einen Kellerabgang am Seitenflügel der Villa.

»Cantina!«

Was, die haben eine Kantine? Kalle blickte nichts mehr. Der verarscht mich doch, kam ihm in den Sinn, er blieb abwartend stehen. Ich breche doch nicht in diesen blöden Keller ein, dachte er. Warum auch? Im gleichen Augenblick hörte er den leisen Schritt eines anderen Menschen und fühlte gleichzeitig etwas unangenehm Hartes in seinem Rücken.

»Jacek. Was ...«

Der Druck verstärkte sich.

»Stop!«, sagte eine ihm unbekannte Stimme.

Es war eindeutig nicht sein alter Kumpel.

»Andiamo! Gehen wir!«, befahl jetzt diese beschissene Stimme in seinem Rücken und schob ihn vorwärts. Kalle verstand zwar das Wort nicht, aber der Druck im Rücken sagte mehr als genug.

»Verdammt, was soll ich? Wer ...?«

»Go!«

Kalle war schon öfter in seinem früheren Leben als Schmuggler auf der Truckerroute von Weißrussland nach Westen in kritische Situationen geraten und hatte sie gemeistert, aber das hier war nicht gut. Gar nicht gut. Er sprach zwar weder italienisch noch englisch, aber »Go« war unmissverständlich und der Druck harten Metalls überzeugte.

Kalle lief los und hob beide Arme leicht nach oben. Wo ist dieser Italiener, verdammt noch mal, dachte er, hoffentlich konnte der wenigstens noch abhauen. Und Jacek? Was musste der alte Sack auch Pause machen? Kalle war wütend auf sich selbst und auf seine beiden Begleiter.

»Bleib jetzt ruhig!«, sagte er sich und ging langsam vor seinem Bewacher her. Der deutete ihm an, die Treppe zur Kellertüre runter zu steigen. Kalle stoppte kurz und versuchte, sich umzuschauen, aber da war sofort wieder die Waffe, die sich in seinen Rücken bohrte. Seinem italienischen Kumpan schien es gelungen zu sein, abzuhauen. Unten angekommen, bugsierte der Unbekannte Kalle in einen nur schwach erleuchteten Flur und nach wenigen Metern in eine offen stehende Tür. Es roch muffig feucht. Kalle blieb einfach stehen und wartete ab. Sein Bewacher ging jetzt um ihn herum, eine Pistole in der Hand und warf ihm ein Paar Handschellen mit rosa Pelzverbrämung zu. Er machte Kalle klar, dass er eine um seinen rechten Arm, die andere um einen in der Wand eingelassenen Eisenring schließen solle, auf den er deutete. Kalle gehorchte. Klick, klack, er hing fest.

»Was willst Du von mir?«

Der andere sagte nichts, sondern steckte die Pistole in den Hosenbund und lehnte sich an einen alten Tisch, außer ein paar leeren Weinkisten das einzige Möbel im Raum. Kalle konnte sein Gegenüber nur schwer erkennen, da eine von der Decke hängende Glühbirne den Kellerraum nur schwach erhellte.

»He, was soll der Scheiß hier? Ich war nur aus Versehen in Eurem Garten, habe mich verlaufen!«

Der andere lachte. »Tedesco? Deutsch?«

Kalle nickte, sein Entführer überlegte.

»Was du in mein Villa? Ha?«

»Ich hab‘s doch schon gesagt, verlaufen! Falscher Weg!«

»Du Dieb. Wo ist Bild?«

»Was ist los? Was für ein Bild?«

Scheiße, dachte Kalle, als er diese Frage stellte. Der meint, wir haben das blöde Bild. Also suchte er es doch, Wachter hatte recht.

»Leck mich! Und steck dir Dein Scheißbild sonst wo hin!«

»Wie? Nicht verstehe. Du habe Bild, wo?«

Kalle schüttelte den Kopf und wedelte mit seinem freien Arm hin und her. »Das Bild ist weg, gestohlen!«

Der andere zeigte ihm den Mittelfinger.

»Du hier bis richtige Antwort!«

Damit grinste er dreckig, verließ den Kellerraum und schloss von außen die Tür.

»Hey, was wird das? Lass mich sofort hier raus!«

Kalle war allein. »Super, das hat man davon, wenn man kriminelle italienische Vorfahren hat und jetzt in einem feuchten Kellerloch verschimmelt. Dieses saudumme Erbe.«

Er schimpfte noch eine ganze Weile laut vor sich hin, was ihm half, ruhig zu werden. Später wurde seine Körperhaltung langsam unbequem und in Kalle kam der Selbsterhaltungstrieb zum Vorschein. Er versuchte, die Handschelle loszuwerden, was misslang.

Der rosa Plüsch irritierte ihn. »Spielzeug«, meinte er abschätzig und zerrte daran. Aber das Spielzeug hielt.

Danach begann er mit ausgestrecktem Bein den alten Holztisch her zu ziehen, was nach einigen mühsamen Versuchen auch gelang. Jetzt konnte er sich wenigstens auf diesen Tisch setzen und an die kalte Steinwand anlehnen. Immerhin besser, als zu stehen. Kalle konzentrierte sich auf Überlegungen, wie es weitergehen könnte.

Er musste hier raus aus diesem Loch, die Frage war nur, wie. Kalle zog und rüttelte an dem schwarzen Eisenring, an dem er hing. Auch zwei weitere Versuche, die Handschellen zu öffnen, misslangen. Aussichtslos.

»Dieser Ring hängt schon Jahrhunderte hier drin«, sagte er zu sich selbst. »Und diese Blechdinger sind auch stabiler, als sie aussehen.«

Im Haus war es völlig ruhig, auch im Keller waren keinerlei Geräusche zu hören.

»Wer ist der Typ? Der junge Morsini, dieser Roberto?«

Es war ihm gleich, er musste hier raus.

Gute zwanzig Minuten vorher war Roberto Morsini ziellos in seinem Appartement im ersten Stock der Villa umher gelaufen. Sein hübscher Aristokrat schlief im Nebenzimmer. Morsini brauchte dieses Gemälde, aber er wurde das Gefühl nicht los, dass Luca von Anfang an nicht die geringste Ahnung gehabt hatte, wer das Bild tatsächlich besaß. War es tatsächlich geklaut worden, hatte es Rizzo vor seinem Tod noch verschoben oder hatte Luca doch recht. Auf jeden Fall gab es ohne Bild keine Möglichkeit, seinen Alten um sein Geld zu bringen.

Plötzlich piepte leise die linke der beiden Überwachungskameras, die den Park abdeckten. In beiden Geschossen der Villa zeigte jeweils ein großer Monitor die Bilder der gesamt vier Kameras. Roberto schaute gespannt auf das Videobild. Es zeigte zwei dunkle Schatten, einen schmalen kleinen und einen weit breiteren und auch größeren. Sie bewegten sich wie in Zeitlupe Richtung Villa.

»Siehe da! Die schnappe ich mir.«

Er holte eine Schatulle aus dem Schreibtisch, entnahm ihr eine Pistole und entsicherte sie. Dann lief er leise die breite Treppe ins Erdgeschoss und verließ das Haus durch den Seiteneingang. Er schlich hinter dem Mammutbaum mit seinen bis auf den Boden hängenden Ästen vorbei und kam so in den Rücken der beiden Gestalten, die soeben miteinander redeten. Der eine könnte Gianluca sein, der andere? Der dicke Tedesco, einer von diesen Deutschen?

Er hob die Pistole an und schlich auf die beiden zu. Der Kleine löste sich jetzt von dem anderen, drehte sich in Richtung Roberto und erstarrte. Im nächsten Augenblick rannte er davon und Roberto drückte dem Dicken die Waffe in den Rücken. »Stop!«

Er sah sich kurz um, niemand hatte seinen Überfall gesehen. Ein Augenpaar entging ihm.

Er war inzwischen wieder in seinem Appartement angekommen. Der dicke Deutsche mauerte noch. Ich muss ihn heute Nacht noch mal härter angehen, der weiß zumindest mehr, als er behauptet. »Ich brauche dieses beschissene Gemälde!«

Dass es sich seit wenigen Minuten eine Etage tiefer befand, konnte er nicht ahnen.

Am frühen Abend war sich der alte Enrico noch unsicher gewesen, was er tun sollte. Die Galeristin hatte sich auf den morgigen Tag angemeldet, nachdem sie sich auf einen Kaufpreis von 600.000 Euro geeinigt hatten. Er wollte dieses Bild haben, egal was es koste-te, weil es zur Familie gehörte. Und weil er damit sein eigenes Ego bestätigen wollte. Es sollte ihm gehören, nur ihm. Es war dieser Wahn, diese Sucht, die ihn und viele schwerreiche Kunstliebhaber erfüllte. Kein anderer sollte diese einzigartigen Kunstwerke sehen können. Nur er wollte in seinem klimatisierten Tresorraum sitzen und das Werk betrachten. Sich daran ergötzen, aufgeilen.

»Das ist wie Onanieren im Kopf«, so hatte es vor Jahren einmal einer seiner wohlhabenden Kunstfreunde artikuliert. Es war nicht nur die Schönheit dieser auf der ganzen Welt verschollenen Gemälde und Skulpturen. Es war dieses erhebende Gefühl der Einzigartigkeit, die Exklusivität des Besitzes.

»Nur ich, ich, ich. Mein persönlicher Fetisch!«

Er hätte jede Summe für das Bild bezahlt. Dann kam jedoch der Anruf des Detektivs, dass er erfolgreich war und das Bild habe. Und alles hatte sich glücklich gewendet. Bevor er wegfuhr, um sich mit dem Detektiv zu treffen, rief er noch die Galeristin an, um abzusagen, nur die Mailbox meldete sich.

»Ich möchte das Bild doch nicht mehr haben!«, teilte Morsini ihr kurz und schmerzlos mit. »Kein Interesse!«

Jetzt war er kurz zuvor nach Hause gekommen, als Roberto noch versuchte, Kalle auszuquetschen. Der alte Morsini ging sofort in sein Arbeitszimmer und verschloss die Tür. Das noch verpackte Bild lag auf seinem Schreibtisch. Daneben ein Foto des tatsächlichen Gemäldes, welches er aus dem Internet heruntergeladen und ausgedruckt hatte. Er selbst saß still davor und starrte auf das Paket. Es sah fast so aus, als traute er sich nicht, es zu öffnen. Dann überwand er sich doch, öffnete den Knoten einer Schnur, die um das Paket gewickelt war, zog zwei Klebestreifen ab und schlug das Packpapier auf. Der junge Landarbeiter blickte ihm entgegen. Ebenso die beiden bereits freigelegten Stellen, der Knoten und die Finger mit dem Becher.

Er konnte seinen Blick nicht mehr abwenden. »Was hast Du Banause aus dem Johannes gemacht«, murmelte er.

Er fühlte einen Mix aus Schwäche und Begeisterung gleichzeitig. Er hatte es geschafft, das Gemälde war wieder in der Familie, es war wieder sein Bild, nur alleine seines. Zugleich stand er jedoch vor dem Problem, einen guten und vor allem schweigsamen Restaurator zu finden, der den echten Johannes wieder nach vorn holte. Der ihn nur für seine Augen sichtbar machte. Er wusste, ihm blieb nicht mehr viel Zeit. Wie sollte er das schaffen? Er bekam keine Antwort, als es plötzlich vor dem Haus laut wurde.

»Polizia! Attentione! Aprire subito! Sofort aufmachen!«

Enrico Morsini erhob sich mühsam von seinem Schreibtischsessel, ging in die dunkle Diele und stieß auf Roberto. Dann überstürzten sich die Ereignisse.

Jacek war wieder zu Kräften gekommen und erreichte schnaufend das Mauerloch. Kalle und der komische andere Vogel waren bereits im Park und auf dem Weg zur Villa. Er konnte sie gerade noch erkennen. Plötzlich nahm er eine weitere Gestalt wahr, die hinter einem dichten Riesenbaum vorbei schlich.

»Mist, der gehört aber nicht zu uns«, flüsterte er.

Er wollte Kalle warnen, aber dann war es auch schon passiert, der Kleine rannte weg und der Dicke hatte eine Waffe im Rücken.

»Oh, Scheiße!« Jacek überlegte fieberhaft und versuchte blitzschnell auf eine Lösung zu kommen. Aber da gingen die beiden schon zur Kellertreppe. Jacek entschied sich für Abwarten, er konnte hier nicht eingreifen. Augenblicke später waren die beiden Schatten verschwunden. Es war wieder ruhig. Jacek schnaufte tief durch und lehnte sich zurück an die Mauer.

»Wo ist der verdammte Spaghettifresser!«, fragte er sich selbst.

Er schaute auf seine Rolex, besser gesagt, auf seine Rolex-Nachbildung, die er am Bahnhof in Mailand von einem fliegenden Händler für zwanzig Euro erworben hatte.

»Garantiert echt!«, hatte der dunkelhäutige Verkäufer in fast akzentfreiem Deutsch die Uhr angepriesen. Als er in Castagnole dann die Freunde traf, präsentierte er sie stolz, »meine Rolex!«

Jetzt war es ihm gleich, ob echt oder nicht, ihn interessierte nur die Zeit. Sie lief tatsächlich noch. Kurz vor elf. Soll ich jetzt zur Polizei? Jacek kam zu dem Schluss, dass es besser wäre, zuerst mit uns zu reden, schließlich hatte der Typ die beiden beim möglichen Einbruch erwischt. Vielleicht ließ sich das Ganze ohne die Bullen regeln, zu denen Jacek aus Erfahrung ohnehin noch nie besonderes Zutrauen hatte. Am liebsten ging er ihnen aus dem Weg. Auch oder gerade in Italien. Da konnte man nie wissen!

Er entschied sich, zur Pension zurückzulaufen und uns zu wecken. Jetzt ging die Straße auch noch bergauf und Jacek mühte sich den langen Kilometer zurück ins Dorf und zur Pension. Dort klopfte er an unser Zimmer, nichts. Nach mehreren heftigeren Versuchen gab er auf. »Sind die noch nicht zurückgekommen?«

Jetzt gab es nur eines, auf die Terrasse sitzen und warten. Zehn Minuten später schlief er ein.

»Jacek?«, hörte er plötzlich fragen und schreckte hoch.

»Endlich seid ihr da.«

»Jacek, warum pennst du hier, ist dein ...«

»Fragt nicht, sondern helft mir. Kalle ist geschnappt worden.«

»Was ist los? Wer hat Kalle geschnappt? Schon wieder?«

Jacek kam nun mühsam aus dem tiefen Sessel hoch und rieb sich die Augen, er gähnte.

»Der Typ aus der Villa Morsini! Um elf schon.«

Er schaute auf seine »Rolex«. »Ist ja schon bald eins! Wir müssen was tun!«

Ich legte ihm die Hand auf die Schulter. »Jacek, jetzt mal ganz langsam zum Mitschreiben. Was ist hier geschehen?«

»Wir waren in der Bar, da kam dieser mickerige Italiener, der mit der Bombe, und machte uns klar, dass wir in die Villa rein müssten. Dort hinge sicher das Bild.«

»So ein Schwachsinn!«, sagte Silvia.

»Ja, stimmt ja, aber wir dachten halt ... Na ja, wir trafen uns um zehn und gingen zur Villa. Dort sind der Kleine und Kalle in den Park eingestiegen, ich blieb draußen«, er stockte kurz. »Musste Päuschen machen. Plötzlich rannte der Kleine fort und Kalle hatte ´ne Knarre im Rücken von einem jüngeren Typen. Dann sind die beiden in den Keller und waren weg. Ich bin dann hier her zurück. Und warte seither auf euch. Der Kleine ist bis jetzt nicht mehr aufgetaucht.«

»Jacek, Mann, warum hast du nicht die Carabinieri gerufen?«, ereiferte sich Silvia.

»Weil ich um Bullen schon immer einen großen Bogen mache. Und die beiden wollten ja wirklich einbrechen. Also?«

Ich war am Tiefpunkt angelangt. Das Ganze wurde immer katastrophaler. Aber ich musste jetzt handeln.

»Ok, wir machen es so! Silvia, lauf du bitte schnell zu Fontana rüber, nicht am Telefon, und mache denen klar, um was es geht. Jacek, und wir beide gehen so lange zur Villa, schauen uns um und warten dort auf die Polizei.«

Jacek stöhnte, »schon wieder laufen.«

Silvia war bereits am Gehen, drehte sich jedoch noch einmal um. »Macht aber keinen Mist, nicht, dass er euch auch noch erwischt! Versprochen?«

Ich drückte Silvia einen Kuss auf die Stirn. »Versprochen diesmal!«

Dann trennten wir uns.

Fontana saß noch etwas früher am Abend an seinem Schreibtisch und las Berichte durch, die er unterschreiben sollte. Er hatte eigentlich schon Feierabend, wollte jedoch die beiden letzten Berichte noch fertig machen, als Martinelli durch die Tür schaute.

»Was ist los?«

»Capitano, da ist Signor Ferrari, der will eine Aussage zu Rizzo machen.«

Fontana schaute ärgerlich von seinen Berichten hoch.

»Warum kommt der jetzt erst daher? Und auch noch so spät!«

»Er war drei Tage unterwegs, er ist doch Vertreter und hat jetzt erst den Vorfall mitgekriegt.«

»Ok, schicken Sie ihn rein!«

Er legte die letzten beiden Berichte zur Seite, dann brachte Martinelli den Zeugen herein.

»Signor Ferrari, guten Abend, setzen Sie sich!«

»Danke Capitano.«

»Was haben Sie mir zu berichten? Schießen Sie los!«

Ferrari kratzte sich an der Schläfe. »Wie fange ich jetzt an? Also, ich war drei …«

»Ich weiß, berichten Sie nur von dem Vorfall!«

»Es war am Donnerstag, nein Freitag spät abends. Da bin ich noch mal vors Haus, ich hatte Krach mit meiner Frau. Wissen Sie, das wird immer unmöglicher mit ihr«, er hob entschuldigend die Hände.

»Ich stand also mit einer Zigarette vor dem Haus und da kam aus der Gasse, in der Rizzo seine Werkstatt hat, ein Wagen raus. Ich fand, dass der zu schnell unterwegs war und habe dann gesehen, dass es Signora Morsinis Auto sein musste.«

Fontana blickte Ferrari amtlich streng an und tat so, als ob er sich etwas notierte.

»Wie konnten Sie das wissen?«

»Sie hat diesen weißen Aufkleber von den Bioweinbauern auf der Frontscheibe, und da fiel gerade das Licht der Straßenlaterne drauf. Ich konnte ihn genau entdecken.«

Der Zeuge hinterließ für Fontana einen unsicheren Eindruck, redete aber von sich aus weiter.

»Wissen Sie, mich ärgert diese Aktion, weil sie sich gegen die anderen, die konventionellen Weingüter richtet. Diese paar Biofritzen tun so, als ob sie die Weisheit mit Löffeln gefressen hätten. Ich verkaufe doch Spritzmittel für die Weingüter. Wer im Wagen saß, konnte ich nicht entdecken. Ja, Capitano, das ist alles.«

Fontana nickte ihm zu.

»Vielen Dank, Signor Ferrari. Hätten Sie morgen früh noch kurz Zeit, um ein Protokoll aufzunehmen?«

»Kein Problem, ich komme vorbei. Buona notte, Capitano!«

»Grazie, buona notte!«

Jetzt nimmt der verdammte Fall schon wieder eine ganz neue Wendung, dachte Fontana. Er war verzweifelt. Es war einfach zum Kotzen. Wäre so schön gewesen, wenn sich das mit der Festnahme von dem Dieb erledigen würde. Der Capitano hatte plötzlich keine Lust mehr auf Berichte und räumte seinen Schreibtisch auf. Er wollte nach Hause. In diesem Moment rief Gallo schon von außen.

»Tenente Nannini hat gerade von unterwegs angerufen. Die sind auf der Rückfahrt von Torino. Die Galeristin hat gestanden, das Bild war auch da, ist aber wieder weg, jetzt fahnden sie nach dem Dieb und anscheinend einem zweiten.«

»Wunderbar, am besten, wir sperren alle miteinander ein, dann können wir den Fall Rizzo endlich abschließen. Und dieses Scheißbild hänge ich zu dem ganzen Pack in die Zelle!«

Der Capitano trat gegen Gallos Schreibtischstuhl, der umkippte. »Wegen Morsini unternehmen wir jetzt mal nichts. Ferrari soll morgen früh das Protokoll unterschreiben, bis dahin wissen wir vielleicht, ob unsere Turiner Kollegen erfolgreich waren. Und ich gehe jetzt! Hab' die Schnauze voll!«

Fontana wollte nur noch eines: Einen geruhsamen Feierabend. Ein Bier, noch etwas durch die Fernsehprogramme zappen. Er sollte sich täuschen.

Silvia rannte völlig außer Atem ins Büro der Carabinieri.

»Capitano!«

Gallo kam ihr entgegen. »Signora, was ist ...?«

»Unser Freund ist in der Gewalt von Morsini! In der Villa!«

Sie konnte kaum sprechen, so ausgepumpt war sie.

»Wer ist wo?«

»Kalle, der Dicke. Er wurde von Morsini bedroht und wird jetzt wahrscheinlich in der Villa festgehalten. Sie müssen sofort dort hin!«

Silvia packte den Brigadiere am Arm und Gallo hatte plötzlich seinen ersten Ernstfall.

»Ich rufe den Capitano an, Moment!«

Er erwischte Fontana, gerade als der sich mit seinem zweiten Gläschen Grappa aufs Einschlafen vorbereiten wollte. Eine Flut von Flüchen ergoss sich über den armen Gallo. Fontana sagte danach aber zu, sofort ins Büro zu kommen. Sie sollten sich auf einen Einsatz vorbereiten. Gallo legte auf, salutierte vor seinem imaginären Chef und atmete hörbar aus. Martinelli schaute aus seinem Büro heraus, Gallo instruierte ihn und beide bewaffneten sich mit den für die Carabinieri typischen kurzen Maschinenpistolen. Gut fünfzehn Minuten später raste Fontana auf den Parkplatz vor dem Büro.

»Alles fertig? Die beschissene Polizia Stradale hat mich angehalten, unsere Wegelagerer, die wollten mich wegen Geschwindigkeitsüberschreitung drankriegen.«

Fontana betonte dieses Wort, »Geschwindigkeitsüberschreitung«, mit tiefstem Abscheu. Gallo reichte ihm eine Waffe, Fontana wandte sich an Silvia.

»Sie gehen jetzt direkt in die Pension zurück und warten dort! Verstanden? Keinen Alleingang!«

Silvia nickte nur und wandte sich um. Die drei Carabinieri sprangen in Fontanas Privatwagen, er gab Gas und war kurz darauf durchs Einfahrtstor und unterwegs zur Villa Morsini.

Jacek und ich trafen gemeinsam vor der Villa ein, Jacek schnaufte wie ein alter Karrengaul.

»Oft mache ich das nicht mehr mit«, schimpfte er atemlos.

»Ich hoffe, es wird auch nicht mehr notwendig!«

Um die Villa im Park herum war alles ruhig, nur die Straßenlampe vor der Einfahrt warf ein gelbliches Licht auf das herrschaftliche Tor.

»Wir müssen hier nach rechts, da ist Lücke in Mauer«, flüsterte Jacek. Immer, wenn er aufgeregt war, fiel er in seinen polnischen Akzent zurück und vergaß, dass er eigentlich einwandfrei Deutsch sprechen konnte. Wir schlichen vom Tor weg und bogen nach einigen Metern um eine Ecke.

»Stop! Polizia!« Jacek stolperte und legte sich der Länge nach ins Gras.

»Verfluchte Kacke!«, schrie er.

Ich selber verharrte bewegungslos mit erhobenen Armen, bis sich die Figur des Capitano aus dem Dunkel der Nacht schälte.

»Forster?«

Er konnte, wie alle Italiener, kein »ö« sagen.

»Capitano, Sie schickt der Himmel!«

Er verstand natürlich nichts, sondern winkte mich zu sich her, Gallo half derweil Jacek beim Aufstehen. Der hielt sich den linken Arm und die Schulter.

»Die hätten ja auch was sagen können und uns nicht einfach so auflauern!«

»Cosa ci fai qui? Was macht Ihr hier?«

Ich zuckte nur die Schultern. Fontana knurrte irgendetwas und machte uns beiden unmissverständlich klar, hierzubleiben und keinen Schritt wegzugehen. Dann bewegten sich die drei Carabinieri in Richtung Villa.

»Hoffentlich finden die Kalle rechtzeitig«, meinte Jacek.

»Nur Ruhe. Alter, das klappt schon!«

Ich war mir allerdings überhaupt nicht sicher.

»Polizia! Attenzione! Aprire subito!«, tönte es plötzlich durch die Nacht.

Roberto musste das jetzt hinter sich bringen. Sein kleines »Hündchen« schlief selig. Er erhob sich leise vom Bett, schlüpfte in seine Boxershorts, nahm die Pistole in die Hand und verließ sein Appartement. Die Freitreppe in die Diele hinunter war nur schwach beleuchtet, die Diele selber war dunkel. Im selben Moment, als er die unterste Stufe verließ, stieß er gegen seinen Vater.

»Was machst du hier im Dunklen?« Enrico starrte seinen Sohn an.

»Und du?«, fragte der zurück?

Der alte Morsini hatte nicht vor, seinen Junior einzuweihen, und log. »Ich habe auf eine Dame gewartet, die mein Bild zurückbringen wollte. Eine Dame, die es im Gegensatz zu dir auch hat! Betrüger!«

Roberto geriet nur ganz kurz außer Fassung.

»Was redest du da für einen Quatsch? Das Bild kriegst du nur über mich!«

Vor der Eingangstür erschallte erneut der Ruf »Polizia! Aprire!« Gleichzeitig klopfte es laut.

Enrico Morsini reagierte nicht darauf.

»Du wolltest mich betrügen! Deinen eigenen Vater! Du hast keinen Anstand!«

»Dass ich nicht lache! Du hortest geklaute Gemälde in deinem Keller und holst dir einen runter davor, und dann von Anstand reden!«

Roberto spuckte vor seinem Vater aus. Der holte aus, schlug ihn ins Gesicht. Roberto strauchelte, Enrico brüllte ihn an.

»Du bist nicht mehr mein Sohn, verschwinde! Raus! Du bist ein nichtsnutziger Schmarotzer!«

Roberto schlug zurück. Mit der Pistole. Enrico stürzte mit einem gurgelnden Schrei zu Boden. Roberto schreckte kurz zurück, dann rannte er die Treppe ins Untergeschoss hinunter.

Dort hörte auch Kalle die Rufe der Carabinieri. Roberto trabte wütend vor ihm hin und her. Er war Sekunden zuvor aufgetaucht, warf die Tür hinter sich zu und schrie Kalle auf Italienisch an. Der verstand nichts.

»Wo Bild?«

»Ich weiß es nicht, ich habe es nicht«, brüllte Kalle zurück.

Roberto donnerte ihm dafür ohne Vorwarnung brutal die Faust in den Magen.

»Wo mein Bild, hä?«

»Leck mich, du Idiot!«

Nächster Schlag, Kalle krümmte sich. Roberto fuchtelte mit der Pistole vor Kalles Gesicht hin und her.

»Du tot! Wo Bild?«

Dann machte Roberto den entscheidenden Fehler. Er kam seinem Gefangenen zu nahe. Kalle war ein alter Haudegen und in jüngeren Jahren erfolgreich durch manche Keilerei gegangen. Und er hatte immer noch Kraft ohne Ende, schnell war er auch. Das bekam jetzt Roberto zu spüren. Mit dem freien Arm griff Kalle überraschend um Robertos Hals, quetschte seinen Kehlkopf und drückte den Gegner mit dem Rücken an sich heran. Morsini bekam keine Luft mehr und schlug heftig mit den Armen umeinander. Die Pistole entglitt ihm dabei, Kalle drückte immer fester zu, sein Entführer zappelte wie ein Fisch an der Angel. Plötzlich erwischte er aber mit dem Ellbogen Kalle direkt im Gesicht. Der lockerte nur für den Bruchteil einer Sekunde lang den Griff. Das genügte Morsini, sich aus der Umklammerung zu befreien. Er sprang von Kalle weg und bückte sich nach der Waffe. In diesem Augenblick wurde es oben laut. Hammerschläge, splitterndes Holz, dann hastige Schritte von Stiefeln, dann »Polizia! Signor Morsini? Va bene?« Ein anderer rief »Ambulanza!«

Roberto verhielt in seiner Bewegung, schaute hasserfüllt zu Kalle, dann entschied er sich zur Flucht. Er rannte fluchend zur Kellertür raus und durch den Flur ins Freie. Kein Mensch hielt ihn im Park auf. Er hörte die Carabinieri in der Villa und lachte hämisch.

»Idioten!«

Dann hetzte er zu seinem Ferrari, der seitlich von der Villa, nur ein paar Meter entfernt abgestellt war. Zu seinem Glück steckte der Schlüssel im Wagen.Eine sonst eher unangenehme Gewohnheit verhalf ihm jetzt zur Flucht. Der Achtzylinder heulte auf als er den Anlasserknopf drückte. Roberto gab Vollgas und schoss mit durchdrehenden Rädern auf den Kiesweg zur Einfahrt.

Als Silvia per Dauerlauf die Pension erreichte, entschloss sie sich bereits, die Aufforderung Fontanas ignorierend, den SUV zu nehmen und zur Villa zu fahren. Sie manövrierte vorsichtig durch die schmale Gasse bis zum Ortsrand, auf den letzten paar hundert Metern gab sie Gas. Sie erreichte gerade das Einfahrtstor der Villa, lenkte leicht nach links, um den Wagen schräg vor dem Tor abzustellen, als es krachte. Jacek und ich sahen das Unheil wie im Film von unserem Beobachtungsposten aus auf sie kommen.

Fontana rief ein zweites Mal »Polizia! Aprire!«, dann waren innen Geräusche zu hören, als würde etwas umstürzen. Und ein Schrei.

»Los, öffnen!«, befahl Fontana seinen beiden Untergebenen.

Martinelli nahm die mitgebrachte Axt und drosch auf das Türschloss ein. Nach drei harten Schlägen splitterte die Holzfassung der Tür, sie stürmten rein.

»Polizia! Signor Morsini? Va bene?«, rief der Capitano, als er Enrico auf dem Boden liegen sah.

Der versuchte sich im gleichen Augenblick erfolglos hochzustemmen.

»Wo ist der Gefangene?«, brüllte ihn Fontana an.

Morsini wusste überhaupt nicht, wie ihm geschah.

»Wie bitte?«, fragte er stöhnend.

»Wo ist Ihr Sohn?«

»Ich hörte ihn vorhin in das Untergeschoss rennen, aber …«

»Martinelli, runter!«

Maresciallo Martinelli war als Erster im Keller, riss die erste Tür auf und stand Kalle gegenüber. Der zeigte nach links.

»Da raus!«

Martinelli kapierte sofort und rannte Roberto durch den dunklen Flur hinterher und die Außentreppe hoch. Er musste hilflos zusehen, wie dieser den Ferrari schleudernd auf die Einfahrt zu prügelte, dann krachte es. Martinelli sprintete zum Tor und erreichte den Ferrari genau in dem Moment, als Roberto aus seinem kräftig geschrotteten Sportwagen heraus kroch und Jacek ihm eine knallharte Linke verpasste. Morsini taumelte und stürzte auf das Heck des Wagens, dann drückte ihm der Maresciallo die Maschinenpistole in den Rücken.

»Stop!«

Jetzt kam auch Gallo aus der Villa angerannt und legte dem ziemlich benommenen Morsini Handschellen an. Martinelli blickte Jacek bewundernd an. »Bravo!«

Der rieb sich die Faust und grinste.

Fontana hatte in dieser kurzen Zeitspanne den alten Morsini beruhigt.

»Die Ambulanz ist unterwegs. Es geht um Ihren Sohn Roberto, er hat jemanden in seiner Gewalt, vermuten wir.«

Im selben Moment kreischte und krachte es draußen. Es klang nach Blech und Glas.

»Bleiben Sie hier liegen, Dottore!«

Fontana lief zur Eingangstür, was er sah, gefiel ihm.

Gallo hielt Roberto fest, der mit auf den Rücken gefesselten Armen am schwer verbeulten Ferrari lehnte.

»Gut gemacht!«, rief er laut raus.

Dann wandte er sich wieder an Morsini. »Wir müssen auch Sie auf die Wache bringen, wenn Sie ärztlich versorgt sind. Sie werden von einer Galeristin in Turin beschuldigt, ein gestohlenes Gemälde kaufen zu wollen.«

»Das Bild ist hier. Einen Kauf müssen Sie mir erst mal beweisen. Kann ich hier noch meinen Anwalt anrufen?«

Fontana nickte und brachte Morsini den Telefonhörer aus dem Arbeitszimmer. Muss ich den auch noch bedienen, dachte er grimmig. Dann überwog jedoch die Zufriedenheit mit dem Verlauf der Nacht.

Ich musste mit zusehen, wie sich der rote Ferrari seitlich in die Beifahrerseite des SUV bohrte. Es krachte fürchterlich, Glas splitterte, Blech kreischte, die breiten Reifen des Ferrari schleuderten Kies vom Erdboden auf die Karosserie unseres Geländewagens.

»Silvia!«

Ich schrie und rannte panisch los, um den Wagen herum auf die Fahrerseite. Die war unbeschädigt. Ich riss die Tür auf, Silvia saß abwesend in ihrem Sitz. Der Airbag hing schlaff vom Lenkrad.

»Silvia, mein Gott! Ist alles in Ordnung?«

Sie schaute mich an, dann schnallte sie sich ganz ruhig los.

»Peter! Alles gut. Aber was war denn das?«

Ich musste erleichtert lachen. »Mensch Silvia, du hast den Entführer, vielleicht auch Mörder gestoppt! Komm raus!«

Ich half ihr beim Aussteigen, dann fiel sie mir in die Arme. Jetzt zitterte sie und hielt sich das brennende Gesicht. An der linken Schläfe blutete eine winzige Platzwunde. Ich tupfte sie mit dem Hemdsärmel ab.

»Ganz ruhig, mein Schatz. Es ist vorbei!«

Ich hielt sie immer noch fest, als Martinelli den jungen Morsini offiziell festnahm, Jacek ihm eine knallte, als Kalle humpelnd und sich das Handgelenk reibend mit dem Capitano aus der Villa trat und Jacek den beiden entgegen lief.

Silvia schaute mich an. »Zuerst löse ich die Bombe aus, jetzt krache ich in den Kerl da rein, dieses Auto meint‘s nicht gut mit mir! Mein Gesicht brennt. Dein schönes weißes Hemd ist versaut und einen Brummschädel habe ich auch. Ab sofort fährst Du!«

Fontana war mit den eintreffenden Sanitätern wieder in die Villa zurückgegangen und kam jetzt mit Enrico Morsini im Schlepptau, den ein Sanitäter stützte, aus der Villa heraus und auf uns zu. Kalle und Jacek erreichten Silvia fast gleichzeitig mit ihm.

»Signora! Sie haben ihn gestellt! Kompliment, das war phänomenal!«

Fontana drückte ihr die Hand. Silvia verzog schmerzhaft das Gesicht, lachte dann aber.

»Ich konnte doch nichts dafür, ich wollte nur parken.«

»Ich sage schon immer, Frauen und Einparken ....«

Fontana drohte mit dem erhobenen Zeigefinger, dabei grinste er genüsslich, Silvia ignorierte es.

»Übrigens, Sie haben sich meinem Befehl widersetzt, Sie sollten zuhause bleiben! Das wird Konsequenzen haben!«

Silvia hob schuldbewusst die Hände.

»Festnahme oder ein Abendessen, Capitano?«

»Auch noch Bestechung! Das klären wir noch.«

Dann drehte er sich weg und kümmerte sich um seine beiden Gefangenen. In den Fond seines Wagens kam der finster blickende Morsini junior rein, sein linkes Auge war blutunterlaufen. Gallo drückte ihm filmreif den Kopf nach unten. Den Alten legten sie in den Ambulanzwagen. Bevor sie wegfuhren, schickte Fontana seinen Maresciallo noch mal ins Haus zurück. Er kam mit einem jungen Mann in einem ziemlich durchsichtigen Negligé zurück, den er am Arm führte.

»Den habe ich noch völlig verängstigt auf der Treppe gefunden«, meldete er dem Capitano.

»Ab in den Wagen mit ihm!«

Dann kam Martinelli auf mich zu. Er trug unter dem Arm einen flachen Gegenstand, der notdürftig in Packpapier eingeschlagen war. Er blieb vor mir stehen.

»Hier! Es ist wieder da, Signore!«

Ich schüttelte den Kopf. »Nehmen Sie es bitte mit, Maresciallo!«

Dann fuhren Fontana und die Sanitäter ab. Gallo lief mit uns ins Dorf zurück. Die beiden beschädigten Fahrzeuge blieben zurück.

»Das machen wir morgen«, stellte Gallo fest.

Jacek lief schnaufend hinter her und maulte am laufenden Band.

»Verletzt und jetzt schon wieder laufen! Mir reicht‘s jetzt endgültig! Nächstes Mal macht ihr eure Abenteuer alleine! Und jetzt brauche ich Bier! Egal, wie spät es ist!«

Silvia lief neben mir her und schaute mich von der Seite an. »Versprich mir eines! Erwähne dieses verdammte Bild nie mehr! Vergiss es am besten!«

Kalle und Jacek setzten sich »mit einem Bierchen«, wie Jacek meinte, in den Garten der Pension. Silvia und ich verabschiedeten uns. Im Rest dieser Nacht liebten wir uns, als wäre es das erste Mal.

»Pass bloß auf mich auf, ich hatte einen Unfall.«

»Dafür bist du aber ganz beweglich.«

Kalle schaute uns lächelnd an, als Silvia und ich gegen zehn zum Frühstück auf die Terrasse traten. Chiara hatte ein traumhaftes Büffet zusammengestellt. Alles war da. Schinken, Salami, Mortadella, verschiedenste Käse aus der Region, herrlich bunte Früchte, Müsli, Kuchen, Brötchen.

»Du musst ein Foto davon machen!«, meinte Silvia.

»Jetzt hockt ihr zwei euch mal hin, Jacek kommt auch gleich und dann machst du dieses schöne Fläschchen hier auf!«

Kalle zeigte auf einen Eiskübel mit einer Flasche Prosecco.

»He, Kalle, gute Idee. Gut geschlafen nach deiner Gefangenschaft?«

Er grinste. »Ich schon. Und ihr?«

Silvia strahlte ihn an. »Wir auch.«

Sie lachte dabei. Als Jacek auch aufgetaucht war, »der braucht immer etwas länger«, meinte Kalle, prosteten wir uns alle vier zu.

»Auf den glücklichen Ausgang deines Abenteuers!«

Ich stieß Kalle leicht an. »Aber jetzt sag mal, wie blöd kann man denn eigentlich sein, um in die Villa einbrechen zu wollen?«

Kalle lachte. »Das musst gerade du fragen! Dein Besuch bei dieser Fam …«

»Hör bloß auf!«, stöhnte ich.

Kalle hob sein Glas, wir lachten beide.

»Ich wollte doch gar nicht rein, aber wir sind halt mit dem kleinen Typen, Gianluca, mitgegangen. Hätte ja sein können, wir finden oder sehen irgendetwas Interessantes. Der wollte schon rein, glaube ich, aber ich habe gewartet. Und in dem Moment hat mich der Kerl erwischt.«

»Dumm gelaufen!«, ergänzte Jacek und schaute Kalle durchdringend an. »Und jetzt verscherbelst du endlich diese dämliche alte

Hütte und wir fahren nach Heimat!« Dann wies er mit dem Finger auf mich. »Und du schaust, dass du diesen alten Ölschinken los wirst!«

Der Capitano hatte uns gebeten, im Laufe des Vormittags auf der Wache vorbei zu kommen, um noch von allem Protokolle aufzunehmen. Martinelli hatte frei, dafür war Patricia wieder dabei. Die beiden Frauen tauschten die neuesten Informationen aus, dann übersetzte Silvia das weitere Gespräch, Patricia unterstützte sie dabei. Fontana fasste die wichtigsten Fakten zusammen.

»Die Galeristin ...«, er schaute auf seinen Zettel, »Olivia Andreotti hat alles gestanden. Sie hat das Bild ganz zufällig bei Rizzo entdeckt, als sie ein anderes Gemälde abgeholt hat, erinnerte sich dabei an das Tagebuch ihres Urgroßvaters, kam dann auf die Idee, sich gesund zu stoßen und wollte zuerst das Museum erpressen. Sie fand jedoch den Versuch mit Morsini einfacher und vor allem weit risikoloser. Der hat auch gleich angebissen. Was ihm jetzt genau vorgeworfen wird, keine Ahnung. Mitwirkung an einem Kunstdiebstahl oder Hehlerei, egal, da wird wahrscheinlich nichts zu beweisen sein.«

»Und sein Sohn?«, wollte ich wissen.

»Langsam! Der Dieb, ein einschlägig vorbestrafter Berufsverbrecher aus der Nähe von Turin, hat den Diebstahl sofort zugegeben, den Totschlag jedoch vehement abgestritten. Brigadiere Gallo hier hat heute früh nachgeforscht, und Rizzo war tatsächlich während des Einbruchs bei Fabio in der Trattoria.«

Fontana machte eine kurze Pause, Silvia drängte ihn aber, weiter zu sprechen.

»Capitano, machen Sie‘s nicht so spannend!«

»Ok, Rizzo wurde von Roberto getötet, er hat es zugegeben, es wäre ein Unfall gewesen. Er hätte von Luca, dem Barkeeper, erfahren, dass Rizzo von einem vor hundert Jahren gestohlenen Gemälde geschwärmt habe. Genau 1919. Da hätte er sich seine Gedanken gemacht und eine Chance gesehen, seine finanziellen Probleme zu bereinigen. Er verfügte zwar über keinerlei weitere Informationen zu dem Bild, dachte sich aber, bei Rizzo anzuklopfen könne nicht schaden. Es kam zu einem Handgemenge, als Morsini Rizzo unter Druck setzen wollte, der stürzte dann gegen seinen Arbeitstisch. Also wahrscheinlich Körperverletzung mit Todesfolge. Das mit Ihnen«, er deutete auf Kalle, »wird auf Notwehr hinauslaufen, denke ich. Sie waren in sein Grundstück eingebrochen. Mit einem guten Anwalt, der aus der Körperverletzung eine fahrlässige macht, ist der in einem Jahr wieder draußen. Oder kriegt sogar Bewährung und muss gar nicht rein.«

Fontana machte eine wegwerfende Bewegung mit dem Arm.

»Unsere Justiz! Übrigens, Gianluca hat sich heute Nacht verkrümelt und ist erst heute früh hier aufgetaucht und hat gebeichtet. Ich habe ihn nach Hause geschickt, dort wird ihn seine Mamma bereits vermöbelt haben. Das ist schlimmer für ihn als Knast. Der Typ, der das Bild aus der Galerie entwendet hat, ist noch nicht gefunden. Der alte Morsini hat aber zugegeben, ihn beauftragt zu haben, das Bild zu beschaffen, was ja auch geglückt ist. Ein Privatdetektiv, der nicht angemeldet sei. Morsini hat anscheinend keine Ahnung, wie er richtig heißt. Wir haben aber eine recht ordentliche Beschreibung von ihm.«

Fontana grinste Kalle an.

»Ich habe Sie lobend in meinem Bericht erwähnt, sodass hier nichts mehr kommen wird. Wegen Hausfriedensbruch. Die Morsinis verzichten auch auf eine Anzeige.«

Kalle lachte und wandte sich an Silvia.

»Sag ihm, ich hätte trotz des guten Essens auch wirklich keine Lust, schon wieder in seiner Zelle zu sitzen.«

»Ich will ihn auch nicht noch mal hier haben, der frisst zu viel!« Der Capitano hielt sich demonstrativ den Bauch.

Ich wollte jetzt endlich wissen, wie es mit unserem Bild weitergehen sollte. Fontana fasste alles Wichtige zusammen.

»Das Gemälde ist im Moment beschlagnahmt, als Diebesgut. Jetzt wird zuerst der Fall des Diebstahls von 1919 abgeschlossen, dann der von 1924, danach der bei Rizzo und zum guten Schluss der von gestern. Es ist nicht mehr zu klären, wie das damals in den Zwanzigern ablief. Haben die beiden das Gemälde gemeinsam gestohlen oder hat, und das sehe ich als wahrscheinlicher an, Ernesto seinen Kumpel ausgetrickst. Auf jeden Fall: Dreimal, nein vier Mal geklaut in hundert Jahren. Ich glaube, das ist ein Rekord. Die Direktorin des Museums Sabauda ist bereits informiert, wie's dann weiter geht, weiß ich nicht. Da müssen Sie mit ihr reden.« Er stoppte kurz und zeigte auf mich. »Ich soll Ihnen im Übrigen ausrichten, Sie wären ein Schlitzohr. Von wegen Buch schreiben und von nichts wissen! Die Leute im Museum sind wie vor den Kopf geschlagen. Hundert Jahre eine Fälschung, zumindest wahrscheinlich, eine fürchterliche Blamage für das Museum. Ach ja, bevor ich es vergesse, Ihr Auto ist abgeschleppt und in der Werkstatt in Alba. Aber es ist ja sowieso ein Mietwagen, den kann die Werkstatt direkt in Alba abgeben.«

»Ich weiß, kein Problem, ich bestelle nachher gleich einen neuen. Wir müssen ja irgendwann auch mal wieder nach Hause fahren«, erwiderte ich.

Fontana nickte und schaute auf Silvia.

»Was machen wir mit ihrer Befehlsverweigerung?«

»Capitano, heute Abend? Und dieses Mal bringen Sie Ihre Frau mit. Und alle anderen sind mit eingeladen!« Sie blickte von einem zum anderen in der ganzen Runde.

»Selbstverständlich gerne, Signora! Übrigens, bevor ich es vergesse, noch etwas ganz Wichtiges!«

Fontana machte eine bedeutungsschwere Pause und schaute auf Kalle.

»Morsini hat das ganze Drama von damals, 1924, offen gelegt. Der arme Alberto Moretti ist nicht von Ihrem Großvater, sondern von dem damaligen Sohn Ricardo Morsini getötet worden. Es war fast dieselbe Situation wie bei Ihnen. Die Familie Morsini hat über alle Generationen weg geschwiegen.«

Er wandte sich direkt an Kalle.

»Ricardo Morsini hat den Freund von Ernesto wegen des Bildes gefoltert, dabei kam er zu Tode. Er ist erstickt. Ohne Wissen des Vaters hatte der junge Morsini den Entführten nicht nur gefesselt, sondern in der Nacht auch noch brutal mit einem Strick um den Hals eng an einen in der Wand eingelassenen Eisenring geschnürt. Hätte jetzt auch wieder passieren können. Glück gehabt! An dem hingen auch Sie «

»Unkraut vergeht nicht«, meinte Kalle grinsend.

»Ihr Großvater ist demnach voll rehabilitiert, Sie werden es von der Staatsanwaltschaft Alba noch schriftlich bekommen.«

Kalle winkte vehement ab.

»Um Himmelswillen! Ich will aus Italien keine Post mehr! Nie wieder! Sag's ihm, Silvia!«

Die ganze Runde brüllte vor Lachen.

Aus dem Abendessen bei Fabio in der Trattoria Umberto wurde ein Riesenfest und eine lange Nacht dazu. Er tischte alles auf, was die piemontesische Küche her gibt. Fontana brachte seine sehr nette Frau mit, die sogar recht gut deutsch sprach, Patricia war da, Gallo und Martinelli, natürlich wir vier.

»Ist die Wache jetzt überhaupt besetzt?«, fragte Silvia den Capitano.

Fontana lachte. »Ja, sagen Sie es aber nie weiter! Unser Sohn hält die Stellung! Der hat seinen Supercomputer dabei und kann sich ungestört von den blöden Eltern seinen Knallerspielen hingeben. Und wenn was sein sollte, ruft er eben hier an. Aber heute Nacht haben die Gauner Pause! Und auf die Straßen passen die Wegelagerer von der Polizia Stradale auf.«

Silvia lachte. »Wie alt ist Ihr Sohn?«

»Schon dreizehn.« Fontana grinste verschämt.

»Das ist Italien, deshalb liebe ich es so«, jubelte Silvia, immer noch lachend.

Kalle hatte schon mehrfach Anlauf genommen, jetzt traute er sich endlich.

»Du Silvia? Du liebst doch diese Gegend so sehr, kaufe doch bitte meine Hütte hier! Du sagst, was du dafür zahlen willst!«

Patricia tippte Silvia auf die Schulter.

»Ja, Du würdest richtig gut hier her passen!«

Ich musste lachen und fragte, »gibt's von Mailand aus Direktflüge nach Curaçao?«

»Peter, mein Schatz, ich würde doch nicht hier her ziehen, sondern nur öfter mal Ferien machen. Sogar mit dir, wenn du möchtest«, fügte sie dann schnell hinzu. Und wandte sich sofort wieder an Kalle. »Du musst schon sagen, was du dafür haben willst, mein Lieber. So einfach mache ich es dir nicht.«

In meiner Hosentasche vibrierte das iPhone. Eine SMS von Jan.

»Gibts Euch noch oder was? Gib mal Laut! Jan.«

Ich tippte kurz zurück: *»Gut! Wir machen in Zukunft Ferien in Italien. Mehr dazu später. Ciao.«*

Silvia hatte mir neugierig zugeschaut und nickte fröhlich mit dem Kopf. Inzwischen war aus dem Neunertisch eine lange Tafel geworden. Fast zwanzig Gäste waren nach dem Essen mit fortschreitendem Abend immer näher und zusammengerückt. Carmelita war dabei, sie himmelte Jacek an, der vor Glück noch mehr trank als sonst, Dottore Albertoni, der Werkstattchef und seine blutjunge, einen Kopf größere, blonde Freundin auf ihren Zwanzigzentimeter-High Heels. Es wurde ein einmaliges Erlebnis.

»Forza Italia«, rief Silvia begeistert. Fontana wunderte sich.

»Die Deutschen lieben unser Land mehr als wir selbst! Komisch.«

Als wir irgendwann, es dämmerte schon leicht, das Fest beendeten, ließen wir einen müden, aber glücklichen Wirt zurück. Fabio strahlte mit seiner Kasse um die Wette.

»Voi siete miei amici più cari! Arrivederci a presto!«

Ich konnte mir einen kleinen Seitenhieb auf Fabio nicht verkneifen: »Das glaube ich dir, dass wir deine besten Freunde sind! Wir kommen wieder!«

Wir versprachen es.

Am nächsten Morgen rief ich Dottoressa Claudia Gallo in ihrem Museum an. Das Bild wäre noch bei der Staatsanwaltschaft. Sobald sie es zurückhätte, würde es restauriert.

»Ich gebe Ihnen Bescheid, wenn es fertig ist, Signor Forster. Sie haben mich ganz schön ausgetrickst mit Ihrer Schriftstellerei. Aber wir sind Ihnen großen Dank schuldig. Ohne Ihren Riecher wäre das Original wohl nie wieder aufgetaucht. Würde vielleicht auf ewig als Landarbeiter in dem alten verfallenden Haus hängen. Sie sind herzlich eingeladen, sobald der echte del Sarto wieder an seinem Platz hier in der Galleria prangt. Obwohl Sie mich so hereingelegt haben. Das Ganze ist uns furchtbar peinlich, da wird noch so einiges an Schadenfreude auf uns zu kommen, fürchte ich.«

»Die Presse wird ihren Spaß daran haben«, antwortete ich.

Ich sagte zu, die Einladung unbedingt annehmen zu wollen. Fritz Wachter in Stuttgart schickte ich eine Mail und bat darum, ihn treffen zu wollen. Kalle und Jacek wollten so schnell wie möglich zurück »in die Heimat, so schön es hier auch ist.«

Der Abschied von Kalle und Jacek, den guten alten Weggefährten, war herzlich.

»Junge, Junge«, meinte Jacek, »das nächste Mal brauche ich nicht wieder solche Abenteuer, wenn du von Deiner Insel angeflogen kommst!«

Kalle widersprach ihm. »Ich habe ihn doch hergeholt.«

Er lachte schallend. »Aber du hast recht. Er hätte mich eigentlich nur zum Notar begleiten sollen, und was hat er daraus gemacht? Chaos! Wie immer!«

Ich drückte die beiden. »Haut jetzt ab und bis bald, ich komme ja in Stuttgart vorbei, bevor es wieder in die Karibik geht. Und, Patricia, warte bitte am Bahnsteig, bis die zwei Burschen auch tatsächlich weg sind!«

»Peter!«, rief Jacek aus dem Auto raus, »Bierchen trinken wir dann aber auf der Straße! Unter der Paulinenbrücke, mit den anderen. Wie es sich gehört!«

Patricia fuhr die beiden nach Turin und setzte sie in den richtigen Zug.

»Die beiden sind wirklich wie ein altes Ehepaar«, kommentierte sie den Abschied von Kalle und Jacek. »Es war einmalig, richtig rührend.«

Silvia hatte sich mit Kalle auf 45.000 Euro für das alte Haus geeinigt, beide waren begeistert und überzeugt, ein gutes Geschäft gemacht zu haben. Fontana sagte zu, Kalle beim Notar mit Vollmacht zu vertreten. Er hatte sehr schnell einen Notartermin organisiert.

»Man muss nur ein wenig mit den richtigen Leuten reden«, meinte er und zwinkerte dabei mit den Augen.

Ich konnte parallel dazu im Nachbarstädtchen Canale eine vertrauenerweckende lokale Baufirma finden. Der Chef sah sich das Haus genau an und meinte, mit hunderttausend etwa ließe es sich super sanieren. Silvia stimmte sofort zu und erteilte den Auftrag.

»Oh, Peter, ich bin so glücklich mit diesem Häuschen. Stell dir bloß vor, wie wir da am Abend auf der Terrasse sitzen und mit einem Glas Arneis in der Hand über die Hügel in den Sonnenuntergang schauen. Ist das nicht kitschig schön?«

Sie blinzelte mir zu. »Und das Schlafzimmer ist so schön kuschelig ...«

»Stimmt«, dachte ich, behielt aber für mich, was ich dachte.

Eine Woche blieben Silvia und ich noch bei Chiara in der Pension, um den Notartermin wahrzunehmen und mit der Baufirma die Details zu klären. Chiara sagte uns zu, sich immer mal wieder die Arbeiten anzuschauen und Fotos zu schicken. Dann verabschiedeten wir uns wehmütig von Silvias neuem Ferienhaus, von unseren Vermietern, von den Carabinieri, von Fabio in der Trattoria und natürlich von Carmelita Amato, die mich an ihren Busen drückte.

»Ciao Amici, arrivederci a presto! Wir sehen uns bald wieder!«

Silvia schaute genüsslich zu. »Kriegst du noch Luft?«

30. September 2016, Turin, Galeria Sabauda

»Es ist wunderschön, unser Bild«, flüsterte mir Silvia leise ins Ohr.

»Du hast recht, es ist fantastisch restauriert, da war ein absoluter Könner dran. Die Leuchtkraft der Farben ist faszinierend.«

Ein eigenartiges Gefühl, hier in der Galleria Sabauda vor einem fünfhundert Jahre alten und vor allem originalen Gemälde zu stehen, das vier Mal gestohlen wurde, wegen dem vier Menschen ihr Leben verloren, einer als Mordverdächtiger seine Heimat verlassen musste, ein paar andere heute im Gefängnis saßen, Silvia ein Ferienhaus besaß und wir beide neue Freunde gewonnen hatten.

Ich war nach unserem piemontesischem »Abenteuerurlaub« noch eine Woche in Stuttgart geblieben. An einem der Abende traf ich mich mit Hauptkommissar Fritz Wachter und seinem Kollegen Branic und weihte die beiden in unseren Rachefeldzug 2015 ein. Ich schilderte ihnen ausführlich, wie zuerst Edgar, mein Exschwiegersohn, mich in den Ruin getrieben hatte, wie danach aus tiefster Depression und Alkoholabhängigkeit mithilfe der beiden, während des kurzen Lebens auf der Straße unter Pennern neu gewonnenen Freunde Kalle und Jacek das Rachekonzept entstanden war und wie wir gemeinsam den Finanzhai und Mörder Edgar wie eine Zitrone auspressten.

»Wir haben die vielen Menschen, die Edgar geschädigt hat, gerächt.«

»So kann man es auch argumentieren«, meinte Wachter grinsend. »Du hast dann auch die anonymen Rücküberweisungen an die Fondsgeschädigten veranlasst?«

Ich nickte. »Das hat Jan, unser Computergenie, toll gemacht. Und es war mein soziales Mäntelchen.«

Fritz Wachter lachte. »Diese kriminelle Fähigkeit hätte ich dir nicht zugetraut«, meinte er. »Damals zumindest noch nicht!«

Ich musste ebenfalls lachen. »Ist das jetzt Bewunderung oder Verurteilung?«

»Als Kriminalbeamter natürlich Verurteilung. Als Freund, ... lassen wir es. Prost!«

»Fritz war so was von frustriert, dass er Ihnen nichts nachweisen konnte. Er hat noch eine ganze Weile hart daran gekaut«, meinte Branic und musterte seinen Kollegen feixend.

Wachter nickte zustimmend. Er wäre nahe dran gewesen, war heute aber froh, dass er es nicht geschafft hatte, uns zu schnappen.

»Es wäre ganz einfach ungerecht gewesen.«

Wir plauderten noch ziemlich lange, dann lud ich Fritz nach Curaçao ein. Er sagte sofort zu. Ich traf danach noch zweimal meine beiden Kumpels von der Straße. Es war ein eigenartiges Gefühl, mit den beiden und einigen ihrer »Kollegen«, wie Jacek sie stets nannte, unter der Paulinenbrücke am alten Platz oder auf dem Schillerplatz zu sitzen und ein, zwei Bierchen zu zischen.

»Übrigens, ich habe schon wieder Post aus Italien bekommen«, fiel Kalle plötzlich ein, »den Kaufvertrag mit Silvia. Jetzt bin ich die Hütte wirklich los. Und gezahlt hat sie auch sofort.«

»Kommt sich vor wie Millionär«, ergänzte Jacek bewundernd.

Mit Silvia genoss ich noch drei wunderschöne Tage in Stuttgart, dann musste sie zu einem Kongress nach Hamburg. Wir machten aus, dass wir uns spätestens Anfang Herbst wieder treffen wollten.

»Diesmal in Italien! Und keine Diskussion!«, machte sie unmissverständlich klar, bevor sie nach Hamburg und ich auf meine Insel flog. Und jetzt, gute drei Monate später, waren wir wieder hier in Turin.

»Sie sind fasziniert von dem Kunstwerk und seiner Kopie?«, riss mich plötzlich einer der Museumswächter aus meinen Gedankengängen. Der alte Mann kam gemächlich aus dem Hintergrund des weißen Saales auf uns zu.

»Buongiorno Signori.«

Wir grüßten zurück und schauten ihn fragend an.

»Ich habe Sie ein wenig beobachtet, Sie haben einen besonderen Bezug zu diesem Bild. Habe ich recht?«

»Das kann man so sagen, Signore.«

»Wenn Sie möchten, würde ich Ihnen eine Geschichte dazu erzählen. Zu den beiden Bildern!«

Er blickte uns freundlich an, wir nickten beide.

»Grazie!«, antwortete Silvia, »setzen Sie sich zu uns!«

»Danke nein, mein Dienst verlangt seit vierzig Jahren, dass ich stehe. Ich bin es gewohnt.«

Er schaute auf die beiden optisch identischen Gemälde, die beide den jugendlichen Johannes den Täufer zeigten. Links im restaurierten Original, rechts daneben als Fälschung. Beide waren in eher modernen, zurückhaltenden Rahmen eingefasst und leuchteten vor der Wand in starken Farben. Zwei kleine Texttafeln erläuterten die Gründe für das »Doppel«. Ich fand es herrlich, dass die Museumsleitung die Selbstironie und Größe hatte, auch die Kopie zu zeigen. Die übrigens hervorragend gemacht war. Leider mit einem schlechten Ende für den großartigen Fälscher.

»Es hat eine sehr wechselvolle Geschichte und es ist eines der wenigen Gemälde auf der Welt, das gleich mehrfach gestohlen wurde ...«

»Vier Mal«, korrigierte ihn Silvia. »Und das hundert Jahre lang als Kopie hier im Museum hing.«

Er stutzte. »Stimmt, vier Mal. Einmal kurz nach dem Ersten Weltkrieg, dann 1924 und das dritte und vierte Mal vor nicht einmal einem halben Jahr. Es hing ursprünglich in der Sammlung der ...«

»Signor Förster! Ich hatte Sie noch gar nicht so früh erwartet. Signora, salve!«

Dottoressa Gallo, die unbemerkt hinzugetreten war, entschuldigte sich bei ihrem Mitarbeiter für die Unterbrechung.

»Luciano, das ist der Mann, der uns den echten Johannes wieder zurückgebracht hat.«

Der alte Museumswächter schaute mich verwirrt an, lachte dann jedoch. »Sie hätten mich die ganze Geschichte erzählen lassen? Stimmt's?«

»Ja, Sie haben recht. Ich war fasziniert von Ihrer Art, die Erzählung zu beginnen.«

Die Direktorin bat uns, mit zu kommen. »Ich muss Sie jetzt entführen, wir haben einen kleinen Empfang vorbereitet. Ich möchte Ihnen den Restaurator vorstellen und ein paar andere Leute.«

Ich wandte mich an den alten Mann.

»Wir wollen danach Ihre Geschichte hören, bitte!«

Er nickte lächelnd, während die Dottoressa Silvia und mich zu ihrem Empfang schleppte. Eine Stunde später hatten wir Gott sei dank alles hinter uns, Händeschütteln, Small Talk, zugegeben exzellent schmeckende kleine Häppchen, piemontesische Stuzicchini, Lobreden und die Überreichung eines Diploms. Für was man doch alles Diplome bekommen kann, dachte ich. Interessant war der kurze Austausch mit dem Restaurator aus Turin. Er hatte es in den drei Monaten tatsächlich geschafft, das Gemälde wieder in seinen ursprünglichen Zustand zu versetzen. Erstklassig gemacht, ein absoluter Meister seines Fachs. Auf jeden Fall war ich jetzt Ehrenmitglied in irgendeinem Förderverein für das Museum. Ich hoffte, wenigstens ohne zukünftigen Jahresbeitrag.

Der alte Wächter erwartete uns bereits und schilderte uns die Reise des Bildes von der königlichen Sammlung in die Hände des Galeristen Andreotti, über die Villa Morsini, Kalles altes Häuschen, die heutige Galerie Andreotti bis wieder hier her in die Galleria Sabauda. Es war faszinierend, die eigenen Erlebnisse aus Sicht dieses alten Mannes zu hören. Dem es gelang, selbst banalste Ereignisse in dramatischen Worten darzustellen. Aus dem Bömbchen unter unserem Wagen wurde eine Explosion, die ganz Castagnole erschütterte. Kalle trotzte tagelanger Folter, um den Standort des

Bildes nicht preiszugeben. Ich selbst wurde zum ruhmreichen Helden, der dem Museum sein schönstes Gemälde zurückeroberte. Hätte ich mitgeschrieben, wäre ein Roman daraus geworden.

Wir bedankten uns und hatten nur eine Bitte an ihn: »Bewachen Sie beide gut, Luciano!«

An diesem milden Herbstabend genossen wir die Abendsonne auf der Treppe vor der Haustür von »Casa Kalle«, wie Silvia ihr Haus getauft hatte, als wir mit Kalle und Jacek unter der Paulinenbrücke zusammensaßen, nachdem wir Ende Juni nach Stuttgart zurückgekehrt waren. Silvia lehnte sich leicht an mich.

»Es ist schön hier«, sagte sie nur.

Ich nickte stumm. Die Umgebung war in das kräftige warme Licht getaucht, wie es Anfang Oktober ganz besonders im Süden leuchtete. Die Sonne würde in einigen Minuten untergehen, sie warf lange Schatten. Inzwischen auch auf das Ölgemälde, welches vor uns an einem Pfosten im Garten lehnte. Hinter einem vergammelten Schrank in der noch nicht sanierten Cantina hatte es Silvia vor zwei Tagen beim Entrümpeln gefunden, ein wenig ramponiert, mit teilweise abgeblätterten Farben. Ungerahmt. Eine raue Flusslandschaft im Winter, vielleicht der Tanaro. Vom Malstil und von der Technik her eindeutig vom selben Maler wie die Übermalung auf dem Johannes.

»Das Bild schenke ich Kalle!«, sagte Silvia plötzlich in die abendliche Stille hinein. »Es würde zwar toll in unser Schlafzimmerchen passen, aber schließlich hat es wahrscheinlich sein Großvater Ernesto gemalt. Es muss einfach Kalle gehören, meinst du nicht auch?«

»Ein echter di Rosso!«, antwortete ich nur lächelnd, »und hoffentlich nicht geklaut!«

24. Dezember 2016, Castagnole, Casa Kalle

Silvia verbrachte Weihnachten in der »Casa Kalle«. Am 2. Januar hatte sie ihren Flug nach Willemstad auf Curaçao gebucht. Ich hatte zwar gehofft, dass sie schon vor den Feiertagen kommen würde, aber sie wollte unbedingt das erste Weihnachtsfest in ihrem Häuschen verbringen. Alleine. Die Sanierung war in Teilen fertig. Die Küche war benutzbar. Der alte Toilettenanbau war zu einem kleinen Bad ausgebaut worden. Das Obergeschoß war weitgehend fertig. Der frühere Vorraum war zu einem gemütlichen Wohnzimmer mit einem Schwedenofen, das ehemalige Zimmer von Ernesto zum Schlafzimmer geworden.

»Sei mir nicht böse«, sagte sie, als wir telefonierten. »Ich will nur gut essen gehen, lesen, spazieren laufen und noch ein bisschen dekorieren. Und gut erholt bei dir ankommen.«

An Heiligabend stöberte sie vormittags ein wenig in der Cantina rum. In dem alten Schrank, hinter dem sie das Winterbild gefunden hatte, klemmte eine Schublade. Silvia zog und zerrte eine Weile dran, dann nahm sie einen Schraubenzieher und schaffte es, sie aufzustemmen. Unter ein paar vergilbten Zeitungsausschnitten kam ein kleinformatiges Heft zum Vorschein, nur vielleicht dreißig, vierzig Seiten stark. Silvia blätterte es vorsichtig auf. Einige Seiten hatten Eselsohren. »Il mio diario, Mein Tagebuch« stand auf der ersten Seite.

Silvia ließ langsam die Seiten durch die Finger laufen. Eine schwungvolle Handschrift, alles mit Bleistift in engen Zeilen geschrieben. Dann lag plötzlich die letzte Seite offen. Die Schrift war auf den Seiten davor unrunder, unregelmäßiger geworden.

Geständnis

Ich bin Ernesto di Rosso aus Castagnole, Provinz Alba. Dies ist mein Geständnis. Ich weiß, dass es mit mir zu Ende geht. Der Krebs und das Herz sind zu viel. Ich bin ein einsamer Mann. Schon die letzten Jahre, seitdem ich meine Firma verkauft habe, bin ich kaum noch aus dem Haus gekommen. Ich habe keine Freunde, zumindest keine, die ich so nennen kann. Ich weiß nicht, werden es noch zwei, drei Tage, Wochen oder Monate. Ich muss mich beeilen mit meinem Tagebuch. Im November 1924 habe ich zusammen mit meinem Freund Alberto Moretti, ebenfalls aus Castagnole, einen Einbruch in die Villa Morsini begangen. Dabei habe ich ein Gemälde aus der Renaissance entdeckt, das 1919 in Turin gestohlen worden war. Der jugendliche Johannes der Täufer von Andrea del Sarto. Ich habe dieses Bild gestohlen, ohne dass mein Freund es merkte. Alberto ist deswegen von den Morsinis umgebracht worden. Sie wollten von ihm das Bild zurück, er hatte jedoch keine Ahnung davon. Er konnte nicht wissen, dass ich es gestohlen habe. Er starb wegen mir. Ich habe ihn nicht umgebracht, aber ich bin schuld, ich habe ihn getötet. Das Bild habe ich übermalt, um es sicher zu verstecken. Ich habe es nicht dorthin zurückgegeben, wo es eigentlich hingehörte. Das bereue ich heute. Ich hoffe nur, dass die Nachwelt das Bild irgendwann einmal finden und die Übermalung erkennen wird. Sonst bin ich auch daran schuld, dass ein Meisterwerk der Malerei für immer verschollen bleibt. Mein Sohn, es tut mir alles leid. Ich war ein schlechter Mensch. Aber ich bin kein Mörder. Alberto war mein Freund.

15. August 1965, Ernesto di Rosso

Silvia starrte das Heft und den Text an. Wie konnte es hier her gelangen? War Ernesto doch noch einmal hier?

»Es gibt keine Antwort darauf«, sagte sie sich und klappte das Tagebuch zu. »Und das ist gut so.«

* * *

Nachwort und Dank

Die Geschichte um ein tödliches Bild aus der Renaissance ist ein Unterhaltungsroman. Alle im Buch erwähnten Personen, Namen, Firmen, Orte und Ereignisse entstammen der Fantasie des Autors, sind frei erfunden oder fiktiv gewählt. Jede Ähnlichkeit mit Personen, Firmen, Institutionen, Orten und Ereignissen wäre zufällig und nicht gewollt. Sachliche Fehler, wie sie zum Beispiel bei den Regularien der italienischen Polizei, bei historischen Themen oder Übersetzungen vorkommen können, bitte ich zu entschuldigen.

Das Renaissancegemälde »Der jugendliche Johannes der Täufer« von Andrea del Sarto ist echt. Allerdings gelangte es nie nach Turin, wurde nie gestohlen und hing dort nie als Kopie. Sondern es hängt nach wie vor im Palazzo Pitti in Florenz. Und kann dort im Original bewundert werden.

Der Schauplatz Piemont hängt mit meiner Begeisterung für Italien und diese Region zusammen. Die Vorlagen für das Romanstädtchen Castagnole, die Pension von Chiara, die Trattoria Umberto und die Bar Centrale bot mir der kleine Ort Govone im Roero. Der Arneis ist für mich einer der besten Weißweine Italiens, aber dies ist subjektiv. Die Schöpfer der Plakate für die diversen Filmklassiker kenne ich nicht. Ernesto di Rosso schuf sie nicht.

Meinen Testleserinnen danke ich für ihr Urteil und die konstruktiven Anregungen. Besonderer Dank gilt Ihnen, liebe Leserinnen und Leser, dass Sie sich mit meinem Piemont-Krimi beschäftigt haben. Sollte er Ihnen gefallen haben, würde ich mich über Empfehlungen und eine Rezension sehr freuen. Vielen Dank.

Ein Toter in Lappland löst Ermittlungen aus, die den geheimen Waffendeal einer Gruppe deutscher Beamter mit einem jemenitischen Warlord stören, in den auch BND und CIA verwickelt sind. Skrupellose Partner, die vor nichts zurückschrecken. Auch nicht vor Terror. Marc Möller, Kriminalkommissar beim LKA Hamburg gerät mit den Ermittlungen zwischen die tödlichen Fronten des Deals, bis er sich zwischen Liebe und persönlicher Rache entscheiden muss, die ihn vom dunkelsten Ort seiner Karriere an die eigenen Grenzen stoßen lässt.

Hans Bischoff

DER JEMEN DEAL

Marc Möllers erster Fall

Erschienen 2023 als Paperback

und eBook.

ISBN: 978-3-347-86792-5

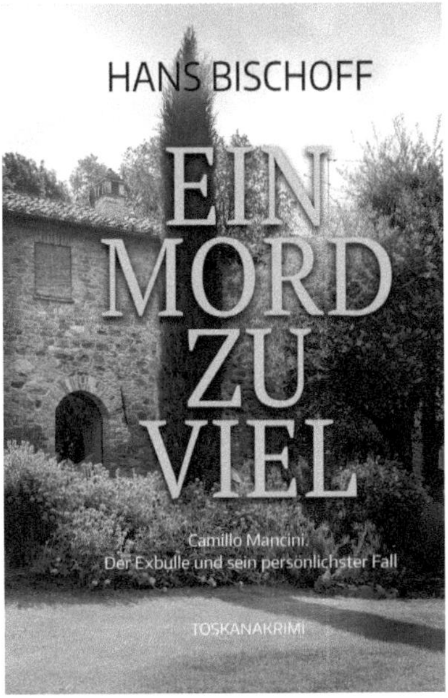

Ist Russo, der einst mächtige Boss der Oppositionspartei, doch unschuldig? Habe ich eine Karriere und das Leben einer jungen Familie zerstört? Das fragt sich der ehemalige Vicequestore der Polizia di Stato in Rom, seitdem er nach dem Urteil vor einem Jahr den Dienst quittierte. Warum nun dieser Mord an der jungen Frau? Genau wie damals hält sie eine Hortensienblüte in der Hand. Camillo Mancini findet lange keine Antworten, bis der Exbulle in ihm wieder zu alter Form aufläuft und er zu seinen Alleingängen ohne Regeln aufbricht. »Das ist einfach ein Mord zu viel.«

Hans Bischoff

EIN MORD ZU VIEL

Camillo Mancinis persönlichster Fall

Erschienen 2024 als Paperback

und eBook.

ISBN: 978-3-384-20703-6